구경하는 들러리양

구경하는 들러리양 외전

엘리아냥 장편소설

초판 1쇄 찍은 날 | 2019년 2월 21일
초판 4쇄 펴낸 날 | 2021년 11월 19일

지은이 | 엘리아냥
펴낸이 | 예경원

기획 | CL프로덕션
편집책임 | 이규재

펴낸곳 | 예원북스
등록번호 | 제396-2012-000132호
등록일자 | 2012. 7. 25
WFN | 제3-0038호

주소 | 경기도 고양시 일산동구 호수로 646-24 위너스21II빌딩 206A호 (우)10401
전화 | 031-819-9431 팩스 | 031-817-9432
E-mail | yewonbooks@naver.com

ISBN 979-11-965806-4-3 03810

※ 이 도서의 국립중앙도서관 출판시도서목록(CIP)은 서지정보유통지원시스템 홈페이지(http://seoji.go.kr)와 국가자료공동목록시스템(http://www.nl.go.kr/kolisnet)에서 이용하실 수 있습니다.

외전

구경하는 들러리양

Watching Deulleoriyang

엘리아냥 장편소설

Contents

외전 7 인소의 꽃

사립 야수고등학교.

학교의 이름이 왜 이따위인지 궁금해하는 학생은 그리 많지 않았다. 궁금해해 봤자 아무도 알려주지 않았기 때문이다.

누구도 알지 못하는 교명의 비밀에 순응한 학생들은 종종 남들이 '왜 학교 이름이 야수고등학교야?'라고 물으면 '그건 오늘도 열한 시까지 '야자 수고'라는 뜻이야' 하고 알아서 답을 창조해 내는 모습까지 보여주곤 했다.

사실 야수고등학교는 입학 경쟁률이 굉장히 높은 학교에 속했다. 이름만 들으면 낯이 팔려서 아무도 가지 않을 것 같지만 그렇지 않다. 졸업 시즌이 되면 수많은 중학생이 1지망에 야수고등학교를 써서 제출하는 것이 실상이었다.

특히 재작년부터 그랬다. 인기로 줄을 세운다면 능히 1위를 하고도 남을 것이다. 왜일까? 뭔데 야수고는 그 이름을 하고도 신입생의 러브콜을 받는 것일까?

그건 바로 교내에 유명하고도 유명한 명물이 있기 때문이다. 입학하자마자 당연한 듯 폭풍을 불러일으킨 그들. 시간이 흘러 지금은 3학년이 된 세 명의 완얼. 사립 야수고등학교에는 삼대천왕이 있었다.

"후아아암~ =0= 피곤해~"

"야, 하지 마. 이게 아무리 외전이라지만 이모티콘은 너무 갔어. 치워."

"아, 미안."

커피는 순순히 =0= 이모티콘을 털어냈다. 어차피 단짝이 질색하지 않았더라도 몇 번 쓰다가 알아서 치워 버렸을 것이다. 면상 표현 이모티콘은 보는 사람뿐 아니라 쓰는 사람까지 괴로워지게 하는 뭔가가 있었다.

기지개를 켠 커피가 앉은 채로 간단히 스트레칭을 했다. 곱슬기가 심해 사방으로 뻗친 머리카락이 햇빛을 받자 얼핏 노란색을 띠었다. 커피는 스트레칭을 마친 뒤 보온병을 꺼내 뚜껑에 따뜻한 차를 따랐다. 목구멍이 튼튼한 모양인지 김이 나는 찻물을 단숨에 들이켜는 행위에 거리낌이 없었다. 원샷을 마친 커피가 만족스러운 듯 함박 웃었다.

양커피. 올해 열여덟. 야수고등학교 2학년 5반 24번. 제 출석 번호가 본인의 허리 사이즈라고 우기고 다니는 그녀는 급우 전체와 두루두루 잘 지내는 반 내의 인기인이었다. 머리카락 때문인지 이름보다는 '양빗자루'나 '양사자'라고 불리는 일이 잦았으나 커피는 딱히 신경 쓰지 않았다. 그녀의 신경은 델리케이트와는 몹시 거리가 멀었다.

커피는 애초에 본인의 이름에도 별달리 불만이 없었다. 남들은 믿을 수 없어 했으나 정작 본인은 그랬다. 양커피가 뭐 어때서? 오히려 충격은 늘 듣는 사람의 몫이었다. 커피의 자기소개가 끝나고 나면 열에 서넛쯤은 멀쩡한 제 귀를 후비곤 했다.

"커피야, 너 왜 이름을 커피로 지었다고 했지? 들은 것 같은데 갑자기 기억이 안 나네."

"그거? 별거 아니야. 우리 엄마가 나를 임신했을 때 꿈에 원두가 나왔대."

"원두?"

"응. 그래서 원두라고 지으려다가 그건 아무래도 너무 남자아이 이름 같으니까, 고민 끝에 타협해서 커피로 지었다고."

"……그래……. 양원두보단 양커피가 나을지도."

"참고로 내 영어 이름은 로스팅이야."

"너의 멘탈에 박수를 보낸다."

세상엔 밝고 낙천적인 에너지를 나눠 받고 싶어 하는 사람이 참 많다. 커피의 인기는 어찌 보면 당연한 일이었다. 그녀의 곁에 붙어서 함께 놀다 보면 대체로 아무 생각이 없어진다. 참 좋았다.

그녀의 단짝 안우유–이 또한 범상한 이름은 아니었지만 커피의 임팩트 덕분에 평범하게 취급받는 수혜를 누리는 중이다–는 커피가 챙겨 온 따뜻한 차를 자기도 나눠 마시더니 캭캭 웃었다. 차에서 조선시대 맛이 난다며, 대체 뭘 어떻게 끓인 거냐고 커피를 막 놀려댔다. 커피는 그에 눈 하나 깜짝 않고 혼자 상황극을 했다.

"허어, 들켰소? 내 사실 사대부 양반가였소. 오늘 아침 급작스럽게 전생이 기억나, 손에 익은 대로 차를 끓여보았다오. 사대부의 손맛이 어떠하오?"

안우유는 당연히 책상을 치며 뒤로 넘어갔다.

평화로운 아침 자습 시간이었다. 평상시와 다를 것이 없었다.

드르륵.

그때 앞문이 열렸다. 조례를 하러 온 모양인지 동그란 안경을 쓴 담임교사가 출석부를 든 채 교실 안으로 걸어 들어왔다. 관심을 두지 않고 저마다 급식 메뉴를 확인하거나 담요의 먼지를 터는 등 제 할 일에 몰두하던 학생들은 곧 누가 먼저랄 것 없이 눈을 동그랗게 떴다.

오늘 담임은 혼자가 아니었다.

"전학생이다."

긴 생머리를 하나로 땋아 늘어뜨린 여학생이 사뿐사뿐 따라 들어와 담임의 옆에 섰다. 뜬금없는 뉴 페이스의 등장이었다. 단번에 교실이 동요했다. 이 가을에 갑자기 웬 전학생?

"에에엥?"

"뭘 놀라?"

"선생님이라면 안 놀라시겠어요?"

"난 전학생 같은 거에 일일이 안 놀라."

"선생님, 저희가 갑자기 양복 입은 아저씨를 데려와서는 '신규 교사다' 이래도 안 놀라요?"

"뭘 이상한 비유를 하고 앉아 있어."

커피의 잔망에 반 전체가 다 같이 웃음을 터뜨렸다. 담임교사는 어쩔 수 없다는 듯 고개를 절레절레 젓더니 출석부로 교탁을 탕탕 두드렸다. 하하 호호도 좋지만 전학생을 소개하고 자리에 앉히는 것이 선순위였다. 좌중을 조용히 시키고 이목을 모은 담임이 다시 입을 열었다.

"시기야 어쨌든 앞으로 졸업 때까지 너희와 함께할 반 친구다. 전학생, 자기소개하렴."

"나여주입니다. 잘 부탁드립니다."

나여주라고 본인을 소개한 전학생은 썩 평범한 외양은 아니었다. 야수고는 분명 두발 규정이 있는 학교이거늘 저 홀로 자유롭게 허리까지 내려오는 머리 길이에다가 , 그녀는 제 얼굴의 절반을 가리는 두꺼운 뱅뱅이 안경을 쓰고 있었다. 얼마나 두껍냐 하면 안경 너머의 눈이 보이지 않았다.

커피는 순간 고개를 갸웃했다. 엥? 뭐 저런 안경이? 저거 설마 선글라스?

"자리는, 어디 보자…… 그래, 저 자리가 좋겠다. 1분단 맨 뒤 창가 자리."

"헐. 저 명당이 비어 있었어?"

"모두가 앉으려고 아우성치는 저 자리가 왜 빈자리?"

"그것은 아무도 모르는 인소의 미스터리."

전학생 나여주의 자리는 명당으로 결정되었다. 참고로 명당이냐 아니냐는 교사의 눈을 피해 수업 시간에 얼마나 원활히 딴짓을 할 수 있느냐로 판가름된다. 1분단 맨 뒤 창가는 특히 그런 명당 중에서도 가장 알아주는 명당이었다. 딴짓이 가능함은 물론이고, 옵션으로 창가의 커튼이 바람에 펄럭거리면 왠지 그곳에 앉아 있는 자신이 뭐라도 된 것 같은 감성적인 기분을 만끽할 수 있다. 그럴 때는 통상 한 손으로 턱을 괴고 아련한 눈빛으로 창밖을 바라봐 주는 것이 기본자세였다.

담임은 자리만 지정해 주고 곧바로 퇴장했다. 배정된 자리로 가 앉는 나여주를 보며 몇몇 학생이 아쉬운 듯 입맛을 다셨다.

"좋겠다. 나도 저 자리에서 분위기 좀 잡아보고 싶었는데."

"넌 안 돼. 못생겼잖아."

"야, 전학생은 뭐 안 못생겼냐?"

옆 옆자리에서 떠드는 목소리에 커피는 속으로 단호하게 답을 내렸다.

응. 안 못생겼어.

나여주는 긴 생머리를 촌스럽게 하나로 땋아 늘어뜨리고 얼굴엔 크고 두꺼운 안경을 쓰고 있었다. 그러나 그것은 절대 그녀가 못생겼다는 사실을 담보해 주지는 않았다. 하나로 땋은 머리에선 윤기가 자르르 흐르고 안경을 쓴 얼굴은 작고 갸름했다. 거기다 피부는 희고 안경 사이의 콧대는 높았으며 입술은 도톰하고 자연스럽게 붉었다. 아무리 두꺼운 뱅뱅이 안경을 얼굴에 갖다 붙이고 있어도 여주가 미인이라는 사실은 한눈에도 알 수 있었다.

"촌스럽다."

"뭐 저렇게 생겼지? 깔깔."

"이름이 뭐랬지? 못난이랬나?"

하지만 남들은 모르는 모양이었다. 커피는 반 친구들의 반응에 황당해져서 눈을 껌벅였다. 뭐여? 이것들이 단체로 눈에 뭐가 났나?

"저 명당에 쟤가 앉으니 좀 눈꼴시다."

"그건 그래. 안 어울리기도 하고."

"솔직히 못생겼잖아."

"맞아, 특히 눈이."

……눈은 보이지도 않는데?

커피는 등 뒤로 식은땀을 흘렸다. 시력도 시력인데 반 애들이 갑자기 단체로 이상해졌다. 우선 사람이 어떻게 생겼든 저런 식으로 면전에서 깎아내리며 떠들 애들이 아니었다. 봄부터 가을까지 계절 두 개 이상을 함께 보냈다. 성격들이야 진작 파악이 끝났다. 목소리 크고 자기주장이 강한 애는 있어도 저렇게 이유 없이 전학생을 조롱하는 인격이 덜 자란 애는 없었다. 커피는 잔뜩 혼란스러워졌다.

"우유야, 안우유, 애들이 뭔가 이상……."

그때였다. 닫혔던 앞문이 도로 큰 소리를 내며 열렸다. 얼마나 힘차게 문을 밀었는지 쾅! 하는 소음에 커피도 깜짝 놀라 단짝을 찌르다 말고 돌아보았을 정도였다. 일부러인지 실수인지 요란하게 앞문을 열어젖힌 인물은 교실 안으로 들어오자마자 버럭 소리쳤다.

"야! 너희 그거 들었어?!"

"넌 옆 반 학성기?"

"성기야, 왜? 무슨 일인데?"

학성기라 불린 여학생의 얼굴은 새빨갰다. 표정이 심상찮은 것이 뭔가 대단한 뉴스라도 가지고 온 모양이었다. 그녀는 바로 옆 반인 4반이었는데 잊을 만하면 이렇게 종종 들이닥쳐 소식을 전해주곤 했다. 그녀가 물어다 주는 것은 대체로 특종이었기에 반 아이들은 순식간에 전학생에게서 관심을 거두고 학성기에게 시선을 모았다.

제게 쏠린 이목을 확인한 성기가 곧 격양된 얼굴로 입을 열었다.

"너희 반 내일 3학년 1반이랑 합동 수업 한대!"

"뭐? 어디?"

"3학년 1반?"

"꺄아아악! 거기 삼대천왕 있는 반 아니야?!"

"이김 선배, 갠히 선배, 태자 선배!"

"꺄아악!"

반이 뒤집어졌다. 아이돌이 찾아온다는 소문을 들었대도 이 정도 반응은 아닐 것이다. 여기저기서 시장통 못지않은 비명이 터지는 사이, 커피가 학성기에게 다가가 궁금한 것을 물었다.

"합동 수업 그거 왜 하는 거래?"

대답은 깔끔했다.

"몰라."

이유고 취지고 알 수 없어도 어쨌든 희소식이었다. 희소식도 보통 희소식이 아니다.

삼대천왕은 그들과 정통으로 마주친 한 여학생이 영광에 못 이겨 쓰러진 적이 있을 정도로 야수고에서 드높은 인기를 구가했다. 말하자면 진짜 아이돌보다도 잘나가는 교내 아이돌이라고 할 수 있었다.

커피 또한 삼대천왕에 대해 알았다. 그들에게 관심이 있고 없고를 떠나 워낙 유명했기에 싫어도 관련 정보가 쏟아져 들어왔던 것이다. 커피는 신입생 때 교내 구석진 곳에서 삼대천왕 굿즈가 판매되는 것도 봤다. 가장 충격적이었던 굿즈는 삼대천왕이 쓰고 버린 종이컵이었다.

"삼대천왕이랑 합동 수업이라니!"

"커피야, 나 뺨 한 대만 때려줘. 꿈인지 아닌지 확인해 보게."

"손 아픈데…… 필통으로 때려도 될까?"

"친구 맞냐?"

2학년 5반의 소란은 쉽게 잦아들지 않았다. 현직 연예인의 빰을 왕복으로 휘갈겨도 용서받는–그럴 거라 추정되는–교내 최고의 인기 스타와 한 교실에서 시간을 보낼 수 있다는 건, 드높은 인기의 한류 아이돌이 자기네 학교에 찾아와 스쿨 오브 락을 찍는 것이나 마찬가지로 큰 흥분을 주는 일이었다.

기뻐 날뛰는 여고생을 그 누가 말릴 수 있을까. 커피는 별처럼 먼 삼대천왕에게 큰 관심이 있는 편은 아니었지만, 광란의 분위기에 휩쓸려 덩달아 같이 축하의 기립 박수를 쳤다.

너도 나도 비명을 지르며 기뻐하는 상황. 참여하지 않으면 왠지 대역죄인이 될 것만 같은 반의 축제 분위기는 종이 치더라도 쉽게 가라앉지 않을 것처럼 보였다. 커피는 열심히 박수를 치다가 다리가 아파져서 슬쩍 자리에 앉았다. 박수도 슬그머니 살살 쳤다. 이 분위기 언제 끝나지?

그 순간, 광란의 5반에 누군가가 찬물을 끼얹었다. 입을 연 것은 전학생이었다.

“저기, 미안한데…….”

질문하듯 한 손을 들어 올린 나여주가 어색하게 웃었다.

“삼대천왕이 뭐야?”

“…….”

그 한 문장이 불러온 여파는 굉장했다. 시장통도 한 수 접어주어야 할 만큼 소란스럽던 교실이 순식간에 조용해졌으니 말이다.

그리 크지도 않은 나여주의 목소리가 어떻게 교실 구석구석까지 전부 전달되었는지는 의문이지만, 어쨌든 얼음물을 끼얹은 것처럼 반 전체에 정적이 내려앉았다. 커피 또한 박수를 치던 것을 딱 멈췄다.

여주를 제외한 서른네 명의 낯 위로 불신과 경악이 동시에 떠올랐다. 출석 번호 13번 김조연이 속눈썹을 부들부들 떨며 입을 열었다.

"……삼대천왕이 뭐냐고? 설마 정말로 몰라서 묻는 거야?"

"응. 아, 혹시 물어보면 안 되는 거였어?"

여주의 표정이나 어조는 무구했다. 알면서 모르는 척이 아니라 정말 모른다는 티가 팍팍 났다. 여주의 대답에 당장에라도 뒤로 넘어갈 것 같은 표정을 지은 김조연이 제자리에서 펄쩍 뛰었다.

"말도 안 돼! 어떻게 삼대천왕을 모를 수가 있어?!"

나여주가 삼대천왕을 전혀 모른다는 것은 그녀가 방금 막 전학 온 전학생이라는 것을 감안하더라도 충격적인 일이었다.

삼대천왕이 왜 삼대천왕인가. 그것은 그들의 유명세가 정말로 왕(王)급이라서 그렇다. 이 지역에 거주한다면 하다못해 지나가는 똥개도 알아듣는 것이 바로 삼대천왕이라는 이름이었다. 서술하는 본인이 다 부끄럽지만 어쨌든 그랬다.

여주의 만행(?)을 좀 더 알기 쉽게 비유하자면 이렇다. 지오디가 한창 핫하던 시절, 누군가가 책상에 'god 사랑해♡' 하고 적어놓은 것을 보고 '갓 사랑해? 와아, 너 정말 신앙심이 깊은가 보구나!'라고 말한 것과 비슷한 수준이라고 생각하면 된다. 더구나 여학생 교실에서 말이다.

심호흡을 한 김조연이 얼른 설명에 들어갔다.

"믿기지 않지만 네가 모른다니 이야기해 줄게. 삼대천왕이란 바로……."

"맛집이야. 백종X의 3대천왕."

"양커피 저리 가!"

중요한 설명의 순간에 몹쓸 드립을 친 양커피가 끌려 나갔다. 교탁

형벌-이유 없이 교탁 앞에 서 있어야 함. 괜히 부끄럽고 뭔가 급우들을 통제해야 할 것 같은 의무감에 괴로워짐-에 처한 커피를 뒤로하고 김조연이 다시 입을 뗐다.

"잘 들어. 삼대천왕이란 바로 우리 학교 3학년 선배 세 명을 의미해. 그 이름도 찬란한 황태자 선배, 김갠히 선배, 그리고 이김 선배!"

"……황태자, 김갠히, 이김?"

하나같이 이름보다는 마치 별명처럼 들렸다. 그러나 애석하게도 전부 실명이 맞았다.

김조연은 이미 콩깍지가 귀에까지 씐 모양인지 그런 그들의 이름마저 멋있다는 표정으로 고개를 끄덕였다.

"한 명, 한 명 완벽하지 않은 사람이 없어, 삼대천왕은."

그렇게 서두를 뗀 김조연은 마치 설명의 신이 내린 듯 화려한 언변으로 삼대천왕을 소개하기 시작했다. 밥 먹고 설명만 한 사람도 이보다 잘할 수는 없을 것 같았다. 그런 그녀의 설명을 정리하자면 다음과 같다.

우선 삼대천왕을 표현하기에 가장 적합한 단어는 '완얼'이다.

첫 번째로 황태자. 그는 '탈완얼'이다. 풀어 얘기하면 '탈색의 완성은 얼굴'이라는 뜻이었다. 성이 황 씨에 이름이 태자인 그의 성명은 황태자. 다른 사람이 그 이름을 받았다면 당연한 수순으로 별명이 '황태'가 되었겠지만, 그는 달랐다. 고작 말린 생선 따위로 불리기엔 그의 외모가 너무도 찬란했던 것이다.

조각 미남이라는 수식어가 어색하지 않게 잘생긴 그는 황태보다는 황태자님, 왕자님 등으로 불렸고, 그 호칭에 부응하기 위해 스스로의 머리카락을 밝은 금발로 물들였다. 예로부터 왕자라면 당연히 금발이

어야 하지 않느냐는 그만의 관념 때문이었다. 탈색을 세 번씩이나 거쳐 탄생한 블론드는 황태자에게 무서울 만큼 잘 어울렸다. 오히려 이전의 검은 머리로 되돌려 놓으면 어색할 것 같을 정도였다. 탈색한 이후 그는 정말로 동화 속에서 튀어나온 것 같은 왕자님이 되었다.

그럼 여기서 짚고 넘어가야 할 것이 있다. 야수고에 있는 두발 규정은 어쩌고 황태자는 그리 당당하게 금발로 돌아다니는가? 그건 그가 야수고 이사장의 아들이라는 인적 사항으로 설명이 가능하다. 그것도 외아들. 더구나 이사장은 부동산 재벌에 정,재계에 수많은 인맥까지 보유하고 있었다. 그는 이름만 황태자가 아니라 정말로 황태자였던 것이다. 이런 그가 바로 첫 번째 삼대천왕이다.

이어서 두 번째. 두 번째 삼대천왕의 이름은 김갠히, 그는 '이완얼'이다. 풀어쓰면 '이름의 완성은 얼굴'이었다. 패션과 헤어에만 얼굴이 영향을 끼치는 것이 아니다. 잘난 얼굴은 이름에도 마찬가지로 힘을 발휘했다.

성은 김, 이름은 갠히. 만약 그의 성명이 다른 평범한 이의 것이었다면 어땠을까? 그는 십중팔구 자기소개를 할 때마다 청자의 놀림을 피할 수 없었을 것이다. '갠히? 그게 뭐야? 설마 괜히라고 쓰려다 잘못 쓴 거니? 깔깔깔' 하는 반복되는 조롱에 음침하고 비사교적인 외톨이가 되어버렸을지도 모른다.

그러나 김갠히는 빚어놓은 조각보다 아름다운 얼굴로 훌륭하게 자생했다. 김, 갠, 히. 그가 아무리 그 석 자를 또박또박 뱉어놓아도 감히 누구도 비웃음의 비읍조차 꺼낼 생각을 하지 못했다. 김갠히의 성명을 비웃는 것은 신성모독이었다. 왜냐면 너무 잘생겼으니까.

덧붙여 갠히는 전교 1등을 놓치지 않는 수재에 출전하는 대회마다 족족 상을 쓸어 오는 검도계의 샛별이었다. 공부 천재이자 검도 유망주이자 엄청난 미남. 그가 두 번째 삼대천왕이다.

그리고 마지막, 세 번째 삼대천왕. 대미를 장식하는 세 번째 삼대천왕의 이름은 이김. 성이 이 씨고 이름이 김이었다. 이름만 따로 부르면 이상하지만 성을 붙여 부르면 썩 어감이 좋아지는 성명을 지닌 그는 이른바 '쌍완얼'. 바로 '쌍욕의 완성은 얼굴'을 뜻했다. 다른 것도 아니고 왜 하필 쌍욕이냐 하면 그건 전부 그의 험악한 말본새 때문이었다.

이김의 언어 사용은 아름다웠다. 얼마나 아름다운가 하면 한글에 존재하는 온갖 된소리는 무조건 그의 입을 탄 적이 있을 거라 자신해도 좋을 정도였다. 씨+발, 개새+끼, 쌰+ㅇ 등등, 그는 얼굴과 어울리지 않는 쌍욕을 날숨을 내뱉듯 잘도 해댔다. 여기서 중요한 것은 '얼굴과 어울리지 않는', 이 부분이다.

이김은 놀랍게도 대단히 선량하게 생긴 미남이었다. 귀를 막고 눈으로만 보면 그렇게 착하고 순수한 사람이 있을 수가 없었다. 단정한 이목구비, 웃을 때 곱게 접히는 눈매와-과연 한국인이 맞는지 의심되는-깨끗한 은발까지. 혹자는 부끄러움도 잊고 그를 천사라 칭할 정도였으니 그의 외적 순결함이 어느 정도인지 짐작이 되는 일이다.

그는 입을 닫았을 때와 열었을 때 사이에 판이한 반전이 있는 남자였다. 다른 사람이 하면 양아치 같을 저렴한 비속어도 이김이 하면 섹시한 낱말이 됐다. 착하게 생긴 조각 미남이 욕을 하니 오히려 새롭고 짜릿해서(?) 더 좋다고 열광하는 부류도 있었다. 이래서 쌍완얼이었다.

첨언하자면 이김은 단순히 잘생기기만 한 욕쟁이는 아니다. 그는 갠희와 비슷한 천재였다. 갠희가 꾸준히 학년 1등을 놓치지 않는다면 이김은 제 기분에 따라 1등을 하기도, 꼴찌를 하기도 했다. 즉 자기 내키는 대로 시험에서 만점을 받았다가 일부러 0점을 받았다가 한다는 것이다. 더불어 갠히가 검도 대회에 나가기만 하면 우승을 차지하는 것처럼 이김 또한 온갖 대회에서 대상을 휩쓸었다. 이김의 주 무대는 과학, 특히 발명 쪽이었고, 그래서인지 그는 교복 재킷 대신 과학자처럼 흰 가운을 주로 입고 다니곤 했다. 천재이자 욕쟁이이자 선하게 생긴 미남. 그가 마지막 삼대천왕이다.

"알겠어? 삼대천왕은 말 그대로 가장 완벽한 세 사람이야. 누구도 따라갈 수 없는."

설명을 마친 김조연이 콧대를 세웠다. 마치 삼대천왕의 영예가 제 영예라도 되는 듯했다. 그녀의 설명을 함께 들은 5반 급우들이 뒤에서 박수를 쳤다. 완벽한 설명이었다.

"어때? 이렇게 대단하고 엄청난 선배들이 우리와 같은 공간에서 수업을 받는 거라고! 삼대천왕과 합동 수업이라니…… 하아, 나 한동안은 이 교실을 돌아다닐 때마다 삼보일배를 할 수도 있을 것 같아. 감사의 뜻으로."

"동감이야."

"맞아, 맞아."

들뜬 그들과 달리 나여주는 설명을 전부 들은 뒤에도 그저 덤덤히 눈만 깜박였다. 삼대천왕의 대단한 프로필은 아쉽게도 그녀에겐 별달리 감흥을 주지 못한 것 같았다. 여주는 반 아이들의 난리 부르스가 여전히 이해되지 않는다는 듯, 무심한 얼굴로 고개를 슬쩍 갸웃거렸다.

그걸 지켜보던 양커피가 눈을 빛냈다.

'파란의 예감이 든다.'

커피의 감은 사실 날카로운 편은 아니었다. 그녀는 평소 친구들에게 돗자리를 깔라는 말 대신 인생 패망하기 싫으면 주식이나 경마는 절대 하지 말라는 당부나 듣곤 했다. 그만큼 엉터리 직감이라는 뜻이다.

그러나 웬일로 이번에는 달랐다. 파란이 일어날 것 같다는 예감! 그건 놀랍게도 곧 현실이 되었다.

"꺄아악! 태자 선배!"

"황태자님! 꺄악!"

"갠히 선배! 이김 선배!"

"여기 좀 봐주세요!"

다음 날, 합동 수업은 다짜고짜 1교시부터 시작되었다. 왜 2학년과 3학년이 합동 수업을 하는지, 그것도 왜 적당한 4교시나 5교시가 아닌 1교시에 시행하는지는 물어도 아무도 대답해 주지 않았다.

수업을 진행하는 장소는 미술실이었다. 왜 미술실이냐 하면 수업 과목이 미술이어서는 아니고 그냥 그곳이 넓기 때문이다.

삼대천왕은 셋이 나란히 미술실 내부로 입장했다. 들리는 소문으로는 썩 친하지 않아 서로 같이 다니는 사이가 아니라던데 왜 이럴 때만 붙어서 등장하는지는 알 수 없는 일이다. 어쨌든 셋이 모이니 찬란함도 세 배가 된 삼대천왕은 새된 비명을 마치 배경음처럼 깔고 등장했다.

커피는 그 와중에 아침부터 매점 털이에 나섰다가 실패하고-지갑을 두고 가서-돌아오는 길이었다. 터벅터벅 힘없는 걸음걸이로 미술실 안으로 들어선 그녀는 깜짝 놀랐다.

아, 맞다. 오늘 삼대천왕 만나는 날이었지. 5반 급우들의 비명은 놓쳐 버린 소시지 빵에 대한 아쉬움을 단번에 잊게 해줄 정도로 우렁찼다.

"언제 봐도 엄청난 인기란 말이야."

"그러니까."

삼대천왕과 마찬가지로 3학년 1반이지만 아무도 그들이 1반이라는 것을 알아주지 않는 학생 둘이 엑스트라의 정석 같은 대사를 주고받았다. 커피는 그들을 지나치며 내심 고개를 끄덕끄덕했다. 삼대천왕의 인기는 확실히 엄청난 수준이었다. 어떻게 보아도 보통 인기라고는 말 못 한다.

'저번에 반장이 햄버거 쏜다고 했을 때도 이 정도 반응은 아니었는데.'

커피의 표정이 진지해졌다. 심지어 단품도 아니고 세트였다. 삼대천왕은 무려 M 매장의 햄버거 세트를 이긴 것이다. 여고생들이 늘 배고픔에 굶주려 있는 거친 짐승이라는 것을 감안했을 때 그것은 아주아주 놀랍고 굉장한 일이었다. 커피는 삼대천왕의 인기에 혀를 내두르며 제자리로 향했다.

"이김 선배! 갠히 선배!"

"선배 없인 못 살아! 꺄아아!"

"……아이고, 우유야……."

커피는 자리에 도착하자마자 탄식했다. 평소라면 진작 옆자리에 앉아 저를 기다리고 있었어야 할 단짝 안우유가 보이지 않았다. 한숨과 함께 미간을 꾹 누른 커피가 눈을 데루룩 굴려 제 친구를 찾았다. 우유를 발견하는 것은 어렵지 않았다. 아침을 든든히 먹고 왔는지 '사랑해요, 태자 선배'를 외치는 목소리가 아주 힘 있고 우렁찼기 때문이다. 삼대천왕을 둘러싼 인간의 벽 사이에서 제 친구의 음성을 들은 커피가 으음, 침음을 삼켰다. 갈등의 순간이었다.

'가서 재를 빼 와, 말아?'

고민하던 커피는 금방 결정을 내렸다. 그래, 데리고 오자. 다른 이유는 아니었다. 조금 있으면 종이 칠 테고, 종이 치면 1교시 담당 선생님께서 들어오실 텐데, 운이 나쁘면 그녀가 서 있는 애들에게 몽땅 벌점을 매길 수도 있기 때문이다. 참고로 학교생활에서 여고생에게 가장 중요한 톱 쓰리는 다음과 같다. 급식과 매점과 벌점.

'우유야, 내가 너의 생기부를 구해줄게!'

인소와 어울리지 않게 현실적인 생각을 한 커피가 결연하게 발을 내디뎠다.

번번이 우유에게 팔씨름으로 져온 그녀가 과연 무사히 제 단짝을 완력으로 빼내 올 수 있을지는 미지수였지만, 어쨌든 친구를 위하는 커피의 도전 정신은 빛났다. 어쩌면 우주가 감동해서 도와줄지도 모른다. 원래 간절히 바라면 온 우주가 도와준다.

커피는 잰걸음으로 안우유에게 다가갔다. 거리가 가까워질수록 커피의 긴장이 차츰 크기를 키웠다. 광란에 사로잡힌 군중에게 접근할 때는 평소보다 정신을 바짝 차려야 한다. 그렇지 않으면 순식간에 목적을 잃고 군중과 뜻을 함께하게 될지도 모르니까.

전염이란 참 힘세고 무서운 것이다. 커피는 저도 모르게 '천왕 선배, 사랑해요'를 외치지 않기 위해 정신줄을 단단히 붙잡았다.

"꺄아! 눈부셔!"

"사랑해요 황태자! 완벽 금발 황태자!"

"쳐다만 봐도 시력이 좋아진다!"

안우유는 구름처럼 몰린 5반 학생들 사이에서 팔짝팔짝 뛰며 황태자의 완벽한 금발을 찬양하고 있었다. 커피는 우유를 빼내려 군중 사이로 몸을 들이밀다가 들려온 외침에 순간 납득했다.

황태자의 금발이 흠 없이 완벽한 건 사실이었다. 아무래도 주기적으로 미용실에서 뿌리 염색을 받는 것 같았다. 새삼 황태자의 돈과 부지런함에 감탄하던 커피가 퍼뜩 정신을 차렸다. 아니, 내가 감탄하러 여기 들어온 게 아니지. 꾸역꾸역 급우들 틈으로 몸을 끼운 소기의 목적을 그만 잊을 뻔했다. 방심할 틈을 주지 않는 삼대천왕의 마성에 식은땀을 훔친 커피가 얼른 앞으로 손을 뻗었다. 우유의 옷자락을 낚아채기 위해서였다.

그런데 그 순간.

"저기, 좀 비켜줄래?"

"……."

누가 누가 잘 지르나 목청을 대결하듯 시끄럽게 튀어나오던 비명과 환호가 딱 멈췄다. 정적이 갑자기 내려앉았다. 광란과 열기가 넘치던 축제의 현장이 한순간에 독서실로 변했다. 커피는 어정쩡하게 손을 뻗은 채 적막 속에서 조용히 눈을 깜박였다. 왠지 익숙한 상황이었다. 낯설지 않고 어딘지 기시감 같은 것이 느껴졌다. 그리고 커피는 곧 그 이유를 알아차릴 수 있었다.

"길을 막고 있으니 내가 지나갈 수가 없잖아."

발화자는 전학생 나여주였다. 어제 교실에서 그랬듯이 말이다. 그녀는 먼젓번과 마찬가지로 이번에도 평이한 어조의 말 한마디로 좌중의 시선을 제게 집중시켰다.

참고로 시장통보다 시끄러운 공간에서 어떻게 나여주의 크지도 않은 발언이 또렷하게 널리널리 전달되었는지는 물어봐도 아무도 알려주지 않을 테니 궁금해하지 말도록 하자.

"흐음…… 그거, 설마 나한테 한 말일까?"

이 상황에서 주목할 것은 나여주가 입에 담은 말 자체가 아니다. 비켜달라는 요청은 누구나 할 수 있는 흔한 일상용어였다. 내가 소시지 빵을 사게 좀 비켜줄래? 내가 더블 소시지 빵을 집을 수 있도록 좀 비켜줄래? 내가 슈프림 소시지 빵을 내 안에 가둬 버릴 수 있도록 좀 비켜줄래? 등등(예문 도움 : 양커피의 하루). 다만 문제가 되는 것은 말이 아니라 그 말을 누구에게 했냐는 것이다.

여주는 삼대천왕 중 집안으로는 으뜸인 재벌 2세 황태자를 똑바로 올려다보고 있었다. 눈이 마주친 황태자가 신기하다는 듯 웃었다.

"응. 당연히 너지. 네가 길을 막은 인파의 가장 중심인 것 같으니까."

황태자와 눈을 마주하고도 여주는 눈 하나 깜짝하지 않았다. 말을 뱉는 어조도 흔들림 없이 태연했다. 다른 사람이었다면 이미 말을 음절 단위로 더듬었을 텐데 말이다. 물론 바로 어제 삼대천왕과 합동 수업에 대해 들어놓고도 눈앞의 금발이 3학년 선배임을 알아보지 못하는 그녀의 기억력엔 다소 유감을 표하는 바이지만, 아무튼 나여주는 의연했다.

그런 그녀의 태도는 황태자에게 있어 퍽 신선한 종류인 것 같았다. 빚어놓은 듯 반듯한 얼굴 위로 얼핏 흥미가 스쳤다. 그는 팔짱을 낀 채 고개를 약간 기울이곤 입을 열었다.

"혹시 내가 누군지 모르나?"

"알아야 해? 내가 알고 있는 건 지금 네가 내가 가고 싶은 길을 가로막고 있다는 것뿐이야."

여기저기서 헛숨을 들이켜는 소리가 들렸다. 그럴 만했다. 황태자는 삼대천왕이고 이사장의 아들이고를 떠나 일단 선배였다. 연장자라는 소리다. 태어나서 먹은 밥그릇 수를 그 무엇보다 중요하게 여기는 동방예의지국에서 하늘 같은 손위에게 감히 반말이라니! 심지어 한 번도 아니고 두 번이나 '너'라고 했다.

"너…… 라고 불렀다……."

충격받은 누군가가 여주가 입에 올린 호칭을 떨리는 목소리로 되새겼다. 쓸데없이 아련했다.

커피는 그 와중에 떨리는 동공으로 팝콘을 찾았다. 뭔지 모르겠지만 흥미진진했다. 어쩨 곧 파란이 들이닥칠 것 같았다. 어제 느꼈던 심상치 않은 예감은 바로 지금을 예고했던 것이었나 보다. 매번 OMR카드 마킹처럼 빗나가기만 하던 커피의 감이 처음으로 용하게 들어맞는 순간이었다.

이 정도면 돗자리는 아니어도 신문지 정도는 깔 수 있지 않을까. 커피가 자만하는 사이, 여주와 시선을 마주한 채 가만히 그녀의 눈만 바라보던 황태자가 돌연 픽, 입매를 허물어뜨렸다.

"큭……."

"……?"

"큭, 푸하하하!"

"태, 태자 선배?"

"황태자님?"

황태자는 뜬금없이 웃음을 터뜨렸다. 그것도 아주 크게 웃었다. 그가 배를 잡고 넘어가자 몰려 있던 군중이 단체로 동공지진을 겪었다.

이게 뭐야? 지금 이거 뭐니?

쟤 왜 폭소?

일면식도 없는 후배에게 첫 만남에 반말을 들은 황태자의 반응은 상황과 참 어울리지 않았다. 여주는 개그를 치지 않았고, 상황도 딱히 웃긴 부분이 없었다. 그런데 저 혼자 터졌다. 왜 터졌는지 물어보고 싶어도 어째 그럴 분위기가 못 됐다.

영문을 알지 못하는 만인의 당황 속에서 황태자는 한참을 그렇게 웃었다. 가만 보니 이 양반도 마이웨이가 제법 뛰어났다. 실컷 웃은 후 그는 웃음기가 가시지 않은 얼굴로 여주를 내려다보았다. 그러곤 그녀를 뚫어져라 응시하면서 입술을 떼었다.

"너, 이름이 뭐야?"

"……."

"……맙소사."

"황태자 선배!"

"꺄아악!"

그리고 비명이 터졌다. 조금 전과는 다른 비명이었다. 그때는 환희였다면 지금은 멘붕이었다. 난리가 났다.

황태자가 여주에게 이름을 물은 것은 어떻게 보아도 '너의 이름을 알아내서 데스노트에 적겠어'보다는 '이름이 뭐예요? 전화번호 뭐예요?' 쪽으로 해석됐다. 축약하자면 작업을 걸었다는 뜻이었다.

"말도 안 돼!"

"어떻게 저런 촌스러운 애한테!"

"아아아……."

황사모(황태자를 사랑하는 사람들의 모임)의 회장이 크나큰 충격으로 비틀거리기까지 하는 가운데, 황태자의 파격적인 행동은 김갠히와 이김한테까지도 영향을 준 것 같았다.

방금 전까진 여주가 상대에게 반말을 하든 존대를 하든 신경도 쓰지 않고 방관하던 갠히가 슬쩍 눈썹을 들어 올렸다. 나름 흥미의 표시였다. 이김 또한 마찬가지였다. 그는 눈가를 예쁘게 접어 웃으며 황태자와 여주를 번갈아 쳐다봤다. 관심이 생겼다는 의미 되시겠다.

한 명의 의연과 세 명의 홍미와 나머지의 멘붕. 진작 쳤어야 하는 수업 종은 왜인지 한참이 지났는데도 울리지 않고, 미술실은 혼란의 소용돌이 속으로 빠져들었다.

커피는 그 와중에 가상의 팝콘을 씹으며 관람객처럼 구경하다가 퍼뜩 깨달았다.

'아차, 우유.'

우유는 황사모(황태자를 사랑…… 이하 생략)의 운영진까진 아니어도 우수 회원이었다. 손님 아니고 준회원 아니고 정회원 아니고 우수 회원. 활동이 남다른 우수한 우수 회원. 그녀의 황태자 덕질은 역사가 깊고도 깊었다.

"……."

안우유는 아예 넋이 나가 있었다. 남들처럼 비명으로 멘붕을 표현할 정신도 없는 듯했다. 커피는 그런 단짝을 보며 양손으로 입을 가렸다.

'크흡, 우유야!'

삼대천왕과 전학생, 안우유, 결국 쓰러진 황사모 회장, 오늘만큼은 1초가 1분인지 아직도 울리지 않고 있는 수업 종, 분명히 같은 공간에 있거늘 아무도 그들의 존재를 몰라주는 삼대천왕을 제외한 나머지 3학년 1반.

대체 이 사태는 앞으로 어떻게 흘러갈 것인가. 커피는 이 순간만은 그것이 소시지 빵의 칼로리보다 궁금했다.

황태자가 여주에게 이름을 물어본 것은 고작 시작에 불과했다. 놀랍게도 말이다.

영원히 시작되지 않을 것만 같던 수업은 어찌어찌 시작되어 무사히 1교시가 끝났다. 왜 굳이 다른 학년을 모아 합동 수업을 진행한 건지 의구심이 들 만큼 수업 내용이 별것 없었다는 점은 제쳐두자. 중요한 것은 교내 최고의 인기인 삼대천왕의 관심이 고작 한 명에게 집중되었다는 것이다.

김갠히는 점심시간이 되어 2학년 5반을 찾아왔다. 당연히 볼일은 여주에게 있었다. 여주는 창가 자리에 앉아 분위기 있게 바람을 쐬고 있다가 갠히를 발견하곤 고개를 돌렸다.

갠사모-풀어쓰지 않아도 알 것이라 믿음-회원들이 손수건을 물어뜯는 가운데, 그가 말을 꺼냈다.

"이상하군."

"……?"

"왠지 너라면 닿아도 짜증 나지 않을 것 같아."

이에 배경음으로 다수의 비명이 깔린 것은 당연한 일이었다. 교실에 남아 점심으로 급식을 먹을지 소시지 빵에 소시지 빵을 싸먹을지 고민하던 커피는 알아서 찾아온 구경거리를 눈을 동그랗게 뜨고 구경하다, 문득 궁금한 것이 생겨 옆 사람을 콕 찔렀다. 옆 반인데 왜 여기 있는지 모를 학성기였다.

"저기, 학성기야. 물어보고 싶은 게 있는데."

학성기는 저를 부를 때마다 늘 이름과 성을 함께 불러주는 커피의 배려가 고마웠다. 그녀는 뭐든 물어보라는 얼굴로 고개를 끄덕거렸다.

"말해."

"고마워. 다른 건 아니고 갠히 선배 말이야, 혹시 여혐이야?"

여기서 언급한 여혐은 보통 인터넷에서 쓰이는 것과는 다른 의미다. 타자기를 두드리며 김X녀, 된X녀 거리는 것 말고 그냥 단어 그대로의 여성 혐오. 생물학적인 여성과 닿는 것을 끔찍해하는 증상 말이다. 학성기는 빠르게 답을 주었다.

"맞아! 본인이 말하고 다닌 적은 없는데 알음알음 다 알 정도로 유명하지."

"아하."

그러고 보니 1학년 초에 소문을 들었던 거 같기도 했다. 커피는 작게 고개를 끄덕인 뒤 다시 여주와 갠히에게로 시선을 주었다.

'닿아도 짜증 나지 않을 것 같아서' 운운하는 걸 보고 혹시나 했는데 정말 여혐이었구나.

커피는 구경을 이어나가다 문득 고개를 갸웃했다. 왠지 모르겠지만 여혐이 마치 김갠히의 아이덴티티처럼 느껴졌다.

'이 익숙함은 뭐지?'

그때 갠히가 마지막 말을 남겼다.

"그냥 이야기하고 싶었다. 그럼 후에 다시 마주치길 바라지."

그러고는 쿨하게 몸을 돌렸다. 이때 커피는 김갠히의 또 다른 정체성을 찾았다. 대한민국 10대 중 그 혼자만 쓸 것 같은 저 답 없는 말투. ~지, ~군, ~다로 끝나는 중2병의 대명사 같은 저 말투가 바로 갠히의 두 번째 정체성이었다.

'으으음.'

여혐과 중2병 말투. 그러고도 저 인기라니 역시 가장 중요한 건 얼굴이구나. 커피는 새삼 세상의 진리를 깨달았다.

자, 아무튼 황태자는 1교시에 이름을 물었고 김갠히는 점심시간에 찾아와 뭐라 뭐라 자기한테만 중요한 얘기를 하고 갔다. 그럼 이김은?

사실 2학년 5반에서 그나마 가장 제정신을 유지하고 있는 이사모-아시죠?-는 이대로 하루가 끝나기를 간절히 바랐다. 이김마저 황태자와 김갠히의 전철을 밟게 할 수는 없었다. 어서 끝나라. 얼른 종례하고 오늘이 마무리돼라!

그러나 그들의 소망을 비웃듯 이김은 마지막 종이 치기 전 5반에 모습을 드러냈다. 8교시 보충 수업을 남겨두고, 7교시 정규 수업이 끝난 쉬는 시간이었다.

"이…… 이김 선배마저!"

"이건 꿈이야. 으어엉!"

"우리 팽이 돌릴래? 그거 분명히 안 멈추고 계속 돌아갈 거야. 어서 돌려보자."

오열과 절규와 현실도피가 빗발치는 가운데, 이김은 긴 다리로 성큼성큼 잘만 직진해 여주에게로 다가갔다. 다른 곳으로는 눈길 한번 주지 않았다. 갠히도 그렇지만 이김도 꽤 키가 훤칠한 편이라 나여주는 고개가 아플 만큼 시선을 위로 옮겨야 했다. 여주와 눈이 마주친 이김은 아무런 말이 없었다. 다시 봐도 한국 사람이 맞나 싶은 깨끗한 은발이 형광등 아래 자연스럽게 반짝였다.

황태자 때도, 갠히 때도 상황 자체에 더 관심이 있었던 커피는 처음으로 상황보다 사람에게 주의를 기울였다. 백은발이 황당할 만큼 예뻤다.

"헉!"

"안 돼! 꺄아악!"

그때 이김이 고개를 숙였다. 여주와 시선을 마주하고 있던 상태라 당연히 둘의 얼굴 간격이 가까워졌다. 사방에서 큰 술렁임이 일었다. 이사모의 행동 대장은 여차하면 손에 쥔 각목(?)을 들고 달려들 생각인 듯 진지하게 자세를 고쳐 잡았다.

"……."

이김이 상체를 숙이던 것을 뚝 멈췄다. 긴장감이 흘렀다. 몇 초쯤 지났을까? 한 뼘이 조금 넘는 간격을 유지한 채 상대를 관찰하듯 살피던 이김이 돌연 미간을 찌푸렸다.

"이상한데."

"……?"

"아닌 것 같단 말이야."

뭐가 이상한지, 뭐가 아닌 것 같은지는 이 자리에 모인 사람 중 이김 혼자만 알 것이다. 그러나 그는 본인도 제가 한 말의 의미를 잘 모르겠다는 듯 고개를 옆으로 갸웃할 뿐이었다. 그 와중에도 얼굴이 깡패라 갸웃거리는 자태가 어여뻤다.

손에 땀을 쥐고 지켜보던 행동 대장은 일단 각목을 내렸다. 최악의 상황은 아닌 것 같았다.

"흐음."

뭐가 아닌지는 모르겠지만 어쨌든 아닌 건 알겠다는 낯으로 이김이 자세를 바로 했다. 1교시 미술실에서만 해도 홍미가 돌았던 그의 얼굴은 채 반일도 지나지 않아 도로 무감해졌다. 찡그렸던 미간을 푼 그는 무표정이었다. 관심이 사라졌다는 듯 이김은 직후 주저 없이 5반을 빠져나갔다.

그가 그렇게 사라지고 교실에 남은 것은 혼란이었다.

"……방금 뭐였어?"

"글쎄."

"그, 헷갈리긴 하지만 어쨌든 이김 선배는 지켜낸 건가?"

이곳까지 여주를 찾아오긴 찾아왔는데, 와서 던지고 간 말이 워낙 의미심장해 통 갈피를 잡을 수가 없었다. 당황하던 2학년 5반은 곧 긍정적인 쪽으로 결론 내리기로 했다. 이김 선배는 넘어가지 않은 거야. 그래!

"생각해 보니 그럴 만해. 이김 선배는 애초에 사람을 별로 사람 취급 안 하잖아."

"맞아, 우리 학교 여학생보다 과학실의 삼각플라스크를 더 대우해 줄걸?"

"스포이트 공병보다도 못한 취급은 다반사지."

"리트머스 종이가 우리보다 중요하고."

"호호."

"하하하."

웃어야 할지 울어야 할지 모르겠는 대화가 이어지는 가운데, 여기 갑자기 퍽 얼떨떨해진 사람이 한 명 있었다.

커피는 뜯으려던 소시지 빵도 잊고 멍한 얼굴로 자리에 앉아 있었다. 짝지 안우유는 오전 일찍 마음의 상처로 조퇴했다. 잠시 그리 제 자리에서 눈만 껌벅이던 커피가 곧 혼잣말을 중얼거렸다.

"나 분명히 이사모 회원 아닌데……?"

이상했다. 아무리 생각해도 회원 가입을 한 기억이 없는데 말이다. 회원은커녕 손님도 아니었을 텐데. 여태 덕질이라고는 소시지 빵 덕질밖에 해본 적이 없는 낭랑 18세 양커피가 본인의 이상 증세를 알아채곤 식은땀을 흘렸다.

"어…… 이거 설마 입덕?"

여기서 잠시 시사 상식 사전의 힘을 빌려보자.

[덕질] 덕후(오타쿠)질의 줄임말로 마니아 이상의 열정을 가지고 특정 분야를 취미 생활로 즐기는 제반 행위를 가리킨다.

[입덕] 어떤 분야의 오타쿠가 됐다는 뜻이다. 관련 용어로 덕질을 잠시 쉬는 것을 휴덕, 덕질을 그만두는 것을 탈덕이라고 한다.

"헐……."

양커피 인생 최초로 사람에게 입덕하는 순간이었다. 대체 뭘 보고 입덕한 건지는 자기도 잘 모르겠지만 말이다.

형광등을 햇빛인 양 반사하며 반짝거리던 은발이 떠올랐다. 자꾸만 아른거리는 형상에 커피는 쿵 소리가 나게 책상에 이마를 박았다. 망했다.

지금은 LTE 시대다. 팬클럽이 오프라인에만 존재하는 것은 구식이었다. 커피는 학교를 마치자마자 핸드폰으로 이사모 카페에 가입했다. 그리고 밤새도록 검색을 통해 삼대천왕 이김에 대한 정보를 긁어모았다. 그 노고의 결과 양커피는 명쾌하게 결론 내릴 수 있었다.

'응, 탈덕하자.'

탈덕만이 답이라는 것을. 커피는 잠을 못 자 침침해진 눈으로 망설임 없이 카페의 '회원 탈퇴' 버튼을 찾아 눌렀다. 이김은 위험한 인간이었다. 나쁜 남자 아니고 위험한 남자 아니고 위험한 인간.

커피가 밤샘 서치로 알게 된 것이 있었다. 어제 반 친구들이 하던 이야기들은 과장이나 농담이 아니었다. 제 기분 따라 교복 대신 흰 가운을 입고 다니는 이김은 대체로 교실보다는 과학실에 상주했다. 그리고 정말 타인을 실험 용품보다 못하게 여겼다.

감히 이김의 눈앞에서 알코올램프를 조롱한 놈이 집에 가는 길에 핸드폰이 터진 것은 이미 이사모 사이에서는 유명한 일화였다. 설마 그럴 리가 있냐고, 우연일 거라고 치부하고 시약 스푼을 조롱한 놈은 핸드폰과 필통이 함께 터졌다.

어떻게 그런 게 가능하냐고 물어도 아무도 대답해 주지 않았다. 확실한 것은 이김은 그러면서도 절대 증거를 남기지 않는다는 것이다. 물증은 없어도 심증은 있다. 그러나 심증만으로 이김에게 징계를 내리기엔 이김이 너무 잘났다는 게 문제였다.

심심하면 대회에 나가 상을 쓸어 오고 내키면 모의고사에서 만점을 받았다. 자기 짜증 날 땐 시험에서 0점을 받아 평균을 대폭 낮춰 버린다는 게 흠이었지만 어쨌든 이김이 여태 학교의 명예를 드높여 줬다는 건 부정할 수 없는 사실이었다.

그의 천재성에 반한 외국계 재벌들이 심심찮게 후원 의사를 밝히기도 했으니 학교 측에선 이김이 뭘 하고 다니든 차마 건드리기가 어려운 것이다. 이사모에서 암암리에 이김을 지칭하는 별명은 바로 '교내의 무법자'. 물론 학교 밖에서도 충분히 무법자일 거라고 추정된다.

어쨌든 정리하자면, 목숨이 소중한 자는 빠른 탈덕을 하는 것이 좋다는 결론이 나온다. 갖가지 방법-그러나 증거는 남지 않는-으로 처리된 이김의 스토커 및 안티들의 최후를 보면 싫어도 그런 생각이 들 수밖에 없었다. 살고 싶니? 그럼 탈덕해.

그런 의미에서 보면 야수고 내에서 활동하는 이사모는 정말 대담한 집단이라고 할 수 있었다. 여성이 일생 중 가장 용맹할 때는 여고생일 때라더니 정말인가 보다.

그러나 같은 여고생이라도 타고난 모태쫄보인 커피는 목숨을 위해 얌전히 덕심을 접기로 마음먹었다. 역시 쫄보에겐 무사안일이 인생 제일의 목표인 법이다.

커피는 아침부터 이별했다. 물론 혼자 하는 이별이었다. 안녕…… 짧지만 사랑했다……. 그렇게 슬픈 이별 직후 등교한 커피는 교실에 도착하자마 바로 담요를 덮고 책상에 엎드렸다. 견디기 힘든 이별의 고통을 삭이기 위해…… 는 아니고 너무너무 졸음이 쏟아졌기 때문이다. 역시 밤샘은 무리였나. 커피는 자습 시간부터 곯아떨어져 2교시가 다 끝나서야 비몽사몽 눈을 떴다. 놀라울 정도로 학교생활에 성실히 임하는 모습이었다.

양커피가 그리 꿀잠을 자는 동안 2학년 5반에는 무슨 일이 일어났을까? 물론 1교시에는 수학을 배우는 일이 일어나고 2교시엔 영어를 배우는 일이 일어났다. 하지만 그런 걸 제외하고도 몇 가지 사건이 더 있었다. 5반은 아침 자습 시간부터 2교시가 끝나기까지 제법 파란을 겪었다. 우선 나여주의 미모가 만천하에 드러난 것이 첫 번째였다.

어젯밤 단체로 마음의 상처를 입은 황사모와 갠사모는 등교한 뒤 얌전히 있지 않았다. 타오르는 적의로 여주를 괴롭힐 방법을 모색하더니 그것을 실천에 옮긴 것이다. 그들은 여주가 앞문을 열고 나타나자마자 그녀를 향해 양동이에 든 물을 뿌렸다. 참고로 이때 가장 크게 비명을 지른 것은 주번이었다.

등교와 동시에 물벼락을 맞은 여주는 그럼 어떻게 되었나? 우선 얼굴을 닦기 위해 안경을 벗었고 머리를 말리기 위해 촌스럽게 땋은 것을 풀었다. 그러자 결 좋은 긴 생머리가 샤랄라 나부끼고 헉 소리가 나올 만큼 오목조목 예쁜 민낯이 드러났다. 진부한 반전이었다.

거기에 마침 복도를 지나가던–왜 3학년이 2학년 교실 복도를 지나가는지는 아무도 모름–황태자가 물에 젖은 여주를 발견하고는 당장 웃옷을 벗어 덮어준 뒤 제 체육복을 빌려준 기막힌 우연은 덤이었다. 황태자는 안면 인식 장애가 아니었던 모양인지 안경 벗고 머리 푼 여주를 헷갈려 하지도 않고 한 번에 알아봤다. 5반에선 당연히 곡소리가 터졌다.

이렇게 아침부터 나여주와 황태자 사이에 사랑의 작대기가 생겼다. 체육복을 돌려주려면 다시 만나야 하니, 애프터까지 확실히 보장해주는 친절하고 치밀한 작대기였다.

골탕을 먹이려다 본의 아니게 큐피드 노릇을 하게 된 황사모와 갠사모는 땅을 치고 울었다. 조례를 하러 들어온 담임교사가 물 이거 뭐냐고 당장 주번이 나와 닦으라고 해서 주번도 울었다.

그렇게 파란만장한 아침 자습이 끝나고 1교시가 시작되었다. 앞서 실패를 겪었으니 안 되는가 보다 하고 순순히 포기했으면 좋았으련만 황사모와 갠사모는 애석하게도 끈기가 있었다. 이런 걸 두고 없는 게 나은 끈기라고 한다.

그들은 쓸데없는 끈기를 십분 발휘해 1교시 쉬는 시간에 새로운 괴롭힘을 시도했다. 이번엔 이거였다. '너, 따라 나와!'. 앞장선 것은 황사모와 갠사모의 행동 대장인 '나일진'과 '전이진'이었다. 어릴 때부터 골목대장 자리를 연임하며 한가락 했다는 그녀들은 각각 성별이 무의미한 전투력을 지니고 있었다. 아마 남녀와 학년을 가리지 않고 전교생을 대상으로 슈퍼 일진 K를 개최하더라도 너끈히 톱10 안에는 들 것이다. 그만한 강자였다.

시키기만 한다면 벽돌도 깨부술 수 있을 것 같은 행동 대장. 반면 벽돌은커녕 토스트는 부술 수 있을까 의심되는 가녀린 나여주. 둘의 전투력 차이는 굳이 스카우터로 확인하지 않더라도 명확했다. 복사 붙여넣기를 반복해 나여주가 서른 명쯤으로 불어나더라도 승리는 요원해 보였다. 2차 시도는 이렇게 성공할 것 같았다.

그러나 나일진과 전이진이 모르는 것이 있었다. 여주에겐 전투력은 없어도 운이 있었다. 그건 특히 위기의 상황에서 누군가를 소환하는 것에 특화된 운이었다.

두 행동 대장은 소각장 뒤편에서 막 나여주의 머리채를 잡으려다 마침 그곳을 지나가던 김갠히에게 딱 걸렸다. 소각장 뒤편이 산책로도 아닌데 왜 갠히가 그곳을 거닐고 있었는지는 모를 일이다. 거닐던 이유야 어쨌든 그는 상황을 목도하곤 불같이 화를 냈다. 안 그래도 표정이 적어 냉미남이라고 불리는 사람이 아주 얼음 왕자가 되어 한기를 풀풀 날렸다.

당연하지만 나일진과 전이진은 꼼짝도 하지 못했다. 애초 덤빌 수 있는 상대도 아니거니와 설사 덤빈다 하더라도 이길 수 없었다. 원래 남주인공은 항상 서열 0위인 법이다. 김갠히는 '다시 한번 이런 짓을 하다 내 눈에 띄면 가만두지 않겠다'는 안 해주면 섭섭한 대사를 날린 뒤 여주를 교실까지 데려다주었다.

결국 두 번째도 이렇게 썸으로 끝났다. 결과를 전해 들은 황사모와 갠사모는 통곡했다. 이사모는 그들만큼 화가 나지는 않았지만 의리상 옆에서 같이 울어주었다. 그 와중에 반으로 돌아온 여주는 명언을 남겼다.

"너희의 분노와 시기를 이해해. 늘 그래왔으니까. 하지만 이것만은 알아줄래? 나도 힘들다는걸. 내가 원해서 그들의 관심을 받는 건 아니잖아. 차라리 누가 가져가 줬으면 좋겠어."

그녀가 먼저 삼대천왕에게 들이댄 것이 아니니 틀린 말은 아니다. 그러나 황사모와 갠사모의 회장이 뒷목을 잡고 넘어가기엔 충분했다. 두 사람은 나란히 쓰러져 양호실로 이송되었다. 부회장 및 우수 회원들이 받은 충격도 무시 못 했다.

갓 깨어난 커피를 붙잡고 위의 일들을 모조리 설명해 준 우수 회원 안우유는 울상이었다. 우유는 꺼질 듯 한숨을 쉬었다.

"……나 이제 어쩌지, 커피야?"

가라앉은 목소리가 어두웠다. 커피는 그런 단짝에게 아무런 말도 해줄 수 없었다. 평소 그녀는 유능한 상담사였지만 이런 상황에선 도통 무슨 조언을 주어야 할지 감이 오지 않았다. 커피가 우물쭈물하는 사이, 우유가 먼저 커피의 손을 덥석 잡았다.

"나 한 번만 좀 도와줘."

"……응?"

"꼭 좀 부탁할게, 커피야."

대뜸 뭘? 커피의 낯 위로 혼란이 올라오자 우유가 얼른 말을 이었다.

"여주가 그랬잖아. 차라리 이 관심을 누가 가져가 줬으면 좋겠다고. 그거 좋은 생각인 것 같아. 그렇게 해야겠어."

"엉?"

"나 황태자 선배한테 공개 고백할래."

"어엉?"

"네가 좀 도와줘. 아니, 너밖에 없어. 커피 넌 방송부잖아."

그렇다. 앞서 언급한 적은 없지만 커피는 사실 교내 방송부원이었다. 2학년으로 진학하며 입부했으니 이제 반년이 조금 넘었다. 커피는 우유의 부탁에 깜짝 놀랐다.

"뭐라고?"

"제발 부탁해. 그 정도는 되어야 선배에게 인상을 남길 수 있을 것 같단 말이야. 방송으로 하는 공개 고백이 아니면 안 될 것 같아."

"아니, 그치만……."

커피는 당황한 낯으로 기억을 더듬었다. 언제였지, 지지난달인가? 아침 방송을 하던 커피가 잠도 오고 심심해서 충동적으로 드립을 친 적이 있었다.

[오늘의 방송은 세계 평화에 대해 이야기해 봤습니다. 유익한 방송이 되었길 바랍니다. 그럼 전쟁 없는 평화를 바라는 의미에서 노래 한 곡 들려 드릴게요. 김정은이 부릅니다. 너를 위핵.]

오타가 아니다. 커피는 방송부답게 또렷하고 명확한 울림으로 핵이라고 발음했다. 방송을 듣던 교실에선 웃음이 터졌고 커피는 대가로 교무실로 질질 끌려갔다.

너 김정은 일부러 그랬지? 핵 일부러 그랬지? 추궁하는 선생님 앞에서 양커피는 시무룩하게 있다가 곧 변명했다.

"선생마마, 소인은 그냥…… 아침 일찍 등교하느라 피곤할 학우들에게 작

은 웃음을 주고 싶었던 것뿐이옵니다. 이런 내 맘 모르고 너무행! 너무행!"

그리고 그날 커피는 손을 든 채 교무실 앞에 삼십 분을 서 있어야 했다. 선생님께 혼나고 방송부 부장에게도 혼난 그녀는 다시는 방송으로 헛소리하지 않겠다는 자필 맹세문을 제출하고 나서야 도로 마이크를 잡을 수 있었다.

그런 전적이 있는 마당에 방송으로 공개 고백? 그런 걸 해줬다간 커피의 모가지가 어떻게 될지는 불 보듯 뻔했다. 커피는 단짝의 무리한 부탁에 고개를 붕붕 저었다. 아니, 저으려고 했다.

"부탁해, 커피야…… 으헝, 으어어엉."

"……!"

얼마나 간절했는지 우유는 엉엉 울었다. 커피의 눈동자가 흔들렸다. 사실 커피는 친구에게 많이 약했다. 호구 기질이 좀 있는 편이었다. 고민에 고민을 거듭하던 그녀는 결국 고개를 끄덕였다. 에라, 모르겠다. 그놈의 방송부, 어차피 재능 기부나 다름없었는데 그냥 잘리지, 뭐. 커피는 결국 그렇게 우유의 공개 고백 대작전을 돕기로 했다.

과연 그게 황태자에게 얼마나 큰 인상을 남길 수 있을지는 모르겠지만 말이다.

방송부의 권력 서열이 어떻게 되는 줄 아는가? 방송부장이 1위, 아침 방송을 하는 부원이 2위이며 점심 방송을 하는 부원은 3위에 불과하다. 커피는 점심 방송을 맡은 부원이었다. 본래는 아침 방송이었는데 좌천됐다.

방송은 주로 두 명이서 이틀이나 삼 일씩 나눠서 맡았는데 커피가 담당하는 요일은 수, 목이었다. 마침 오늘이 수요일이었다. 커피는 심기일전하여 우유와 함께 방송실을 찾았다.

"마침 부장도 밥 먹으러 간 것 같고……."

매일 감시자를 자청해 방송실에 남곤 하던 방송부장이 오늘은 웬일인지 보이지 않았다. 이건 혹시 하늘이 돕는 걸까. 기뻐해야 할지 슬퍼해야 할지 모르겠다. 커피는 복잡한 기분으로 익숙하게 자리에 앉았다.

"부, 부탁해, 커피야."

"정말 직접 안 할 거야?"

"긴장돼서…… 내 목소리가 울리면 아무래도 낯설어서 버벅댈 것 같아. 그리고 모기 기어들어 가는 소리로 해봐야 의미도 없을 것 같고."

우유는 직접 화자가 되기를 원하진 않았다. 마이크에 입을 대고 의연하게 말할 자신이 없었기 때문이었다.

커피는 방송 기기를 조정하며 목을 좀 풀었다. 어째 중대한 사명을 짊어진 것 같은 기분이었다.

"뭐라고 하면 된댔지?"

"황태자 선배 사랑해요…… 아니, 미쳐 버릴 만큼 사랑해요!"

"……그, 그래."

"말한 다음에 뒤에 내 이름 꼭 넣어줘."

"알겠어."

해야 할 멘트를 속으로 되뇐 커피가 능숙하게 음향 버튼을 눌렀다. 일단 점심 방송을 알리는 음악부터 내보냈다. 막상 시작이 눈앞으로 다가오자 우유는 달달 떨었다.

"커, 커피야, 나 떨려."

"괜찮아. 우렁차게 잘 말해줄게."

"저, 정말 괜찮겠지? 응?"

"그럼."

어차피 안 괜찮아도 커피가 안 괜찮다. 커피는 걱정 말라는 듯 엄지를 들어 올려준 뒤 마이크의 전원을 켰다. 드디어 시작이었다.

[안녕하세요, 학우 여러분. 점심 방송을 맡은 양커피입니다. 이제 다들 익숙해지셨을 테니 오늘은 제 이름을 듣고 귀를 후빈 분이 없길 바랍니다. 방송부로 문의 들어올까 봐 미리 말씀드립니다. 본명 맞아요.]

기본 인사를 마친 커피가 방송을 이어나갔다. 으레 점심 방송 때마다 풀어놓곤 하는 덕담이나 격언을 몇 가지 소개했다. 점심시간에 진행하는 방송은 본디 멘트가 짧았다. 말은 금방 끝나고 그 뒤로는 가요 메들리가 이어졌다.

커피는 금세 정규 멘트를 다 치고는 시간을 슬쩍 확인했다. 마무리를 할 때가 됐다.

[오늘도 편안하고 즐거운 오후 되시길 바랍니다. 그럼 마지막으로…… 여러분이 아닌 3학년 1반 황태자 학생께 드릴 말씀이 있습니다.]

본론을 앞두고 커피는 심호흡을 했다. 안우유는 옆에서 진동 안마기라도 부착한 것처럼 덜덜덜 떨었다. 마음의 준비를 마친 커피가 입을 열었다.

[황태자 학생, 듣고 계시나요? 용기 내 전하는 한 여학생의 진심입니다. 잘 들어주세요.]

우유의 떨림이 더 심해졌다. 이젠 안마기 정도가 아니라 숫제 지진이 난 것 같았다. 커피가 말을 이어나갔다.

[선배를 처음 본 순간부터 말하고 싶었습니다. 벌써 2년이나 지났네

요. 이제야 겨우 떨리는 가슴으로 용기를 냅니다. 황태자 선배, 미…….]

그때 우유가 불쑥 커피의 어깨를 잡았다. 준비된 대사를 치려던 커피가 깜짝 놀라 돌아봤다. 얼굴이 새빨개진 우유는 고개를 붕붕 젓고 있었다.

"미, 미안해. 정말 미안해. 생각해 보니까 공개 고백, 그거 못 하겠어."

뭐? 커피의 눈이 휘둥그레 뜨였다. 갑자기 그럼 어떡하라고? 이미 뱉은 말은? 표정으로 묻자 우유가 안절부절못하며 대답했다.

"아, 아무 말이나 해줘. 사랑한다는 말 말고 다른 거 아무거나. 진짜 미안해."

맙소사. 커피의 등 뒤로 식은땀이 흘렀다. 운을 뗐으니 뭐라고 말을 하긴 해야 했다. 아무거나? 아무거나 뭐? 사랑해요 말고 대체 무슨 말을…….

순간 커피의 머릿속에 어제 미술실에서 봤던 황태자의 모습이 떠올랐다. 그녀의 입이 얼른 떠오른 것을 냅다 뱉었다.

[미…… 미용실 어디 다니시나요?]

커피가 떠올린 것은 바로 황태자의 금발이었다.

[그게, 음, 저번에 뵀을 때 금발이 참 멋있으시더라구요! 머릿결도 되게 좋으시고, 유, 윤기가 흐른다고 해야 하나? 뿌리 염색도 굉장히 잘 되어 있었고요. 그래서 다니는 미용실이 참 궁금…… 하하하, 하.]

수습은 무리였다. 안우유 또한 옆에서 돌처럼 굳어 있었다. 망했다는 것을 깨달은 커피는 어서 멘트를 끝내기 위해 선곡표를 찾았다. 틀어줄 노래만 이야기하고 바로 마무리 짓자. 그리고 매의 눈으로 오늘의 선곡을 확인한 커피는 곧 사색이 되었다. 아, 왜, 하필, 왜.

그녀는 차마 떨어지지 않는 입술을 겨우겨우 뗐다.

[노래 들려 드리면서 저는 이만 물러가겠습니다. 오늘의 첫 곡, 김가수가 부릅니다. ……찰랑찰랑.]

학교의 스타가 되기 위한 방법에는 여러 가지가 있다.

가장 쉬운 것은 지나가는 곳마다 모세의 기적이 일어날 만큼 출중한 외모를 지니는 것이고, 외모가 평범하다면 전국 석차를 씹어 먹는 천재적인 머리로 승부를 볼 수도 있으며, 둘 다 안 된다면 전투력을 과시하며 매일 피 묻은 각목을 들고 다니는 것도 하나의 방편이 될 수 있다.

만약 셋 다 불가능하다면? 그럴 때는 만물의 영장답게 도구를 이용할 수도 있다. 다음의 경우를 보라.

"어? 찰랑찰랑!"

"찰랑찰랑, 어디 가?"

"쟤가 그 찰랑찰랑 맞지?"

"미용실은 왜 물어본 거야? 트리트먼트하려고?"

"황태자 선배한테 답신은 받았어? 미용실 어디래?"

야수고등학교의 2학년 5반 양커피. 그녀는 문명인답게 방송이라는 신문물을 이용하여 하루아침에 교내 대스타가 되었다. 한 가지 문제라면 본인이 원한 결과가 아니라는 것?

종일 가는 곳마다 강제로 아는 척을 당한 커피가 비틀비틀 교실로 들어왔다. 문턱을 넘자마자 우유를 발견하곤 상대를 벽으로 밀어붙였다.

쾅!

박력 있게 벽 치기를 한 커피가 입을 열었다.

"이름표 바꾸자."

"……미안……."

우유는 입이 열 개라도 할 말이 없었다. 당연한 일이었다. 타고난 소심인, 즉 소심한 인간 안우유는 본래 공개 고백을 할 배짱 같은 건 지니고 있지 않았다. 그때는 그냥 나여주를 향한 질투심에 잠깐 이성을 잃었던 것뿐이다. 기왕 잃은 이성 계속 부재를 유지했다면 좋았겠지만 안타깝게도 그녀의 이성은 절묘한 순간에 제자리를 찾고 말았다. 그 결과가 지금 이 상황이었다.

임기응변을 미용실로 하지 않았다면, 하필 첫 곡이 찰랑찰랑이 아니었다면 하는 후회와 원망도 있었으나 이제 와선 전부 부질없었다. 이미 방송은 스피커를 탔고 커피는 자신의 의사와 관계없이 유명해졌다.

유명하면 좋은 거 아니냐는 질문이 나올 수도 있다. 그러나 그건 삼대천왕처럼 좋은 의미로 유명할 때나 통용되는 말이다. 어제 점심 이후로 커피의 하루는 비슷했다. 지나가다 열 명을 마주치면 열한 명이 놀렸다. 눈물이 저절로 뺨을 적셨다.

"잘못했어, 커피야. 그, 그래도 방송부에서 잘리지 않은 건 다행이다! 그치?"

식은땀을 흘리며 우유가 말을 돌렸다. 말마따나 커피는 방송부의 부원 자리를 사수했다. 담당 선생님이 커피를 자르려는 순간 교무실에 들른 이사장이 역성을 들어주었기 때문이다. 그는 여태 제 아들에게 공개적으로 사랑 고백을 하는 건 많이 봤어도 미용실을 묻는 건 처음 보았다며 커피를 향해 엄지를 추켜세웠다. 커피는 아마 이사장에게 직접 엄지척을 받은 최초의 학생일 것이다. 별로 명예롭진 않았다.

담당 교사는 이사장 탓에 커피를 퇴부시키진 못했지만 그렇다고 일을 그냥 넘기지도 않았다. 커피는 '제가 양커피입니다'라는, 부끄러워서 화성으로 떠나고 싶은 팻말을 들고 교무실 앞에 20분간 서 있어야 했다. 덕분에 인상착의가 일파만파 퍼진 것은 덤이었다.

특정되기 쉬운 전교 제일의 개털 머리카락을 지닌 커피가 깊게 한숨을 내쉬었다.

"이름표 정말 바꾸자. 나 지금 진지해."

"……이미 늦지 않았을까?"

안우유가 흔들리는 눈빛으로 제 이름표를 사수할 때였다.

교실 앞문이 큰 소리를 내며 열렸다.

드르륵, 쾅!

저렇게 요란하게 등장하는 건 대체로 학성기 또는 학성기 아니면 학성기였기에 커피는 별반 관심을 두지 않았다. 지금은 핫뉴스보다 이름표를 교환하는 게 더 중요했다. 그러나 입장한 인물은 옆 반 학성기가 아니었다. 커피는 '꺄아아악!' 하는 비명을 듣곤 깜짝 놀라 고개를 돌렸다. 이 환희의 고성은?

"이김 선배!"

"이김 선배다!"

"선배가 왜 여기에? 서, 설마 나여주를 보러?"

그냥 걸어 들어올 뿐인데 마치 스포트라이트가 비치는 것 같았다. 제 집에 입장하듯 이김은 몹시 자연스럽게 반 안으로 들어섰다. 전적이 있는 교실이 크게 술렁거렸다.

"이, 이김 선배도 결국……?"

"안 돼애!"

이사모는 절규하면서도 차마 이김의 앞길을 막아서거나 하지는 못했다. 이유야 간단하다. 무서웠기 때문이다.

이김은 성별에 관계없이 사람을 공평하게 조지는 인간이었고 이 자리의 모두가 그 사실을 알고 있었다. 그건 커피 또한 마찬가지였다. 커피는 찬연하게 등장한 이김을 보곤 화들짝 놀랐다가 이내 바짝 쫄았다. 입덕하던 날 밤새 읽었던 이김의 업적 모음집은 어지간한 공포 소설 빰을 후려칠 만큼 무서웠다. 소중한 필통이 터진다면 커피는 조퇴해서 엉엉 울고 말 것이다.

그렇게 누구는 쫄고, 누구는 긴장하고, 나여주만 저 홀로 태연한 공간에서 이김은 우뚝 걸음을 멈췄다. 반 전체를 한눈에 둘러볼 수 있을 만한 위치에서 발을 멈춘 그가 곧 입술을 뗐다.

"어제 점심에."

"……."

"병신 같은 방송 한 부원, 그거 여기 있지? 어떤 거야?"

어떤 거. 저건 놀랍게도 사람을 지칭하는 그의 표현이었다. 정상적인 단어로 치환하면 '누구'와 대응한다. 이김의 아름다운 언어 사용에 익숙한 이사모들은 그의 '거' 운운보다는 다른 부분에서 놀랐다. 나여주를 보러 온 게 아니었어?

"어제 방송이면……."

"커피?"

"커피잖아."

지목당한 커피의 눈이 평소보다 배는 커졌다. 커피는 너도 나도 저를 향하는 반 친구들의 눈길과 그에 따라 자연히 이쪽으로 날아든 이김의 시선에 숨을 헉 들이켰다. 가만히 있으려고 해도 동공이 알아서 떨렸다. 이김의 시선은 집요하게 꽂혀들었다.

하필이면 거리도 가까웠다. 이김이 몇 걸음 이동하자 둘의 간격은 금세 없었던 것처럼 사라졌다.

커피가 괜히 쫄보인 것이 아니다. 잘 쪼니까 쫄보였다. 이김은 그저 걷기만 했는데 커피는 벌써 쫄아서 겁먹은 다람쥐처럼 눈을 동그랗게 뜨고 벽에 딱 붙었다. 머릿속으로는 핸드폰과 필통이 나란히 터지는 환상의 콜라보 상상이 펼쳐지고 있었다.

커피가 잔뜩 겁먹었다는 걸 눈치챈 이김이 황당하다는 듯 웃었다.

"쪼니까 웃기네."

커피는 발끈했다. 사람을 보고 웃기다니! 그녀는 쫄보였지만 그래도 상황에 따라 발끈 정도는 할 줄 알았다. 물론 마음으로만.

티 나지 않게 속으로만 반발한 커피가 주저주저 입을 열었다.

"그…… 제 핸드폰은 갤럭시 공책 7이에요."

"뭐?"

"선배님께서 안 터뜨려도, 어, 언젠간 알아서 터지지 않을까요?"

커피도 자기가 무슨 말을 하고 있는지 잘 몰랐다. 그러니까 내 핸드폰 터뜨리지 말고 살려달라는 말을 하고 싶은 건가. 가까이 마주 선 이김의 존재감 때문인지 머리랑 말이 따로 놀았다.

"그리고 필통은…… 그, 그 안에 비싼 만년필이 들어 있는데, 그것만 좀 꺼내게 저한테 시간을 주시면 안 될까요?"

"무슨 소리야?"

"네?"

"누가 뭘 한대?"

커피의 상상은 확실히 앞서간 데가 있었다. 아무리 이김이라도 마주치는 인간마다 족족 골로 보내지는 않는다. 이김은 생명 존중 의식이나 인내심이 낮다 못해 없는 편이었지만 그래도 나름 정도를 지키면서 행동했다. 내키는 대로 다 털었다간 뒷일이 귀찮아진다는 걸 대충 알고 있었기 때문이다.

커피는 이김의 말에 눈을 껌벅껌벅 감았다 떴다.

"……안 해요?"

"해줘?"

"아니요! 아니요!"

"격렬하네. 내가 그렇게 무서워?"

커피의 동그란 눈동자가 도르륵 옆으로 굴렀다가 도로 이김을 눈에 담았다. 사실 무섭긴 한데 그렇다고 마냥 공포만 느껴지는 건 아니었다. 하루 만에 탈덕하긴 했지만 그래도 입덕을 했던 전적이 있었다.

눈처럼 화사한 은발과 와, 저게 사람 얼굴이냐 싶은 미끈한 이목구비를 보면 확실히 공포와는 관계없이 가슴이 두근두근 뛰기도 하는 것이다. 물론 무서워서 뛰는 거랑 섞여서 둘 중 뭐가 더 큰지는 알 수가 없었다.

이김은 딱히 커피의 대답을 바랐던 건 아닌 듯 재차 입을 열었다. 눈길은 커피의 이름표로 향했다.

"이름은…… 양커피?"

"……."

"얼굴보다 이름이 더 웃기네."

……'보다'?

보다, 라니? 그거 왜 비교문이죠? 설마 지금 내 얼굴 깐 거? 어? 내 얼굴이 웃겨?

커피가 두 번째로 발끈했다. 물론 이번에도 드러낼 용기는 없었다. 속으로만 발끈한 커피는 뭐라 반발하는 대신 표정을 조금 불퉁하게 바꿨다. 입술을 미세하게 내밀고 미간에 힘도 좀 줬다. 이, 이 정도는 괜찮겠지.

"표정이 갑자기 구려졌네?"

괜찮지 않았다. 상대는 관찰력이 좋았다. 어깨를 움찔할 정도로 놀란 커피가 얼른 표정을 풀며 둘러댔다.

"그럴 리가요. 잘못 보셨습니다."

"정말?"

"그럼요."

"지금도 구린데?"

"……지금 표정은 원래 제 얼굴 기본값이에요. 기본 설정."

황당해진 커피가 대들려고 눈을 치켜떴다가 금방 도로 깔았다. 역시 터지는 건 무섭다. 핸드폰도 필통도 다 나의 소중한 친구들이란 말이야. 아, 최근에는 칠판지우개도 터졌다던데.

'칠판지우개는 별로 안 소중하니까 터져도 괜찮겠다.'

애초에 제 것도 아니었다. 커피가 그런 생각을 하는 사이 그녀를 내려다보던 이김이 픽 웃었다. 스쳐 가듯 지나간 미소라 시선을 내리깐 커피는 미처 보지 못했지만, 대신 구경하던 주변인들이 목격했다.

이김의 미소는 어딘지 천사 같은 면이 있었다. 본래 입만 다물면 선한 생김새라서 그럴까? 삼대천왕은 다들 비슷하게 잘생겼지만 그중 웃는 얼굴이 가장 치명적인 건 바로 이김이었다. 얼마나 치명적이냐? 여기에는 긴 설명이 필요 없다. 이김의 공식 팬클럽인 이사모의 성비만 보더라도 답이 나오기 때문이다.

대외적으로 드러난 그들의 구성원 성비는 여, 남이 10 대 0이지만 실상을 파고들면 조금 다르다. 이사모는 실제 성비는 3 대 7. 남자가 7이었다. 다시 이야기한다. 남자가 7. 바뀐 거 아니고 저거 맞다. 순전히 미소가 원인인지는 모르겠지만 이김이 보유한 동성팬은 삼대천왕 중에서도 독보적인 수준이었다.

어떻게 저런 수치가 가능한 걸까? 참고가 될지는 모르겠으나 한 남성팬의 익명 발언을 첨부하도록 하겠다.

"익명(남): 개인적으로 이김 선배님은 천사라고 생각합니다. 천사처럼 생기기도 했고, 특히 사람을 곧잘 천당으로 보내준다는 점에서 말입니다. 완벽하죠."

뭐, 그렇다고 한다. 아무튼 그만큼 이김의 미소는 블링블링했고, 자연히 보는 사람의 심장에 타격을 주었다. 5반의 구경꾼들은 잠깐 목도한 이김의 웃는 얼굴에 한마음으로 호흡곤란을 호소했다. 비굴하게 눈을 까느라 보지 못한 커피가 안타까울 정도였다.

호흡기를 찾으며 가슴께를 부여잡은 이사모가 저들끼리 속닥거렸다.

"면역이 좀 된 줄 알았는데 아니었네."

"더 강력해진 것 같은데?"

"진짜?"

"전엔 지금보다 한발 가까이에서 웃는 걸 봤는데 이 정도는 아니었거든. 방금 본 미소가 정말 역대급이다."

"우와."

그들의 대화처럼 이김의 웃는 얼굴은 오늘따라 유독 빛났다. 정확히는 지금 이 순간. 이유는 알 수 없었다. 적어도 구경꾼들은 몰랐다.

커피는 술렁이는 주변에 고개를 좀 갸웃했다가 슬그머니 눈을 들었다. 그러다 이김과 시선이 마주치고 괜히 깜짝 놀랐다. 지금 쿵쿵거리는 속이 무서워서인지 아니면 다른 이유 때문인지 가늠이 어려웠다. 눈을 맞춘 채로 그녀가 침을 꼴깍 삼키자 이김이 입을 열었다.

"양커피."

이때 이사모 중 몇몇이 무릎을 꿇었다. 분명 웃긴 이름이거늘 이김의 입에서 나오니 이상하게 가슴이 마구 설렜다. 웃기긴커녕 공주님의 이름 같았다. 이 순간만은 양커피가 아니라 프린세스 커피 양이다. 부러움을 한 몸에 받으며 커피가 쭈뼛쭈뼛 대답했다.

"……네?"

"뭘 믿고 그래?"

"네?"

"네 이름, 뭘 믿고 그 지경이야?"

"……."

뭐요?

구경꾼이 일부 쓰러질 정도로 부드럽게 불러놓고는 기껏 한다는 말이 욕이라니. 어이가 없어진 커피가 입을 벌렸다. 첫 번째도 두 번째도-무서워서-참았는데 세 번째나 되니 그냥 넘기고 싶지가 않았다.

보자 보자 하니까. 누군 할 말이 없어서 안 하나? 쌍심지를 켠 커피가 심호흡을 하고 입술을 뗐다.

"……그러는 자기 이름은 성만 두 개 붙여놓은 주제에."

목소리는 작았다. 얼마나 작냐면 개미가 뜀뛰기를 하는 소리와 얼추 비슷했다. 그래도 쫄보 양커피로선 꽤나 용기를 낸 반발이었다. 자기 이름이 처음 욕먹었을 때부터 속으로 품고 있던 진심이기도 했다.

관찰력에 이어 귀도 좋은 이김은 커피가 뱉어낸 말을 고스란히 다 들었다. 토씨 하나 놓치지 않았다. 이것 봐라, 하는 얼굴이 된 이김이 앞으로 성큼 다가가 몸을 기울였다. 한 팔로는 커피가 등을 바싹 붙이고 있는 벽을 짚었다.

턱!

순식간에 가까워진 간격에 커피가 눈을 휘둥그레 떴다. 이, 이게 뭐여!

“헉! 저건!”

“벽 치기!”

벽 치기. 여성의 설렘을 극대화시키는 일종의 판타지적 자세 되시겠다. 준비물은 벽, 상대 여성, 그리고 잘생긴 얼굴. 중요하니 다시 말한다. 잘생긴 얼굴. 사실상 얘가 가장 핵심이다.

조건을 넘치도록 충족하는 이김이 커피를 제 팔 안에 가둔 채로 고개를 숙였다. 비명이 터진 것은 당연한 일이었다. 나자빠진 이사모 회장이 떨리는 두 손으로 제 입을 가렸다.

커피 또한 예상치 못했던 상황에 눈이 핑핑 돌았다. 이게 무엇인가. 이것이 정녕 그 만화책이나 드라마 속에서만 봤던 벽 치기가 맞는가. 근데 대체 왜 내가 당하고 있는 것인가. 정신을 차리지 못하는 커피의 귓가로 이김이 입을 가져갔다. 그러곤 속삭였다.

“내 이름을 그렇게 개같이 해석한 건 네가 처음이야.”

그렇다. 그의 성명은 이김. 성이 이 씨고 이름이 김이지만 아무도 그를 이름만으로 부르지 않는다. 이김의 이름은 보통 타인에게 ‘이기다’의 뜻으로 받아들여졌다. Win. 승리. 그래서 ‘이김’이다.

늘 그렇게만 듣고 살아온 그의 입장에서 커피의 '성씨만 두 개 붙여 놓은 주제에'라는 말은 확실히 신선한 해석이었다. 비록 그럴듯해 보이던 이름을 한순간에 우스꽝스럽게 격하시키는 하향 해석이더라도 말이다.

쫄은 커피가 눈만 동그랗게 뜨고 있자 이김이 말을 이었다.

"역시 네가 맞는 것 같네."

알아들을 수 없었다. 만약 커피의 머리에 동물 귀가 있었다면 의아함에 그것을 쫑긋 세웠을 것이다.

"쟤는 아니었는데. 그래, 너구나."

대체 뭐가 말입니까. 말이 길어져도 알아들을 수 없는 건 매한가지였다. 답답해진 커피가 슬그머니 미간에 주름을 잡았다. 그때 이김이 다시 속살거렸다.

"양커피. 너 내 ……해라."

그리고 이때 양커피는 처음으로 목청을 높였다. 높이지 않을 수가 없었다.

"에엥?!"

소문이라는 게 그렇다. 내 왼쪽 사람에게 '너 그거 알아?' 하고 은밀히 속삭이고 나면 한 시간쯤 후 오른쪽 사람이 내게 와서 '너 그거 알아?' 하고 속닥이는 게 바로 소문이다. '발 없는 말이 천 리 간다'라는 관용어가 괜히 생겨났을까? 커피는 3교시 쉬는 시간에 있었던 일이 고작 반나절 만에 학교 전체로 퍼지는 것을 보고 할 말을 잃었다.

소문 자체가 원래 확산이 빠른 성질을 지니고 있긴 하지만, 그래도 지금 이 사태에는 분명 학성기의 활약이 한몫했을 것이다. 우리 학성기. 정말 이름값 하나는 최고구나. 커피는 우르르 몰려든 다른 반 학생들에게 둘러싸여 진땀을 흘렸다.

"한 말씀! 한 말씀만 해주시죠!"

"양커피 학생, 한 말씀만 부탁드립니다."

"소문이 정말 진실입니까?"

"한 말씀만 해주세요!"

마이크 대신 필통을 내민 학생들이 법석을 피웠다. 어디서 뭘 보고 따라 하는 건지 아주 난리도 아니었다. 순간 분위기에 휩쓸려 '찍지 마! 성질이 뻗쳐서 정말, (삐-) 찍지 마!' 하고 받아칠 뻔한 커피가 겨우 정신을 차렸다.

"음…… 우선 여기서 이러지들 마시고."

"여기가 아니면 어디가 좋으시죠? 옥상?"

"소각장 뒤? 체육 창고?"

"불 꺼진 미술실? 폐건물?"

"그냥 여기서 할게요."

기자회견(?) 장소는 결국 5반 교실로 정해졌다. 커피는 어쩔 수 없이 자기 자리에 갇힌 채 진지하게 말을 꺼냈다. 표정만 보면 중대 발표를 하러 나온 대기업 회장 같았다.

"일단 소문은 사실이 맞습니다."

"헐!"

"술렁술렁!"

"왜 효과음을 입으로 내시죠? 아무튼 소문은 사실입니다. 분명 그런 일이 있었습니다."

"놀랍군요! 그렇다면 그건 대체 무슨 의미였던 겁니까?"

"의미를 말씀해 주세요!"

"알려주세요!"

"의미는……."

커피의 표정이 진중해졌다. 커피는 본래 거짓말을 그다지 좋아하지 않았다. 그녀는 솔직하게 이야기했다.

"모릅니다."

정말 몰랐다. 다른 반 학생들이 이렇게 떼를 지어 커피의 앞에 몰려든 것은 다른 이유가 아니다. 그들은 몇 시간 만에 일파만파 퍼진 소문을 듣고는 충격과 호기심에 이곳을 찾았다. 그 문제의 소문은 바로 다음과 같다.

"삼대천왕 이김이 2학년 5반 찰랑찰랑 양커피를 찾아가 벽 치기를 했다던데?"

"거기다 그 상태로 '너 내 ……해라'라는 말까지 했대!"

그렇다면 여기서 잠깐. 저 '……'는 과연 뭐였을까?

1. 농노

2. 셔틀

3. 몸종

답은 전부 아니다. 이김이 그때 속삭였던 말은 바로…….

"메스실린더."

"네?"

"온 김에 심부름 좀 해주렴. 과학실에 있으니까 하나만 가져올래? 샘플용으로 길이랑 구경을 잰다는 걸 그만 잊어버렸지 뭐니. 부탁할게?"

커피는 교무실에서 눈을 깜박거리다가 이내 고개를 꾸벅 숙였다. 네, 다녀올게요. 그러곤 복도로 통하는 문턱을 넘었다.

쉬는 시간 동안 몰려들었던 학생들은 종이 치자 전부 자기네 반으로 돌아갔다. 어차피 더 있었더라도 커피가 달리 더 해줄 말은 없었을 것이다. 그들이 궁금해하는 건 커피 또한 궁금한 부분이었으니까.

이김은 벽 치기를 한 채로 커피에게 이렇게 말했다. 너 내 메스실린더 해라. 그리고 당최 그게 뭔 개소린지 커피는 도통 이해할 수가 없었다. 선생님께 보충 수업 확인서를 내밀러 갔다가 심부름으로 그놈의 메스실린더를 가지러 가게 된 지금도 말이다. 쭉 이어진 복도를 걸으며 커피가 복잡한 얼굴로 고개를 갸웃했다.

"메스실린더가 뭔지는 대충 알긴 하는데……."

혼잣말을 중얼거려 봤다. 커피는 메스실린더의 생김새를 머릿속으로 대강 그려냈다. 투명하고 긴 원통 모양에 옆면엔 눈금이 새겨져 있었다. 그녀는 문과라 과학실과 친하진 않았지만 그래도 작년에 여러 번 본 실험 도구 정도는 기억하고 있었다.

'대체 메스실린더를 하라는 게 뭔 뜻이야?'

차라리 일반적으로 상상되는 농노나 셔틀이나 몸종이 더 낫겠다. 그건 그래도 사람이잖아. 커피는 모퉁이를 돌며 한숨을 푹 내쉬었다. 다른 사람이 한 말이면 그냥 무시할 텐데 하필 이김이었다. 이김 선배는 무섭고 무서우면 무시를 못한다.

커피는 난간을 잡고 터벅터벅 계단을 걸어 내려갔다. 여기만 내려가면 바로 과학실이 나온다. 생각에 빠져 한 발 한 발 느리게 디디던 커피가 우뚝 발을 멈췄다.

"……."

"어, 안녕하세요?"

올라오던 사람과 마주쳤는데 낯이 익었다. 친해서는 아니고 상대가 유명인이었기 때문이다.

커피는 김갠히와 딱히 안면이 있는 사이는 못 되었지만 일단 상대가 선배였으니 인사를 건넸다. 갠히는 몇 계단 낮은 곳에서 커피를 물끄러미 올려다보다 말했다.

"양커피?"

"절 아세요? ……가 아니라 나 지금 이름표 달고 있지, 참."

커피는 머쓱하게 웃었지만 갠히는 사실 커피를 알았다. 우선은 갠히 또한 지난번 '찰랑찰랑' 방송을 들었기 때문이고, 두 번째로는 조금 전 교실에서 이김이 누구든 양커피에게 치근덕대면 해당 교실을 폭파시켜 버리겠다고 공언했기 때문이다.

갠히의 표정이 묘하게 변했다. 재가 양커피라고?

"너 말이다."

"네?"

"혹시……."

"……?"

"여성이 아닌가?"

"엥?"

이건 또 무슨 개소리인가. 커피가 대놓고 황당하단 낯을 했다. 갠히 또한 본인이 한 말의 괴상함을 깨달은 모양인지 얼른 고개를 저으며 정정했다.

"아니, 아니다. 실언을 했군. 잊도록."

"아, 네."

커피에게서 시선을 뗀 갠히가 얼른 발을 놀려 계단을 타고 올라갔다. 본인도 퍽 당황한 것 같았다. 그는 그 상태로 계단을 두 층은 더 올라가고 나서야 평정을 되찾았다.

'뭐였지? 이상하게 다른 여성보다 알 수 없는 편한 느낌이 들어서 그만…….'

여혐 갠히에게 있어 여성이 편하다는 건 있을 수가 없는 일이었다. 근데 이상하게 양커피는 조금 편했다. 어느 정도냐면 마주 보고 고민을 얘기하는 것 정도는 할 수 있을 것 같은 느낌? 그렇다고 접촉까지 괜찮을 것 같지는 않았지만.

갠히는 낯선 이에 대한 연유를 알 수 없는 편안함에 고개를 한번 갸웃거린 뒤 마저 걸음을 옮겼다. 어릴 때 키웠던 동물이라도 닮았나 보지. 그는 대충 그렇게 생각하기로 했다.

한편 그런 편안함은 커피에게도 마찬가지로 찾아왔다. 커피는 따로 만난 적도 없는 갠히에게서 느껴지던 친숙함에 의아해하며 남은 계단을 마저 내려왔다. 뭐지, 혹시 전생에 친구였나?

정말 친구였다면 전생에도 지금처럼 여혐이었는지 궁금했다. 커피는 그런 생각을 하며 과학실의 문을 열었다. 그러곤 곧장 눈을 화등잔만 하게 떴다.

"이김 선배?"

과학실 안에는 이김이 있었다. 그는 새하얀 가운을 교복 대신 걸친 채 실험 도구들을 정리하다 커피의 목소리를 듣곤 눈을 들었다. 커피는 순간 과학실과 이김과 가운의 콜라보에 말문이 막혔다. 와, 잘생김이 너무하시네요.

"왔어?"

부른 적도 없으면서 맞아주는 태도가 자연스러웠다. 커피는 아마 모를 것이다. 지금 들어선 것이 커피가 아니라 다른 사람이었다면 인사 대신 '꺼져'를 비롯한 쌍욕이 날아들었으리란 것을.

가운을 장착한 이김은 평소보다 눈부심이 한 단계 업그레이드되는 효과가 있었다. 커피는 공연히 긴장이 되어 주춤주춤 과학실 안으로 발을 들이밀었다. 이김은 실험용 탁자에 기대서 그런 커피를 가만히 눈에 담았다.

커피가 슬금슬금 실험 도구가 모인 탁자 가까이 다가갔을 때 이김이 말했다.

"양커피."

"네, 네?"

"왜 더듬어?"

"……놀라서요."

"왜 놀라?"

"그러게요."

왜 놀라고 왜 긴장이 되는지 그녀도 몰랐다. 커피가 쭈뼛거리다 입을 다물자 이김이 다시 그녀를 가만 응시했다. 집요한 이김의 시선을 이리 피하고 저리 피하던 커피는 덕분에 시간이 좀 지나서야 이김이 웃고 있다는 사실을 알아차릴 수 있었다.

'윽.'

참고로 이김의 웃는 얼굴은 심장에 좋지 않았다. 커피가 뒤늦게 비틀거리는 사이 이김 재차 입을 열었다.

"내가 아까 한 말."

"……."

"너보고 메스실린더가 되라고 했던 거, 그거 무슨 의민지 가르쳐 줄까?"

커피의 눈이 번쩍 뜨였다. 그래준다면 아주 감사한 일이다. 안 그래도 그것 때문에 이쪽에 시달리고 저쪽에 시달리고 자신도 궁금해서 죽을 뻔했다. 그녀의 눈빛이 대번에 초롱초롱해지자 잠깐 소리 내 웃은 이김이 입술을 뗐다.

"잘 들어. 네가 메스실린더가 된다는 게 무슨 뜻이냐면."

"네."

"네가 나한테 말을 놓고 하고 싶은 대로 굴어도 네 핸드폰은 터지지 않을 거고, 네 필통도 터지지 않을 거고."

"……."

"그런데 어떤 이물질이 너한테 개같이 굴면……."

"……."

"그 새끼는 머리부터 발끝까지 죄다 터져."

"……!"

"이런 뜻이야. 이해되지?"

말을 마친 이김이 상큼하게 웃었다. 말의 내용은 그다지 상큼하지 않았지만 웃음 하나는 제철 과일보다 상큼했다. 커피는 그런 상대의 미소에 저도 모르게 홀렸다가 퍼뜩 정신을 차렸다. 헉.

"……그…… 러니까, 그게 제가 메스실린더가 되면 일어나는 일들이라구요?"

"그래."

"어…… 혹시 저한테 거부권 있나요?"

"그럴 리가."

이김이 대답하며 한층 예쁘게 웃었다. 지나가던 얼빠가 본다면 당장 무릎을 꿇고 자기 간이라도 빼서 바칠 만한 얼굴이었다. 커피는 그리 웃는 이김을 보며 기껏 차렸던 정신을 노도 먼 세상으로 보내 버렸다.

메스실린더에 왜 그런 의미가 숨겨져 있는지는 여전히 이해되지 않았다. 말을 한 당사자가 그렇다고 하니 그런가 보다 할 뿐이었다.

커피는 거부권이 있느냐고 물었지만 사실 이김이 거부권을 준다고 했어도 그걸 쓰겠다 선택했을지는 의문이었다. 그게, 왜냐면…… 지금까지 중에 가슴이 가장 크게 난리를 치고 있었으니까. 그냥 난리도 아니고 아주 북 치고 드럼 치고 생난리였다. 물론 무서워서는 아니었다.

커피는 입을 다문 채 몇 분이나 시간을 흘려보냈지만 이김은 딱히 커피를 재촉하지 않았다. 당장 대답을 내놓으라고 종용하지도 않았다. 애초에 예스와 노 중에 선택지를 예스밖에 안 주기는 했지만, 그래도 이건 이김으로서는 매우 놀라운 첫 배려였다.

커피는 처음으로 이사장에게 엄지척을 받은 학생에 이어 이김의 배려를 받은 최초의 사람이 된 것이다. 후자는 조금 명예롭게 여겨도 좋았다.

커피의 답은 시간이 약간 더 흐르고 나서야 나왔다. 딱히 밀당이나 깊은 고뇌를 하기 위해 필요했던 뜸은 아니고, 집 나간 정신을 잡아오느라 시간이 조금 걸렸던 것뿐이다.

커피는 결국 메스실린더로 전직했다. 물론 이김 전용이었다. 감히 그녀를 건드리거나 그녀에게 접근하는 인간은 족족 골로 가는, 아주아주 살벌한 전용. 커피는 오늘 집에 가는 길에 '취급 주의' 스티커를 사서 내일부터 이마에 붙이고 다닐까 고민했다. 나름 진지한 고민이었다.

커피의 양심 고백(?)은 빨랐다. 그녀는 다음 날 등교하자마자 급우들에게 이김과 이러이러해서 이러이러하게 되었다고 이실직고했다. 반응은? 말할 것도 없이 교실 전체가 뒤집어졌다. 그것도 아주 발칵.

"뭐라고!"

"이, 이김 선배랑 커피가!"

"(말을 잇지 못하는)……."

이번에도 발 없는 말은 천 리를 달렸다. 소식이 학교 전체로 퍼지기까지는 오전 수업이 진행될 동안이면 충분했다. 4교시쯤 되자 심지어는 수업을 하러 들어온 담당 교사마저 그에 대해 아는 체를 했을 정도였다.

자연히 커피의 유명세는 그 어느 때보다 드높게 치솟았다. 학교의 천장을 찌르다 못해 부수고 올라가 구름도 찔렀다. 주식이 이렇게 상승했으면 국가도 샀겠다. 어린 나이부터 주식의 세계에 발을 들인 한 학생의 생각이었다.

그리고 여기서 다소 의외라면 의외인 사실이 있는데, 이사모는 뜻밖에 이김과 커피의 관계를 순순히 받아들였다. 물론 받아들이지 않는다고 해서 그들이 뭘 어떻게 할 수 있는 건 아니지만, 그렇다고 축하를 해준 것은 확실히 놀라운 일이었다. 이에 대해서는 구성원 집단에 따라 각각 하나씩 세 가지 이유가 있다.

첫 번째는 2학년 5반 학생들로 구성된 집단. 기실 그들에게 축하는 그리 어려운 일이 아니었다. 진심으로 웃으면서 해줄 수 있었다. 바로 커피가 반 아이들 전체와 친구였기 때문이다. 비록 내 우상과 잘되는 것이긴 해도 그게 좋아하는 친구라면 얼마든지 행복을 빌어줄 수 있었다.

두 번째는 커피의 방송을 은근히 애청해 온 집단. 그들은 실상 커피의 숨은 팬이었다. '너를 위핵' 때부터 빠져서 그간 알게 모르게 응원해 왔다. 방송 여신 양커피 포에버! 그러니 시기보다는 축하를 해주는 것이 당연한 일이었다.

마지막으로 세 번째, 남학생들로 이루어진 집단. 그들은 애초에 딱히 투기할 이유가 없었다. 이김이 양커피랑 안 만난다고 해서 나랑 만나나? 전혀 그럴 일 없다. 남성팬들은 세 집단 중 가장 마음 편하게 두 사람을 응원해 주었다.

그렇게 커피와 이김은 공공연히 학생들에게 인정받는 사이가 되었다. 다행인 일이었다. 취급 주의 스티커를 붙이지 않아도 돼서.

소문이 학교 곳곳에 퍼지고 얼마쯤 지났을까, 커피는 교무실 복도를 지나가다 우연히 이사장을 맞닥뜨렸다. 그는 심심하면 교내 산책을 나서곤 하는 양반이라 이렇게 오가는 학생들과 종종 마주치곤 했다. 이사장은 커피와 마주 서자마자 그녀에게 울먹이며 물었다.

"미용실 자네…… 우리 아들은 버린 건가?"

여기서 언급한 우리 아들은 바로 황태자다. 그 삼대천왕 황태자. 커피는 생각지도 못했던 말에 멍하니 넋을 놓았다가 이내 고개를 좌우로 왕복해 크게 저었다. 미용실이라고 불린 건 둘째 치고 버렸다니, 그 무슨 말도 안 되는 소리. 커피는 얼토당토않은 오해에 빠져 있는 이사장에게 소곤소곤 진실을 알려주었다. 황태자 선배님 짝은 따로 있어염.

말이 나왔으니 언급을 하지 않을 수 없다. 황태자는 현재 커피네 반 나여주와 썸을 타고 있었다. 전부터 타지 않았느냐고 묻는다면 이제는 보다 본격적으로 타게 되었다고 대답하겠다. 커피가 찰랑찰랑과 메스실린더로 연이어 유명세를 드높일 때부터 왠지 모르게 불안해하는 모습을 보이던 여주가 냅다 본인도 황태자에게 들이대기 시작한 것이다. 덕분인지 소문을 듣고 호기심에 커피를 보러 왔던 황태자는 나여주의 적극적인 대시에 얼결에 그녀와 하트를 피우게 되었다.

아직 정식으로 사귀는 것은 아니니 앞으로 어찌 될진 모르겠지만 말이다. 참고로 안우유는 마음의 상처를 잊기 위해 최근 2D 덕질을 시작했다고 했다. 아, 그리고 한 가지 더.

“언제부터 친했어?”

“손끝 하나 안 댈 테니 걱정 마라. 내 시력은 정상이라서.”

커피와 김갠히는 친구가 되었다. 어쩌다 보니 그렇게 됐다. 인연이란 건 정말 있는 모양이었다.

“삐지지 마요, 이김 선배.”

“삐진 것 같아?”

“아니야?”

“내가 정말 삐졌으면 지금 너랑 내 주변엔 아무것도 안 남았어.”

“……나 갠히 선배랑 100미터쯤 거리 둘까? 200미터?”

아무튼 결론은 이렇다. 커피와 삼대천왕과 등등이 함께하는 인소 속에서도 꽃은 핀다. 사랑과 우정의 꽃. 짝짝짝!

"있잖아, 이김 선배."

"응."

"그때 왜 하필 메스실린더였어? 그 용품에 뭐 특별한 의미라도 있어?"

"실험 도구 중에서 메스실린더가 가장 예쁘게 생겼으니까."

"……!"

[보너스]

야수고등학교 앞에 새로운 점집이 생겼다. 생기자마자 며칠 만에 용하다는 소문이 쫙 퍼졌는데 특히 전생 체험이 그렇게 기가 막힌다고 한다. 양커피는 호기심에 기웃거리다 결국 등굣길에 그곳에서 전생 체험을 했다.

학교에 가자마자 커피는 체험담을 풀어놓았다. 안 그래도 해당 점집에 관심이 있었던 학생들이 구름처럼 몰려와 귀를 기울였다.

"어땠어? 어땠어?"

"음…… 일단 전생을 뚜렷하고 자세히 보는 건 아냐. 흐릿하고 대략적으로 보여. 구체적인 형상이라기 보단 이미지? 그런 느낌? 아, 그리고 왠지는 모르겠는데 내 것보다 삼대천왕의 전생이 더 잘 보이더라."

"헐! 어서 말해줘!"

"일단 황태자 선배는…… 말 그대로 황태자였어. 정말 왕자님. 소설 속 남주인공 같더라."

"오오, 어울린다."

"왠지 그럴 것 같았어."

"다음 갠히 선배는…… 기사였던 것 같아. 검을 잘 쓰고, 아, 거기서도 여혐이더라."

"……뭐라고 할까, 갠히 선배답네."

"여혐이 정말 아이덴티티였구나."

"그럼 이김 선배는? 이김 선배가 제일 궁금해."

"나도, 나도!"

"이김 선배는……."

커피가 뜸을 들였다. 황태자와 갠히 이야기는 바로바로 했으면서 대체 뭐가 나오려고 갑자기 말을 끄는 걸까. 시간이 좀 흐른 뒤 커피가 입을 열었다.

"전 세계적인 살인마……?"

"……."

"……."

"……대량 살인마……?"

"……."

싸늘했다. 분위기에 비수가 날아와 꽂혔다. 하지만 걱정 마라. 수업 종은 침묵보다 빠르니까. 몰려들었던 5반 학생들은 수업 종이 울리자마자 각자 제자리로 돌아갔다. 저마다 벌렁거리는 가슴을 안고서.

"그러고 보니 학성기도 전생 체험해 봤다며?"

"아, 맞아. 넌 전생이 어땠어?"

"나? 나는…… 웬 인형을 돌보고 있었어."

"인형?"

"응. 아가씨라고 부르면서 극진히, 엄청 극진히 성심성의껏 모셨던 것 같아. 아주아주, 매우 매우 최선을 다해 극진히."

"……인형을……?"

"응……."

"그거 왠지 무섭다."

"동감이야."

외전 8 고생하는 들러리양

악마 아그마임은 꽤 오랜만에 인간 세상의 공기를 맡았다.

그가 마지막으로 이곳에 발을 디뎠던 것은 근 80년 전의 일이다. 그때 그를 소환한 것은 죽을 날을 받아놓은 어느 늙은 마법사였다. 그는 비록 육신은 노쇠했으나 당시 자신이 속한 단체에서 만인이 우러르는 독보적인 위치에 올라 있었다. 쉽게 말하면 가장 강한 마법사였다는 뜻이다. 백발이 성성하던 그는 자신을 13대 마탑주라고 소개했다.

본인의 수명이 오래 남지 않았음을 직감했다는 그가 아그마임을 소환한 이유는 별것 없었다. 죽기 전에 한 번쯤은 악마를 실물로 보고 싶었다는 것이 전부였다. 마법사는 아그마임을 대면한 뒤 그를 다시 마계로 고스란히 돌려보내려고 했다.

그러나 그의 뜻대로 하기에는 아그마임이 너무 강했다.

아그마임은 상급 악마였다. 그만한 힘을 지닌 악마는 마계에서도 몇 없었다. 인간 중에서 가장 뛰어난 경지에 올랐다는 마법사도 그의 앞에서는 하찮고 무력했다. 아그마임은 강제로 마법사가 아무 소원이나 빌도록 만들었다. 그리고 소원을 들어주는 대가로 그의 영혼을 통째로 집어삼켰다. 맛은 그다지 없었다.

'이번에는 어떠려나.'

아그마임은 그렇게 생각하며 눈앞의 작은 생명체를 내려다보았다. 80년 만에 맡아보는 공기가 제법 신선하고 반가웠다. 그가 천천히 입을 열었다.

"나를 소환한 게 너인가?"

그를 마주한 인간은 여린 체구의 소녀였다. 이제 열일곱이나 되었을까? 상급 악마인 아그마임을 불러낸 것치고는 믿을 수 없을 만큼 어리고 보잘것없었다.

아그마임은 손을 한 번 휘젓는 것으로도 흩어버릴 수 있을 것 같은 변변찮은 소녀의 마나량을 보며 과거 지나가듯 들었던 어떤 단어를 떠올렸다. 친화력. 간혹 아주 드물게 악마 소환에 적합한 친화력을 타고나는 인간이 있다더니, 그런 건가.

별다른 장식은 없지만 부드러워 보이는 원단의 드레스를 차려입은 소녀는 아그마임을 마치 귀신이라도 보듯 넋이 나가 쳐다보다가 입술을 달싹였다.

"저, 정말 악마예요?"

"다른 것으로 보이느냐?"

아그마임의 되물음에 소녀가 눈을 동그랗게 뜨더니 이내 고개를 열심히 저었다.

"아, 아뇨. 악마처럼 보여요."

소녀의 발치에는 〈악마를 소환하는 법〉이라고 적힌 서적이 아무렇게나 나뒹굴고 있었다. 조잡한 표지 하며 한눈에 봐도 어설픈 책이었다.

아그마임은 흥미롭게 그것을 쳐다보다가 커다란 육신을 수그렸다. 얼굴이 가까워지자 소녀가 흠칫 뒤로 물러났다.

"악마를 소환해 보는 것은 처음인가 보구나."

"……네."

"내게 소원을 빌어야 한다는 것은 알고 있느냐?"

정확히 말하면 '소원을 빌 수도 있다'였다. 악마에게 대가를 지불하고 소원을 이룰 것인지, 악마를 그냥 돌려보낼지는 어디까지나 소환자의 선택에 달려 있었으니까.

'꽤 맛이 좋을지도.'

그러나 어린 영혼의 맛이 궁금해진 아그마임은 이미 빈손으로 돌아갈 생각이 없었다. 소환자보다 소환된 악마의 힘이 월등히 강할 경우에는 소환자가 원하더라도 악마를 강제로 돌려보낼 수 없다. 마치 지금처럼 말이다.

입매를 길게 늘인 아그마임이 송곳니를 내보였다.

"원하는 것이 있다면 어서 이야기해 보거라."

"……."

소녀는 입을 닫고 우물거렸다. 힐긋거리며 아그마임을 올려다보는 것에서 얼핏 복잡한 감정이 느껴졌다. 갑자기 대면하게 된 악마를 낯설고 무섭게 여기면서도 '소원'이라는 말에는 또 은근히 솔깃해진 모양새였다. 잠시 후 소녀가 조심스레 물었다.

"아, 아무거나요?"

"그래."

"뭐든지?"

"악마가 들어주지 못하는 소원은 없단다."

소녀의 영혼을 한입에 삼키는 상상을 하며 아그마임이 부드럽게 말했다. 속내를 감춘 상냥한 목소리는 얄궂게도 소녀에게 용기를 불어넣어 준 것 같았다.

얼굴이 약간 밝아진 소녀가 이내 슬며시 달떠서 입을 열었다.

"그, 그러면 예쁜 사람으로 만들어주세요! 세상에서 가장 예쁜 사람으로요."

상기된 어조로 운을 뗀 소녀의 목소리는 끝에 가서 기어들어 갔다. 막상 내뱉고 나니 소원이 허황되게 느껴지기라도 한 모양이었다. 하지만 아그마임의 감상은 달랐다. 그는 고민하는 기색조차 없이 바로 대답했다.

"좋다."

"네?"

"이뤄주도록 하마. 네 소원."

마치 '무르기 없다'고 못을 박듯 그의 대꾸는 빨랐다. 아그마임은 검은 육신을 더욱 수그려 소녀의 귓가에 속삭였다.

"오늘 밤 잠들었다 깨면 네 바람이 이루어져 있을 거다."

소녀는 동그란 눈을 더 동그랗게 떴다. 이어 부산하게 깜박이는 것이 자기가 빌어놓고도 이렇게 쉽게 소원을 들어준다는 말이 믿기지 않는 듯 보였다.

아그마임은 굽혔던 몸을 펴며 약 200년 전을 떠올렸다.

'그때와 같은 소원이군. 이번에도 동일하게 해주면 되겠지.'

아그마임에게 소녀는 네 번째 소환자였다. 그리고 그녀의 소원은 첫 번째 소환자가 빌었던 것과 같았다. 사실 따지고 보면 완전히 같다기보다는 얼추 비슷한 면모가 있었다. 그때 첫 번째 소환자의 소원은 대륙에서 가장 아름답다는 평가를 받던 어느 왕녀와 자신의 영혼을 바꿔 달라는 거였다.

'세상에서 가장 예쁜 사람으로 만들어달라고 했으니, 같은 것이 맞지.'

아그마임은 멋대로 그렇게 결론지었다. 영혼을 바꾸는 것은 아그마임에게는 그리 크게 어려운 일이 아니었다. 적어도 두 번째 소환자가 빌었던 시간을 되돌려 달라는 소원보다는 훨씬 쉬웠다. 뭐, 그땐 억지로 다른 소원을 빌게 했었지만.

'소원을 들어주고 후에 기회를 봐서 영혼을 먹어치우면 되겠군.'

몇 개월 정도는 이루어진 소원을 만끽하게 해줄 생각이었다. 아그마임에게도 그 정도 상도덕은 있었다. 커다란 외눈을 느릿하게 깜박이며 아그마임은 어린 영혼의 맛을 상상했다.

'어떨까.'

기대감을 담아 킬킬거리며 웃기 시작한 아그마임을 말없이 바라보다 소녀는 슬쩍 자기 볼을 꼬집었다.

"훗."

나는 바위에 누워 봄바람을 맞으며 괜히 웃음을 한번 흘렸다. 결혼 1주년을 조금 앞둔 이 시점. 나는 마탑살이에 완전히 적응했다. 안주인님이라는 호칭에 혼자 어색해하고 겸연쩍어하던 것도 이젠 다 옛말이다. 후훗, 익숙해졌다 이거야. 바깥에 나가서도 누가 안주인님이라고 부르면 내가 돌아본다 이 말이야!

'아니, 그건 좀 부끄러웠지.'

나는 미간을 모았다. 가만 생각해 보니 그건 자랑이 아니잖아. 옆 사람을 불렀는데 내가 당당히 대답하는 바람에 그날 돌아와서 이불을 얼마나 때렸는데.

아무튼 중요한 건 그게 아니지. 내가 하고 싶은 말은 그러니까 지금의 생활이 그만큼 내게 자연스러운 일이 되었다는 거다. 아윈이 내 남편인 것도, 마탑이 내 집인 것도, 눈따따가 GPS 달린 핸드폰인 것도(?) 이제는 하나같이 숨 쉬는 것처럼 당연한 사실이 되었다.

"이젠 술 퍼먹고 마차 타도 알아서 자작저 대신 마탑으로 가달라고 하겠지. 후후, 필름 끊겨도 완벽 귀가 가능이다."

그럴 일은 없겠지만 가정을 하며 옆으로 돌아누웠다. 몸을 옆으로 세워 눕자 탑의 외벽이 한눈에 들어왔다.

참고로 지금 내가 누워 있는 이 바위로 말할 것 같으면 지난가을 마탑 앞마당에 생긴 돌침대라고 할 수 있다. 더 자세히 이야기하면 내가 마당에서 단풍을 구경하며 '여기 바위 하나 있으면 편하겠다' 하고 별 생각 없이 중얼거렸다가 생겨난 지물이다. 덧붙여 그때 아윈은 어디서 가져왔는지 모를 이 바위를 손가락 하나 사용하지 않고 깎았다. 마법이란 참 신기하기도 하지. 모르는 사람이 보면 눈빛으로 바위를 갈아버리는 줄 알았을걸.

그때 생각이 나서 혼자 실실거리는데 마침 눈앞에 낯익은 얼굴이 나타났다.

"들어가자."

"아윈!"

반가움에 상체를 벌떡 일으키자 몸이 알아서 두둥실 떠올랐다가 바위 아래로 착지했다. 훗, 이젠 이런 것도 익숙하다. 당연하게 느껴진다고나 할까. 여기서 더 나아가면 스스로를 대마법사 라테라고 착각할지도 모르지.

나는 눈을 반달로 접으며 살가운 품에 폭삭 안겼다.

"남편이다."

"맞아."

"마법은 잘 가르쳐 줬어?"

여기서 놀라운 소식 하나. 아윈은 얼마 전부터 마탑 식구들을 대상으로 마법 수업을 시작했다.

아로브릭을 비롯한 마법사 몇이 눈물로 매달려서 얻어낸 결과라는데, 얼핏 듣기엔 무료 스피드 저승 관광 패키지와 별반 다를 것이 없지만 예상외로 실상은 온화하게 잘 진행되고 있는 모양이었다. 그 증거로 사망자가 아직까지 안 나왔다는 점을 들 수 있다.

'최근에 마주친 비숏도 분명히 살아 있었지.'

죽을 만큼 후들거리고 있긴 했지만 죽진 않았다. 그 정도면 대단한 거지. 사실 수강생들도 날마다 본인이 죽지 않은 것을 신기해하며 잠자리에 든다는 후문이 있다.

무법자를 잘 달래가며 평생을 함께하기로 결심한 이로서 뿌듯함을 담아 올려다보는데, 아윈이 나를 물끄러미 내려다보며 말했다.

"잘 가르쳐 줬으면?"

"응?"

"잘 가르쳐 줬으면 뭐 해줄 건데."

어라. 뭐 해줘야 하나?

"뭐 해줄까?"

"그건 고객님이 생각해야지."

"칭찬의 박수를 짝짝짝?"

이건 아닌가 보다. 아윈이 마치 같잖은 드립을 마주한 사람처럼 피식 웃었으니 말이다. 큭, 제길.

"사랑의 박수를 짝짝……."

"고객님."

"응?"

"내가 고를까?"

"……."

박수를 포기하지 않는 내게 아윈이 다른 제안을 던졌다. 바라는 걸 본인이 직접 고르겠다니 편할 것 같기는 한데…… 그런데 이 불안감은 대체 뭐지? 왜 순순히 재가 고르게 놔두면 안 될 것 같지?

나는 본능에 입각해 고개를 살살 저었다.

"아니. 칭찬 스티커 줄게. 그냥 이거 받아."

"별론데."

"다른 거 없어. 눈따따 줄까?"

가진 거라곤 눈따따뿐이라 눈따따를 팔았다. 우정을 냉큼 저버리는 내 뻔뻔한 배신에 아윈은 웃음으로 화답했다.

나는 여전히 심장에 별로 좋지 않은 그 해로운 미소를 보다가 고개를 숙이고 아윈의 품으로 더 파고들었다. 고동이 잔잔하게 들리는 친숙한 품에 얼굴을 묻고 있자니 갑자기 이런 생각이 들었다.

"평화롭다."

어째 뜬금없기는 하지만 말로 내뱉고 나니 더욱 확고해졌다. 오늘은 정말 평화로운 날이었다. 실은 비단 오늘만이 아니라 최근 내내 그렇다.

나는 마탑에 완전히 적응했고, 눈따따 연애 조작단의 힘으로 맺어준 비숏과 에슐라의 연애 전선은 매우 순탄하며, 아윈이 무사히 사상자 없는 마법 수업을 하는 걸 보니 덜 무법자가 되어가는 것 같아 기쁘기까지 했다. 기분 탓인지 몰라도 요즘 들어 눈따따마저 광택이 나는 걸 보아 걔도 계속된 평화의 맛을 느낀 것이 틀림없었다.

"앞으로도 계속 이랬으면."

아윈의 품에 여전히 고개를 묻은 채로 중얼거리다 순간 멈칫했다. 잠깐, 이거 그거 아닌가? 고난 플래그? 여느 만화나 소설에서 등장인물이 입에 담는 순간 곧바로 평화와 행복이 박살 나고 절망과 좌절의 사건이 들이닥친다는 그 해선 안 되는 금기어?

'에이, 설마.'

난 픽 웃고 말았다. 그거야 만화나 소설이니까 그런 거고. 이건 현실인데 뭐. 비록 소설 기반의 세상이라지만 그 소설이 미치던 영향도 어차피 예전에 끝났다. 하는 김에 나는 아예 사망 플래그까지 입에 담았다.

"아윈."

"응."

"봄도 벌써 얼마 안 남았네. 우리 이 봄이 끝나기 전에 여행 가자."

이러면 여행을 약속한 등장인물이 그 전에 크게 다치거나 죽음의 강을 건너는 게 일반적인 전개다.

물론 그것도 어디까지나 만화나 소설에서의 얘기지만 말이다. 나는 원한다면 지금 출발해도 상관없다는 아윈의 대답을 들으며 실없이 웃었다.

"아가씨, 해가 중천이에요! 어서 일어나세요."

으음…….

나는 무거운 눈꺼풀을 바로 들어 올리지 못하고 꼼지락거렸다. 어제 그렇게 실없는 소리를 하고 방으로 돌아온 이후, 아윈은 기어이 내게서 칭찬의 박수와 칭찬 스티커 말고 다른 보상을 받아냈다. 그게 뭐였는지는 부끄러우니까 불문에 부치도록 한다. 대신 말해줄 수 있는 건 덕분에 지금 피곤해 죽겠다는 거다.

"아가씨!"

으으, 나 어제 무리했단 말이야. 왜 자꾸 깨우는 거야. 에슐라도 참, 오늘 같은 날은 알아서 눈치껏 내버려 두지 않고서…….

……응? 잠깐만. 탑에 들어온 뒤부터는 에슐라가 날 깨운 적이 없지 않나?

"……?"

나는 당황해서 눈을 번쩍 떴다. 그러고 보니 에슐라의 목소리가 아니었다. 일단 에슐라라기에는 지나치게 완숙했다. 오히려 예전 자작저에 있을 때 내 아침을 책임졌던 유모가 떠오르는…….

"일어나셨어요? 얼른 씻고 채비하세요. 아래층에서 식사하셔야죠."

눈을 뜨자 목소리의 주인공이 기다렸다는 듯 다가와 이불을 개기 시작했다. 나는 멍하니 그녀가 하는 행동을 바라봤다.

아, 아니.

“누구세요?”

“네?”

“누구신데…….”

여기 계시나요. 맹세컨대 능숙한 손놀림으로 이부자리를 정리하는 이 중년의 여인은 내가 전에 본 적이 없는 사람이었다. 나이 대는 유모와 비슷하긴 한데 그렇다고 유모는 절대 아니고. 그녀의 익숙해 보이는 손길과는 달리 난 낯섦에 허우적거렸다. 중년의 여인은 내 물음에 오히려 본인이 더 의아하다는 표정을 지었다.

“아가씨? 왜 그러세요, 어디 아프신가?”

“절 아세요?”

“대체 무슨 소리세요? 장난 그만하시고 어서 씻으세요. 오랜만에 가족이 다 모이는 자린데. 남작님께서 기다리세요.”

이어 중년의 여인은 물을 받아놓았다며 나를 일으켜 강제로 욕실로 떠밀었다. 그녀에게 떠밀려 얼결에 욕실로 들어선 나는 멍청히 눈만 깜빡거렸다. 아니, 정말 누구야?

‘게다가 남작님은 또 뭐고?’

가족이라니. 우리 아빠는 자작인데. 대체 언제 작위가 강등됐단 말인가. 사태를 파악하려 혼란스러운 머리를 나름 열심히 굴려봤지만 실패했다. 일단은 아침부터 어딜 갔는지 안 보이는 아윈을 불러서 좀 물어봐야겠다.

“눈따따로 호출해야…… 응?”

나는 몸을 돌려 문고리를 잡으려다 멈칫했다. 방금 뭔가 대단히 이상한 것을 본 듯한 기분이 들었기 때문이다. 잘못 보았나 싶어 다시 시선을 옮겼다. 거기에는 욕실 거울이 있었다.

그리고 거울 안에 다른 사람이 비쳤다.

"……."

십 대 후반쯤 되어 보이는 소녀가 갈색 머리를 차분하게 늘어뜨리고 이쪽을 쳐다보고 있었다. 어두운 녹색 눈동자와 콧잔등의 주근깨가 생소했다. 나는 거울에 비친 그 낯선 얼굴을 가만히 쳐다보다가 곧 명쾌하게 결론을 내렸다.

'꿈이구나!'

보통 꿈은 꿈이라고 자각하는 순간 깨던데. 이 꿈은 그러지 않고 계속 이어졌다. 이거 그건가? 자각몽?

"맛이 어떠니, 알뤼미트?"

"네? 아, 네. 맛있어요."

내가 꿈속에서 차지하게 된 이 몸의 이름은 알뤼미트인 모양이었다. 알뤼미트 미들. 가문은 남작가인 것 같고 말이다. 간만에 온 가족이 모였다는 아침 식사 자리에서 나는 어색하게 포크와 나이프를 움직였다.

'꿈에서도 원래 맛이 느껴지나?'

적당한 크기로 썬 고기를 입에 가져가 우물우물 씹었다. 냄새, 감촉, 맛까지 그렇게 생생할 수가 없었다. 단연코 최근에 꿔본 꿈 중에서는 가장 리얼한 꿈이라고 할 만했다. 복잡한 기분으로 고기를 씹고 있자 오른쪽에 앉아 있던 인물이 내게 말을 걸었다.

"너 오늘은 웬일이냐?"

"네?"

"주근깨 안 가리면 죽는 것처럼 굴더니 화장도 안 하고. 더구나 징그럽게 존댓말까지?"

"……."

말문이 막혔다. 뭐야, 이거? 무슨 꿈에 이렇게 세세한 설정이 다 있어. 아무래도 내가 맡고 있는 알뤼미트란 인물은 평소에 주근깨를 콤플렉스로 여겨 항상 화장으로 가리고, 오빠로 추정되는 인간한테는 말을 높이지 않고 반말을 사용한다는 기본 설정이 있는 모양이었다.

무슨 연극이라도 하는 기분이네. 나는 방금 알아낸 내용을 기반으로 대충 말을 만들어 대답했다.

"이제부턴 주근깨를 포함해 나라는 사람 자체를 사랑하기로 했거든. 오빠는 신경 꺼줘."

"얼씨구."

오빠로 추정되는 젊은 남자가 픽 웃음을 흘렸다. 이런 대화가 오가도 남작이나 남작 부인이 별달리 제재하지 않는 걸 보면 평소에도 이와 비슷한 분위기인 모양이다. 아니, 그러니까 무슨 꿈이 이러냐고? 이 섬세한 설정들 어쩔 거야?

"참, 알뤼미트."

"……?"

"곧 네 열일곱 번째 탄생연이구나. 초대장은 작년과 동일하게 발송하면 되겠니?"

이런 이벤트까지?

"어, 네. 그렇게 해주세요. 부탁드려요."

"알겠다."

덕분에 새로운 설정을 한 가지 더 알았다. 얘 이제 열일곱 살이구나. 완전 애기네. 물론 나(라테)랑 그렇게 큰 차이가 나는 건 아니었지만, 아무래도 김혜정일 때의 삶도 포함해서 생각하게 되니 말이다. 당시 간혹 대타로 맡아서 가르치곤 했던 애들이 열일곱이었는데.

"이번에는 떼 안 쓰냐?"

"응? 뭐가?"

"쟤보다 화려하게 해주세요! 얘보다 성대하게 열어주세요! 연회 때마다 아주 난리를 쳐놓고서는."

"아……."

나는 이름은 모르겠지만 오빠라는 자식의 말에 탄성을 흘렸다. 이거 과연 설정이 어디까지 짜여 있는 걸까? 알면 알수록 참 구체적이라는 생각이 들었다.

"말했잖아. 나라는 사람 자체를 사랑하기로 했다고. 그러니 이젠 뭐든 남과 비교해서 신경 쓸 필요가 없지."

"너 머리 다쳤지? 아버지, 알뤼미트가 이상한데요."

"녀석, 기특하기만 한데 왜 그러느냐."

가족 구성원에서 아버지를 담당하고 있는 남작이 껄껄 웃었다. 남작 부인도 옆에서 얌전하게 따라 웃었다. 나는 그걸 가만히 보다가 머리를 긁적였다.

'남의 집에 와 있는 기분이야.'

알 수가 없다. 원래 꿈에선 이유를 찾는 게 아니라지만 워낙 생생하고 사실적이다 보니 대체 이런 꿈을 꾸는 것에 무슨 의미가 있는지 자꾸 생각하게 되었다. 난 남은 식사를 깨작거리다가 먼저 몸을 일으켰다.

"저 올라가 볼게요."

"밀크티를 준비했는데, 마시지 않고?"

"괜찮아요."

나는 혹시 알뤼미트에게 밀크티를 좋아한다는 속성도 있는 걸까 생각하며 계단을 올랐다. 알뤼미트의 방은 2층이었다. 방에 들어서자 아침에 경황없는 상태로 잠깐 눈에 담았던 낯선 내부가 시야를 차지했다. 한 바퀴 둘러본 후 침대에 풀썩 드러누웠다. 흠, 푹신하군. 나는 누워서 천장을 물끄러미 쳐다보았다.

'낯선 천장이다.'

차원 이동 판타지 소설의 도입부 지문 같은 생각을 하다가 벌떡 몸을 일으켰다. 문득 이럴 게 아니라 언제 깰지도 모르는 이 꿈의 설정에 대해 더 알아보는 것도 좋겠단 생각이 들었다. 사실 달리 할 것도 없고. 또 내 무의식의 상상력이 어디까지인지 궁금하기도 했다.

"가만 보자. 보통 이 나이쯤에는 일기 같은 걸 쓰지 않나?"

나는 내 고정관념을 믿고 가까운 서랍을 열어보기 시작했다. 음, 아니나 다를까 책상 두 번째 서랍에 누가 봐도 일기장처럼 생긴 작은 노트가 들어 있었다. 역시 내 무의식! 사고가 유연하지 못하고 뻔하군!

난 노트를 꺼내 들고 의자에 걸터앉았다. 어디 알뤼미트의 지난 하루를 좀 살펴볼까? 그런데 얘는 이름이 왜 이렇게 어렵냐. 급하게 발음하다간 혀 꼬이겠네. 쓰잘머리 없는 생각을 하며 일기장의 첫 장을 펼쳤다.

아, 짜증 나 죽겠다.

야고르니 영애네 저택에 괜히 다녀왔다. 어떻게 된 게 걔는 사람 약 올리는 것밖에 할 줄 모르지? 그리고 왜 하필 나야? 주변에 부를 사람이 나밖에 없나?

걔 때문에 집에 와서 새 드레스를 사달라고 졸랐다가 야단만 맞았다. 진짜 싫다. 야고르니가 오늘 나한테 자랑한 드레스 입고 걷다가 잘못 밟아서 넘어졌으면.

"음……."

대충 알뤼미트가 어떤 성격인지는 알겠다. 식당에서도 얼추 예상은 했지만 그냥 평범했다. 나는 다음 장을 넘겼다.

거울을 봤는데 오늘따라 주근깨가 거슬린다. 좀 짙어진 것 같기도 하고…… 기분 탓인가?

에휴. 나도 잡티 하나 없이 매끈하고 하얀 피부였으면 좋겠다.

이건 아까 오빠라는 애가 말해줘서 아는 거잖아. 다음.

지느 어드코 영식이 나한테 너무 평범하게 생겨서 눈에 안 띈다고, 옷이라도 좀 화려하게 입고 다니라고 했다.

어처구니가 없어서! 그러는 지는 어떻고?

바보같이 웃고 넘어갈 게 아니라 '영식의 집에는 거울이 없나 보군요' 하고 받아쳐 줄 걸 그랬다. 아, 후회된다.

헐! 지느 어드코 이 자식 뭐야? 앞에 야고르니 영애도 그렇고 인물들이 이름값을 영 톡톡히 한다. 특히 지느 어드코는 엄청 재수 없네. 나는 현실에도 어딘가에는 꼭 있을 것 같은 지느 놈의 성품에 혀를 끌끌 차며 페이지를 넘겼다.

곧 새 책을 들여오는 날이다. 근데 서재에 자리가 부족하다고 한다. 안 읽는 책을 몇 권 골라내야 한다기에 내가 하겠다고 했다. 아싸, 역사 수업 빠질 수 있겠다.

역사 수업 재미 없나 보네…… 설마 이게 내 무의식 속 본심인가.

서재에서 특이한 책을 찾았다. 먼지 쌓인 채 구석에 있던 건데 제목이 <악마를 소환하는 법>이다. 이런 건 왜 들여놓은 거지?

버리려다가 궁금해서 읽어봤다. 소환진을 그리는 방법부터 필요한 재료까지 엄청 세세하게 적혀 있다. 그런데 이거 진짜 가능하기는 한 건가? 정말 세상엔 별별 책이 다 있다.

악마라. 악마라고 하니 문득 전에 봤던 마물이 떠올랐다. (삐-) 싸다 불러 나오고, 쾌변 비법 공유하고 아주 난리였는데. 악마나 마물이나 결국 같은 거겠지? 왠지 악마라는 명칭이 더 있어 보이기는 한다.

악마 소환에 성공했다.

"어?"

이건 또 무슨 예상치 못한 전개야. 예상외의 파격적인 흐름에 멈칫했다가 마저 일기를 읽어나갔다. 여기 팝콘 없어?

악마는 눈이 하나뿐이고 온통 검은 피부였다. 솔직히 조금, 아니, 많이 신기하고 무서웠다. 꿈인 줄 알았는데 볼을 꼬집어서 아팠던 걸 보면 꿈은 아니었던 것 같다.

악마가 소원을 빌라고 하기에 세상에서 가장 예쁜 사람으로 만들어달라고 했다. 악마는 들어준다고 말했지만 그 뒤로 계속 음침하게 웃기만 해서 믿음이 가지는 않았다.

악마한테 진짜 들어줄 수 있냐고 물었더니 걱정 말라고, 꼭 세상에서 가장 예쁜 사람이랑 바꿔줄 테니 기대하라고 말했다. 바꿔준다고? 그러니까 얼굴을 바꿔준다는 말이겠지? 별로 미덥지는 않지만 정말이었으면 좋겠다. 자고 일어나면 바뀌어 있을 거라고 말하고 악마는 사라졌다.

내일 일어나면 거울부터 봐야겠다. 조금 기대된다.

일기는 거기서 끝이었다. 페이지를 넘겨봐도 다음 내용은 없었다. 나는 일기장을 내려놓고 오른손으로 볼을 꼬집었다. 아팠다.

"하하, 설마."

자연스럽게 머릿속에 어떤 가정이 떠올랐지만 그건 곧 말도 안 된다는 생각으로 바뀌었다. 설마하니 이게 꿈이 아니고, 진짜 현실인데 서로 몸이 뒤바뀐 거고, 그게 악마의 힘이라고? 에이, 그럴 리가.

"세상에서 가장 예쁜 사람이랑 바꿔준다며. 설마 나? 풋, 지나가던 눈따따가 웃겠네."

내가 말해놓고도 말이 안 돼서 웃음이 터졌다. 하하, 하하하. 우는 거 아니고 웃는 거 맞다. 그런데 그럼 볼을 꼬집어서 아픈 건 어떻게 설명하지?

볼을 다시 꼬집어봤다. 내친김에 아예 머리카락도 막 잡아당겼다. 아팠다. 둔탁하게 아픈 것도 아니고 머리카락을 당길 때는 따끔해서 찔끔 눈물까지 났다.

"어……."

세수하고 밥 먹는 느낌도 그렇게 생생했는데 아프기까지 하면 진짜 안 되는 거 아닌가? 꿈인데?

"아니, 아니야. 이런 꿈도 있는 거지. 꿈에선 통증을 못 느낀다는 것도 그냥 속설이잖아? 살다 보면 이렇게 오만 게 다 생생한 꿈도 꿔보고 그러는 거지."

나는 고개를 도리도리 저었다. 일기장은 잘 덮어서 도로 두 번째 서랍 안에 넣어놨다. 내 꿈도 참, 별 이상한 설정을 다 짜 놨다. 악마 소환은 무슨? 일기 내용까지 흥미롭게 하려고 애쓸 건 또 뭐람.

"이상한 데서 철저하단 말이야, 나란 닝겐. 좀 허술해도 되는데."

나도 몰랐던 나의 완벽주의 성향을 질책하며 방을 나섰다. 아까 사양한 밀크티나 마셔야겠다. 갑자기 목이 타서 그런 건 아니다. 그냥 꿈속에서 마시는 밀크티 맛이 갑자기 궁금해져서 그래.

그 뒤로도 꿈은 쉽사리 끝나지 않았고 나는 알뤼미트로서 착실히 하루를 보냈다. 밤이 깊어 잠자리에 들면서 부디 이대로 자고 일어나면 이 이상한 꿈에서 깨어나 있으면 좋겠다고 생각했지만, 안타깝게도 내 바람은 이루어지지 않았다.

새벽이었다. 실내를 비춘다고 하기에도 민망한 미약한 빛이 창틈으로 끊길 듯 말 듯 옅게 스며들었다. 아윈은 어스름한 새벽 여명에 눈을 떴다. 눈꺼풀이 말려 올라가고 드러난 붉은색 눈동자는 잠에서 막 깨어난 사람답지 않게 남은 잠기운이 거의 없었다.

아윈은 눈을 뜨자마자 옆을 돌아보았다. 습관적으로 시선을 준 자리에는 라테가 예의 갈기처럼 사방으로 뻗친 머리를 하고 곤히 잠들어 있었다. 아윈은 상체를 조금 세워 잠든 라테를 응시했다. 과거 라테가 하는 짓을 구경하며 재미있다고 생각하던 기분은 지금에 와선 잠든 얼굴을 가만히 쳐다보고만 있어도 만족감이 차오르는 종류의 감정으로 변했다. 그도 미처 몰랐던 일이었다. 어디 상상이나 했을까. 타인이 이런 식으로 소중해지는 날이 올 줄.

아원은 한참이나 라테를 바라보았다. 시간의 흐름을 알려주듯 곧 새벽빛이 가시고 완전한 아침의 볕이 찾아들었다. 창을 투과한 밝은 빛이 온통 방 안을 밝혔다.

그쯤 되었을 때 라테가 움찔 눈꺼풀을 움직였다. 아원은 그것을 보다 혼자 픽 웃었다. 갑자기 떠오른 비유지만 마치 알 껍질을 깨고 새끼가 나오기를 오매불망 기다리는 어미 새라도 된 듯한 기분이었다. 만약 마탑의 일원 중 한 명이 지금 그의 생각을 읽는다면 즉시 공포에 질려 '진짜 탑주님을 찾습니다' 하고 동네방네 방을 붙이고 다닐지도 모르는 일이다.

이내 라테가 완전히 눈을 떴다. 몇 번 깜박거리자 잠기운에 약간 흐리던 갈색 눈동자가 점차 선명함을 되찾았다. 잠에서 깬 라테는 눈동자를 이리저리 굴리다 가만히 저를 응시하는 아원에게로 시선을 주었다. 눈이 서로 마주쳤다.

다음 순간 아원이 미간을 좁혔다.

"뭐야."

그가 벌떡 몸을 일으켰다. 표정이 그새 무섭도록 굳어 있었다. 아원은 마법으로 눈이 부실 정도로 방을 밝힌 후 자신이 잘못 본 것이 아님을 확인하기라도 하듯 환한 빛 아래에서 다시 라테를 내려다보았다. 집요한 시선 끝에 얻어낸 것은 확신이었다. 아원이 딱딱하게 굳은 목소리를 뱉어냈다.

"너 누구야."

"……."

"고객님 어디 있어?"

무슨 말인지 모르겠다는 듯 라테가 누운 채로 눈만 깜박였다. 상대에게서 반응이 없자 아윈이 욕지거리와 함께 오른팔을 휘둘렀다.

쾅! 굉음과 함께 탑의 한쪽 벽이 무너져 내렸다.

"어디 있냐고."

벽이 무너져 드러난 공간을 통해 찬바람이 새어 들어왔다. 계절은 봄이었지만 아침 공기는 아직 추웠다. 라테는 갑작스레 피부에 닿는 찬 공기에 어깨를 움츠렸다. 그러곤 아윈이 원하는 것과는 전혀 다른 대답을 했다.

"누구…… 세요?"

"……."

"그리고 나는 누구고? 어라?"

"……."

"여기가 어디예요?"

상체를 일으켜 세운 라테가 뒤늦게 혼란스럽다는 듯 눈을 산만하게 깜박거렸다. 아윈의 낯이 전에 없을 정도로 딱딱하게 굳었다.

미치겠네!

"아가씨, 일어나셔야죠."

"아아아…… 으어어……."

나는 유모-아마도-의 목소리를 무시하고 침대에 누워 괴성을 내뱉으며 몸만 꿈틀거렸다. 엑소시스트냐고? 차라리 그랬으면 좋겠다.

'왜 안 깨는데!'

미치겠다. 정말 돌아버리겠다. 꿈에서 깼으면 좋겠는데 도무지 안 깬다. 나는 알뤼미트인 채로 아침을 맞이했다. 밤을 보내고 아침이 왔는데 난 여전히 알뤼미트다. 새 하루가 밝았고 새 태양이 떴는데 나는 아직도 알뤼미트 미들이다!

"아아……."

"아가씨? 어디 아프세요?"

"네, 아파요…… 마음이……."

유모는 내가 장난을 친다고 생각했는지 피식 웃더니 말없이 커튼을 걷고 이불을 개기 시작했다. 그녀가 아무렇지 않게 일과를 수행하는 걸 보고 있자니 문득 눈물이 날 것 같았다. 나한테도 저렇게 당연하고 익숙한 일상이 있단 말이야. 이 몸에 말고.

"유모."

"네?"

"혹시 날 좀 아주 세게 때려줄래요? 영혼이 휙 나갔다가 다시 돌아올 정도로?"

"아이참, 아가씨도. 어제부터 왜 자꾸 아침마다 농담을 하고 그러세요? 전에는 안 그러셨으면서."

"농담이 아니에요……."

"그러실 시간이 있으면 오늘 살롱에 다녀오세요. 탄생연 때 입을 드레스를 고르셔야죠."

유모는 어른이란 무엇인지를 보여주듯 매우 차분하고 동요 없이 나를 상대했다. 그래…… 그녀가 보기엔 지금 내 행동 따위 한낱 어그로에 지나지 않겠지. 아무도 이해해 주지 않는 어그로 끌기를 그만두고 괴로움을 삼키며 일단 일어났다. 자꾸만 이게 꿈이 아닐지도 모른다는 가정이 떠올랐지만 도무지 믿고 싶지가 않았다. 이 상황을 어떻게 순순히 받아들여?

유모는 내가 비척비척 침대를 벗어나자 물에 적신 수건으로 얼굴을 세심하게 닦아주었다. 어젠 욕실로 밀어 넣더니만. 뭐여.

"살롱에 다녀오시게요?"

"으응…… 네."

섬세한 손길을 느끼며 멍하니 앉아 있다가 이내 고개를 끄덕거렸다. 그러고 보니 어제는 집 안을 벗어난 적이 없었다. 오늘은 밖으로 나가서 여기의 공간적 배경이 대체 어딘지나 알아봐야겠다.

'꿈이 아니면 어쩌지.'

불쑥 또 그런 생각이 들었다. 유모가 채비를 도와주겠다고 머리를 빗겨주던 와중이었다. 생각을 떨치겠다고 나도 모르게 고개를 마구 흔들었다가 머리카락이 엉망으로 엉켰다. 유모는 참사가 일어난 알뤼미트의 머리를 보며 나를 나무랐지만, 난 순간 거울에 비친 모습에 친근함을 느꼈던 건 비밀이다. 아무튼 나는 그렇게 유모의 도움 아래 단장을 마치고 저택을 나섰다.

알뤼미트의 집인 남작저는 규모가 좀 작을 뿐 자작저와 거의 구조가 비슷했다. 양산을 들고 대문을 열고 나온 난 한숨부터 쉬었다.

'어디야, 여기.'

거리가 낯설었다. 그리고 그건 조금 암울한 사실이었다. 꿈이란 건 결국 무의식의 발현인데 아예 모르는 장소가 나올 수 있는 거냐고.

'정말 돌겠네.'

착잡하게 마차가 다니는 대로변을 쳐다보았다. 이제 뭘 하지? 지금부터 뭘 하면 좋지? 솔직히 무슨 짓을 해도 깨지 않는 이 꿈이 꿈이 아니라는 건 어젯밤부터 내심 인정하고 있었다. 아닐 거라고, 꿈일 거라고 되뇐 건 기실 다 현실도피다.

길가에 덩그러니 서 있으려니 급속도로 이만 현실에 수긍해야겠다는 생각이 들었다. 더 이상 부정해 봤자 얻는 것도 없을 테니까. 나는 사람과 마차가 분주히 오가는 거리를 멀거니 바라보다가 생각했다.

'아윈 보고 싶다.'

그리고 눈따따도. 에슐라도 보고 싶다. 야주 약간이지만 마탑 식구들도 그리웠다. 툭하면 한 몸이 되어 치고받는 게 아무래도 결혼하는 편이 좋을 것 같은 넘나레드와 카르댄밸이라거나, 그런 둘을 중재하다가 늙는 메모리아나, 저주에서 벗어나고 하루하루가 행복해 보이는 아로브럭이라든가.

"다들 보고 싶…… 잠깐만."

감상에 잠기다가 순간 뭔가를 깨달은 내가 양산을 떨어뜨렸다.

보고 싶으면 보러 가면 되는 거 아니야? 생각해 보니 그랬다. 지금 나한텐 별다른 행동의 제약이 있는 것도 아니었다. 나름 돈도 있고 시간도 있었다. 사지 멀쩡한 귀족이니까! 단지 내 몸이 아닐 뿐!

'가자!'

나는 생각과 동시에 마차를 잡아 올라탔다. 이게 현실이면, 십중팔구 아윈은 지금 사라진 나를 찾고 있을 거다. 그걸 생각하니 애가 탔다. 얼마나 혼란스러워하고 있을까. 대책도 중요하지만 일단 찾아가서 내가 무사하다는 걸 알려주는 게 먼저였다.

그러나 타자마자 마탑으로 가달라고 하는 내게 마부는 의아하게 되물었다.

"마탑이요?"

"네. ……혹시 문제라도 있나요?"

기분 탓일 수도 있지만 마부의 목소리가 심상치 않은 것 같아서 조심스레 물었다. 이어 대답이 돌아왔다.

"그런 게 있었나? 어디 있는 마탑 말씀하시는 겁니까?"

"어디라뇨? 제국에 마탑은 하나뿐이지 않나요?"

"제국이요?"

마부가 아예 몸을 돌려 나를 쳐다봤다. 황당해하는 표정이었다.

"무슨 제국이요? 여긴 왕국이잖습니까. 모르소 왕국."

"……네?"

"웬 제국?"

마부가 목덜미를 긁적이며 고개를 갸웃했다. 그의 눈초리는 마치 별 이상한 손님 다 본다는 식이었지만 그게 중요한 게 아니었다. 모르소 왕국이라고? 그게 어딘데?

"죄, 죄송한데요. 혹시 말이에요."

내가 아무리 이 세계에서 나고 자란 토박이가 아니라지만 그래도 라테로 10년을 넘게 살았다. 그동안 받은 소양 수업만 해도 얼만지 모른다. 당연히 두 발 딛고 지낸 헤일론 제국을 중심으로 어지간한 주변국의 이름 정도는 전부 알고 있었다.

그런데 생전 들어본 기억이 없는 생소한 국가라니? 그건 곧 둘 중 하나를 의미했다. 여기가 실제로는 존재하지 않는 꿈속 가상의 나라거나, 그게 아니면…….

"헤일론 제국이 여기서 얼마나 떨어져 있나요?"

제국에서 무지막지하게 먼 곳이거나.

마부는 내 질문에 콧잔등을 찡긋거렸다. 고민하는 표정이었다. 잠시 후 그가 입을 열었다.

"정확한 거리는 뭐라고 말씀을 못 드리겠네요. 근데 엄청 먼 것 하나는 확실합니다. 다른 대륙이니까."

"다, 다른 대륙이요?"

순간 경악으로 입이 벌어졌다. 뭐가 어째? 다른 대륙? 바다를 건너야 한다고?

"설마 헤일론 제국에 가실 일이라도 있으십니까? 굉장히 먼 여정일 텐데. 어쩌다 거기까지 가신대."

마부가 내게 물었지만 대꾸할 정신이 없었다. 뭐라는지 제대로 귀에 들어오지도 않았다. 머릿속에서 연신 시끄럽게 메아리치는 감상은 바로 망했다는 거였다.

목적지를 바꿔 도서관으로 향했다. 그리고 그곳에서 지도를 확인한 나는 힘이 빠져 의자에 털썩 주저앉았다. 마부의 말은 사실이었다. 헤일론 제국은 물길을 건너야 하는 다른 대륙의 중심에 위치해 있었다. 이곳 모르소 왕국은 거의 반대편이라고 봐도 좋을 대륙의 끄트머리에 박혀 있었고 말이다. 모르소는 소왕국이었다.

장난해? 이게 뭐야?

"하필 많고 많은 나라 중에 걸려도……."

기가 차서 중얼거렸다. 이건 알아서 갈 수 있는 거리가 절대 아니었다. 지금 내 심정을 말할 것 같으면 딱 이렇다. 하루아침에 납치당해서 낯선 집에서 눈을 떴는데, 그곳이 우리 동네는커녕 미국인 느낌.

심지어 나한테는 비자도 여권도 없고.

막막해진 기분으로 이마를 감쌌다. 이제 어쩌지? 물리적인 거리가 멀어도 너무 멀었다. 알뤼미트의 몸으로 혼자 움직이기엔 중간에 객사하기 딱 좋아 보이고, 그렇다고 거기까지 무사히 갈 수 있을 만한 지원을 받을 핑계도 딱히 떠오르지 않았다. 애초에 그만한 지원을 받기에도 알뤼미트의 가문은 다소 작았다.

대체 어쩌면 좋단 말이냐. 아버지, 나를 보고 있다면 정답을…….

'가만!'

나는 퍼뜩 고개를 들었다. 아윈! 내가 못 가면 아윈을 오게 하면 되는 거잖아! 맞다. 마법 천재 아윈이라면 다른 대륙이고 뭐고 텔레포트 한 번이면 이동할 수 있을 게 분명했다. 바다를 건너는 게 다 뭐야, 아예 바닷속에 잠겨서 네모난 노란 스펀지를 친구로 삼고 있더라도 위치만 알면 단숨에 찾으러 올 수 있을 것 같은 게 바로 아윈이다.

나는 밝아진 얼굴로 곧장 도서관을 박차고 나왔다. 왜 이 생각을 못 했지? 마탑에 서신을 보내려 전서국으로 향하는 발걸음이 거의 뛰듯이 가벼웠다. 마음이 한결 편안해졌다.

그러나 이 망할 상황은 생각보다 호락호락하지 않았다.

"……네? 뭐라고요?"

나는 뻣뻣하게 굳어 멍청한 얼굴로 되물었다. 직원은 친절한 어투로 다시 설명해 주었다.

"헤일론 제국까지 이동하는 전서구는 왕궁에 요청서를 올리고 승인을 받으셔야 이용하실 수 있어요. 얼마 전 조류 전염병이 돌아서 훈련시킨 전서용 새 대부분이 죽는 바람에 대륙을 건널 만한 전서구가 대단히 귀해졌거든요. 혹시 위험한 곳에 잘못 보냈다가 못 돌아오게 되면 큰 손실이니까, 사전 검사 및 허가가 필수랍니다."

요약하면 선행 절차를 먼저 밟으라는 거였다. 나는 일단 항변했다.

"위험한 곳 전혀 아니에요. 단지 탑에 편지만 한 장 보내려는 건데."

"그건 왕궁에서 판단하시겠죠."

직원은 고개를 저으며 자기도 어쩔 수 없는 일이라고 못 박았다. 난 허탈한 기분으로 입을 뻐끔거리다가 재차 물었다.

"오래…… 걸릴까요? 왕궁에서 승인이 떨어지는 게?"

"글쎄요. 그거야 대체로 왕궁 내부 상황에 따라 다르니까요. 그런데 실은 승인을 바로 받으셔도 그다음이 문제예요."

"네? 다음이요?"

"순서가 조금 밀려 있어서요. 대기 인원이 아무래도……."

직원이 난처하게 웃었다. 그리고 난 그녀의 꿈도 희망도 없는 설명에 하마터면 주저앉을 뻔했다. 결국 정리하면 여기서 마탑으로 소식을 보내기 위해서는 우선 왕국에 전서구 사용 요청서를 올려 승인을 기다려야 하고, 그렇게 오매불망 기다려 승인이 떨어지고 나서도 또 언제일지 모르는 내 차례가 올 때까지 주야장천 인내해야 한다는 거였다.

깊은 좌절감에 절로 고개가 떨어졌다. 꽤 불쌍해 보인 모양인지 직원이 어색하게 웃으며 날 위로했다.

"힘내세요. 아니면 인편으로 보내는 방법도 있긴 한데 그렇게 하시겠어요? 시간과 비용이 좀 많이 들긴 하지만."

"아니요……."

"하긴, 너무 걱정 마세요. 승인도 금방 떨어질 거고 순서야 중간에 공백이 생길 수도 있는 거니까요."

"네…… 어흑흑."

생면부지의 사람을 위로해 주는 따뜻한 목소리에 눈물이 자동으로 차올랐다. 직원 언니가 흠칫한 것 같지만 기분 탓이겠지.

"많이 급한 일이신가 봐요."

"제 몸이 걸려 있어요……."

"저런."

직원은 마지막까지 나를 응원해 줬다. 고마워요. 잊지 않을게요. 인사를 남긴 나는 축 늘어진 걸음으로 전서국을 나왔다. 들어갈 때는 그렇게 가볍게 폴짝거릴 수가 없었는데.

'망할 악마. 썩을 악마. (삐-)싸개 마물보다 못한 자식.'

애초에 이 사태를 만들어낸 원흉인 악마에게 갖은 욕을 퍼부으며 저택으로 귀환했다. 그새 날이 저물어 땅거미가 지고 있었다. 어깨를 힘없이 늘어뜨리며 들어가는데 입구에서 알뤼미트의 오빠와 마주쳤다.

"뭐야, 표정이 왜 그러냐?"

내 얼굴을 보자마자 오빠라는 인간이 움찔 놀랐다. 그렇게 안 좋은가. 그러고 보니 나는 아직도 얘 이름을 모르고 있었다. 난 알뤼미트를 닮은 남자의 얼굴을 물끄러미 쳐다보다가 자포자기 상태로 물었다.

"넌 이름이 뭐니?"

"뭐?"

"너의 이름은?"

"무슨 소리야, 이게?"

"어서 말해주련."

네가 이름을 알려주지 않으면 나는 앞으로 너를 야나 너라고 부를 수밖에 없단다. 너~ 라고 부를게~ 뭐~ 라고 하든지~

"어제 아침부터 진짜 이상해. 너 정말 어디 아프냐?"

"가슴이 아파서 그래. 그래서 이름은 안 알려줄 거니?"

"……열 있나?"

내 상태를 의심하는 손길이 이마로 가까워졌다. 찰나 이걸 피해야 하나 고민하다가 곧 내 몸이 아니라 알뤼미트의 몸이라는 걸 깨닫고 가만히 내버려 두었다. 이름 모를 알뤼미트의 오빠는 여동생의 이마를 짚어보더니 고개를 갸웃했다.

"열은 없는데."

"열도 없고. 네 이름도 없고."

"나 참, 아돌프! 아돌프 미들! 됐냐?"

아돌프라. 생각보단 평범한 이름이었다. 발음하기도 쉽고 말이다. 난 또 알뤼미트의 오빠니까 켈뤽니크 이런 게 아닐까 했는데.

"아돌프, 그럼 난 먼저 들어갈게."

"이젠 오빠라고도 안 하냐?"

"아돌프 오빠. 갈게."

"진짜 이상한데……."

아돌프가 성큼 다가와 나를 샅샅이 살폈다. 그러거나 말거나. 오늘 종일 좌절과 절망을 맛본 나는 딱히 그의 의심과 걱정을 임기응변으로 해소해 주고 싶은 선심이 들지 않았다. 이 누나 피곤하다, 돌프야. 알아서 사춘기겠거니 생각하렴.

"오빠도 잘 들어가. 안녕."

"그거 때문이지?"

"응, 맞아. 그거 때문이야."

다른 때라면 궁금했을 말인데, 지금은 정말 기운이 없어서 뭐라고 하든 그냥 몸을 돌렸다. 하지만 타이밍 못 맞추는 아돌프는 계단을 오르는 내 뒤통수에다 대고 굳이 알고 싶지 않은 사실을 이야기해 줬다.

“역시 그럴 줄 알았어. 배럼 공자가 네 이번 탄생연에 참석하겠다고 해서! 망할 자식, 헤어졌으면 그만이지. 더구나 자기가 한눈을 팔아서 그렇게 된 주제에.”

저런, 알뤼미트에게 그런 구남친이 있었다니. 궁금하진 않았지만 잘 들었다.

“그런 자식은 그냥 무시해! 탄생연에 나타나든 말든 신경 쓰지 말라고.”

“응.”

“괜히 그 자식 때문에 이상하게 행동하지도 말고.”

“알았어.”

나는 대강 대답해 주고 계단을 마저 올랐다. 어제만 되었어도 흥미로운 내용이라고 생각했겠지만 지금은 별반 관심이 생기지 않았다. 알뤼미트한테 구남친이 있든 현 남친이 있든 무슨 상관이야. 걔가 탄생연에 참석하든 회갑연에 참석하든 무슨 상관이냐고? 난 지금 그것보다 마탑에 한시라도 빨리 소식을 전하는 일이 백배 중요한데!

‘괜찮을까.’

지친 몸으로 그냥저냥 씻고 잠자리에 누웠지만 잠이 들지는 않았다. 몸은 피곤한데 그보다 아윈이 걱정되었다. 잘 있을까? 너무 놀란 건 아니겠지? 솔직히 당황한 모습도 놀란 모습도 둘 다 쉽게 눈에 그려지지는 않았다. 걔는 언제 어떤 상황, 심지어 자기 목숨이 경각에 달린 판국에서도-그럴 수 있을지는 모르겠지만-예쁘게 웃으면서 쌍욕이나 할 것 같은 인물이니까.

그렇지만 그래도 아윈이 갑자기 사라진 나를 찾을 것이란 사실 정도는 알았다. 걱정하고 있을 거라는 것도. 이렇게 대뜸 영혼만 실종되는 상황을 제아무리 아윈이라도 예상이나 했을까.

나는 깊은 한숨과 함께 뒤척거렸다. 잠이 들기까지는 한참이나 시간이 필요했다.

아로브럭은 탑의 원로 구성원들을 모아 대책이 나오지 않는 열네 번째 회의에 들어갔다. 마탑은 비상사태였다.

"안주인님이 기억을 잃었다며?"

"기억을 잃은 게 문제가 아니라 그냥 다른 사람이야."

"몸은 그대론데 영혼만 바뀌었다는 거잖아? 그럴 수가 있나?"

"설마 탑주님께서 착각하셨을 리가요."

비숏은 마탑 최상층에 난 바람구멍을 상기했다. 그가 알기로 탑 꼭대기 방은 아윈이 직접 새긴 보호 마법이 걸려 있는 공간이었다. 꽤 공을 들였던 걸로 기억하는데 그걸 뚫고 벽을 부숴놓다니. 그건 정말 어지간히 힘을 썼다는 뜻이고, 달리 말하면 그만큼 이성이 날아가 눈에 뵈는 게 없었다는 소리였다.

넘나레드가 끄응, 침음을 흘렸다. 그는 사태 파악을 가장 늦게 했다가 하마터면 목이 날아갈 뻔했던 인물이었다.

"다들 알겠지만 탑주님 상태 엄청 안 좋다. 가능한 접근하지 말고……."

"너만 접근했어. 멍청아."

"닥쳐. 안주인님 상황은 어때? 여전해?"

"응, 똑같아. 아직도 모른다는 소리만 해. 백치처럼."

어깨를 으쓱한 카르댄밸이 힘 빠진 어조로 털어놨다. 라테-정확히는 라테의 몸을 한 누군가-의 상태에는 변화가 없었다. 처음, 그러니까 이틀 전 아침과 마찬가지로 물어보는 것마다 모른다고 고개를 흔들 뿐이었다. 특히 자기 자신이 누구인지 모르는 게 가장 문제였다. 그게 제일 중요한데.

"어디 사는 누군지를 알아야 진짜 안주인님 행방도 알 수 있을 텐데, 이건 뭐……."

"아무것도 몰라. 아무것도. 이족보행하는 사람이라는 것만 알겠다."

"관찰로 알아내는 것도 한계가 있고."

숨이 턱턱 막혔다. 회의는 매번 진전이 없었다. 그때 아로브럭이 갑자기 귀신이라도 본 것처럼 기겁했다.

"헉!"

거기엔 귀신은 없었지만 대신 아윈이 있었다. 예고 없이 나타난 아윈이 삽시간에 돌처럼 굳은 이들을 내려다봤다. 그러곤 입을 열었다.

"알아낸 거 말해."

"아, 예, 예."

눈치가 빠른 편인 메모리아가 냉큼 나섰다. 그가 어깨와 목에 힘을 주고 준비한 말을 술술 늘어놓았다.

"우선 안주인님의 몸을 차지한 사람의 신원에 대해선 아직 알 수 없는 상황입니다. 여전히 본인이 누구인지 기억해 내지 못하고 있습니다. 대, 대신 나이프와 포크는 설명 없이도 곧잘 다루고 걸을 때도 비교적 자세가 바른 걸로 보아 신분은 최소 귀족인 것으로 확인됩니다.

아마 일반 귀족 가문에서 매우 곱게 자랐을 것으로 추측, 아니, 확신하고 있습니다."

메모리아는 '귀족', '곱게 자랐다', '확신' 부분을 언급할 때 은연중에 목소리에 힘을 실었다. 지금 라테의 영혼이 들어가 있는 몸이 정확히 어디 사는 누구인지는 몰라도, 적어도 안전하기는 할 테니 좀 진정하라는 의미였다.

다행히 효과가 있었다. 아윈의 표정이 아주 약간 풀어졌다. 미세하지만 또렷한 변화를 보며 메모리아가 내심 한숨을 삼켰다. 그는 아윈이 오늘은 부디 잠을 청했으면 좋겠다고 생각했다. 옆에 가면 누구든 다 죽여 버릴 것 같은 살기도 좀 거두고.

"여기까집니다."

메모리아의 보고가 끝나자 아윈은 별다른 대꾸 없이 허공에서 사라졌다. 메모리아는 결국 삼켰던 한숨을 길게 뱉었다. 다른 몇몇도 숨을 죽이고 있었던 듯 심호흡을 하고 난리였다.

"후우."

"죽는 줄 알았네."

"넌 뭘 했다고?"

"그냥 기분이."

"근데 탑주님은 또 어디로 가신 거야?"

"몰라."

"그나저나 안주인님 말입니다…… 정말 무사하시겠죠?"

아로브럭의 말에 메모리아가 멈칫했다. 그는 찰나 라테를 잃고 결국 이성이고 뭐고 전부 놓아버린 아윈을 상상해 보았다. 곧바로 목덜미가 쭈뼛했다. 재앙이었다.

"그렇겠지. 그래야 해."

대답은 메모리아가 했지만 그건 모두의 마음이었다.

'대체 누가 이런 짓을 저질렀는지는 모르겠지만…… 제발 반성해라. 반성하고 우리 손에 뒈져.'

자리에 모인 이들이 뜻을 모아 소원했다. 이건 뭐 과거 페리도트 때보다 더 살벌하고 위험했다. 살얼음판을 걷는 것 같은 조마조마한 하루가 오늘도 지나가고 있었다.

왕궁에 전서구 사용 승인 요청서를 올렸다. 이 승인이 언제 떨어질지 모른다고 생각하니 아침부터 한숨만 푹푹 나왔다. 왕궁 공무원님들, 부디 힘내주세요. 빠른 일 처리! 빠른 승인!

"야, 그 자식은 그냥 신경 쓰지 말라고 했잖아! 무시하라니까!"

후원에다 물 떠놓고 빌었더니 그걸 발견한 아돌프가 난리를 쳤다. 무슨 소린가 진지하게 고민하다가 바로 전날 알뤼미트의 구남친에 대해 들었던 것이 떠올랐다. 나 참. 그런 거 아니야, 꺼져.

오후에는 고민하다 전서국을 다시 찾았다. 앞서는 사양했지만 역시 인편도 보내둬야겠다는 생각이 들었다. 뭐든 안 하는 것보다는 나을 테니까.

비용은 생각보다 비싸서 알뤼미트의 장신구를 들고 나가 몰래 팔아야 했다. 양심 괜찮으냐고? 문제없다. 난 이미 도덕을 잃었다. 집에 돌아가기 위해선 남의 주머니를 터는 것쯤이야. 아돌프 너도 조심해라!

그러고 나니 할 게 없어서 도서관을 재방문했다. 혹시 나한테 이런 짓을 저지른 악마에 대해 뭔가 기록이라도 있지 않을까 해서였다. 하지만 내가 못 찾은 건지, 원래 없는 건지 원하는 문헌은 보이지 않았다.

그렇게 며칠을 허비하고 나자 어느덧 탄생연 당일이 되었다.

유모는 오전부터 나보다 들떴다.

“아가씨, 오늘은 드디어 아가씨께서 주인공이 되시는 날이에요. 설레지 않으세요?”

왕궁에서 승인이 떨어지는 게 당겨진다면 설렐 것 같다. 이 망할 왕궁. 벌써 일주일이 다 되어가는데 왜 답이 없어? 일 안 하고 자나? 근무 태만으로 다 신고할 거야. 망할 왕궁 공무원…….

“원래 내 인생의 주인공은 늘 나잖아요. 새삼스럽게.”

“어머! 멋진 생각이네요. 하지만 오늘 밤엔 한층 특별한 주인공이 되실 거니까요. 이럴 게 아니라 당장 치장을 도와드릴게요.”

산통 깨는 대답에도 유모는 개의치 않았다. 나는 그녀가 갖은 재료와 기술을 총동원해 알뤼미트를 꾸미는 동안 어떻게 하면 왕궁의 승인을 좀 더 빨리 받아낼 수 있을까에 대해서만 골몰했다. 생각이 꼬리에 꼬리를 물수록 이성이 사라져 결국 테러와 1인 시위에까지 사고가 미쳤을 때였다.

“다 됐어요. 어쩜, 너무 예쁘셔라.”

치장이 끝났다. 유모는 나를 거울 앞으로 이끌었다. 알뤼미트가 얼마나 예뻐졌는지는 별로 관심이 없어서 매직아이로 대충 봤다.

준비를 마치니 아돌프가 에스코트를 하러 왔다. 아돌프는 아무래도 내가 신이 나서 폴짝폴짝 뛰어도 모자랄 대망의 날에 세상 달관한 것처럼 의욕 없이 구는 이유가 구남친 때문이라고 철석같이 믿고 있는 눈치였다. 옆에서 자꾸 맥락 없이 구남친의 욕을 해대곤 내 낌새를 살피는 걸 보니 말이다. 나는 굳이 그의 오해를 정정해 주지 않았다. 그러거나 말거나.

탄생연은 남작저에서 마차를 타고 이동해야 하는 다른 저택에서 열렸다. 연회 전용 건물이라는데 층마다 다른 파티 홀이 있고 규모가 어떻고 대관 비용이 어떻고…… 아무튼 잘은 모르겠지만 꽤 화려하고 넓은 곳이었다.

성년식을 겸하는 딸의 열일곱 번째 탄생연을 위해 피의 지출을 감내한 남작 부부의 마음씨가 느껴졌지만 정작 그걸 느껴야 할 건 내가 아니었다. 에휴, 알뤼미트를 위해서도 빨리 제자리를 찾아야 하는데.

나는 아돌프가 괜히 오버해서 씌워준 고깔모자를 쓰고 파티 홀 안으로 들어섰다.

"알뤼미트!"

"생일 축하해."

"생일 축하한다."

가족과 친구-로 추정되는-들의 환대를 받으며 난 어색하게 웃었다. 아는 얼굴이 없으니 누구 하나 선불리 아는 척도 못 하겠다. 나는 사람만 바뀌 계속되는 축하 인사를 전부 소리 없는 미소로 화답했다.

'진짜 알뤼미트는 지금 어디 있을까.'

아돌프의 눈치를 봐선 오늘을 엄청 고대했던 모양인데 정작 당일에 주인공이 빠져 버렸다고 생각하니 입맛이 썼다. 평범하게 생각하면 내가 알뤼미트의 몸에 있으니 알뤼미트는 내 몸에 있을 것 같지만, 또 모른다. 애당초 그렇게 간단했으면 아원이 바로 나를 찾으러 오지 않았을까 싶기도 하고.

나는 무르익어 가는 연회의 분위기를 방관자의 기분으로 구경하다

음료수를 집어 들었다. 문득 에슐라가 가끔 조제해 주곤 했던 특제 영양 음료가 떠올라 목을 축이다가 잠깐 울컥했다. 흑흑, 에슐라. 여전히 눈따따의 머리는 잘 빗어주고 있는 거니?

그때였다.

"오랜만이야, 알뤼미트."

에슐라에게 마음으로 영상 편지를 보내고 있는데 누가 말을 걸었다. 뭐지, 누굴까. 인사 퍼레이드는 아까 끝난 거 아니었나? 사람 난처하게 응대가 필요한 말을 건 사람은 내 또래로 보이는 웬 마른 남자였다.

'알뤼미트보다는 연상 같은데.'

내(라테) 또래니까 그렇겠지? 아돌프 친구려나. 나는 잠깐 고민하다 대답했다.

"네. 오랜만이에요."

앗, 이게 아닌가? 남자의 표정이 이상했다. 말 놓던 사이였나?

"오랜만인데 와줘서 고마워."

위기를 느끼고 자연스럽게(?) 반말로 넘겼다. 그런데 남자의 표정은 외려 더 이상해졌다. 뭐야?

"알뤼미트. 여전히 나한테 화가 난 거야?"

"네?"

"이해해. 나라도 그랬을 테니까. 하지만 알뤼미트, 알잖아. 단지 한 때의 실수였다는 거."

"……?"

갑자기 남자가 자기만 아는 이야기를 시작했다. 이러면 곤란한데. 난 네가 어떤 보석 같은 추억을 꺼내도 알아들을 수 없단 말이야. 슬프게도 그래. 난감해하는 마당에 문득 아돌프의 얼굴이 보였다. 아돌프는 조금 떨어진 곳에서 이쪽을 무시무시하게 노려보고 있었다. 정확히는 내 앞에 선 남자를.

……응? 잠깐만, 그럼 혹시?

"나는 항상 너뿐이었어. 너도 알잖……."

"말 끊어서 미안한데 뭐 좀 묻겠습니다. 당신은 혹시 저의 구남친인가요?"

"뭐?"

남자가 당황한 듯 나를 쳐다보았다. 하지만 의문문이 무색하게 나는 이미 확신하고 있었다. 얘가 바로 걔네! 그 바람나서 헤어졌다는 구남친!

"바람…… 바럼 공자였나?"

"배럼이잖아. 내 이름."

"맞아요. 배럼."

"정말 왜 이러는 거야? 알뤼미트, 이상해. 너답지 않게."

배럼 공자가 동공을 흔들었다. 그야 당황스럽겠지. 영문 모르게 낯설 거고. 그렇지만 이놈은 나는 물론이고 알뤼미트를 위해서도 공들여 상대해 줄 필요가 없는 인간이었다. 지 잘못으로 헤어져 놓고 뭘 구질구질하게 탄생연까지 찾아와? 저리 꺼져, 훠이훠이!

"할 말이 그런 것뿐이면 이만 가세요. 생일 축하 외에 아무것도 안 받습니다. 이미 끝난 사이에 무슨."

얘가 알뤼미트가 아니라 진짜 내 바람난 구남친이었으면 음료를 코로 먹여주는 건데 그건 참았다. 다행인 줄 알아. 나름 온건하게 축객령을 내리고 돌아서는데, 배럼이 예고 없이 내 손목을 덥석 붙잡았다. 아니?

"우리 얘기 좀 해."

"할 얘기 없는데요? 이것 좀 놔주시죠?"

"그러지 말고 이리 와."

그러더니 배럼 공자, 아니, 배럼 자식은 나를 강제로 끌고 걷기 시작했다. 헉, 뭐야!

"저기요. 저기요?"

"조용한 곳에 가서 단둘이 대화하자."

"이보세요? 사람 말이 안 들리나 본데 신체에 문제라도? 이거 좀 놓으라니까?"

"얘기하다 보면 오해가 풀릴 거야. 네 화도 풀릴 거고."

배럼 자식은 귀와 머리에 많은 문제가 있었다. 미친 자식이 놓으래도. 나는 어쩔 수 없이 크게 소리쳤다.

"여기요! 누가 좀 도와주세요! 싫은데 강제로 끌려가는 중이에요! 여기요!"

그런데 당황스럽게도 좌중이 조용했다. 아무도 움직이지 않았다. 아니, 움직이기는커녕 다들 이쪽에는 일부러 시선조차 주지 않는 것 같았다. 유일하게 아돌프만이 이리로 달려들다가 주변의 누군지 모를 영식들에게 제지당하는 것이 보였다.

"무슨……."

"소용없어. 아무도 우리 피우므 가문과 척지기를 원하지는 않을 테니까. 알뤼미트, 너도 전엔 그랬잖아? 화가 정말 많이 난 모양이구나."

"뭐라고?"

의문을 풀어주는 배럼의 말에 기가 막혔다. 이 자식 금수저 또라이였어?

'낭팬데.'

유감스럽게 됐다. 배럼은 아무래도 집안의 권세를 믿고 날뛰는 이 구역의 무법자 망나니인 모양이었다. 피우므 가문이 뭐 하는 데인지는 몰라도 어쩜 자식 교육 참 환상이다.

나는 배럼에게 질질 끌려 계단을 내려가면서-파티 홀은 2층이었다-깊은 고민에 빠졌다. 남작 부부라도 있었으면 어떻게 됐을 텐데 공교롭게도 지금은 두 분 다 자리를 비운 상태였다.

'이걸 어쩐다. 그냥 일단은 이 자식 비위를 살살 맞춰주면서 상황을 넘겨야 하나?'

마음 같아선 정의의 고자 킥을 먹이고 계단에서 밀어버리고 싶었지만 그럴 수는 없었다. 지금은 내가 라테가 아니라 알뤼미트인 이상 뒷감당도 감안을 해야 하니까. 후우, 어쩔 수 없지. 성질은 좀 뻗치지만 당장은 굽혀줄 수밖에.

'살기 위해선 못 할 게 없었던 과거의 쫄보력을 끌어내자. 그래, 연기 정도야 뭐!'

그러나 배럼은 생각보다 더한 또라이였다. 배럼 자식, 아니, 배럼 새끼는 나를 정원 깊숙한 곳까지 끌고 들어가더니 말했다.

"오해를 푸는 데는 몸의 대화가 제일이지. 너도 그렇게 생각하지?"

네? 뭐라고요?

"걱정하지 마. 여긴 아무도 안 오니까."

배럼이 씩 웃었다. 어두워서 잘 안 보이는데도 온몸에 오소소 소름이 올랐다. 농담이어도 제정신이냐고 할 판에 눈빛이며 목소리가 아무래도 진심인 것 같았다. 나는 배럼의 은근한 손길이 알뤼미트의, 그러니까 내 드러난 둥근 어깨에 닿는 순간 생각했다.

잘못 걸렸다. 튀자.

쨍!

"크억!"

그때껏 들고 있던 음료 잔으로 놈의 머리통을 후려쳤다. 그러곤 그대로 몸을 돌려 뛰었다. 이제 와 생각하는 거지만 가랑이 사이도 걷어차 줄 걸 그랬다. 저렇게 바로 쫓아오지 못하게.

"거기 서! 알뤼미트!"

"너 같으면 서겠냐? 강간 미수범 새끼야!"

얼마 뛰지도 않았는데 숨이 턱에 닿았다. 아오, 알뤼미트 얘 체력이 왜 이래?

"자, 잡았다."

"……!"

아, 아니, 미친. 그새 따라붙은 배럼이 알뤼미트의 팔랑거리는 소매로 손을 뻗었다. 안 돼! 나는 어떻게든 피하려고 몸을 획 틀었다. 그리고 다음 순간 발이 꼬여 균형을 잃고 왼쪽으로 고꾸라졌다.

풍덩!

'아이고!'

넘어진 위치에는 분수대가 있었다. 이걸 운수가 더럽다고 해야 하나. 아니, 바닥에 구르는 것보다는 나은가? 수심은 얕았지만 삽시간에 빠진 거라 정신 못 차리고 한참을 허우적거리다 바깥으로 얼굴을 내밀었다. 어푸! 물을 뱉어내고 겨우 눈을 떴을 때였다.

"……?"

물기 탓에 잠깐 흐렸다가 선명해진 시야로 배럼이 잔뜩 당황한 얼굴을 하고 있는 게 보였다. 뭐야, 내가 분수에 빠져서 놀랐나? 그럴 만한 인성으론 안 보였는데. 그때 머리 위에서 목소리가 들렸다.

"이거."

낮고 모르는 목소리였다. 나는 고개를 오른쪽 위로 들어 올렸다. 내가 주저앉은 상태라 그런지는 몰라도 한참이나 올려다봐야만 했다. 곧 시야에 들어온 것은 어두운 금발로 이마를 덮은 웬 젊은 남자였다.

"영애 건가?"

그는 내게 물에 젖은 고깔모자를 내밀고 있었다.

"아."

허우적거리는 사이에 빠진 모양이다. 장식이 엉망이 돼서 아돌프가 슬퍼하겠네. 나는 그걸 순순히 받아서 물을 털어낸 다음 머리에 도로 썼다. 들고 있기도 뭐하니까. 남자는 내가 고깔모자를 다시 쓰는 걸 묘한 표정으로 내려다봤다.

"고맙습니다. 그런데 혹시 이거 주워주려고 들어오신 거예요?"

남자는 무릎 아래까지 물에 잠겨 있었다. 설마하니 나 때문에 분수에 들어온 건 아니겠지? 그러니까 고깔모자 때문에? 맞다고 하면 뭐라고 해야 하나 고민하는데 남자가 내가 아닌 배렴에게 말을 걸었다.

"피우므 백작가의 배렴 영식이었던가. 여기서 뭘 하는 거지?"

"와, 왕자 저하."

뭐? 왕자?

깜짝 놀라서 다시 올려다봤다. 듣고 나서 보니 기품이 느껴지는 것 같기도 하고. 배렴은 왕자의 추궁에 더듬더듬 변명했다.

"그것이 아니라…… 벼, 별것 아닙니다. 그저 장난이 지나쳐서. 애초 저 여인과는 연인 사이이고."

어쭈? 이게 어디서 눈따따 전용 빗도 안 믿을 헛소리야. 나는 질세라 소리쳐 놈의 말을 부정하고 진실을 알렸다.

"아니요! 거짓말이에요. 저 영식은 저를 인적이 드문 곳으로 끌고 가 강제로 욕보이려 했습니다. 그래서 도망치다가 이리된 것이고요. 거기다 연인 사이였던 적은 있지만 과거에 헤어져 지금은 아닙니다."

배럼이 눈을 부릅떴다. 왜, 이 새끼야. 틀린 부분 없잖아?

"흐음."

왕자가 제 턱을 쓰다듬었다. 저게 부디 '저 남자 망신시키는 쓰레기를 어떻게 조질까' 하는 의미였으면 좋겠다. 그때 배럼이 허겁지겁 자신을 변호했다.

"아, 아닙니다! 저하, 저 말을 믿으시면 안 됩니다. 단지 제게 토라져서 저러는 것뿐입니다. 저하께서도 아시잖습니까? 여인들은 서운한 일이 있으면 곧잘 파트너를 모함하기도 한다는 걸요."

"뭐가 어째?"

익히 알았지만 저게 진짜 돌았나? 기가 막힌 발언에 벌떡 몸을 일으키다가 물 때문에 휘청거렸다. 다행히 왕자가 잡아줘서 2차 입수는 면할 수 있었다. 나는 몸을 세우고 쌍심지를 켰다.

"남자들은 서운한 일이 있으면 곧잘 파트너를 살해하기도 한다는 수준의 같잖은 주장 잘 들었다, 새끼야. 네가 그러니 남들도 다 그러는 것 같지?"

"영애."

"이 콧구멍에 구두 굽을 끼워서 얼굴로 걷게 만들어도 모자랄…… 네?"

갑자기 왕자가 나를 부르는 통에 말이 끊겼다. 하다 만 욕설에 왕자가 큭큭거렸다. 그는 대뜸 내 머리 위를 가리키며 물었다.

"그 고깔모자 말이야. 혹시 생일이라 쓰고 있는 건가?"

"네? 아, 네."

"그럼 오늘이 영애의 생일이란 말이군."

"그런데요."

무슨 말이 하고 싶은 거지? 다음 순간 왕자가 본론을 꺼냈다.

"다른 때면 몰라도 오늘 같은 날에는 영애의 편을 들어줘야지. 생일인데. 그렇지 않나?"

"저, 저하!"

"몹시 지당하십니다."

과연! 좋은 신분에 좋은 정신! 왕자의 현명한 판단에 엄지를 추켜세웠다. 왕자는 제 심복으로 추정되는 기사를 손짓으로 불렀다.

"영식을 모셔라. 죄명은 강간 미수에 상해 미수……."

중간에 멈칫한 그가 내게 힐긋 시선을 주었다.

"영애, 혹시 다친 곳 있나?"

무슨 말인지 못 알아들으면 내가 아니다. 이 정도 눈치도 없으면 쫄보 시절에 못 살아남았지. 나는 기다렸다는 듯 냉큼 줄줄 늘어놓았다.

"네, 강제로 끌려가는 과정에서 손목에 무리를 입었고 조금 전에 넘어지면서는 무릎에 멍이 들었습니다. 그리고 갑작스레 물에 빠지는 바람에 하마터면 순간적인 공황 상태로 익사에 이를 뻔했습니다. 또한 가문의 이름을 앞세워 제 처지를 이르고 저를 협박하여, 공포와 두려움에 손발이 떨리고 숨도 제대로 쉴 수 없었습니다. 거기에 이 고깔모자도 값을 매길 수 없을 정도로 소중한 것인데 물에 빠지면서 모양이 망가졌습니다."

되는 건 전부 갖다 붙였다. 물론 사실에 근거해서. 배럼의 턱이 땅에 떨어질 지경이 되었다. 왕자는 씩 웃고는 명령을 마저 이었다.

"강간 미수에 상해, 협박, 모욕, 과실로 인한 살인 미수, 재물 손괴. 거기에 피해자 모함 및 명예훼손. 데려가."

"저, 저하. 저하! 이거 놔라! 저하!"

기사에게 질질 끌려가며 배럼이 애처롭게 외쳤다. 나중에는 고래고래 소리치며 발광하기에 이르렀지만, 왕자는 본 체도 하지 않으며 훌륭하게 병먹금을 실천했다. 나는 날 여기까지 강제로 잡아끌고 온 배럼이 역으로 그 꼴이 되어 사라지는 것을 속 시원하게 쳐다보다가 몰래 손가락 엿을 날렸다.

"타인을 비방하는 건 옳지 않지만 정당하니 봐주도록 하지."

앗, 어떻게 봤지? 아무튼 덕분에 살았다. 나는 무거워진 드레스를 끌고 분수 밖으로 나와 왕자에게 꾸벅 고개를 숙였다. 마침 나타나서 도와주지 않았다면 어떻게 됐을까. 알뤼미트가 살인자가 됐을지도 모르는 일이다. 정말 만일의 사태에는 배럼의 머리를 돌로 내려찍으려고 했거든.

"고맙습니다. 왕자 저하의 도움으로 큰일을 면했습니다."

왕자는 내게 아니라는 듯 고개를 저었다.

"오히려 내가 고맙지. 피우므 영식은 원래 눈엣가시였던 터라. 덕분에 잡아 처넣을 수 있었네."

"아하."

그렇다니 더 잘된 일이다. 밉보인 마당에 구실이 생긴 이상 배럼은 감옥에서 쉽게 빠져나오지 못할 것이다. 잘 가라, 새꺄. 넌 사회에 나오지 않는 게 어울려.

"그래도 정말 감사합니다. 은혜 잊지 않도록 하겠습니다. 앞으로 세금도 더 열심히 내고요."

다시 꾸벅 인사했더니 왕자가 웃음을 터뜨렸다. 왜, 진심인데. 하기야 어차피 알뤼미트가 내는 거긴 하지. 내 돈도 아니고.

그나저나 이제 어떻게 해야 할지 고민이다. 꼴이 말이 아닌데 이대로 파티 홀로 돌아가도 되려나. 아돌프 기절하는 건 아니겠지? 아돌프야 그렇다 치고 괜한 소문이 돌까 봐 걱정이었다. 배럼이 잡혀간 마당에 소문 같은 건 어쩔 수 없이 퍼지긴 하겠지만…….

그때 왕자가 내게 물었다.

"영애."

"네?"

"이름이 어떻게 되지?"

피해자 신상이 필요하겠구나. 나는 순순히 대답했다.

"알뤼미트 미들입니다. 저하."

"……알뤼미트."

발음하기 어렵지? 나도 안다. 얼마 전엔 아돌프도 혀가 꼬여서 '알리뮈트'라고 부르더라.

"그럼 이만 가보겠습니다. 여신의 가호가 저하께 함께하기를."

"잠깐만."

왕자가 나를 붙들었다. 나는 고마운 권력자에게 고분고분했다. 왕자는 자기 겉옷을 벗더니 그걸 내 어깨에 덮어주었다.

"함께 들어가지. 어차피 나도 파티 홀로 가야 하니."

오호라. 왕자의 인성은 훌륭했다. 적어도 피해자 에프터 서비스 하나는 확실했다. 이제 보니 모르소 왕국도 나름 좋은 곳이군. 왕궁에 이런 인재가…… 가만, 왕궁?

"저하."

우뚝 멈춰 서서 불렀더니 왕자가 나를 돌아봤다. 나는 그와 눈을 마주치자마자 다급하게 말했다.

"갑작스럽지만 요청이 있습니다. 들어주실 수 없을까요?"

"요청?"

"다름이 아니라 제가 며칠 전 왕궁에 전서구 사용 승인 요청서를 올렸습니다. 급하게 전서구를 써야 하는데 반드시 승인이 떨어져야만 합니다."

뜬금없는 거 안다. 맥락도 뭣도 없이 대뜸 얘가 무슨 소리인가 싶겠지. 하지만 나는 급했다. 가능성이 있다면 그게 뭐라도 잡고 싶다는 게 최근 내 마음이었다. 이 순간에는 왕자가 새롭게 나타난 내 동아줄이었다. 그가 나서준다면 승인을 앞당기는 건 물론이고 밀린 순서도 새치기할 수 있을지 몰랐다.

"부탁드립니다. 전서구를 바로 사용할 수 있도록 도와주세요."

"……글쎄."

짧은 침묵 끝에 나온 왕자의 목소리는 부정적이었다.

"그건 내 소관이 아닌 데다, 굳이 그런 데서까지 권력을 남용하는 왕자라는 말은 듣고 싶지 않은데."

왕자가 맞는 말을 했다. 물론 맞아도 나한테는 아니 되는 말이었다. 아니 되옵니다, 전하. 재고해 주시옵소서! 한 번 거절당했지만 이대로 물러날 수는 없었다. 어떻게 매달리면 잘 매달렸다고 소문날지, 어떤 애걸복걸이 그의 측은지심을 자극하는 데 효과적일지 고민하는 그때 왕자가 덧붙였다.

"하지만 그러고 싶어지면 또 모르지."

"네?"

"그런 데까지 권력을 남용하고 싶게 만들어보라는 뜻이야. 원하면."

왕자는 그렇게 말하곤 먼저 1층 파티 홀 안으로 들어가 버렸다. 멍하니 눈을 깜박이던 내가 겉옷을 돌려주지 못했다는 것을 깨달은 것은 조금 나중이었다.

'뭐지?'

계단을 오르면서 왕자가 남긴 말을 곱씹었다. 어째 의미심장했다. 요청을 들어주고 싶게 만들어보라고? 맨입으론 안 된다는 얘긴가. 바라는 게 있으면 상응하는 대가를 준비하라는 뜻으로 알아서 해석하긴 했지만, 진짜 왕자의 속내가 뭔지는 알 길이 없었다.

'설마 내가 마음에 들어서 작업…… 아니지. 풋. 그럴 리가.'

그냥 가정해 본 것뿐이지만 왠지 왕자를 모욕한 것 같은 기분에 미안해하는 사이 2층 파티 홀에 도착했다. 예상한 대로 아돌프가 나를 보자마자 넘어갈 듯이 기겁했다.

"알뤼미트!"

"멀쩡하니까 일단 진정해. 네가 준 고깔모자도 지켰다."

배럼이 나를 따라 들어오지 않는 것을 확인한 사람들이 그제야 하나둘 눈치를 살피며 다가와 괜찮으냐고 물었다. 괜찮겠냐? 아무래도 알뤼미트는 인간관계를 좀 정리할 필요가 있어 보였다. 일부러 눈을 하나하나 마주치면서 대꾸해 줬더니 찔리기는 하는 모양인지 시선들을 피한다. 어휴.

"남작…… 부모님은?"

"곧 다시 오실 거야. 너 진짜 괜찮은 거 맞아? 안 다쳤냐고?"

"괜찮아. 그리고 배럼 자식 내가 조졌어."

"뭐?"

"내일은 배럼이 없는 내일의 태양이 뜬다. 자세한 건 아침에 소식지로 확인해."

오늘 일은 곧 지나갈 과거의 일이고, 이제 내겐 새로운 과제가 생겼다. 바로 왕자 공략하기. 대체 뭐가 그의 구미를 당길 수 있을지는 미지수지만, 어떻게든 알아내야지. 그게 지금 내가 할 수 있는 최선이었다.

"그런 것보다 아돌프, 이 나라 왕자 저하에 대해 아는 것 좀 전부…… 응? 넌 왜 입술이 터졌어?"

"오빠한테 너라니."

"뭐야, 양쪽 다 터졌네."

왕자에 신경을 쏟느라 아돌프의 얼굴 꼴이 엉망인 것을 뒤늦게 발견했다. 어디서 맞고 왔는지 볼만한 꼴이었다. 드라마나 영화에서는 입술 터져도 멋있던데 얘는…….

"어디 부딪혔어? 기둥이랑 싸웠니?"

측은해져서 물어보다가 문득 생각났다. 아돌프는 아까 내가 배럼한테 끌려 나갈 때 나한테 달려오려다 웬 영식 셋한테 가로막혔었다. 아, 혹시 그때.

추측을 입증해 주듯 파티 홀 구석에 아돌프와 비슷하게 얼굴이 터진 남자가 서넛 보였다. 나는 아돌프를 다시 쳐다봤다. 착시인지 터진 입술이 갑자기 멋있게 보였다. 이 자식, 누나 찡하게.

"뭐, 그냥."

아돌프가 얼버무렸다. 그는 오히려 끝끝내 다수에게 저지당해 나를 도우러 나오지 못한 게 마음에 걸리는 눈치였다. 나는 말없이 아돌프의 어깨를 토닥였다. 알뤼미트가 친구 복이나 전남친 복은 없어도 오빠 복은 있구나.

"야, 근데 왕자 저하는 갑자기 왜? 설마 너 열세 살 때 접었던 왕자비의 꿈을 다시 꾸기로 한 거냐? 그러고 보니 겉옷은 웬……."

뒤늦게 내가 어깨에 덮고 들어온 겉옷에 시선을 준 아돌프가 오만상을 찡그렸다. 이게 배럼의 것이라도 되는 줄 알았는지 오물을 보는 표정으로 벗겨내려 드는 것을 재빨리 손을 들어 막았다. 어허, 씁! 성급하긴.

"이거 돌려드려야 해. 왕자 저하한테."

"……뭐?"

"그럴 일이 있었어. 그래서 말인데 보답으로 함께 드릴 만한 게 뭐가 있을까? 뭘 좋아하시지?"

어차피 내일이면 왕자가 배럼을 이런저런 죄로 잡아 처넣은 사실이 파다하게 퍼질 테니, 이 정도는 말해도 괜찮겠지. 아돌프는 내 말에 입을 뻐끔거리다가 되물었다.

"잘못 들은 것 같아서 말인데, 알뤼미트, 그러니까 그 겉옷이……왕자 저하의 옷이라고?"

"잘 들었네."

"어, 어쩌다? 아니, 왜? 내 동생이 왕자 저하랑? 어어?"

"혹시나 말하는데 사고 멀리 전개시키지 마. 그런 거 아니니까."

아돌프는 그 뒤로도 한참이나 정신을 못 차렸다. 이 정도로 놀랄 줄은 몰랐는데? 그리고 그건 파티 홀 안의 다른 사람들도 마찬가지였다. 나는 내가 꺼낸 말이 생각보다 큰 폭탄이었다는 사실을 나중에서야 깨달았다.

아, 여담으로 아돌프는 내가 쫄딱 젖은 채로 어깨에 겉옷을 걸치고 고깔모자를 쓴 채 파티 홀로 돌아왔을 때 내 몰골에 웃어야 할지 울어야 할지 화내야 할지 도무지 알 수가 없었다고 훗날 고백했다.

허리까지 늘어뜨린 짙은 적발을 휘날리며 한 영애가 후원으로 뛰어들었다. 마침 티타임 중이던 이들이 그녀에게 시선을 모았다. 난입한 영애는 하얀 얼굴을 머리 색만큼이나 붉게 물들이곤 입을 열었다.

"리, 리나. 에이미. 솔라. 조금 전에 나한테 무슨 일이 있었는지 알아? 말해줘도 믿지 못할걸? 방금 전에……."

"아실리."

리나라고 불린 영애가 손을 들어 그녀를 막았다. 그러더니 눈짓으로 의자를 가리켰다.

"우선 앉아. 네가 무슨 얘기를 하려는지 알 것 같으니까."

"뭐?"

뛰어오느라 탐스런 적발이 엉망이 된 아실리가 눈을 깜박였다. 그걸 어떻게 아느냐고, 영문을 모르겠다는 표정의 그녀에게 자리의 다른 영애가 설명해 주었다. 솔라였다.

"왜냐면 우리도 좀 전까지 그 이야기를 하고 있었거든. 우리 앉아서 더 자세히 이야기하자."

엉거주춤 서 있던 아실리가 결국 의자에 앉았다. 티타임 인원이 추가되었다. 하녀가 새로 차를 내오는 동안 모임의 주최자인 리나가 재차 대화의 문을 열었다.

"늦은 오후였어."

"나는 아침."

"바람을 쐴 겸 문을 열고 발코니로 나갔지. 그러고서 얼마나 서 있었을까? 갑자기…… 그가 나타난 거야."

마탑주가.

"그렇게 나타나선 내 눈을 뚫어져라 보더라."

"마찬가지야."

"그 이후엔 홀연히 사라져 버렸지."

"심장이 멎는 줄 알았어."

그녀들은 저마다 같은 경험담을 공유했다. 대화에서 드러나듯 마탑주 아윈은 근래 꽤 기묘한 행각을 벌이고 있었다. 예고 없이 나타나서는 눈을 들여다보더니 사라진다. 이제 제국에서는 이 같은 일을 겪지 않은 영애를 찾는 것이 더 어려울 정도였다.

"잠깐이었지만 정말 아름다운 얼굴이더라."

"그렇게 가까이서 본 건 처음이야."

"황태자 전하보다 못하다고 한 건 누구야? 주리를 틀어야 해."

"그런데 왜 그런 행동을 하는 거지?"

내놓은 의문에 그녀들이 서로를 바라보았다. 그들은 시선을 교환하고는 동시에 고개를 저었다. 이유를 아는 사람은 아무도 없었다.

"뭐든 좋으니까 다시 와줬으면 좋겠다. 눈이 깨끗해지는 기분이었어."

"아서. 그러다 수틀려서 널 죽이면?"

"그, 그건……."

"천사처럼 생겼던데. 소문은 소문일 뿐 아닐까?"

"근거 있는 소문이잖아."

아윈의 선하고 부드러운 외모와 그에 상반되는 잔인한 성정은 이미 제국 안팎으로 유명한 사실이었다. 아쉬움과 현실 사이에서 갈등하던 영애가 결국 현실에 순응하고 어깨를 늘어뜨렸다. 리나가 그녀를 위로해 주었다. 차를 한 모금 마신 솔라가 문득 생각났다는 듯 그러고 보니, 하고 운을 뗐다.

"이거, 우리만 겪은 일 아닌 거 알아?"

"그야 그렇겠지."

"당연한 소릴?"

"그게 아니라, 여자들만 겪은 게 아니란 말이야."

"응?"

"아까 들었는데……."

그리고 그와 같은 시각. 다른 장소에서 비슷한 이야기가 오가고 있었다. 다만 차이가 있다면 화자가 영애가 아니라 영식들이었다는 것이다.

"나 어제 귀신 봤다."

"귀신이 아니라 마탑주겠지."

"그거나 그거나."

"나도 오늘 아침에 봤네."

남색 머리 영식이 몸을 떨었다. 그를 포함한 몇몇은 마탑주를 대면했을 때 어떤 감정보다 공포를 먼저 느꼈다. 그건 그들이 상대적으로 힘겨루기에 익숙한 치들이라서일지도 몰랐다. 영식은 소리 소문 없이 나타난 마탑주가 그대로 자기 목을 따는 그림을 그려보았다. 막을 수 있을까? 무리였다.

그러는 반면 순수하게 외모에만 감탄하는 이도 더러 있었다.

"그 얼굴이 정녕 사람이 맞나?"

"신기하더군. 다 떠나서 그냥 그렇게 생길 수 있다는 게 신기해."

"추종자가 있다는 사실이 이해가 되더군."

"사실 나도 오늘부터……."

"뭐야?"

그때 누군가가 키득거리며 이런 말을 꺼냈다. 음울한 인상에 체구가 작은 남자였다.

"솔직히 제국 영애들보다 미려하지 않던가? 객관적으로 비교해서 말이야. 이 나라 여자들은 사실 미모가 많이 떨어지지."

마탑주 아래 모두가 생기다 만 얼굴이 되는 것은 평등한 일이건만 그는 구태여 그것을 제국 여자들에 한정 짓고 싶은 것 같았다. 근처의 영식 몇은 서로 눈빛을 교환하더니 고개를 내저었다.

"지지라다 공자, 굳이 그렇게 비교할 것 있나?"

"우리도 마찬가지인걸. 이 시각 영애들은 마탑주와 우리를 비교하려다 마탑주에게 미안해서 관뒀을지도 모르네."

"잠깐, 그렇게 사실로 얻어맞고 싶지는 않았는데."

이내 그들은 하하 웃으며 주제를 넘겨 버렸다. 지지라다 공자의 의도는 실패했다. 그는 아쉽고 못마땅한 얼굴로 우물거리다 애꿎은 음료나 벌컥 들이켰다.

"참, 그런데 마탑주가 왜 이런 일을 벌이는 것 같나?"

"……."

"역시 모르지?"

"안 죽이는 게 어딘가. 나는 그거면 됐네."

"그거야 뭐."

"맞다, 다들 그 소식 들었나? 저잣거리에서 얼마 전에……."

곧 대화는 원 주제에서 벗어나 시시콜콜한 것으로 넘어갔다. 티타임 대신 연 술 파티가 무르익었다.

국경 외곽 커다란 나무 아래 등을 기댄 아윈이 눈을 감았다. 설원의 눈과 은을 섞어 간 후 뽑아낸 것 같은 깨끗한 은발이나 그 아래 자리 잡은 유려한 이목구비는 얼핏 보기에 평소의 아윈과 별반 다를 것이 없었다. 그러니 얼굴을 마주해서 살펴본대도 알아차리기 쉽지 않을 것이다. 그가 벌써 닷새 넘게 잠들지 않았다는 것을.

아윈은 방금 전 마지막으로 확인한 대상을 떠올렸다. 이번에도 아니었다. 혹시나 싶어 나이와 성별을 막론하고 귀족이라면 무조건 눈을 들여다봤으나 번번이 허탕이었다. 이제 제국에는 그가 확인하지 않은 귀족이 남아 있지 않았다.

제국 안에는 없다. 그렇다면 이제 국경을 넘을 것이다. 그러기 전에 아윈은 아주 잠깐 휴식을 취했다.

그는 같은 실수를 두 번 하는 취미가 없었다. 페리도트 때문에 라테를 잃을 뻔했을 때, 그는 가슴이 서늘하게 얼어붙는 생소하고 불유쾌한 감각에 놓이는 일은 한 번이면 족하다고 생각했다.

그녀가 들고 다니는 인형에 겹겹이 마법을 깐 것도 그래서고, 마탑 최상층에 할 수 있는 모든 보호 마법을 걸어둔 것도 그래서다. 그는 어떤 상황에서도 라테를 지킬 자신이 있었다. 눈에 닿는 한 무슨 일이 있어도.

그런데 그게 이런 식으로 박살이 날 줄이야.

머리가 마비될 정도로 화가 났다. 분노는 여러 방향으로 향했다. 이따위 짓을 저지른 상대에게도, 그걸 막지 못한 자신에게도. 그리고 분노의 뒤를 이은 것은 초조였다. 초조, 불안, 걱정. 두려움.

아윈은 삶에 대단한 집착이 없었다. 빈민가에서 나뒹굴던 때를 제외하고는, 아니, 혹은 그때를 포함해서도 그랬다. 그가 내키는 대로 행동하며 살아온 것은 강한 힘을 타고났을 뿐 아니라 세상에 미련이 없어서이기도 했다. 미련이 없으니 공포도 무서움도 몰랐다. 지키고 싶고 유지하고 싶은 게 없었으니까.

그런 아윈에게 처음으로 미련을 만들어준 게 바로 라테였다. 누군가를 소중하다고 느끼는 것도, 인내와 희생을 담보하면서 무언가를 원하는 것이 가능하다는 것도 라테를 통해 처음 배웠다.

라테는 아윈에게 하나의 완전하고 거대한 세상과 같았다. 그래서 그게 깨어지면 스스로도 놀랄 만큼 아무것도 남지 않으리라는 걸 아윈은 어느 순간부터 알게 되었다.

라테가 없어진 이곳을 제가 온전히 남겨두기나 할까.

눈을 감고 있은 지 얼마나 되었을까, 눈꺼풀이 말려 올라가고 붉은색 눈동자가 다시 드러났다. 이내 아윈의 신형이 꺼지듯 사라졌다.

알뤼미트는 유리 몸이었다.

"콜록콜록!"

"알뤼미트, 일어나지 마. 누워 있어."

"아이고."

그것 좀 뛰고 물에 빠졌다고 곧바로 몸살에 걸려 드러누운 걸 보면 말이다. 나는 정신력으로 움직여 보겠다고 나섰다가 오빠 노릇 하는 아돌프에게 제지당했다. 크윽.

"정보나 좀 말해줘 봐……."

"아, 그래."

아돌프는 내가 요구한 왕자에 대한 각종 신상 정보를 머리말에서 줄줄 읊었다. 내가 어제에서 오늘 아침으로 넘어오면서 알게 된 사실이 있는데, 왕자는 만인의 연인이었다. 이유는 간단하다. 키 크고 잘생기고 성격 좋고 신분 좋고 미혼이라서. 나열하고 보니 간단하지 않군.

왕자는 배우자 빼고 다 가진 인간이었다. 그리고 그건 내게 별로 달가운 사실이 아니었다. 뭐라도 부족하고 필요한 게 있어야 그쪽을 공략해 볼 게 아닌가. 왜 모자란 거 없이 완벽하고 난리야? 어? 사람 난처하게 뭐 하는 거냐고, 어?

"정비 태생이시고 누이가 한 분 있음. 탄생일은 11월 3일. 취미는 승마, 특기는 사냥, 검술……."

검술이라. 케니스를 초청해서 한 수 배울 수 있게 해주겠다고 꼬셔 볼까. 그런데 케니스와 내 사이가 그 정도가 되는지 아직 모르겠다. 되면 좋겠는데. 일단 이거 별표.

"좋아하는 과일 사과, 싫어하는 과일 없음. 좋아하는 음식, 싫어하는 음식 알려진 것 딱히 없음. 선호하는 색은 파랑. 이상형은 예쁘고 착한 여자."

왕자의 보편적인 이상형을 들으며 고개를 주억거렸다. 바람직해. 마침 내가 제국에서 가장 예쁘고 착한 레이디를 알거든. 황녀 언니라고. 작가 로즈가 곤경에 처한 걸 알면 분명 도와줄 사람이니까, 소개팅에도 별표.

"근데 이상형이 확고한 것치곤, 쿨럭, 쿠헉, 쿠헥켈룩!"

"아, 알뤼미트. 말하지 마. 말하면 안 될 것 같다."

"아냐. 숨을 잘못 삼켜서 그래. 아무튼 이상형이 그렇게 알려져 있는데도 여태 한 번도 염문설이 없었던 건 의외네?"

나는 누운 채로 시선만 돌려 말했다. 눈이 마주친 아돌프가 작게 고개를 끄덕였다.

"그래서 이번 소문도 그런 식으로 난 거야."

"왕자 저하가 나를 도와주고 겉옷도 덮어주었지만 아무도 나와 왕자 저하 사이를 의심하지 않고 저하의 훌륭한 인격만 칭송하는 그 소문?"

"……그래."

"그건 사실 맞아."

그래서 나한텐 다행이었다. 괜히 근거 없는 스캔들이라도 나면 은인한테 폐를 끼치는 격이었으니까. 나는 아쉬워하는 아돌프를 외면하고 생각에 골몰했다.

'케니스 검술 지도. 황녀 언니 소개팅. 이게 단가? 승산이 높지는 않아 보이는데…….'

뭔가 아쉬웠다. 이런 것 말고 뭐가 더 있으면 좋겠는데. 뭔가 더 번쩍! 하는 거. 바로 이거다! 싶은 걸로. 그렇지만 남은 시간을 내내 고민해도 딱히 떠오르는 것은 없었다. 욕조에 몸을 담가도 유레카는 찾아오지 않았다. 나는 결국 그렇게 추가적인 소득 없이 몸살을 쫓는 데만 오전을 다 흘려보냈다.

오후가 되니 열이 내리고 기침이 멎어서 제법 움직일 만했다. 맛이 가서 엉망이었던 목소리도 멀쩡해졌고 말이다. 알뤼미트 이 녀석, 쉽게 아프고 금방 낫는군. 좋아.

나는 깔끔하게 세탁한 왕자의 겉옷과 사과와 파란색 손수건을 들고 집을 나섰다. 솔직히 뒤의 두 개는 딱히 쓸모가 있을까 싶지만 구색이라도 맞추려고 챙겼다. 내 정성을 알아줬으면.

왕궁은 여기서 멀지 않아서 마차를 타면 금방이었다. 금세 도착해 입구의 경비병에게 신분을 확인받았다.

"오오. 영애가 바로 저희 왕자 저하께서 구해주셨다는 분이군요?"

앗, 예상치 못했던 아는 척.

"옷 돌려드리고 인사드리러 오신 거군요."

"크으, 저희 왕자 저하가 또."

"잘 오셨습니다!"

알 수 없는 환대를 받았다. 고, 고마워요. 아무래도 왕자는 성에서도 인기가 좋은 모양이었다. 아랫사람에게 평판이 좋아야 진짜 좋은 사람이라던데. 소문만큼 정말 괜찮은 성품이긴 한가 보다.

나는 성품 좋은 왕자에게 기대를 걸며 안내인의 뒤를 따랐다. 운명(?)을 결정지으러 가는 왕궁 복도는 길었다. 복도를 걸으면서 무의식중에 바깥으로 눈을 내봤을 때였다.

'응?'

마침 웬 눈에 띄는 미인이 수행원을 대동하고 왕궁 정원을 거니는 것이 보였다. 나는 보자마자 그녀의 정체를 어렵지 않게 짐작했다. 왜냐면 왕자와 닮았으니까.

'누이가 한 명 있다더니.'

아돌프가 얘기해 준 신상 정보에서 들었던 가족 관계가 떠올랐다. 공주는 오라비보다는 밝은 금발을 허리까지 늘어뜨린 채 꽃처럼 웃고 있었다. 아휴, 예쁘다. 제국에 있는 황녀 언니가 생각나기도 하고.

'조금 연약한 인상이네.'

신분에서 오는 편견일까. 공주는 어딘지 세상 물정 모를 것 같은 인상도 풍겼다. 예쁜데 가녀리고 순수하고 아무것도 모를 듯한 퓨어한 느낌. 그런데 저러면 꼭 놈팡이가 잘 꼬이던데.

'뭐, 그런 거야 왕자가 알아서 어련히 차단하겠지. 여동생을 엄청 아낄 것 같은데.'

그렇게 생각하는 사이 안내인이 발을 멈췄다. 나도 우뚝 멈춰 섰다.

"응접실입니다. 여기서 잠시만 기다리시면 저하께서 일을 마치고 내려오실 겁니다."

"아, 고마워요."

응접실로 들어가서 얌전히 앉아 있었다. 가슴이 조마조마했다. 여기 은근히 넓네. 눈을 데루룩 굴리며 내부를 구경하고 있었더니 심심해 보였는지 시녀가 차와 과자를 가져다줬다. 핫, 따뜻한 사람.

"그대의 마음씨만큼이나 이 차가 따뜻하네요."

긴장도 풀 겸 개수작을 던졌더니 시녀 언니가 떨떠름한 미소로 화답해 줬다. 어쨌든 웃어줬으니 따뜻한 사람.

'근데 정말 가져온 게 아무것도 안 통하면 어떡하지. 확신도 안 서는데 진짜 다음 대안 없나?'

차를 홀짝이며 고민에 빠졌다. 왕자는 아무리 봐도 더 필요한 게 없어 보였다. 왕자는…… 응? 가만. 그럼 공주는?

'가족을 공략하는 방법도 있잖아! 두 명이면 가망도 두 배!'

깨달음에 눈을 휘둥그레 뜨고 찻잔을 내려놓았다. 이 생각이 왜 지금에서야 떠올랐는지 모르겠다. 오는 길에 공주를 봐서일지도. 나는 론드미오가 여동생 로젤리아의 부탁에 로즈법을 통과시켜 줬던 과거를 상기했다. 그래, 왕자도 분명 누이한테 약할 거다. 공주의 환심을 사자!

'그럼 공주에 대한 정보가 필요한데.'

찻잔 둘레를 만지작거리다 눈을 들었다. 내 헛소리에도 웃어줬던 좋은 사람이 보였다. 난 슬그머니 입을 열었다.

"저, 흠흠."

"네?"

"오는 길에 봤는데 공주님께서 정말 아름다우시더라고요."

"아아, 공주님이요."

시녀가 고개를 끄덕였다. 표정을 보니 동의하면서 동시에 뿌듯해하고 있는 것 같았다. 하여간 남매가 나란히 인기가 좋다니까.

"어떤 분인지 궁금해요. 그 왕자 저하의 누이시니까."

"공주님께선…… 길게 말씀드리면 입만 아프죠. 말씀하신 것처럼 왕자 전하를 똑 닮으셨어요. 따뜻하고, 상냥하고, 아름다우시고."

"취향도 비슷하신가요?"

"호호, 그건 좀 다르네요. 저하께서 좋아하시는 과일을 공주님께선 그다지 선호하지 않으시니까. 공주님은 딸기를 좋아하세요. 그래서 매해 겨울과 봄을 반기시죠. 추운 걸 굉장히 싫어하시면서 딸기 때문에 겨울을 반긴다니, 정말 귀여우세요."

공주의 개인 팬으로 추정되는 시녀가 볼을 발갛게 물들이고 말을 쏟아놓았다. 아무래도 왕궁 전체가 왕자와 공주의 거대한 팬클럽이 아닐까? 의심하며 마음속의 메모지에 들은 것을 열심히 받아 적었다. 나야 고맙지.

"그나저나 저하께선 불안하시겠어요. 그렇게 사랑스러운 공주님을 누가 데려간다고 생각하면요."

"하아……."

맞장구 겸 큰 의미 없이 던진 말이었는데 갑자기 시녀가 한숨을 쉬었다. 아니?

"솔직히 저도 썩 마음에는 안 들어요. 스왈로우 공자가 공주님께 정말 잘하기는 하지만, 아무래도 자작 가문이니까."

어머나, 공주에겐 남자 친구가 있는 모양이었다. 오빠보다 앞섰군. 이름이 스왈로우라고?

"그나마 장남이 아니라 차남인 게 우습지만 저희한텐 위안이랄까요? 공주님께서 데인저 자작 부인이 되셔서 궁을 나가실 일은 없을 테니까요."

아하. 데인저 가문. 그렇구나, 데인저 자작가의 스왈로우…….

응?

스왈로우 데인저?

'……제비 위험?'

"헉!"

나는 벌떡 몸을 일으켰다. 의자가 요란하게 뒤로 밀렸다. 깜짝 놀란 시녀가 왜 그러냐고 물었지만 대답해 주는 대신 시선을 옆으로 내렸다. 내가 들고 온 왕자의 겉옷 및 잡동사니가 보였다. 난 그것들을 내려다보다 말했다.

"이것들 좀 저하께 전해주세요."

"네?"

"부탁드려요. 고마워요!"

인사를 남기고 응접실을 빠져나왔다. 왔던 복도를 되돌아가는 걸음이 분주했다. 머릿속에서는 온통 한 가지 생각이 맴돌고 있었다.

'제비, 그 인간은 제비다!'

틀림없다. 생물학적인 조류 제비 말고 사회적인 제비, 여자 등쳐먹는 사기꾼 말이다. 스왈로우 데인저는 높은 확률로 제비임이 분명했다. 이름부터가 말해주고 있지 않나. 제비 위험이라고.

물론 이름만으로 정체성을 결정짓는 건 성급한 판단일지도 모른다. 하지만 난 이미 여기서 많은 사람이 이름값을 하는 걸 목격했다. 야고르니 영애도, 지느 어드코 영식도, 배럼 피우므 그 범죄자도!

'증거만 잡으면 돼.'

나는 스왈로우 데인저의 실체를 까발리고 놈을 붙잡아야겠다는 생각을 했다. 이건 이렇게 보고 저렇게 봐도 환상의 일거양득이었다. 정의 실현과 목적 달성! 공주도 구하고 필요하던 것도 얻고. 왕자의 성품상 공주를 속여먹으려던 놈을 붙잡은 공로를 그냥 넘길 것 같진 않았다.

'어차피 이런 건 그냥 놔둘 수도 없으니까.'

내겐 정의의 오지랖이라는 속성이 있었다. 대체로 아윈이나 스크롤이 옆에 있을 때만 발휘되긴 하지만 어쨌든 있다. 몰랐으면 모를까 알게 된 이상 황녀 언니를 닮은 청초한 공주님이 뒤통수 맞는 걸 손 놓고 지켜볼 수는 없었다.

기다려라, 제비. 나는 그 길로 저택에 돌아가 필요한 채비를 마치고 다시 튀어나왔다. 정의를 위한 행보 출발!

시작은 달콤하게 평범하게 미행이다. 나는 멀리 떨어진 곳에서 숨을 죽이고 상대를 지켜봤다. 스왈로우는 20대 초반에 보라색 머리를 한 멀쑥한 청년이었다. 이목구비가 뚜렷해서 인상이 진하면서 훤칠했다. 물론 겉모습만 그렇다는 거다. 실체를 아는 내게 녀석은 그냥 나쁜 버터로만 보였다.

'버터가 움직인다.'

최대한 그가 가는 곳마다 놓치지 않고 따라다녔다. 스왈로우는 저택보다는 바깥에서 보내는 시간이 많았다. 사기꾼은 원래 활동적이지.

'그나저나 인맥도 많네.'

스왈로우 데인저는 사람을 자주 만났다. 오늘도 약속이 많은 모양인지, 공주님과 잠깐 데이트를 즐긴 이후에는-나쁜 새끼-이곳저곳 다른 사람을 만나러 다니느라 종일 분주했다.

나는 마치 가면이라도 쓴 것처럼 시종일관 하하 호호 웃는 스왈로우를 보며 저것도 어쩌면 일의 일환이 아닐까 생각했다. 성공적인 사기를 위해 이미지 메이킹은 필수라던데.

'아, 드디어 혼자다.'

계속된 미행에 알뤼미트의 체력이 슬슬 바닥을 드러낼 무렵이었다. 마침내 스왈로우가 혼자 움직였다. 벌써 해가 거의 넘어가고 있었다. 스왈로우는 수행원도 없이 단신으로 저잣거리 안쪽으로 들어갔다. 나는 녀석을 따라 살금살금 골목을 돌다가 문득 길이 익숙하다는 생각을 했다. 어제도 이 방향으로 꺾은 것 같은데? 아니나 다를까.

"또 저 술집이야?"

먼발치서 스왈로우가 가게 문을 열고 들어가는 것을 보며 중얼거렸다. 미행 이틀째, 스왈로우는 이틀 연속 비슷한 시간에 같은 가게를 찾았다. 혹시 그런 건가? 하루를 마무리하기 위해 항상 들르는, 뭐 자기만의 단골 술집?

'일단 들어가 보자.'

어제는 하필 근처에서 아돌프와 아돌프 친구를 만나는 바람에 따라 들어가지 못했다. 아주 공교로웠지. 나는 챙이 넓은 모자를 더욱 푹 눌러쓰고 건물 안으로 발을 들였다.

"어서 오세요. 주문하시겠어요?"

"아무거나…… 도수가 제일 약한 걸로 주세요."

"알겠습니다."

힐끔 내부를 둘러보았다. 술집에는 일반 테이블과 여럿이 주르륵 늘어앉을 수 있는 바 형식 테이블이 있었다. 스왈로우는 개중 바 형식에 앉아 있었다. 나는 눈치를 보다가 가장 구석진 위치에 자리를 잡았다. 앉아서 지켜보는 내내 녀석은 뭐가 그렇게 좋은지 혼자 술을 연거푸 퍼마셨다. 즐겁냐? 공주를 등쳐먹을 생각을 하니 아주 홍이 나지요?

'술 먹는 하마도 아니고.'

제비면 제비답게 정체성을 지킬 것이지. 에잉 쯧쯧. 별게 다 아니꼬워서 혀를 차는데, 스왈로우가 지배인과 친근하게 얘기를 나누는 것이 보였다. 아무래도 이곳에 자주 방문하는 건 맞는 것 같았다. 저건 암만 봐도 한두 번 얼굴을 본 사이가 아니다.

'나중에 지배인이나 점원한테 물어봐야겠다. 수상한 점은 없는지, 여기에 데리고 왔던 여자는 없는지…….'

순순히 협조해 주지 않을 것에 대비해서 나는 이미 아돌프의 주머니를 털 준비가 되어 있었다. 알뤼미트의 주머니는 다 털어서 남은 게 없었다…….

그때 스왈로우가 의자에서 몸을 일으켰다. 기회를 봐서 옆자리로 이동할 생각을 하고 있던 난 깜짝 놀랐다. 녀석은 점원에게 대금을 지불하더니 비틀거리며 가게를 나갔다.

'벌써?'

무슨 술을 이렇게 금방 마셔? 기존에 알고 있던 술자리에 대한 상식이 바사삭 부서졌다. 나는 스왈로우를 따라 급히 일어섰다. 걸음걸이를 보니 만취한 모양이던데 놓칠 수 없었다. 취중진담이란 말도 있거늘! 나는 품 안의 영상구가 멀쩡한 것을 확인하고 얼른 바깥으로 나왔다.

'어디로 갔지?'

금방 쫓아 나왔다고 생각했는데 그새 스왈로우의 모습이 보이지 않았다. 얘가 축지법을 쓰나. 고민하다 가장 유력해 보이는 골목으로 들어섰다. 그때였다.

"……!"

"쉿, 조용."

갑자기 두꺼운 손이 나타나 내 입을 틀어막았다. 헉! 뭐야! 다음 순간 술 냄새가 확 끼쳤다. 덕분에 나는 상대의 정체를 곧바로 짐작할 수 있었다. 내 양팔을 뒤에서 붙잡아 움직임을 속박한 스왈로우가 귓가에 대고 속삭였다.

"누구냐?"

윽, 더러워! 숨결 기분 더러워! 본능적인 거부감에 몸부림치는데 녀석이 재차 추궁했다.

"뭘 노리고 날 여기까지 미행했지?"

"……!"

"바른대로 불지 않으면 곱게 돌아가진 못할 거다."

알고 있었어? 망했군. 나는 또 내가 이벨린을 따라다녔던 경력으로 완벽한 미행에 소질이라도 생긴 줄 알았지. 다 자만이었다니, 이럴 수가.

"오래 기다려 줄 것 같나?"

으름장을 들으며 머리를 팽팽 굴렸다. 이거 어쩐다. 뭐라고 둘러대지? 취한 줄 알았더니 비틀거리던 건 전부 연기였는지 이 망할 놈이 너무 멀쩡해 보였다. 사리 분별이 잘되는 상태면 아주 헛소리는 안 통할 텐데.

"말할 의사가 없다면……."

아니야! 의사 있어! 아니, 그런데 잠깐만.

이게 입을 막아놓고 왜 자꾸 말하라고 난리야? 텔레파시 쓰라 이거냐? 답답하다는 듯 고개를 마구 흔들었더니 스왈로우가 그제야 뭔가를 느낀 듯 입을 막고 있던 손을 뗐다. 나는 공간이 생기자마자 냅다 외쳤다.

"좋아해서요!"

"……뭐?"

"당신을 남몰래 사모해 왔어요, 스왈로우 공자님. 하지만 공자님은 이미 공주님의 연인, 저는 그저 몰래 따라다니는 것밖엔 할 수 없었어요."

위기의 순간 내가 떠올린 것은 바로 케니스의 사생팬이었다. 하지만 아무리 임기응변이라도 이런 놈한테 사랑 고백이라니. 으윽, 비위야 견뎌줘. 나는 내 정신력을 믿고 연기를 계속했다.

"의심되시면 제 모자를 벗겨보시겠어요? 단지 공자님을 흠모하는 한 명의 소녀에 불과하다는 걸 쉽게 아실 거예요."

나중에 알뤼미트 만나면 사과해야지. 이건 진심이다. 스왈로우는 내 혼신을 다한 거짓부렁에 혹했는지 양팔의 속박을 풀었다. 여기서 도망가 봐야 바로 잡히겠지? 그렇다면 계속 속여야겠다.

나는 뒤돌아서 모자를 끌어내리고 스왈로우를 쳐다보았다. 석양을

등지고 보는 스왈로우의 얼굴은 과연 한층 짜증 났다. 이 나쁜 버터야. 이 얼굴로 공주를 꼬셨다 이거냐. 녀석은 나를 가만히 내려다보더니-참고로 무해하고 만만해 보이는 표정은 내 전매특허다-곧 한숨을 쉬며 말했다.

"……오해했군. 사과하오. 나는 또 나를 음해하려는 자인 줄 알고."

"아니에요, 공자님. 그런 오해를 하게 만든 제 탓이죠."

순순히 납득해 준 건 고맙긴 한데 이 재수 없고 별로인 기분은 뭘까?

"늦었으니 돌아가시오. 다음부턴 이러지 말도록 하고. 마음을 받아줄 수 없는 건 미안하지만 이해할 거라 믿소. 그럼 이만."

"자, 잠깐만요."

뒤도는 스왈로우를 급히 붙잡았다. 이대로 아무 소득 없이 보낸다고 생각하니 아쉬워서 나도 모르게 한 짓이었다. 에라이, 어쩔 수 없지. 나는 일단 되는 대로 말을 던졌다.

"공주님을 정말 사랑하시나요?"

"뭐?"

"저는 공자님을 위해선 뭐, 뭐든 할 수 있어요. 무엇이든요. 혹시 공주님을 만나시는 게 사랑이 아니라 신분이나 다른 것…… 때문은 아닌가요?"

나는 지러브 크레이를 떠올렸다. 사랑에 미쳐서 도통 아무것도 눈에 뵈는 게 없는 연기, 좋아! 연기 선생님, 고마워요!

"그렇다면 저를 이용하세요. 네? 얼마든지 이용하셔도 좋아요. 저를 이용해서 원하는 걸 더 쉽게 얻으시고, 대신 마지막에 제게 와주시기만 한다면……."

"영애."

스왈로우가 말을 끊었다. 순간 찔끔했지만 다행히 내 의도를 의심하는 기색은 아니었다. 놈이 상냥한 어조로 말했다.

"영애가 어떤 마음인지 아오. 그러니 나무라진 않겠소. 그러나 공주님을 향한 내 진심을 의심하는 것만은 그만둬 주길 바라오. 그분을 진심으로 사랑하니까."

그 말을 남기곤 스왈로우는 뚜벅뚜벅 자리에서 퇴장했다. 나는 녀석의 보라색 뒤통수가 완전히 사라질 때까지 자리에 덩그러니 서 있다가 이내 한숨을 탁 뱉었다.

'뻔뻔하기는.'

저걸 믿을 만큼 순진한 내가 아니다. 조금 전에 입을 막혔을 때도 느낌이 영 싸했거든. 이름에서 오는 심증에, 생존을 위해 발달한 전직 쫄보의 직감이 더해졌다. 쟤는 분명 틀림없이 십중팔구 제비가 맞다.

'문제는 그걸 어떻게 까발리냐는 건데.'

나는 생각에 잠겼다. 실은 준비가 조금 필요해서 그렇지 플랜 B가 남아 있었다. 어떻게 보면 이쪽이 진짜라고도 볼 수 있었다. 미행은 탐색전이지.

'좋아, 플랜 B!'

한번 물먹고 나니 오기도 생기고 좋았다. 기대해라, 스왈로우! 땅거미가 진 골목 한복판에서 나는 투지를 불태웠다.

우당탕. 서재를 나오던 인물이 발을 헛디뎌 우스꽝스럽게 굴렀다. 요란하게 굴러 바닥에 이마를 박았지만 아로브럭은 연연치 않고 벌떡 고개를 들어 올렸다. 그가 외쳤다.

"차, 찾았습니다!"

"뭐? 뭐를?"

"이 미친 짓을 벌인 인간, 아니, 악마!"

마탑에서 비정기적으로 툭하면 열리는 회의에선 번번이 소득이 없었지만, 그렇다고 다들 손 놓고 놀기만 했던 건 아니었다. 이런 짓이 가능한 존재가 인간은 아닐 거라고 판단한 아로브럭과 기타 몇은 그날로 서재에 박혀 이종족에 대한 온갖 문헌을 뒤졌다. 그리고 결국 발견했다.

"악마 아그마임에 대한 기록입니다. 고위 악마라는데, 이 개새끼의 능력을 보면 사람의 영혼을 바꿀 수 있다고 되어 있어요!"

"뭐야! 사실이야?"

"이놈이라고?"

"악마였다니, 이 잡것이."

서재에서 썩느라 너덜너덜해진 아로브럭과 마법사들이 뿌듯하게 웃었다. 이것만으로 당장 문제가 해결되는 건 아니었지만, 그래도 해결할 수 있는 실마리를 찾았다. 이제부턴 이 악마를 소환하는 방법을 알아낼 것이다. 소환해서 족치면 자기가 저지른 일이니 자기가 해결하겠지.

그 무렵 다른 쪽에서도 성과가 있었다. 계단이 부서져라 급히 타고 내려온 카르댄벨이 헐떡이며 소리쳤다.

"탑주님! 탑주님 어디 계셔? 당장 연락 넣어!"

"뭐야? 무슨 일인데?"

"기억!"

"뭐?"

단숨에 뛰어 내려왔는지 상태가 엉망이었다. 반쯤 쓰러져 겨우 호흡을 고른 그가 이어 말했다.

"기억을 찾았어. 자기가 누구인지 알더라. 미들 남작가의 알뤼미트 미들이래."

"미들 남작가?"

"이 나라가 아니야. 모르소 왕국인가 그렇다나."

카르댄밸이 이마의 땀을 닦았다. 허리를 편 그가 재차 외쳤다.

"빨리 연락해!"

나는 심호흡을 했다. 그러지 않고서는 차마 결행할 수 없는 일이었기 때문이다. 수없이 고민에 고민을 거듭했으나 이것이 최선이었다. 안타깝게도 다른 방도가 없었다. 현실은 비정하고 또 잔혹했으며 나약한 나는 그에 순응해야만 했다. 숨을 내뱉은 후 눈을 질끈 감았다. 목적을 되뇌자 감히 떨어지지 않는 발에 용기가 생겼다. 난 이를 악물었다.

그리고 찬물에 입수했다.

"어푸! 으아아아, 튜워!"

으아아. 으우우. 으어어어. 춥다. 진짜 춥다. 나는 욕조 안에서 몸을 달달 떨었다. 귀한 얼음을 쏟아부은 욕조 물은 이런 결정을 내린 한 시간 전의 나를 두드려 패서 매달고 싶을 정도로 냉기가 끝내줬다. 효과 좋네. 효과 좋아!

누가 보면 내가 인생이 싫어져서 셀프 고문이라도 하는 줄 알겠지. 그런 거 아니다. 이런 미친 짓을 하는 이유는 간단했다. 감기에 걸리려고. 더 구체적으로는 그렇게 해서 목소리를 변조하려고.

'플랜 B, 함정 수사. 동종업계 인간인 척하고 접근한다.'

과거에 즐겨 봤던 영화나 드라마를 참고해서 계획을 짰다. 계획 자체는 마음에 들었는데 문제는 준비 단계에 있었다. 다 좋은데 목소리를 바꿀 만한 방법이 달리 없었던 것이다.

'목소리 변조 도구가 있을 줄 알았더니…….'

기대했던 마법 기술은 안타깝게도 내게 도움을 주지 않았다. 음성 녹음이 가능한 영상구를 찾으러 다니다 알게 된 건데, 이 나라는 마법을 별로 좋아하지 않았다. 정확히는 왕이 싫어했다. 과거에 왕궁 마법사가 왕실을 전복하려고 했었다나 어쨌다나?

아무튼 그 때문에 왕국에서 마법과 마법사는 천시의 대상이었다. 마법에 대한 재능을 두고 더러는 저주라고도 한다니, 당연히 마법 도구 시장이 활발할 리가. 영상구도 정말 천운으로 구한 거였다.

'이래서야 목적지를 마탑이라고 기재한 내 요청서도 승인받기는 그른 거지.'

목적지를 바꿔서 다시 제출해야 할 판인데 그걸 또 언제 처음부터 기다리냐 이거다. 결국 내 유일한 돌파구는 스왈로우였다. 그래서 이 고생까지 감내하는 거고.

"그나저나 이 정도면 됐을…… 에취!"

됐네.

오전에 실행한 생쇼는 오후의 알뤼미트를 환자로 만들었다. 빠른 효과 최고다.

"알뤼미트! 다 나은 줄 알았더니……."

"아돌프, 내 목소리 어때? 냉정한 평가 요청할게."

"부탁인데 나을 때까지 절대 말하지 마라."

지난번 몸살을 앓았을 때 느낀 건데 알뤼미트는 감기에 걸리면 일단 목이 맛이 갔다. 그것도 심하게. 나는 다른 사람처럼 쉬고 걸걸해진 목소리를 검증하곤 흡족하게 웃었다.

혹여 호전될까 봐 아이스크림으로 상태를 보강하며 시간을 보냈다. 그러다 해가 저물기 직전쯤 되어서 몰래 저택을 나섰다. 행선지는 예의 그 술집이었다. 지배인이 말하길 스왈로우는 실제로 매일같이 해질 무렵에 가게에 들른다고 했다. 단골 중의 단골이 따로 없었다.

나는 굽을 덕지덕지 붙인 부츠를 신고 후드로 전신을 감싼 뒤 후드에 달린 모자를 푹 눌러썼다. 이러면 키도 훨씬 커지고 목소리도 딴판이니 어제 본 나를 떠올릴 순 없을 거다. 좋았어. 심호흡을 하고 가게의 문을 열었다.

"어서 오세요. 주문은……."

"아무거나."

안으로 들어서자마자 투박하게 대답하고 눈여겨둔 자리에 털썩 걸터앉았다. 일부러 요란하게 앉았더니 옆자리의 스왈로우가 내 쪽을 돌아보았다. 잔 개수를 보니 벌써 좀 마신 모양이다. 얘는 제비인가 술 먹는 하마인가, 바로 하마 제비입니다. 내심 혀를 내두르며 준비한 말을 꺼냈다.

"부탁할 게 있어 왔소. 미남 나으리."

"……누구? 날 아나?"

"모르면 간첩 아뇨? 이 바닥에서."

스왈로우는 잔에 남아 있던 술을 단번에 들이켰다. 그러더니 변화 없는 어조로 말했다.

"이 바닥? 무슨 소린지 모르겠군."

"나한테 그럴 것 없소. 부탁, 아니, 의뢰하러 왔으니까."

대꾸는 바로 돌아오지 않았다. 빈 잔을 물끄러미 바라보던 스왈로우가 그대로 몸을 일으켰다. 헉, 안 돼! 기다려!

"여기 계산……."

"정말 쉬운 일이오. 별것 아니라고. 이미 댁한테 푹 빠진 귀족 계집 하나를 꾀는 거요. 선수금 오십 골드!"

다급하게 테이블 위에 돈주머니를 내려놓았다. 짤랑! 명쾌한 소리가 울렸다. 말하지만 오십 골드는 큰돈이다. 저만한 돈을 스크롤 사느라 펑펑 써댔던 내가 할 말은 아니지만 정말 무지하게 큰 액수였다. 증거로 나는 이걸 마련하느라 아돌프의 방을 남김없이 털었다.

미안하다, 아돌프. 나중에 보상해 줄게. 내 마음 알지?

스왈로우는 내가 오십 골드를 내놓자 멈칫했다. 그래야지. 이 금액에서 나오는 위엄이 어디 보통 위엄이니. 나는 틈을 놓치지 않고 이어 말했다.

"말했다시피 선수금이오. 제대로만 해준다면 이 돈의 열 배, 아니, 스무 배를 약속하지."

"……."

"모자라면 더 줄 수도 있소. 쳇, 말하는데 타깃이 댁한테 푹 빠진 상태만 아니었어도 다른 적임자를 알아봤을 거요. 댁처럼 거물은 몸값이 비싸니까."

내가 이래 봬도 한때 어깨빵 공갈단을 이걸로 퇴치했던 사람이다.

미행에는 소질이 없어도 연기에는 재능이 있지. 내 꾐에 스왈로우는 침묵하다 도로 앉았다. 휴우.

"타깃이 누구지?"

낚싯줄이 팽팽해졌다. 나는 올라가려는 입꼬리를 후드를 통해 가렸다.

"알뤼미트 미들. 미들 남작의 여식이오."

"남작? 그 대금을 치르는데 고작 남작 영애가 목표라고?"

의심스러운지 스왈로우가 미간을 좁혔다. 녀석, 기다려 봐. 네가 혹할 만한 말을 더 준비했어.

"익숙한 이름일 텐데? 소문 못 들었나? 왕자가 에뜨왈 정원에서 그녀를 손수 구했다고."

"……."

"기사도를 발휘해서 겉옷까지 덮어줬다지? 그런데 그게 정말 순수한 선의였을까?"

"뭐?"

순수한 선의 완전 맞다. 그렇지만 스왈로우가 원하는 건 그런 게 아니겠지. 나는 목소리를 깔았다.

"왕자가 정말로 알려진 것처럼 올곧고 선한 인간이라 믿소? 약자에게 관대하고 도움에 대가를 바라지 않는다고? 나 참, 그런 인간이 어디 있단 말이오? 인간은 어차피 본질적으로 다 똑같게 마련인데. 고귀한 왕자 저하시든 나 같은 놈이든."

스왈로우 같은 부류는 타인의 조건 없는 선행을 일단 의심하고 보게 마련이었다. 자기가 안 그러니까 남도 당연히 안 그럴 거라고 믿는 거다. 더구나 완벽한 성품과 지위로 만인에게 선망의 대상이 되는 왕자라면 질시와 적대감으로 깎아내리기에도 딱 좋은 상대다. 자기와 정반대인데 얼마나 싫게요? 과연 스왈로우는 솔깃한 눈치였다.

"그래서? 선의가 아니면?"

"당연한 걸 물으쇼. 돈이지."

저속한 느낌을 더해주려고 엄지와 검지를 붙이고 나머지를 펴 손 모양을 만들었다. 뒤늦게 여자 손이라는 데 생각이 미쳤지만 다행히 스왈로우는 거기엔 관심을 두지 않는 것 같았다. 녀석이 자세한 얘기를 채근하는 사이 얼른 뜨끔한 손을 회수했다.

"알뤼미트 미들에게 돈이 있나? 얼마나?"

"이 의뢰, 받을 거요?"

"들어보고."

"칫, 정확한 금액은 아직 모르오. 다만 미들 남작가에 값어치를 따질 수 없는 보물이 굴러들어 갔고, 그 주인이 알뤼미트 미들이 될 거라는 소식이지. 귀한 마도구가 고작 여자애 패물인 줄 아는 멍청한 안목 덕분에 생긴 기회요."

좋아! 거짓부렁 술술 나온다!

이 나라에서야 마법을 천시하지만 다른 곳에선 그렇지 않다. 팔 경로만 확보할 수 있다면 뛰어난 마도구일수록 부르는 게 값이었다. 이것까지 언급할까 하다가 너무 구구절절한 것 같아 그만뒀다. 자기도 알겠지.

스왈로우가 빈 술잔을 매만지며 말했다.

"출처는?"

"여기."

준비해 왔는데 안 물어봤으면 섭섭할 뻔했다. 반으로 접힌 갈색 종이를 테이블 위로 밀듯이 내밀었다.

"어렵게 구한 거요."

종이에는 왕국 유명 정보 길드의 낙인이 찍혀 있었다. 돈을 주고 만든 가짜 정보였다. 다만 완전히 가짜면 길드의 이름이 실추되니 내줄 수 없다기에 조만간 이 정보를 진짜로 만들겠다고 약조하고 받아냈다. 어떻게 할 거냐고?

'아원한테 부탁하면 금방이지. 마도구 하나 정도야 3초면 만들걸.'

그럼 그걸 알뤼미트한테 주면 된다. 해결!

"……."

스왈로우는 종이를 확인하더니 길게 침묵했다. 이미 다 넘어온 거 아는데 괜히 시간을 끌고 그런다. 잠시 후 종이를 접어서 품에 넣은-준다고 한 적 없는데-스왈로우가 말했다.

"여자애 패물이라고? 장신구인 모양이지?"

"목걸이라고 들었소. 실물을 본 건 아니지만."

"그걸 내가 갖지."

"뭐요?"

연기에 심취해서 그런지 순간 진짜로 기가 막혔다. 이 양아치가 방금 뭐라고 하는지 들으신 분?

"값은 모자라지 않게 쳐줄 테니 나한테 넘기는 걸로 해. 그럼 의뢰를 받아들이지."

"장난하자는 거요? 마도구를 먹겠다고?"

"하는 걸로 알겠네."

"잠깐만!"

몸을 일으키는 스왈로우를 다급하게 붙잡았다. 물론 붙잡은 이유는 애가 날강도라서가 아니라 원하는 증거를 아직 못 잡았기 때문이다. 이 정도로도 스왈로우가 제비라는 정황증거는 충분하지만, 그래도 내가 바라는 확실한 자백이 따로 있었다. 나는 못 이기겠다는 척 말했다.

"좋아, 좋다고. 정 그래야겠다면 값을 두둑하게 받고 넘기지. 다만 하나 확인하겠소. 작업은 언제 들어갈 예정이오?"

"당장."

"뭐? 미쳤소? 댁은 지금 공주를 상대하고 있잖아!"

녀석의 소매를 잡아당겨 이쪽으로 끌어온 후 누가 들으면 큰일 난다는 듯 귓가에 대고 낮게 외쳤다. 스왈로우가 미간을 좁히며 내 손을 쳐 냈다.

"문제 있나? 어차피 타깃이 내게 푹 빠져 있다며? 말 몇 마디로만 구슬려도 쉽게 뱉어낼 테니 사릴 것 없지."

"나는 반대요."

"뭐?"

"공주 쪽이 끝나면 내 의뢰에 착수하시오. 불안하게 두 작업을 동시에 하겠다고? 난 싫소."

"문제 될 거 없다니까."

"약간의 불안 요소도 절대 용납 못 하오."

단호하게 말했더니 스왈로우의 낯이 일그러졌다. 난감해? 그렇겠지. 분명 그럴 거다.

'공주 일이 끝나면 넌 다음 작업 같은 건 못 해. 바로 해외로 튈 테니까.'

제아무리 프로 제비라지만 왕국의 공주를 상대로 무슨 배짱인가 싶었는데 그렇게 생각하면 아귀가 맞았다. 그 정도는 대비했으니까 이러는 거겠지. 나는 그 말을 끌어내고 싶었다. 술잔을 건드리며 일부러 빈정거렸다.

"왜, 설마 그 스왈로우 공께서 공주 작업을 제대로 마무리 지을 자신이 없는 건 아닐 테고. 그런 거라면 미리 말하시오. 의뢰는 없던 일로 하고, 기대하게 했다가 실망시킨 책임으로 술은 내가 살 테니까."

"……!"

스왈로우의 미간이 눈에 보이게 꿈틀댔다. 자존심을 건드렸더니 직방이었다. 털썩 주저앉은 스왈로우가 술을 한 잔 더 주문해서 단번에 들이켰다. 그러곤 입을 열었다.

"공주가 마무리되면 바로 피앙세를 만나러 국경을 넘을 거네. 그래서 여유가 없어. 됐나?"

아싸! 좋아하는 티를 내지 않으려 입안을 깨물었다. 나는 놀란 척 되물었다.

"국경? 국경을 넘겠다고 했소?"

"나세다 왕국 아나? 그곳으로 넘어가서 백작이 될 거야. 이곳과는 비교도 안 되는 강대국에 백작이면 고위 귀족이지. 남아 있을 이유가 없잖나?"

"백작이 된다니……."

"피앙세와 결혼할 거거든. 지금 하는 작업은 지참금을 마련하기 위한 거야."

와, 이 자식 보게. 예상은 했지만 진짜 끝장나게 나쁜 놈이었다. 피앙세라는 사람도 눈알이 삔 건 아닐까? 뭐 이런 자식을.

"마도구 목걸이를 선물로 가져가도 좋아하겠지. 그러니 알뤼미트는 내게 맡겨. 금방 끝낼 테니. 알아들었나?"

"……알겠소. 그렇다면 뭐. 잘해보시오."

실룩거리는 입매가 보일까 봐 고개를 숙였다. 가슴이 두근거렸다. 알아낸 스왈로우의 속내는 검고 재수 없기 그지없어서 한편으로 열이 받쳤지만 그거야 뭐, 왕이나 왕자가 알아서 응징해 줄 테고.

어쨌든 성공이다. 이제 여길 뜨는 일만 남았다. 음성이 녹음된 영상구를 들고 왕궁에 방문하면 모든 게 해결이었다. 후후, 하하하. 아하하! 껌이군! 같잖은 버터 제비!

그때였다. 뭘 하느라 바 안쪽에서 잠시 동안 보이지 않았던 지배인이 다시 나타났다. 그러더니 내 앞에 웬 김이 오르는 잔을 내려놓으며 상냥하게 말을 건넸다.

"들어올 때부터 신경 쓰였는데, 이것 드시죠."

"네? 아니, 뭐?"

"감기와 목에 좋은 차입니다."

이걸 끓이느라 자리를 비웠던 모양이다. 정말 놀라운 친절이었지만 공교롭게도 지금 내겐 전혀 도움이 되지 않았다. 나는 동공지진을 일으키며 애써 아무렇지 않은 척 찻잔을 옆으로 밀었다.

"됐소. 감기 기운은, 뭐, 없는 건 아니지만 내 목소리는 원래 이렇소."

"예? 그럴 리가요. 제가 귀가 좋은 편입니다. 원래 목소리는 굉장히 맑으실 것 같은데요. 제 여동생이 평소엔 목소리가 예쁜데 감기에 걸리면 딱 손님처럼 됩니다."

"여동생……?"

스왈로우가 멈칫하는 게 보였다. 안 돼! 이 양반은 대체 왜 이렇게 쓸데없이 친절해선! 나는 더 지체해선 안 되겠다는 생각에 자리에서 벌떡 일어섰다.

"어처구니없는 소리. 볼일이 끝났으니 가보겠소. 다음에 다시 올 테니 의뢰는 그때까지 마무리하시오."

윽, 갑자기 몸을 일으켰더니 열 탓인지 머리가 핑 돌았다. 그 사이 스왈로우가 중얼거리는 게 들렸다.

"그러고 보니 체구가 가늘군."

망할 제비가 의심이 많구나. 불길한 느낌에 얼른 내빼려 했다. 하지만 스왈로우가 한발 빨랐다.

"……!"

부지불식간에 녀석이 내 후드를 잡아 젖혔다. 후드 자락이 휙 뒤로 넘어가고 얼굴과 긴 머리카락이 드러난 건 한순간이었다. 으음! 망했군!

"너는!"

스왈로우가 아는 체를 했다. 안면 인식 장애를 앓았으면 좋았을걸. 나는 냅다 문으로 달렸다.

"막아! 저거 무조건 잡아!"

누구한테 소리치는 건가 했더니 점원 몇 명이 움직이는 게 보였다. 뭐야, 따까리였어? 어쩐지 이 술집에만 오더라니. 나는 잠시 멈칫하곤 부츠를 벗었다. 이러려고 끼운 굽은 아니지만 이렇게 쓰는 수밖에. 난 양손에 부츠를 쥐고 무기처럼 마구 휘둘렀다.

"다 비켜! 구두 굽 아픈 거 알지?"

"조그만 게!"

힘껏 휘둘렀지만 알뤼미트의 체력이 패인이었다. 더구나 지금은 감기에 걸린 상태다. 몸이 축축 늘어졌다. 나는 이를 악물고 달려드는 손길을 피하다가 아예 부츠를 내던졌다. 운이 좋게도 인중에 적중하는 바람에 점원 한 명이 비명을 내질렀다. 좋아! 난 그 틈을 얼른 비집고 뛰었다.

"놓치면 절대 안 돼! 놓치는 놈은 오늘 죽는다!"

간신히 문을 나섰는데 가게 밖에도 사람이 있었다. 아, 이런. 뭐 이따위 멍멍이 같은 사태가. 이대로 붙잡혀서 영상구라도 뺏기면 완전 낭패다. 입술을 깨무는데 그때 누가 내게 접근하는 사람에게 달려들려 주먹을 날렸다.

"……?!"

가만 보니 익숙한 얼굴이었다.

아, 아돌프?

"왜 여기……."

"네가 하는 짓이 하도 수상해서 미행했다! 대체 뭘 하고 돌아다니는 거야?"

"빨리 저년 잡아!"

"큭, 일단 여긴 내가 맡을 테니 넌 얼른 가! 이게 누구한테 년이래?!"

아돌프가 이렇게 듬직하게 느껴지는 날이 올 줄 몰랐다. 방을 남김없이 턴 게 갑자기 눈물이 날 정도로 미안해졌다. 과거 삼 대 일로 얻어터졌던 아돌프는 이 대 일로는 제법 잘 싸웠지만, 사람이 추가되니 어쩔 수 없이 밀리는 형색이었다. 나는 마음으로 응원을 남기고 있는 힘껏 도망쳤다.

"잡아! 반드시 잡아!"

"헉, 헉."

끈질긴 것들! 그리고 숨차 죽겠다. 알뤼미트 만나면 운동하라고 꼭 말해줘야지. 난 골목을 벗어나 무조건 인파가 많은 곳으로 뛰었다. 아마 이 방향에 광장이 있었던 것 같은데. 맨발로 뛰느라 발바닥이 쓰리고 욱신거렸지만 살필 겨를이 없었다. 이를 악물고 달려 광장으로 들어서자 사람이 바글바글했다. 다행이다. 사람들 사이로 숨어서 따돌려야지. 그때였다.

"어……?"

순간 나는 눈을 커다랗게 떴다. 무심코 들어 올린 시야에 보인 것을 바로 믿을 수가 없어서였다. 헛것인가 싶어 눈을 비비기도 전에 나와 같은 것을 발견한 주변이 웅성거렸다.

"뭐야? 허공에 사람이 떠 있어."

"마법사인가?"

"마법사라고?"

"그런데 사람이 맞나……?"

저물어가는 어두운 노을을 배경으로도 설원을 닮은 은발은 눈부셨다. 나는 이질적으로 저 혼자 허공에 발을 디디고 선 인물을 넋이 나가 응시했다.

아윈.

'아윈이다!'

찰나 눈물이 날 것 같았다. 얼마나 반가운지 새벽 감성보다 더한 여린 감성이 솟구쳤다. 나는 코끝을 훌쩍이며 뒤를 돌았다. 그새 나를 쫓아온 놈들이 인파를 헤치며 가까워지고 있었다.

주변이 시끄러웠다. 더구나 나는 목이 맛이 가서 너무 큰 소리는 못 냈다. 아윈이 날 단번에 인식할 만한 말이 필요했다. 크지 않고 낯선 목소리여도 또렷하게 귀에 파고들어 바로 나라는 걸 알 수 있을 만한.

나는 배에 힘을 주고 힘껏 외쳤다.

"어깨를 부딪쳤는데 심장이!"

다음 순간이었다. 말을 내뱉고 나서 체감으로는 일 초도 지나지 않은 것 같다. 그런데 시야가 변해 있었다. 눈앞에 아윈의 얼굴이 보였다. 손을 다 안 뻗어도 닿을 만한 거리였다. 큰 소리를 낸 목이 아팠지만 별로 신경 쓰이지 않았다. 그보다는 드디어 만났다는 생각, 그리고 발밑이 휑한 익숙한 감각에 공연히 웃음이 났다.

"라테."

아윈이 내 눈을 뚫어져라 보다 이름을 불렀다. 기분 탓인지 고작 이름 하나에서 이상하게 복잡한 감정이 느껴졌다. 거기서 간절함 비슷한 것을 찾았을 때 나는 내 상태가 정상이 아니라는 걸 깨달았다. 그러고 보니 열나잖아. 자각하자마자 머리가 띵 울렸다. 긴장이 풀린 시야가 어질어질했다. 눈가가 뜨뜻한 게 아무래도 열이 심하게 오른 것 같다. 이 상태로 여기까지 뛰다니, 알뤼미트의 체력을 조금 다시 봐야겠다.

나는 무거운 입술을 열었다. 어떻게 왔는지, 그동안 어땠는지 궁금한 게 많았지만 그전에 꼭 해야 할 말이 있었다. 아윈을 만났으니 이 말만은, 이것만은 기필코. 나 따라오던 놈들…….

"죽이면 안 돼……."

다른 사람들도 죽이면 안 돼.

나는 그 말을 남기고 기절했다.

눈꺼풀을 들어 올렸다. 찰나 그 틈을 비집는 빛에 눈이 부셔 살짝 찌푸리며 감았다가 다시 떴다. 몇 번 깜박거리니 시야가 금방 선명해졌다.

눈을 뜨자마자 든 생각은 개운하다는 거였다. 푹 자고 일어난 것처럼 머리가 맑고 몸도 가뿐했다. 쑤시거나 욱신거리는 곳도 전혀 없었다. 나는 물끄러미 천장을 보며 눈을 깜박이다가 머릿속에 물음표를 띄웠다.

'어라?'

여기 어디? 그리고 내 몸은 또 왜 이렇게 멀쩡하지? 나 분명히 죽어라 뛰고, 쓰러져라 달리고, 뭔가 극한의 레이스 도중에 기절했던 것 같은데.

실종된 죽음의 근육통을 찾습니다. 무거운 삭신 찾아요.

의아해하며 상체를 일으키는데 순간 뭔가가 떠올랐다. 나는 바로 옆을 돌아보았다.

"……아."

탄성이 나왔다. 맞다, 나 아윈 만난 후에 기절했지.

아윈은 눈을 감은 채 내 쪽으로 몸을 돌리고 누워 있었다. 무너지는 등을 단단하게 받쳐주던 손길이 뒤늦게 생생했다. 나는 아윈을 가만히 바라보다가 도로 침대에 상체를 눕혔다. 그러곤 옆으로 돌아누웠다.

'아윈이다.'

며칠 만에 봤다고 대뜸 현실감이 없었다. 나는 손을 뻗어 아윈의 투명한 은발을 슬쩍 건드렸다. 반응이 없는 걸 보니 자나 보다.

"……."

손을 거두고 시야에 정면으로 들어오는 얼굴을 물끄러미 관찰했다.

착각인가, 근 이 주 만에 재회한 얼굴은 어딘지 평소보다 약간 피곤해 보였다. 좀 수척해진 것 같기도 하고. 물론 기분 탓일 수도 있다. 내가 아는 아윈은 텔레포트로 대륙을 돌고도 숨 하나 가빠 하지 않는 사람인 듯 사람 같지 않은 마법 천재 무법자니까.

이목구비 하나 구석구석 뜯어보다가 언뜻 든 생각을 입 밖으로 꺼냈다.

"자는 얼굴도 예쁘네."

개수작 같은 말이 튀어나왔다. 다만 아윈을 상대로 하니 너무 맞는 말이라 수작 부리는 느낌이 희석된다는 게 함정이다. 예쁘다 뿐인가, 얘는 왜 자는 것도 이렇게 눈부셔? 뭔데 깨끗하고 맑고 자신 있어?

그러고 보니 자는 얼굴을 보는 건 오랜만이었다. 지내면서 느낀 건데 아윈은 잠이 별로 없었다. 저혈압이 의심될 정도로 아침잠이 많은 나와 달리-진찰 결과 아니었다. 아무래도 마음이 저혈압인 것 같다-오래 자는 걸 본 기억이 거의 없었다. 거의 항상 나보다 늦게 잠들고 일찍 깨어 있곤 했으니 말이다. 덕분에 나만 숙면하는 얼굴 실컷 보여줬지.

"누구 남편이길래 잠도 없고, 얼굴은 천사 같고, 마법 천재라 텔레포트로 대륙도 막 건너고……."

베개에 옆머리를 묻은 채로 중얼거렸다.

문득 쫓기던 도중 광장에서 아윈을 발견했던 순간이 떠올랐다. 찰나 바람이 만들어낸 환상인가 했는데. 환상이 아니라 실제라는 걸 알았을 때 가슴을 채웠던 기분은 지금도 한마디로는 정의하기가 어려웠다. 눈물이 날 뻔했다고 했는데 그거 과장 아니다. 정말 살짝 맺혔을 걸? 반갑고, 놀라고, 기쁘고, 안심되고, 울컥해서…….

'이제 얘가 없으면 안 되겠구나.'

종내에는 그런 생각이 들었다. 새삼스럽지만 나는 이제 아윈이 내 삶에서 빠진 걸 상상하기가 버거웠다. 어느 순간부터 그랬다.

"그러고 보니 나 엄청 막무가내잖아……."

연달아 찾아든 깨달음을 한숨과 함께 뱉었다.

내 성격이 원래 그랬다니. 돌이켜 보면 스왈로우를 미행한 것도, 그 다음 행동도, 전부 단지 아윈을 한시라도 빨리 보고 싶어서 그런 거였다. 정의 실현이 어쩌고 공주님을 위해 어쩌고 이유를 갖다 붙이긴 했지만 싹 다 핑계다.

나 참, 빨리 보고 싶다고 그렇게까지 해? 스크롤도 눈따따도 없이 만만함 하나 남아 있었으면서 대체 뭘 믿고?

"미인한테 눈이 멀어서 내가 진짜……."

어처구니가 없어서 웃음이 샜다. 이래서 미인계가, 어? 역사에 내려올 정도로, 어?

"피부도 이렇게 좋아서는. 남의 편 말고 남편이라 다행이지."

충동적으로 손을 뻗어 아윈의 매끈한 볼을 꾹꾹 눌렀다. 자고 있으니 이런 것도 되고 참 편하다.

그나저나 그냥 하는 말이 아니라 피부 정말 좋네. 뭐야, 진짜 왜 이렇게 좋아? 이 감촉 뭐지? 설마 마탑이 피부에 대단히 좋은 명당이라거나…… 아니지, 그럼 당장 떠오르는 나포함 몇몇이 숙연해지는데.

만져본 것 중에 제일 부드러운 뺨을 이리저리 눌러보다가 나도 모르게 슬쩍 꼬집었을 때였다. 그 순간 아윈이 눈을 번쩍 떴다.

"……."

사, 살살 꼬집었는데.

"뺨에 뭐가 묻어서."

"고객님."

"으응?"

구차한 변명을 꺼내놓고 있는데 갑자기 아원이 나를 휙 끌어당겨 안았다. 억? 품에 얼굴을 묻고 있으려니 목소리가 이어졌다.

"다 죽여 버리려고 했어."

"으, 응?"

"못 찾으면."

"……."

"눈에 닿는 거 전부 지워 버리려고 했어."

아무렇지 않게 살벌한 소리가 들렸다.

그게 지금 무슨 소리냐고, 이 무법자가 눈뜨자마자 뭐라고 하는 거냐고 타박해야 하는 게 맞는데 왠지 그럴 수가 없었다. 그러기에는 아원의 목소리가 낮았다. 평상시보다 조금 더.

"고객님이 없는데 자기들은 남아 있으면 괘씸하잖아."

"……."

"공평해야지."

나는 눈을 깜박이다가 말없이 팔을 들었다. 그러곤 말도 안 되는 논리를 지적하는 대신 너른 등을 감싸 토닥였다. 살면서 아원을 이런 식으로 달래게 되는 날이 올 줄은 몰랐지만 아무래도 지금이 그때인 것 같다. 난 한참 등만 도닥거렸다.

나는 꽤 시간이 흘러서야 입을 열었다.

"미안. 많이 걱정했어?"

"……."

"다음부턴 절대 멀리 안 갈게."

그리고 몹쓸 범인 알았으니까 잡아서 잘게 조각내자. 조각조각 땃따따 형에 공개적으로 처하자. 그렇게 말하는데 아원이 나를 떼어냈다. 그러고선 일어나 앉으면서 날 같이 일으키더니 머리부터 발끝까지 샅샅이 살폈다. 응?

"왜?"

뭐라도 묻었나 태평하게 생각했을 때였다.

"무슨 일 있었어."

"뭐?"

"그 껍데기 쓰고 일어나서 겪은 일 전부 말해."

그렇게 말하는 아원은 내게 무슨 일이 있었다는 걸 확신하는 형색이었다. 나는 찰나 고개를 갸웃했다. 내가 여기서 알뤼미트의 몸으로 뭘 하는지 봤나? 그럴 리가?

그리고 다음 순간 불현듯 깨달음이 내려왔다.

'헉!'

뒤통수라도 맞은 것처럼 눈을 휘둥그레 떴다.

맞다, 아원이랑 만났을 때 내 꼴! 치유 마법 덕인지 지금은 워낙 말짱해서 잊고 있었다. 당시 내 상태가 얼마나 말이 아니었는지.

'그때 어땠더라? 그러니까 머리는 아마 산발에, 옷도 뛰느라 엉망이었을 거고, 발은 맨발이었고, 목소리는 쉰 데다 마무리로 기절…….'

생각을 그만뒀다. 망했군!

"겪은 일? 겪은 일 말이야? 으음, 그게……."

대답을 끌면서 눈동자를 데굴데굴 굴렸다. 머리도 같이 바빴다.

……어쩌지? 뭐라고 하지? 전후 사정을 고스란히 불었다간 절대 얌

전히 넘어갈 수 없을 거란 예감이 당연하게도 들었다. 어떻게든 별거 아닌 것처럼 보이는 핑계를 대야 하는데. 상황을 평화롭게 넘길 수 있을 만한…….

잡기 놀이 중이었다고 해볼까? 으응, 아니야. 생각하자마자 그만뒀다. 도발하는 것도 아니고.

"그러니까……."

도통 그럴듯한 변명이 떠오르지 않아 우물거리는 동안 사고가 저절로 꼬리를 물며 단계별로 전개되었다. 만에 하나 바른대로 실토한다고 치자. 그럼 일단 쫓기던 중이었다고 고백해야 하고, 왜 쫓기고 있었는지 설명해야 하고, 왜 그런 일을 저지르게 됐는지 털어놓아야 하고, 그러면 전서구 승인을 미적거린 왕궁이 원인이고, 더 나아가면 애당초 마탑과 연락망을 구축해 두지 않아 전서구를 쓸 수밖에 없게 만든 왕국이…….

거기까지 생각했을 때 나는 아윈의 허리춤에 와락 매달렸다.

"왕국을 터뜨리려거든 나, 나를 밟고 가라."

비장하게 말했다. 최선이었다. 왕국 멸망을 막을 방법은 이것뿐이라는 생각이 들었다.

왕국을 구해야 해! 설마 진짜 밟고 가지는 않겠지!

아윈은 잠시 동안 아무런 반응이 없다가 잠시 후 나를 붙잡고 허리에서 떼어냈다. 그러더니 한숨을 쉬었다. 한숨? 왜, 왜. ……밟게?

동공을 흔들고 있으려니 아윈이 입을 열었다.

"한 놈."

"응?"

"한 놈만 죽여. 됐어?"

이 이상의 파격적인 양보는 없다는 듯, 마치 세상 모든 선심을 끌어 쓴 것만 같은 표정과 말투였다. 그리고 나는 순간 멈칫했다. 뭐? 한 명?

왕국 폭발을 각오했는데 한 명이라니 갑자기 되게 가벼워 보였다. 양호한데? 비교해 보니 엄청 별거 아닌…… 게 아니라! 그게 무슨 말이야! 안 되지!

'이 무법자가 어디서 고도의 심리전(?)을…… 휴, 넘어갈 뻔했군.'

나의 냉철한 이성에 안도했지만 사실 그러기에는 늦은 일이었다. 이미 한 놈만 죽이겠다는 말을 듣는 순간 머릿속에 누군가의 얼굴이 짜잔 떠올랐던 것이다.

생명의 소중함을 되뇌며 억지로 아닌 척하고 있었지만 한번 상기된 낯짝은 쉽게 사라지지 않았다. 자꾸 뇌리에서 뱅뱅 돌고 난리였다. 아, 꺼져! 그러한 내적 갈등을 어떻게 눈치챘는지 아윈이 은근히 웃었다. 그러면서 덧붙였다.

"원하면 숨 정도는 붙여줄 수도 있고."

"배럼 피우므라는 개자식이 있는데요."

핫. 나, 나도 모르게 그만.

"흐응."

아윈의 천사 같은 미소가 화사해졌다. 숨을 붙여준다고는 했지만 찰나 눈앞에 관 뚜껑을 덮는 배럼의 환상이 보였다.

저, 저런. 방정맞은 입을 찰싹 때렸지만 기왕 이렇게 된 거 어쩔 수 없다는 생각도 은근슬쩍 들었다.

유감이긴 하다만 솔직히 잘 가라, 배럼. 네가 지은 죄가 있는 건 사실이잖니. 짧지만 더러웠던 인연 안녕. 바이!

알뤼미트의 구남친이자 범죄자인 배럼의 희생으로 상황이 일단락

되었다.

나는 비교적 하찮은 생명으로 왕국 폭발을 막은 것에 만족하기로 하고 화제를 전환했다. 안 그래도 마침 궁금하던 게 있었다.

"그런데 아윈, 여긴 어떻게 온 거야? 나 찾으러 온 거 맞지?"

"맞아."

"모르소 왕국에 있는 건 무슨 수로 알고?"

그러자 아윈이 나를 손가락으로 가리켰다. 정확히는 몸을.

"그 껍데기 주인이 알려줘서."

"이 몸 주인? 알뤼미트 미들 말이야?"

"몰라. 어쨌든 그런 거."

"그런 거라니…… 아, 그럼 혹시."

지금 내 몸 안에 알뤼미트가 들어가 있는 거냐고 물었더니 그렇다는 답이 돌아왔다. 엄청 마음에 안 든다는 듯 미간에 진 주름은 덤이었다.

'그건 그나마 다행이네.'

나는 얼굴로 세상을 정화할 것 같은 맑고 투명한 미모에 어울리지 않는 아윈의 미간 주름을 꾹 눌러 펴주며 내심 안도했다. 혹시나 알뤼미트의 행방이 불명하면 어쩌나 했는데, 아니라니 다행이다.

'내 몸을 되찾는 것도 되찾는 거지만, 이 몸도 본래 주인에게 제대로 돌려줘야 하니까.'

그건 도의나 선의 같은 거창한 이유가 아니라 며칠이나마 함께해서 정들었던 알뤼미트의 주변 사람들을 위해서였다. 특히 아돌프는…… 걔는 좋은 오빠니까. 여동생이랑 꼭 재회하게 해줘야지.

"근데 내 몸에 있었으면 알뤼미트는 왜 그 말을 이제야……."

뒤이어 파생된 의문을 입에 올릴 때였다. 그때 방문이 벌컥 열렸다. 그러곤 웬 시녀가 안으로 들어오다가 멈칫했다.

"어?"

눈에 익은 복장을 한 그녀는 나와 아윈을 보곤 당황한 얼굴로 주춤거렸다. 그리고 이때 나는 번개같이 총 세 가지 사실을 알아차릴 수 있었다.

하나, 여기는 아직 모르소 왕국이 맞다.

"그, 근위병님! 근위병님!"

둘, 이 침실은 왕궁 소유다.

"어서, 이쪽이에요!"

셋.

"누구냐! 여기까지 어떻게 들어왔지?!"

……무단 침입이었어……?

나는 갑옷을 입고 들이닥친 근위병들에게 둘러싸여 입을 뻐끔거리다가 곧 양손에 얼굴을 묻었다. 정작 사태를 만든 아윈은 눈썹 한 올 까딱하지 않고 태연자약했다. 다 가진 아윈에게 유일하게 없는 몇 가지가 나한테만 있다는 게 이 순간 이렇게 애석할 수가 없었다.

염치, 양심, 나만 있어. 준법정신, 나만 있어!

그 와중에 병사 몇몇이 아윈의 휘황한 외모에 뒤늦게 넋을 놓았다. 나는 길게 한숨을 내쉬었다.

아윈이 왕궁으로 이동한 이유는 가까워서라고 했다. 합리적인 선정

기준에 다들 감탄해도 좋다. 덧붙여 의사가 있다는 이유도 포함되어 있었는데 그건 결국 기절한 내 탓이니 할 말이 없었다.

나는 왕궁 복도에 서서 어수선한 사위를 눈에 담다가 소곤거렸다.

"그럼 마탑으로 바로 안 간 건 멀어서 그런 거야?"

"거긴 보수 중이라."

"보수?"

무슨 보수냐는 물음에는 답이 돌아오지 않았다.

얘가 마탑에는 또 무슨 짓을 해놓은 거야?

'하여간 내가 없으면 안 된다니까.'

나 없다고 그새 사고 친 거 봐. 나의 부재가 가져다주는 파장이 이렇게 커서야. 참을 수 없는 존재의 무거움 대체 어쩌면 좋지?

반대로 왕궁 무단 침입을 비롯한 지금의 사태는 내가 원인이었지만 이 순간 그런 건 굳이 생각하지 않기로 했다.

나는 아직 닫혀 있는 문을 힐긋 응시했다. 나와 아윈은 현재 알현실 앞 복도에서 왕자 알현에 대한 허가가 떨어지기를 기다리는 중이었다. 정확히는 내가 신청했고 아윈이 그걸 함께 대기해 주는 참이다.

기왕 왕궁에 온 김에 왕자를 보고 갈 생각이었다. 소란을 피운 것에 대해 도의적으로 사과도 해야 하고 안 그래도 볼일이 있었으니까.

나는 저 문이 언제 열리려나 유심히 응시하다 문득 문을 지키고 있던 병사와 눈이 마주쳤다.

"……."

멋쩍음이 밀려들었다. 아윈은 조금 전 침실에서 방 안을 둘러싼 근위병을 손짓 하나로 전부 눕혔다. 뒤이은 지원군도 마찬가지였다. 요약해서 설명하자면 우르르(근위병의 힘찬 등장)! 누구냐(근위병의 힘찬 외침)! 까딱(아원의 성의 없는 손짓). 털썩(근위병의 힘찬? 쓰러짐)! ……의 반복이었다고 할 수 있다. 줄여서 우누까털.

그렇게 연달아 우누까털을 당하거나 목격한 병사들은 그 뒤로 나와 아원만 보면 격렬하게 동공지진을 일으키기 바빴다. 바로 지금처럼. 나는 흔들리다 못해 마치 분열하는 것 같은 병사의 눈동자를 헛기침으로 외면했다. 말 그대로 눕히기만 한 거라 부상자가 없다는 게 그나마 다행이라면 다행이었다.

크흠, 미안합니다. 자다 말고 진찰하러 불려 나오는 바람에 아직도 꿈인 줄 안다던 궁의처럼 님도 꿈이었거니 하세요.

"들어오라 하십니다."

그때 알현실의 문이 열렸다. 반가운 알림에 나는 지체할 것 없이 바로 움직였다. 문턱을 넘는데 아원이 말했다.

"기다리는 게 고객님 취미야?"

말했으면 닫힌 문을 쉽고 빠르게 날려줬을 거라는 의미인 것 같아서 작게 대답했다.

"준법이 취미야……."

아원의 기준에 모든 걸 맞췄다간 30분 안에 지명 수배범이 될 수 있을 것 같다. 30분이 뭐야? 3분 컷 가능. 컵라면도 덜 익겠어.

그러는 사이 완전히 안으로 들어섰다. 알현실 바깥문이 닫혔다. 왕자는 서서 우리를 마중했다. 며칠 만에 밝은 곳에서 보는 왕자는 론드미오를 제법 닮은 생김새였다.

원래 저렇게 생겼었나? 어쩌면 이제야 사람을 관찰할 만한 여유가 생겨서 제대로 보이는 걸지도 몰랐다.

그나저나 첫 만남에선 피해자 신세였는데, 두 번째 만남을 범법자가 되어 하고 있으려니 영 서먹했다. 나는 어색하게 인사를 건네고 왕자와 마주 자리에 앉았다.

왕자는 시녀가 차를 내온 후에야 입을 열었다.

"어떻게 된 겁니까?"

왕자의 태도는 침착했다. 상식적으로 기가 막힌 상황을 겪은 집주인치고는 말이다. 눈치로 보건대 아마 아윈의 정체를 대강 짐작하고 있는 것 같았다. 하기야 명색이 왕족이니 마탑주 정도는 알고 있을 만도 하다. 그는 아윈보다는 오히려 엊그제까진 분명 평범한 왕국민이었던-그리고 은혜를 반대로 갚고 있는-나를 한층 혼란스러운 눈으로 응시했다.

나는 그의 뜨끔한 시선에 일단 사과로 운을 뗐다.

"우선 미안합니다. 경황이 없어서 동의 없이 방을 빌렸어요."

"그건 됐습니다."

뭐? 쿨하군.

"그보다 제가 궁금한 건……."

쿨가이가 에두르지 않고 바로 물었다.

"대체 무슨 사입니까?"

그는 나와 아윈을 번갈아 응시했다. 그게 이 순간 가장 큰 의문인 모양이었다.

연관성을 유추해 보려고 나름 노력했으나 이미 여러 번 실패했다는 듯 그가 답답한 표정으로 미간을 좁혔다. 이해한다. 있지도 않은 알뤼미트와 마탑주의 연관성을 찾아내면 그건 사람을 넘어선 다른 무언가지. 나는 망설임 없이 대답했다.

"부부예요."

"예?"

어차피 이렇게 된 이상 나중에 돌아올 알뤼미트를 위해서라도 있는 그대로 말해야겠다는 결론을 조금 전에 굳히고 들어왔다. 나는 당황한 기색의 왕자에게 자초지종을 차분히 털어놓았다.

"사실 이 몸은 제 몸이 아니에요. 실은……."

워낙 믿기 힘든 내용이라 문제지 해줄 말 자체는 그리 길지 않았다.

악마, 몸 바뀜, 그리고 지금.

오래 걸리지 않아 설명이 끝나고, 왕자는 잠시 침묵했다. 나는 그새 약간 식은 차로 목을 축이며 반응을 기다렸다. 만에 하나 소금을 뿌리면서 꺼지라고 할 경우 어떻게 할지 대처 방안도 생각해 뒀다. 그런 일이 생기면 일단 몸을 던져 아윈을 막은 후…….

거기까지 상상했을 때 왕자가 입을 열었다.

"언제부텁니까?"

"네?"

"몸이 바뀐 게 정확히 언제쯤입니까?"

헛소리나 농담 취급을 못해도 한 번 정도는 할 줄 알았는데, 왕자는 바로 그걸 물었다. 진심으로 질문하는 것 같아서 내심 살짝 놀랐다.

쉽게 믿기나?

"음…… 이 주 정도 됐네요."

"그렇군요."

왕자가 천천히 고개를 끄덕였다. 표정이 좋아 보이진 않았는데 무슨 생각을 하고 있는 중인지는 관심법 성취가 미숙해서 알 수가 없었다. 이내 그가 헛웃음을 짧게 뱉었다. 속내를 모르는 내 눈에는 언뜻 어처구니없다는 의미 같기도 하고, 한편으로는 자조하는 것 같기도 했다.

"그래서 그때 유독."

"……?"

"……고깔모자만 아니었어도."

고깔모자? 고깔모자가 왜?

혼잣말이었는지 중얼거림에 대한 부연 설명이 이어지는 일은 없었다. 내심 궁금해서 손을 들고 질문하고 싶었지만 그럴 만한 사이가 아니다 보니 움찔거리는 손을 참았다.

고깔모자…… 으음…… 고깔모자……. 설마 고깔모자 주워주면서 반했나?

'후, 친하지도 않은 사람을 모욕하는 건 그만두자.'

혼자 드립 치고 또 혼자 반성했다. 반한 게 아니라 어디 아픈가 생각했겠지. 예전에 알뤼미트를 본 적이 있으면 그때 위화감을 느꼈을 수도 있다. 고깔모자는 뭔지 잘 모르겠지만.

알아서 짐작하고는 이내 품을 뒤졌다. 진실도 밝혔겠다 이제 진짜 용건을 전달할 때가 되었다 싶었다. 나는 품에서 영상구를 꺼내 앞으로 내밀었다. 왕자의 시선이 얼결에 따라붙는 걸 보며 입을 열었다.

"받으세요. 실은 이걸 드리러 왔거든요."

"이건?"

"공주님이 만나는 사람이 제비…… 물질을 노리고 의도적으로 접근한 사기꾼이라는 증거예요. 음성이 녹음되어 있으니 들어보시고 판단하면 될 거예요."

아윈을 만났으니 소기의 목적은 이미 이룬 셈이지만, 그래도 고생한 보람이 전혀 없으면 섭섭하다. 나는 궁에서 소란을 피운 것에 대한 사과 겸 정의 집행을 위해 이걸 넘기기로 했다.

왕자는 딱히 망설이거나 의심하는 기색 없이 순순히 영상구를 받아 들었다. 놀라거나 당황한 얼굴도 아니었다. 덕분에 내가 놀랐다.

"고맙습니다."

"놀라지 않으시네요?"

"사람을 완전히 믿는 일이 드뭅니다. 천성이라."

아무리 그래도 여동생 남자 친구가 제비라는데 저 침착함은…….

'아, 하기는.'

찰나 의외라고 생각했다가 곧이어 다시 납득이 갔다. 저래서 외려 더 좋은 사람이라는 평판이 퍼진 걸지도 모르겠다. 왕족이 감정을 쉽게 드러내거나 그에 휘둘리면 보통 아랫사람만 다치게 마련이니까.

'왕자가 왕이 되고 나면 모르소 왕국도 지금보다는 커질지도.'

그렇게 생각하는데 영상구를 한쪽으로 옮겨둔 왕자가 말했다.

"그럼 이제부터는 어떻게 하실 생각입니까?"

"제 몸이 있는 곳으로 돌아가려고 해요. 가서 되돌릴 방법을 찾아보려고요."

"잘되길 바랍니다."

"고마워요."

나는 대답하면서 남은 차를 비웠다. 무슨 차인지는 모르겠지만 향이 좋았다. 흠, 깨끗하게 다 마셨군. 볼일을 마쳤으니 이만 일어서면 되겠지? 딱히 더 할 말이 있는 것도 아니니까.

빈 찻잔을 내려놓고 막 작별 인사를 입에 올리려던 순간이었다. 왕자가 그보다 한발 빨랐다.

"한 가지만 묻겠습니다."

"네? 그러세요."

"……이름."

뭐라고? 목소리가 작아서 제대로 못 들었다고 생각한 순간 왕자가 다시 말했다.

"이름을 알려줄 수 있겠습니까? 진짜 이름."

그리고 나는 깜짝 놀랐다. 아윈이 갑자기 나를 제 쪽으로 끌어당겼기 때문이다. 그러고선 그대로 껴안는 바람에 난 익숙한 품에 아까처럼 도로 얼굴을 폭삭 묻었다. 응? 에엥?

그 상태에서 아윈의 목소리가 들렸다.

"배상 청구할 거면 마탑으로 보내."

"아윈?"

"아니면 내 이름으로."

얘가 왜 이러지? 시비나 욕은 아니어서 다행인데…… 잠깐, 아닌 거 맞나? 반말은 시비인가?

"알 필요 없는 거 알고 싶어 하지 말고."

알겠다. 이건 시비다. 시비 맞다. 어조는 굳이 따지자면 부드러운 쪽인데 담긴 내용이 내놓고 시비였다. 나는 안긴 채로 식은땀을 흘리기 시작했다.

"너 왜 그래?"

고개를 들며 소곤거렸더니 아윈의 손이 내 뒤통수를 감쌌다. 그러곤 꾹 눌러 품에 가둬 버렸다.

헉, 야! 버둥거려서 빠져나와야 하나 심각하게 고민하는 그때 아윈이 말했다.

"운이 좋네. 찾은 지 얼마 안 돼서 넘어가는 거니까. 기분 망치기 싫거든."

목소리가 나직하게 이어졌다.

"다시 볼 일 없길 비는 게 좋아. 그땐 내 기분이 어떨지 모르니까."

다음 순간 몸이 붕 뜬다고 느꼈다. 눈을 한 번 깜박일 만큼의 시간이 지났을 때 이전과는 다른 공기가 피부에 닿았다. 직감적으로 왕성이 아닌 바깥이라는 걸 느낄 수 있었다.

아윈은 그제야 나를 가두고 있던 손을 풀었다. 나는 물에서 꺼내는 것처럼 고개를 홱 치켜들었다. 주변을 둘러보니 밖이 맞았다. 미세하게 부는 바람이 앞머리를 스쳤다.

헐……. 나는 눈가를 가늘게 좁혔다. 그러고선 아윈을 지그시 올려다봤다.

"방금 뭐야?"

"뭘?"

"왕자한테 왜 그랬어?"

"고객님, 재랑 놀지 마. 죽여 버릴지도 몰라."

"아, 아니."

또 뭐가 문제야? 어처구니가 없어 입을 뻐끔거리고 있으려니 퍽 못마땅한 낌새가 묻어나는 목소리가 들렸다.

"눈이 제대로 박힌 놈은 처음인데, 생각보다 기분이 더럽네."

다는 모르겠어도 한 가지는 알겠다. 왕자가 아윈한테 잘못 보였다는 거. 왜? 짚이는 게 전혀 없는 건 아니었다. 하나 있기는 했다.

……근데 정말 그거? 설마? 진짜? 이름 물어봐서? 나, 나한테 사심 있는 줄 알고?

'왕자……!'

입을 가렸다. 밀려드는 민망함과 미안함에 고개를 들 수가 없었다. 왕자는 두 번 죽었다! 물론 나도 아까 고깔모자로 개드립을 치긴 했지. 그래도 난 생각만 하고 말았다. 그, 그걸 말로 꺼내지는 않았다고.

알현실에 남겨진 왕자의 심경이 어떨까 상상해 보니 헛기침이 저절로 나왔다. 나는 왕자가 겪은 오늘의 재난을 하나씩 꼽아보았다.

왕궁 무단 침입, 근위병 우누까털, 조금 전의 봉변…… 크윽. 워낙 환장의 구성이라 뭐 하나 빠지는 게 없었다. 난 그것들의 순위를 매겨 보려다 실패하고-용호상박이라 우위를 정하기 힘들었다-이내 원흉인 아윈에게 눈을 흘겼다.

'으이구!'

누가 거기서 왕자한테 그러래? 어? 그게 그렇게 신경에 거슬렸어? 그거 이름 좀 물어봤다고, 참나! 내가 어처구니가 없어서. 허 참! 나 참! 나 원 참!

"고객님."

"으응?"

"입가가 엄청 실룩거리는데."

"……."

순간 거울을 보고 싶었지만 안 보는 게 나을 것 같기도 했다. 나는 왕자에게 선물한 파격 민폐 삼 종 세트를 상기하며 양 손가락으로 입꼬리를 억지로 꾹 잡아 내렸다.

짧은 고민이 있었지만 나는 결국 왕성을 나온 김에 미들 남작저로 이동했다. 마탑으로 바로 가자니 아무래도 아돌프가 마음에 걸렸기 때문이다. 나 때문에 얻어터지고 쥐어 터지고 주머니까지 남김없이 털렸는데 적어도 마지막 인사 정도는 남겨줘야 할 것 같았다.

'그간 신세 많았다, 아돌프. 누난 이제 떠난단다.'

괜히 아련해진 기분으로 지난 며칠 사이 그새 친숙해진 대문을 넘었다. 그리고 그 이상은 들어갈 필요가 없었다. 아돌프는 마당에서 뭐 마려운 강아지처럼 안절부절못하는 꼴로 서성이다가 내가 등장하자마자 눈을 부릅떴다.

아, 아니…… 왜 밖에서 저러고 있어?

"알뤼미트! 너!"

"잠깐만."

달려드는 아돌프를 일단 손을 뻗어 막았다. 어째 감격의 남매 상봉이 펼쳐져야 자연스러울 것 같은 흐름이긴 하지만, 그렇다고 얌전히 나를 부둥켜안게 두었다간 그게 아돌프의 마지막 인사가 되고 말 테니까.

애꿎은 한 생명을 지키기 위해 안전거리를 확보한 뒤 천천히 손을 내렸다. 그러고서 차분하게 준비해 온 말을 꺼내……. 꺼내려고 했는데.

"너…… 울어?"

가까이서 본 아돌프의 얼굴에 심각한 상황이 벌어져 있었다. 이게 무슨 일이야!

"울다니, 웬 헛소리야? 누가 운다고 그래! 안 울어!"

"맞잖아. 그렁그렁하잖아, 지금."

"아니라고!"

아돌프가 눈에 큼지막한 눈물방울을 매달고 극렬하게 부인했다.

그, 그래. 떨어질 것 같으니까 고개만 흔들지 마. 그런데 대체 왜 우는 거야?

알뤼미트를 걱정할 거라곤 예상했지만 눈물은 짐작 밖이다. 당황해서 내가 뭐라고 인사를 하려 했었는지도 까먹을 지경이었다. 나는 아돌프의 얼굴에 일어난 참사가 도대체 어디에서 온 건지 파악하려 애썼다. 너무나 걱정된 나머지 눈물이 났나? 그렇지만 어제 헤어지고 고작 하루 못 본 거잖아? 어린애도 아니고 성년식까지 치른 동생의 외박이 그렇게 큰일 날 일…….

거기까지 생각했을 때 문득 시퍼렇게 물든 아돌프의 광대에 시선이 닿았다.

……아.

'맞다.'

아, 이런. 깜박했다. 내가 가장 최근에 아돌프와 어떤 꼴로 헤어졌는지 이제야 떠올랐다. 나는 그때 아돌프가 막아줘서 스왈로우 일당에게 잡히지 않고 겨우 골목을 벗어났다. 알뤼미트가 친오빠인 아돌프에게 남긴 마지막 장면은 바로 웬 장정 서넛을 피해 필사적으로 맨발로 도망치던 뒷모습이었다. 그걸 자각하자 눈가에서 그렁거리는 눈물이 다르게 보였다. 선명한 파란 멍이 안쓰럽게 마음을 찔렀다.

내 잘못이네. 나는 미안함에서 파생한 한숨을 삼키곤 입을 열었다.

"울지 마."

"안 운다니까!"

"나 멀쩡해. 솔직히 말해주면 왕궁에서 푹 자고 잘 쉬다 왔어. 때깔 보여? 윤기 흐르지? 엄청 괜찮아."

"뭐? 왕궁? 왜……."

"그리고 아돌프."

눈을 똑바로 직시하면서 말했다.

"나는 알뤼미트가 아니야."

"……뭐?"

"대략 이 주 전부터 아니었어. 진짜 알뤼미트는 지금 다른 곳에 있고, 아주 잘 있어. 그러니까 걱정하지 마. 금방 돌려보내 줄게."

아돌프가 인상을 찌푸렸다. 해괴한 표정이었다. 미쳤냐는 질문에 고개를 저었다. 예상했던 반응이라 발끈하지도 않았다.

"정확히는 육신은 같은데 영혼만 달라. 몸이 서로 바뀌는 바람에 알뤼미트는 내 몸, 나는 알뤼미트의 몸에 들어오게 됐거든."

"야……."

"어차피 당장 납득하기는 힘들 테니까 지금은 그냥 듣기만 해. 나중에 진짜 알뤼미트랑 재회하고 나면 얼추 이해될 거야."

"알뤼미……."

"모든 의문은 나 말고 훗날 돌아온 알뤼미트한테. 그럼 아돌프, 그동안 고마웠어. 내 일에 휘말려서 얻어터진 거랑 네 방을 턴 건 정말 미안하게 생각해. 방은 조만간 알뤼미트 돌려보내면서 그때 도로 채워줄게."

"네가 턴 거였어?!"

기막혀 하는 아돌프에게 마지막으로 해줄 말이 또 뭐 있나 곰곰이 생각해 봤다. 지금 이 몸이 내 몸이 아니라고 했고, 고맙다고 했고, 미안하다고도 했고, 보상도 약속했고…….

"잘 지내."

다 했다. 나는 약간 후련한 기분으로 웃었다.

"아, 맞다. 마당에서 그러고 있지 말고 얼른 들어가고."

엄청 각별한 사이도 아닌데 이 정도면 작별 인사로 충분하지. 더 거창할 거 있나. 나는 뭘 직감했는지 표정이 점차 딱딱해지는 아돌프에게 작별의 대미로 손을 흔들어주려고 했다. 고마웠다는 말은 정말이야. 이제 진짜 안녕.

그때였다.

–통신! 통신 왔습니다! 통신! 통신 왔습니다!

"……?!"

나와 아돌프가 동시에 깜짝 놀랐다. 아윈의 품에서 갑자기 요란하게 알림이 울렸다. 아돌프는 근처에 있던 아윈을 이제야 발견했는지 놀람을 넘어 경악한 눈치였다. 그리고 나는 그런 아돌프를 뒤로하고 당황스럽게 눈을 깜박였다. 저건?

소리의 정체를 알고 있었다. 저 알림은 마탑에서 자력으로 해결하지 못하는 중대하고 다급한 일이 생겼을 때 아윈에게 보내는 긴급 호출 신호였다. 줄여서 SOS.

"탑에 무슨 일이……."

입을 열기가 무섭게 아윈이 나를 붙잡고 이동했다. 다음 순간 시야에 보인 것은 허공에 뜬 새카맣고 괴이한 생명체였다.

열일곱 해를 살아오는 동안 알뤼미트의 인생에 있었던 가장 큰 굴곡은 헤어진 남자 친구의 바람이었다. 그 이상은 겪어본 적도, 상상해 본 일도 없었다.

그러니 그걸 감안했을 때 라테의 몸에서 깨어난 알뤼미트가 기억을 찾자마자 거울을 보고 기절했던 건 어쩌면 당연한 일일지도 모른다. 기절했다가 정신을 차린 이후로는 내내 울기 시작했다. 진정했다 싶으면 또 울고, 그쳤거니 하면 다시 훌쩍였다.

그러고 있은 지가 어느새 꼬박 하루째였다.

불안해하면서 우는 알뤼미트를 그냥 방치해 둘 수도 없었다. 희생양이 된 카르댄벨이 텅 빈 눈동자로 손수건을 찾았다.

"언제 돌아갈 수 있어요? 흑, 언제?"

"방법을 찾는 중입니다. 조금만 기다리세요."

"영영 안 바뀌는 건 아니겠죠? 정말 돌아갈 수 있는 거죠? 흐윽."

"노력하고 있습니다. 걱정 마세요. 못 되돌리면 어차피 저희도 죽어요."

손수건을 알뤼미트에게 내밀면서 카르댄벨은 애꿎은 창밖이나 응시했다.

어제 오후 가위바위보에 진 죄로 이 같은 시련과 고난에 놓이게 된 후부터 지금까지 그는 여러 가지로 힘겨웠다. 특히 그를 가장 괴롭히는 것은 상대가 하필이면 안주인님의 모습으로 저러고 있다는 사실이었다. 겉모습만 같지 실상은 다른 사람이라는 걸 알면서도 훌쩍거리는 소리가 들릴 때마다 같이 움찔하고 흠칫거렸다. 그는 알뤼미트가 라테의 몸으로 눈물을 한 방울씩 보일 때마다 아윈에게 목이 따이는 환영에 시달리고 있었다.

'사람 살려…… 탑주님은 언제 안주인님을 데리고 돌아오시는 거야? 그리고 아로브럭은 얼른 악마 소환 안 하고 뭐 하냐. 아그마임인가 뭔가, 불러내기만 하면 아주 죽여 버려.'

창 너머를 응시하다 카르댄벨이 내심 이를 갈았다. 그 순간이었다.

쾅!

"……!"

요란한 소리에 그가 벌떡 몸을 일으켰다.

폭발음? 뭔지는 정확히 몰라도 외부에서 들린 소리였다. 카르댄벨이 일어선 채로 잠시 머뭇거렸다. 이내 오래지 않은 고민을 마친 그가 옆을 돌아보며 단단히 당부했다.

"여기 있으세요. 절대 나오시면 안 됩니다."

놀란 알뤼미트가 고개를 끄덕이는 걸 확인한 카르댄벨이 그 즉시 창문을 열고 뛰어내렸다. 이윽고 플라이 마법으로 지면에 착지한 그가 주변을 살폈다. 바깥에는 이미 그 말고도 많은 인원이 나와 있었다.

"무슨 일이야?"

"위를 보세요! 그놈입니다!"

"뭐?"

아로브럭의 외침에 카르댄벨이 고개를 들었다. 그러자 허공에 웬 검고 거대한 무언가가 보였다. 얼핏 보기엔 사람을 닮은 형상이나 육신이 온통 흑연처럼 어둡고 몸집이 상식 이하로 컸다. 거기에 눈은 하나뿐이며 등에는 박쥐의 것을 닮은 날개도 달려 있었다.

카르댄벨이 눈썹을 찡그리는 순간 아로브럭이 덧붙였다.

"아그마임이요! 악마!"

그리고 그의 말처럼 그건 악마 아그마임이었다. 아그마임은 허공에 뜬 채 날개를 크게 펄럭였다.

"식사를 방해하는 무리구나."

아그마임은 계약의 대가로 막 알뤼미트의 영혼을 받으러 온 참이었다. 본래는 소원을 이뤄준 후 몇 달은 기다려 줄 예정이었으나, 생각보다 인내심이 빠르게 동나고 말았다. 한번 궁금해진 어린 영혼의 맛이 그가 얌전히 날짜를 채우도록 도와주지 않았던 것이다.

결국 예상보다 훨씬 이르게 인간 세상에 내려오게 된 아그마임이 아래를 내려다보며 모두에게 들리도록 말했다.

"귀한 식사를 앞두고 불필요한 살생을 하고 싶지는 않다. 계약자를 내놓아라. 그러기만 하면 너희를 죽이지 않으마."

반응은 격렬했다.

"이게 제 발로 기어들어 와선 무슨 헛소리야? 넌 이제 우리한테 죽었어! 시커먼 외눈 새끼야!"

"닥치고 죽어라!"

"저게 그 악마라고? 죽여!"

"복수의 시간이다!"

"이런……."

제안이 걷어차인 아그마임이 혀를 끌끌 찼다. 그는 진심으로 인간들이 안타까웠다. 기회를 주었는데도 구태여 마다하는 어리석음은 예나 지금이나 변하지를 않았다. 상대의 선택에 애도를 표한 그가 이내 허공에 수많은 붉은 구체를 만들어냈다.

"그렇다면 하는 수 없지. 원하는 대로 청소할 수밖에."

아그마임이 손목을 아래로 꺾었다. 다음 순간 구체가 일제히 지상을 덮쳤다.

"……!"

구체는 지면에 떨어지는 순간 폭탄이라도 되듯 폭발했다. 그때부터는 아수라장이 따로 없었다. 요란한 폭음에 사이사이 비명이 짧게 묻혔다. 뿌옇게 오른 흙먼지가 시야를 가렸다가 새로운 폭발에 흩어지길 반복했다.

구체 다음으로 쏟아진 붉은 화살 비를 보호 마법으로 간신히 막아낸 넘나레드가 오만상을 하고 위를 올려다보았다.

"뭐야, 저거? 미친 거 아냐? 악마는 원래 다 저래?"

"끄악!"

"관차르자!"

미처 등 뒤로 내리꽂힌 공격을 피하지 못한 관차르자가 바닥에 나뒹굴었다. 아로브럭이 재빨리 다가가 치유 마법을 퍼붓고는 데리고 뒤로 빠졌다.

메모리아가 입술을 씹었다. 악마는 붉은 구체를 시작으로 연신 비슷한 빛 덩어리나 화살 따위를 만들어 지표로 퍼부어대고 있었다. 이쪽은 제대로 된 반격은커녕 그걸 막는 것만으로도 급급했다. 간혹 기회를 잡아 후면으로 기습을 날려봐도 상대는 외눈이 뒤통수에도 달렸는지 아무렇지 않게 피하거나 무산시킬 뿐이었다. 방금도 얼음으로 만든 창을 쏘았으나 허무하게 실패한 메모리아가 분에 못 이겨 애꿎은 바닥을 내려쳤다.

"아악! 저 외눈박이!"

"저래서는……."

"탑주님은? 탑주님한테 연락했어?"

"비숏이 방금 전에 갔어!"

"마탑 정예 체면이 이게 뭐냐."

이런 상황은 아무도 예상하지 못했다. 낭패감과 무력감에 누구 할 것 없이 이를 악물거나 입안의 살을 깨물었다. 몇 사람의 혀에 피 맛이 돌았다.

반면 아그마임은 되레 상황을 즐기고 있었다.

"단단한 인간들이구나."

감탄하듯 슬쩍 말했다. 주제를 잊고 덤빈다 했더니 이번 인간들은 생각보다 그럴 만한 자격이 있었다. 벌레로 치면 얌전히 밟혀 죽는 것이 아니라 날아서 도망칠 줄도 알고, 쏘고 물려고 위협할 줄도 알았다. 물론 어디까지나 그 정도에 지나지 않았지만 그것만으로도 놀아주는 재미는 충분했다.

아그마임은 일부러 그들을 바로 죽이지 않았다. 몇몇이 그걸 눈치 채곤 즉각 핏대를 세웠다.

"저 새끼가!"

"이게!"

"그러는 것도 지금뿐인 줄 알아, 새꺄! 탑주님만 오시면 넌 죽은 목숨이야!"

"탑주님 손짓 한 방에 뒈질 놈이!"

단체로 왁왁거리는 것에 아그마임이 반응했다.

"탑주?"

곧 그가 어떤 사실을 상기했다.

아, 그렇군. 마탑주. 이곳이 인간들에게 마탑이라 불리는 곳이었던가.

'수장은 지금 이 자리에 없나 보군.'

아그마임은 기억을 더듬었다. 그는 이미 과거 저를 마탑주라 소개하던 자를 상대해 본 적이 있었다. 거창한 경험이었느냐 하면 그렇지도 않다. 벌레들의 수장. 딱 그 수준이었다.

그렇게 흐릿한 기억을 닦아 꺼내어보는 동안 야유는 더 거세졌다.

"그래, 탑주님만 오시면!"

"탑주님 발끝에도 못 미치는 게!"

"탑주님은 콧김으로도 네 몸뚱이를 조각낼 수 있어!"

"안주인님 머릿결보다 못한 놈!"

계속되는 외침에 아그마임이 설핏 인상을 찌푸렸다. 뭔가가 섞여 있긴 했지만 온통 탑주님 타령이었다. 처음에는 몇몇 정도가 떠들더니 점차 불길처럼 번져 수가 늘어갔다.

"탑주님한테는 상대도 안 될 놈이!"

"넌 찍소리도 못 하고 밟혀!"

"그때 얻어터지고 울지나 마라!"

"안주인님 모발 영양제보다 쓸모없는 놈!"

"……그냥 죽일까."

아그마임이 진심으로 중얼거렸다. 무시하려면 무시할 수 있는 말이었으나 어쩐지 신경에 거슬렸다. 인간들이 욱해서 저러는 것이 아니라 진심으로 하는 소리라는 걸 직감적으로 느껴서 그럴지도 몰랐다.

'그래, 죽이자.'

변덕이 심한 그가 빠르게 마음을 바꿨다.

"다 죽이고, 탑주라는 놈은 마지막에 죽여야겠다."

결정하자마자 아그마임이 머리 위에 거대한 구체를 띄웠다. 커다란 붉은 덩어리가 상공을 집어삼켰다. 그건 지금까지 그가 만들어냈던 것과는 비교하기 힘든, 굳이 빗대자면 그것 전부를 합쳐놓은 것 같은 크기였다.

순간 시끄러운 외침이 일시에 잦아들고 적막이 깔렸다. 구체는 마치 작은 태양 같았다.

“이런, 미친.”

메모리아가 중얼거렸다. 즉시 그 위로 구체가 떨어져 내렸다. 피하기는커녕 눈을 감을 겨를도 없었다. 시야가 삽시간에 붉은색으로 물들었다. 찰나 세상 전부가 같은 색으로 메워지는 것 같았다.

퍼억!

한순간 굳어 있던 메모리아를 포함해 여럿이 움찔 깨어났다. 구체는 그들에게 닿기 전 허공에서 스스로 터졌다.

아그마임의 눈이 가늘어졌다.

“저 눈알 모자란 새끼는 뭐야?”

반가운 목소리가 들렸다. 정정해야 할 것이 있다. 스스로 터진 것이 아니었다.

자리에 있던 이들이 더러는 눈물까지 글썽이며 일제히 외쳤다.

“탑주님!”

아윈은 탑으로 이동하자마자 마법으로 뭔가를 맞춰서 터뜨렸다. 정확히는 몰라도 반응을 보니 아무래도 절체절명의 순간이었던 것 같았다.

나는 울먹이거나 환호하는 그들에게서 눈을 떼고 주변을 둘러보았다. 사위는 시야에 들어오는 족족 엉망이었다. 무슨 폭격이라도 있었던 것처럼 죄다 쑥대밭에 군데군데 움푹 파여 잠시 할 말이 떠오르지도 않았다. 신음이 저절로 입에서 맴돌았다. 이게 대체 무슨 일이야?

나는 급한 대로 가장 가까이 있던 아로브럭을 붙들었다.

"왜 이런 거예요? 지금 무슨 일이에요? 공중에 떠 있는 저건 뭐고?"

"누, 누구…… 혹시 안주인님?"

"저 맞아요. 그래서요?"

"그게……."

아로브럭의 설명에 따르면 이건 전부 허공에 떠 있는 새카만 외눈박이 악마가 저지른 짓이라고 했다. 악마의 이름은 아그마임. 이 사태의 원흉이자 나와 알뤼미트의 몸을 바꿔놓은 범인이었다.

나는 입을 벌렸다. 저게, 저 악마가 바로 알뤼미트의 일기장에 나온 그 악마라고?

"말도 안 돼."

순간 떠오른 소감이 그것뿐이었다. 믿기지가 않았다. 저렇게 위험한 거였단 말이야? 저번에 그, 똥싸개 마물이랑 비슷한 존재가 아니라?

예상을 한참 벗어난 모습에 입을 다물지 못하는데 허공에서 뭐가 요란하게 폭발했다.

쾅!

깜짝 놀라 올려다봤더니 그새 악마와 비슷한 높이로 떠오른 아윈이 보였다. 아윈은 공중에서 언뜻 무성의한 손길로 은발을 쓸어 올리고 있었다. 뭐라고 중얼거린 아윈이 직후 손을 한번 휘저었다. 그러자 사방에서 아윈을 노리고 날아들던 붉은 화살 다발이 동시에 터졌다.

폭발이 만들어낸 연기가 자욱하게 퍼졌다. 자기 공격을 막아내는 걸 본 악마가 무슨 말을 지껄이면서 웃었다. 뭐라고 하는지는 거리 때문에 전혀 들리지가 않았고, 내 눈에는 그저 악마가 큼지막한 송곳니를 드러내며 웃는 것만 보였다. 그 순간 넋을 놓고 광경을 응시하던 내가 어깨를 떨었다. 등줄기에 소름이 올랐다.

웃어? 왜? 저놈이 지금 이 상황에서 왜 웃지?

"아, 아로브럭."

"예?"

"아원 괜찮겠죠? 문제없는 거죠? 저 악마, 저러고 있어도 아원한테는 상대 안 되는 거 맞죠?"

"그래야만 합니다. 안 그러면 우린 전부 죽으니까요."

뭐?

나는 다시 허공을 올려다보았다. 악마는 여전히 웃고 있었다.

가슴이 철렁했다. 악마는 손을 살짝 까딱하는 것만으로 무수한 구체나 화살을 만들어 굉장히 별거 아닌 것처럼 아원에게 날려대고 있었다. 하지만 저게 전혀 가벼운 공격이 아니라는 건 폐허가 된 주위만 봐도 알 수 있었다.

모르는 사람이 봤으면 이곳에서 대규모 전투라도 일어난 줄 알았을 거다. 그런 수준의 공격이었다. 심지어 악마는 쉴 새 없이 저런 걸 날리면서도 지쳐 보이는 기색 하나 없었다.

'저게 말이 돼?'

더군다나 어울리지 않게 소극적인 아원의 태도 또한 내 불안에 힘을 보태주고 있었다. 아원은 악마와 대치한 이후 줄곧 방어에만 전념하고 있었다.

콰쾅!

봐, 지금도. 일순 속이 조여들었다. 전에 느껴본 적 없는 생경하고 이상한 감각이 마음 한구석을 비집고 생겨났다.

"안주인님?"

아로브럭이 나를 부르는 소리가 들렸지만 대답해 줄 정신이 없었다. 이런 순간에 와서야 깨닫는 거지만, 가만히 생각해 보면 의아한 점이 있었다.

나는 단 한 번도 지금 같은 상황을 상상해 본 적이 없었다. 아윈이 위험할 수도 있다는 가정은 이상하리만큼 지나가는 겨를로도 떠올려 보지 않았다. 이번에도 마찬가지였다. 나는 악마라는 것이 어떤 종족이든 아윈이라면 당연히 손쉬울 거라고 믿었다.

하지만 왜? 현실이란 건 항상 그럴 수는 없는 건데. 무엇이든 완전히 확신하기는 어려운 게 바로 현실이고, 얼마든지 이런 상황이 닥칠 수도 있는 거였는데.

심장이 크게 두근거렸다. 아, 나는. 맙소사. 그렇구나. 과거 언젠가 죽을 뻔했던 경험으로도 나는 이렇게나 배운 게 없었다. 이 세계가 현실이라는 것을 받아들였으면서도 그걸 나한테만 적용했다.

이곳이 더는 소설 속이 아니라는 건 엑스트라와 여주인공만 없다는 뜻이 아니라, 해피엔딩을 위해선 결코 죽지 않는 남주인공도 없다는 말이었다. 그런데도 난 아윈의 위기를 존재할 수 없는 것처럼 여겼다.

그야 아윈은, 분명 원작에서 황태자, 케니스를 제외하고는 대등한 적수가 없는 인외의 경지에 이른 천재라고 몇 번이나…….

입을 막았다. 믿음의 근거는 지나치게 얄팍했다.

"안주인님, 괜찮으십니까?"

아로브럭이 하는 말이 제대로 들리지 않았다. 만에 하나 아윈이 잘못될 수도 있다는 가능성을 받아들인 순간 나는 멀쩡히 서 있는 것도 힘겨워졌다.

익숙한 듯하면서도 생소한 감각이었다. 죽을 뻔했을 때 느꼈던 것과는 또 달랐다. 상상할 수 있는 가장 깊은 나락을 발치에 둔 것만 같았다. 발을 디딘 절벽이 조금씩 부스러지는데도 나는 거기서 도망칠 수조차 없었다. 균일이 생기고 부서지는 것을 보고만 있어야 했다.

이런 거였구나.

도무지 용납할 수 없는 상실을 가정한다는 건 이런 기분이었다. 순간 눈물이 치밀었다. 눈을 깜박이면 고스란히 밀려 나올 것 같았다. 무섭고, 또, 두려우면서, 무지했던 스스로가 어리석어서 견딜 수가 없었다. 뒤늦게 깨닫고도 내가 할 수 있는 일이 아무것도 없다는 사실이 괴로움을 더했다. 기어이 시야가 뿌옇게 흐려졌다.

그때였다.

"탑주님! 그놈 생포해서 저희 훈련에 마르고 닳도록 써먹을 생각 같은 건 하지 마시고! 그냥 끝내십쇼! 저희 생각해 주시는 건 정말 감사하고 좋은데요! 그러는 동안 안주인님이 쪼셨습니다!"

마법이라도 이용했는지 외치는 소리가 사방에 쩌렁쩌렁 울렸다. 넘나레드의 목소리였다.

"뭐?"

그리고 그 외침에 아윈이 바로 나를 돌아보았다. 눈이 마주쳤다고 생각했다. 다음 순간 악마의 팔이 날아갔다.

"……어?"

악마가 얼굴의 절반을 차지한 커다란 외눈을 끔벅거렸다. 방금 일어난 일을 믿지 못하겠다는 것처럼.

혼이 나간 건 나도 다를 게 없었다. 바보처럼 멀거니 그 광경을 응시하고만 있는데, 마찬가지로 마법을 사용한 건지 아윈의 목소리가 또렷하게 들렸다.

"왜 이제 말해. 뒈지는 게 꿈이야?"

"아, 아니…… 말을 해드려도……."

"뭐?"

"아, 저도 몰랐습니다! 탑주님이 일부러 시간 끄는 건지 아님 정말 못 당해서 방어만 하는 건지 제가 어떻게 알아요! 긴가민가한데 마침 안주인님 안색이 엉망이라 그냥 질러본 겁니다! 몰랐는데 무슨 수로 미리 말합니까?"

나는 그제야 넘나레드를 돌아봤다. 그는 실컷 소리쳐 놓고 도리어 나보다 하얘진 안색을 하고 있었다. 주변에서 다들 '너 미쳤어?', '진짜 죽으려고?', '돈 갚아' 등의 따뜻한 말로 넘나레드를 염려해 주는 게 보였다.

그걸 또 멍청하게 쳐다보았다. 그러고 있으려니 아윈이 내 앞으로 훌쩍 떨어져 내렸다. 내려서자마자 아윈은 내 얼굴부터 이리저리 살폈다.

"왜 그래. 정말 쫄았어?"

겨우 대답했다.

"……응."

"왜."

"네가 잘못될까 봐."

솔직하게 뱉어놓았더니 아윈의 표정이 오묘해졌다. 이내 눈따따를 제 손 위로 이동시킨 아윈이 그걸 내게 안겼다.

"잘못되는 일 없으니까 괜찮아. 이거나 들고 있어."

"응."

"여차할 일 없지만 여차하면 여기 내려가 있는 눈알 누르고. 보호막 새겨놨으니까."

"응."

"라테."

"응?"

부쩍 가까워진 아윈이 내 머리카락을 한 줌 그러모아 손가락 사이로 흘려보냈다. 일순 내가 몸이 바뀐 상태라는 걸 잊었을 정도로 손길이 다정하고 자연스러웠다. 아윈이 고개를 숙이자 언젠가처럼 이마가 스치듯 닿았다. 그 상태로 그가 속삭였다.

"나는 네가 생각하는 것보다 훨씬 강해. 세상이 멸망해도 난 안 죽어."

"……."

"내가 지금까지 보여준 것만 믿어. 그럼 걱정 안 되지?"

귓가에 떨어진 목소리에 온기가 있는 것 같았다. 그리고 나는 그걸 듣자마자 깨달았다. 나는 아윈을 믿었다. 아윈이라서.

매 순간 그랬다. 아윈은 뭘 하든 걱정이나 불안 같은 걸 용납하는 법이 없었다. 내가 봐온 모습은 늘 한결같았다. 불가능, 위태, 그것만큼 물에 뜬 기름처럼 그와 어울리지 못하고 동동 뜨다 사라지는 것도 없었다. 그러는 것이 지극히 당연하다는 것처럼, 항상 그런 식이었다. 그러니 나는 아윈을 알았다. 원작에서 서술한 몇 줄의 설명보다 훨씬.

얄팍하다고 여겼던 믿음의 근거에는 사실 다른 것이 있었다. 순간 한숨처럼 웃음이 나왔다. 그러고 보면 난 몸이 바뀌었을 때도 아윈이 알아차리지 못하면 어쩌나 하는 걱정은 하지 않았다. 다른 갖은 우려로 잠자리를 뒤척일 때도 그것만은 의심조차 안 했다. 그런 건 원작에서 언급된 적도 없었는데.

고개를 끄덕였다. 착각인지 내가 웃는 순간 아윈이 안심하는 것처럼 보였다. 이내 눈을 휘어 나보다 더 예쁘게 웃어준 아윈이 도로 허공으로 솟아올랐다. 악마는 왼쪽 어깻죽지를 부여잡고 괴성을 지르고 있었다.

나는 신기하리만치 편안해진 기분으로 그 장면을 응시했다. 마음을 가득 채우고 있던 초조와 불안이 거짓말처럼 씻겨 나갔다. 그러면서 눈에 무슨 일이 일어났는지 허공의 악마가 이전보다 훨씬 작아 보였다. 날아간 왼팔을 감안하더라도 전체적으로 삼 분의 일 정도는 준 것 같았다. 뭐야, 다이어트 언제 했지?

"안주인님, 정말 괜찮으십니까?"

힐긋거리던 아로브럭이 다시 조심스레 말을 걸었다. 나는 흔쾌히 대답했다.

"괜찮아요."

내친김에 물었다.

"혹시 팝콘 있어요?"

"네?"

동그래진 눈으로 반문하는 아로브럭에게 씩 웃어주었다. 정말 먹겠다는 말은 아니고 그만큼 심경에 여유가 생겼다는 뜻이었다.

아윈은 나를 계기로 생각이 변한 듯 태세를 바꿔 악마를 실컷 몰아붙이고 있었다. 급변한 형세에 대한 악마의 난색이 여기까지 전해지는 것 같았다. 순식간에 날개 한 짝이 떨어져 나갔다. 어쩌지 못하고 악마가 공중에서 괴성을 터뜨렸다.

"크아아! ……이! ……주제에!"

울분에 찬 소리가 드문드문 끊겨 들렸다. 뭐라고 하는 걸까? 혼자 짐작해 보다가 문득 어딘가에 생각이 미쳐 옆을 돌아보았다.

혹시 아로브럭은 저걸 전부 듣고 있지 않을까?

'그럴 것 같은데.'

조금 전에 보니 마법으로 소리를 키우는 건 가능한 것 같더라. 그럼 약간 비틀어서 소리를 잘 듣는 것도 할 수 있을 것 같았다. 추측한 내가 아로브럭을 쿡 찔렀다.

"방금 악마가 뭐래요?"

"'인간이, 인간 주제에'랍니다."

답이 즉각 나왔다. 오, 정말 듣고 있잖아? 더구나 거의 자동 응답기인데? 나는 기왕 말을 꺼낸 김에 혹시나 싶어 지난 것도 물어봤다.

"이전에도 뭐라고 떠들었잖아요. 그건 뭐라고 했던 거예요?"

"악마 말씀이십니까?"

"아원이 했던 말도 알려주면 더 좋고."

"흠…… 시간순으로 우선 탑주님께서 '별게 다 있네'. 그러자 악마가 '재미있는 인간이구나'. 공방이 조금 이어지고 나서 다시 악마가 '과연 인간 중에서는 가장 강하다고 할 만해'. '부하가 틀리지 않았군'. '인간이 제법이야'. 대략 이랬습니다."

아로브럭은 기억력이 좋았다. 부하? 그나저나 인간 타령 되게 좋아하네. 저렇게 제법이니 재미있니 엄청 잘난 척 떠들어놓고 속수무책으로 당하고 있는 악마의 심정을 이 순간 짐작해 보기도 민망했다. 나는 고개를 흔들었다.

"악마가 뭘 몰랐네요. 아원은 인간이 아니라 아원인데."

"……."

"농담인데 그런 눈으로 쳐다보기 있나요?"

"도, 동의한 겁니다."

이후로도 아로브럭은 친절하게 악마의 말을 몇 번 더 옮겨주었다.

대부분이 들으나 마나 한 엇비슷한 절규였지만 말이다. 그러는 사이 양 날개를 전부 잃은 악마가 바닥으로 쿵 낙하했다. 덩치가 커서 그런지 떨어지는 소리도 제법 요란했다.

떨어지면서 거리가 가까워져 이젠 통역 없이도 하는 말이 꽤 명확히 들렸다. 악마는 지면에 고꾸라져 간신히 몸을 가누면서 연신 현실을 부정하는 말을 토해냈다.

뭐, 그런 거…… 다들 아는 말들. 중요한 시험 성적표를 받고 나서 하는 말이라든가, 생전 처음 렌즈를 끼고 거울을 봤을 때 저절로 나오는 말 같은 것들.

그러는 악마의 목소리에는 슬슬 힘이 없었다. 아무래도 이제 마지막이 머지않은 듯싶었다.

'으음…….'

나는 많이 많이 하찮게 변해 버린 악마를 조금 복잡해진 기분으로 응시했다. 쟤 때문에 아윈이 잘못되면 어쩌냐고 혼자 눈물까지 슬쩍 비쳤던 나를 기억에서 지울 수 있다면 참 좋을 것 같았다.

아로브럭은 당한 것이 있는데도 이쯤 되니 악마가 불쌍해진 모양이다. 그가 혀를 끌끌 차더니 말했다.

"그러게, 저 악마는 대체 왜 그랬던 걸까요?"

"뭐가요?"

"안주인님의 몸을 바꿔놓은 것 말입니다. 그런 짓을 해서 얻는 게 뭐라고……."

진정으로 안쓰럽다는 듯이 말하는 아로브럭은 상황과 범인만 알지 이 일의 자세한 내막까지는 모르고 있는 것 같았다. 알뤼미트가 설명 안 해줬나?

"알뤼미트, 그러니까 지금 내 몸에 들어 있는 사람 말이에요. 그 사람이 말 안 해주던가요?"

"그분이요? 그분은 기억을 찾은 후로는 내내 우시느라……."

"기억을 찾아요?"

"그게, 몸이 바뀌어서 깨어난 이후 자기가 누구인지 전혀 몰랐습니다. 기억상실이라고 하나요? 다행히 나중에 기억해 내긴 했습니다만."

그랬어? 아, 그래서 아윈이 그때야 갑자기 나를 찾으러 왔던 거구나. 의문이 하나 풀렸다.

기억상실이라. 알뤼미트가 겪은 건 아마도 악마의 힘으로 몸이 교체된 부작용 같은 게 아니었을까 싶었다. 강제로 바뀐 건데 아예 멀쩡하기는 힘들었겠지. 나는 부작용이 없었던 건…… 음…… 경험자라서?

"그랬군요. 대신 간단하게 설명해 주자면 실은 악마가 알뤼미트, 이 몸에게 소환됐던 거예요. 소환에 성공하면 악마는 소원을 들어주나 봐요. 그래서 소원을 이야기하라고 하니까, 알뤼미트가 세상에서 가장 예쁜 사람으로 만들어달라고……."

가만. 자초지종을 꺼내놓다가 멈칫했다. 알뤼미트는 자기를 세상에서 가장 예쁜 사람으로 만들어달라고 소원을 빌었다. 악마는 그러겠다고, 반드시 세상에서 가장 예쁜 사람이랑 바꿔주겠다고 장담했다. 그러고는 나랑 바꿨다.

이 미친 악마가 진짜 왜 그런 거지?

"자, 잠깐!"

그때 악마가 다급하게 소리쳤다. 마침 내가 하려던 말이었다. 나는 잘됐다 싶어 바로 손을 들고 인터셉트했다.

"네, 여기서 질문 타임을 갖겠습니다."

악마가 잠깐을 외친 건 딱히 그런 의도는 아니었겠지만, 어쨌든 나는 질문을 해야겠으니까. 기다렸다는 듯 앞으로 나서자마자 아윈을 포함해 여럿의 시선이 일시에 내게 꽂혔다.

"질문?"

"응. 나 악마한테 묻고 싶은 거 있어."

악마는 죽기 직전이었다. 가만히 놔두었으면 아마 아윈의 오른팔에 소용돌이를 그리며 모여 있는 막대한 기운에 얻어맞고 즉각 운명을 달리했을 거다.

아윈은 나 때문에 악마의 최후를 잠시 보류했다. 팔을 휘감고 있던 기운이 공기 중으로 흩어지자 목숨을 건진 악마가 마른침을 삼키는 게 보였다. 그래, 죽더라도 질문에 대답하고 나서 죽어라. 안 그러면 답답해서 한동안 꿈에 나올지도 모르겠거든.

나는 잠시나마 수명이 길어진 악마에게 주저하지 않고 냅다 물었다.

"악마 아그마임, 바른대로 말해. 왜 하필 나와 알뤼미트의 몸을 바꾼 거야?"

내심 감격에 겨웠다. 드디어 이걸 묻는구나.

야, 내가 처음 알뤼미트의 일기장을 읽고 얼마나 황당했는지 네가 알아? 어? 아냐고! 이 외눈박이야!

악마는 상황을 파악하려는지 하나뿐인 눈을 굴리다가 이윽고 대답했다.

"소원을…… 들어준 것뿐이다. 소환자가 원하는 대로."

"널 소환한 알뤼미트가 원한 건 세상에서 가장 예쁜 사람으로 만들어달라는 거였을 텐데?"

"맞다. 그래서 그렇게 해줬다."

"그렇게 해줬다고? 나랑 바꿔놓고? 야, 내가 세상에서 가장 예쁜 사람이야?"

그러자 여기저기서 약속이나 한 듯 기침하거나 헛숨을 들이켜는 소리가 들렸다. 헉, 히익, 뭐라고, 뭐? 추임새도 다양했다. 어째 열받긴 하지만 그건 한편으로 내게 기세를 불어넣어 주었다. 나는 한층 의기양양해져(?) 악마를 몰아붙였다.

"당장 진실을 밝혀! 왜 나였어!"

"뭐가 문제인 거지?"

"뭐?"

"네가 이곳에서 가장 예쁜 사람이 아니란 말인가?"

악마는 의아해하는 기색이었다. 찰나 시비를 거는 건가 했는데 진심인 것 같았다. 이런 걸 추궁당할 거라고는 일말도 생각지 못했다는 눈치였다.

그 순간 주위에서 갖은 탄식이 빗발쳤다. 악마의 미적 기준이 지닌 심각한 문제성에 대해 논하는 열렬한 토론이 불꽃처럼 벌어지기도 했다. 저, 저 인간들이. 욱하면서도 동시에 나도 저기 끼고 싶은 모순된 심리에 갈등하는데, 그때 악마가 부언했다.

"나는 성의를 다했을 뿐이다. 무언가 어긋난 것 같긴 하다만, 인간이여, 너는 가장 아름답게 생긴 악마의 외모를 아느냐?"

"응?"

"혹은 곤충이나 벌레를 두고 미의 고하를 나눌 수 있나?"

토론 주제가 억울하기라도 했던지 악마의 목소리가 높아졌다.

"악마의 눈에 인간의 외모란 전부 엇비슷한 수준에 지나지 않는다. 너희가 다른 생명체의 생김새를 구분하지 못하는 것처럼 말이야."

눈이 하나뿐인 악마가 그렇게 말하니까 설득력이 있었다. 말이 이어졌다.

"그래서 지혜를 빌렸다. 강한 자가 미인을 차지해 온 건 역사적으로도 보편적인 일이지. 인간 여자여, 너는 날 이 지경으로 만든 저자의 아내가 아닌가?"

"……."

"그러니 네 육신을 가지게 해준 것이다."

전말은 이랬다.

악마는 소원대로 알뤼미트를 세상에서 가장 예쁜 사람과 바꿔주려 했지만-바꿔달라고는 안 한 것 같은데 귀에 결함이 있나-악마의 눈으로는 어떤 인간이 가장 예쁜지 알 수 없는 노릇. 그래서 나름대로 머리를 굴려 '강한 자의 아내=예쁘다'는 식을 도출해 내 아윈의 아내인 내게 적용했던 것이다.

"요약하면 탑주님의 눈이 문제…… 악."

넘나레드가 입방정을 떨다가 동료의 목숨을 걱정한 카르댄벨에게 얻어맞고 다물었다.

"……그랬던 거군요."

이내 아로브럭이 천천히 고개를 끄덕였다.

지금은 백발 성성한 노인의 모습이 아니었는데도 왠지 고갯짓에서 어지간한 일에는 동요조차 하지 않는 현자의 평정심 따위가 차분하게 묻어났다. 근데 너 아까 제일 경악하는 거 내가 봤거든?

"그런 사정이 있었구나."

"몰랐는데 듣고 나니 납득은 되네요."

"그러게. 아니, 저 이유가 아니면 그게 납득이 안 되지."

"맞아."

"후우, 나는 또 방금 전에 이게 꿈인가 현실인가 싶어 가지고."

"조금 무서웠……."

가만히 듣고 있다가 슥 쳐다봤더니 다 같이 입을 다물었다. 어휴, 내가 진짜. 그렇지만 나도 수긍은 갔다. 수수께끼가 풀렸다.

일기장을 처음 보고서는 악마의 정신 상태를 심각하게 의심했는데, 듣고 나니 충분히 그랬을 수도 있겠다 싶었다. 입장 바꿔 생각해 보면 더 이해가 빨라진다. 나라도 바선생 세상에서 누가 제일 예쁜 바선생인지는 모를 것 같고, 동물의 왕국만 보더라도 가장 강한 수컷이 제일 화려한 암컷을 차지하는 것이 바로 야생의 섭리……. 아니, 이렇게 말하니까 진짜 아윈이 문제인 것 같잖아? 아윈이 잘못했나? 자, 잘못임?

그렇게 동공을 흔드는 와중 갑자기 무슨 생각인지 마법사들이 악마를 빙 둘러싸고 이것저것 묻기 시작했다.

"영혼은 무슨 수로 바꾼 거지?"

"악마 고유의 힘이다. 영혼이 지닌 좌표에 혼동을 주는 거지. 나를 포함해 할 수 있는 자는 그리 많지 않지만."

"마물과 악마의 차이점은?"

"우리가 상위 종족이다."

"탑주님이 가장 강한 인간인 건 어떻게 알았지?"

"수하에게 알아 오도록 했다."

"그래서 가장 강한 인간인 탑주님에게 쪽도 못 쓰고 털린 소감은?"

"……."

"우습게 보던 인간에게 뒈지게 당한 감상은?"

"……."

"뒈지게 당해서 정말 뒈지기 직전이 된 기분은?"

"크윽……."

그들은 질문을 빙자해서 단체로 악마를 패고 있었다.

세상에서 가장 잔인한 존재…… 그것은 인간…… 차라리 그냥 때려라.

그런데 그때까지 무슨 생각을 하던 중이었는지 아무 말 없던 아윈이 별안간 입을 열었다.

"살고 싶어?"

그러자 질문 세례-를 빙자한 언어폭력-를 우뚝 멈춘 이들이 동시에 의아하게 아윈을 돌아보았다. 왠지 넘나레드가 순간 엄청 움찔하는 것 같았지만, 아윈은 그가 아니라 악마를 직시하고 있었다.

"저어, 탑주님. 이미 저희가 충분히 조롱했으니 더 안 하셔도……."

"살고 싶냐고."

누군가의 따뜻한 만류를 무시한 아윈이 재차 물었다. 악마는 제 왼팔을 날리고 양 날개를 뜯어낸 상대가 하는 말의 의중을 파악하지 못해 당황한 눈치였다. 솔직히 나도 의아했다. 살고 싶다고 대답하면 정말 살려주려고? 이 흐름에서 난데없이?

"……그렇다면?"

"그럼 길 열어."

"뭐?"

"너랑 비슷한 새끼들이 모여 사는 데로 안내해."

"아윈?"

깜짝 놀라서 불렀다. 아윈은 나를 돌아보더니 짧게 말했다.

"금방 다녀올게."

"지금 마계에 다녀오시겠다는 말씀입니까?"

아로브럭이 내가 하고 싶은 질문을 대신 해줬다. 아윈이 까딱이는 수준으로 고개를 끄덕였다. 나는 입을 떡 벌렸다가 한달음에 아윈에게 달려가 옷소매를 붙들었다.

"무슨 소리야? 어딜 가?"

"얼마 안 걸려."

"왜 가는데?"

그렇게 물으면서 올려다본 아윈의 미간에는 또 어울리지 않게 주름이 있었다. 습관적으로 손을 뻗어 그걸 꾹 눌렀다. 아윈이 입을 열었다.

"다 죽여 버리려고."

"응?"

"저런 놈이 얼마나 있는지는 모르겠지만, 전부 소멸시키고 올게. 다신 못 나타나게."

손을 멈추고 아윈의 눈을 바라보았다. 그 안에서, 홍염이 깔린 호수 같은 붉은 눈동자에서 나는 여러 가지를 봤다. 이 일을 저지른 악마에 대한 분노가 있었고…… 또 동시에.

불안이 읽혔다.

소매를 붙잡고 있던 손에서 자연히 힘이 풀렸다. 어떤 심경으로 아윈이 마계에 다녀오겠다고 한 건지 알 것 같았다. 그리고 알고 나니 막을 수가 없었다. 아윈이 하고 있는 건 결국 내 걱정이었다. 언제 또 아그마임 같은 악마가 나타나서 내게 무슨 짓을 할지 불안한 거다.

당장 아그마임만 죽인다고 끝이 아니다. 영혼을 바꾸는 걸 이전까지는 상상도 못 했듯 악마라는 종족의 능력이 어디까지인지 실상 이곳에선 가늠할 길이 없었다.

뭐라고 해야 할까. 한숨을 삼키려다 그냥 길게 뱉었다. 가슴 안쪽이 조여들고 발밑이 부스러지던 감각이 아직 생생했다. 나는 그걸 떨칠 수 있었지만, 아윈은?

그래, 솔직히 정말 마계로 쳐들어가 위협이 될 만한 악마를 죄 죽여 놓고 오지 않는 이상 완전히 안심할 수는 없을 거다. 빈말로도 다신 악마의 힘에 당하지 않을 테니 걱정 말라고 할 수가 없었다. 나는 가진 거라곤, 크흑, 지금 이 눈따따뿐이니까.

아윈을 그런 불안 속에 계속 놓아둘 수는 없었다. 결국 나는 가지 말라는 만류 대신 다른 말을 입에 담았다.

"빨리 쓸어버리고 와."

"응."

대답을 듣고는 도로 아윈의 미간을 꾹꾹 눌러주었다. 그건 그거고, 맑고 투명한 미모에 주름은 용납 못 한다.

그러는 사이 갈등하는 기색이던 악마가 결심을 굳힌 것 같았다. 악마는 주저앉아 성한 오른팔로 바닥에 뭔가를 그리기 시작했다. 얼핏 예전에 본 마물 소환진이 떠올랐지만 그림이 정교해질수록 그것과는 점점 느낌이 달라졌다.

잠시 후 문양이 완성되었다. 악마가 그 위로 핏방울을 떨어뜨리자 문양 전체에서 붉은빛이 올라왔다. 그러더니 가운데를 중심으로 동그랗게 원이 생겨났다. 새카만 원은 어딘가로 통하는 구멍으로 보였다. 몹시 어둡고 깊었다. 들여다보려 노력해도 안쪽은 일렁이는 어둠 외에는 아무것도 보이지 않았다. 이곳에서 보기에는 그 내부를 전혀 짐작할 수가 없었다.

저거 완전 그거 아닌가?

'맨홀?'

악마는 나타난 맨홀, 아니, 구멍을 앞에 두고 음산하게 웃었다.

"네가 원한 통로다."

악마는 갑자기 기가 살아 있었다.

"네놈의 오만함을 후회해라."

그 말을 남기고 악마가 마계로 향하는 통로로 뛰어들었다. 찰나 스스로 뛰어드는 게 아니라 구멍이 그를 집어삼키는 것처럼 보여 약간 섬뜩했나 보다. 나도 모르게 아윈의 옷자락을 붙잡는 바람에 그가 손등을 부드럽게 감싸 떼어냈다.

"금방 올게."

내 귓가에 속삭여 준 아윈이 이내 악마를 따라 검은 원 안으로 뛰어내렸다. 통로는 둘을 연달아 삼키고도 부족하다는 듯 잠시간 그대로 실체를 유지하더니 어느 순간 씻은 듯 사라졌다.

"……."

문양 또한 함께 없어졌다. 나는 아무것도 남지 않은 지면을 물끄러미 내려다보다가 곧 몸을 돌렸다.

아로브럭이 탄식했다.

"마계라니……."

"아무리 탑주님이시라지만."

"괜찮으시겠죠? 뭐, 정 안 되면 다시 한 놈 족쳐서 돌아오면 되는 거고."

"마계니까 마왕도 있으려나?"

나는 그들의 대화에 끼고 싶었다. 최대한 아무렇지 않은 척, 의연한 척 말이다. 그래서 입을 열어 아무 맞장구나 내놓으려는데 그 순간 갑자기 시야가 비틀렸다.

'어?'

잠깐 머리가 어지러웠다. 눈앞이 흐릿해졌다가 점멸하며 어둠이 깔리고, 이내 다시 번쩍 밝아졌다. 나는 눈을 질끈 감았다 떴다. 그러고 나니 다른 장소였다.

"……응?"

실내잖아. 뭐지? 텔레포트한 건가? 그렇지만 텔레포트로 이동한 거라기에는 뭐랄까, 형용하기 힘든 너무 낯선 감각이었는데.

난 주변을 둘러보았다. 구조가 익숙한 게 마탑 내부에 있는 방 중 하나인 것 같았다. 워낙 갑작스럽게 이동해서 뜬금없다는 기분도 들었다. 누가 날 옮긴 거야? 통 맥락이 없긴 한데 어차피 이런 일이 가능한 건 마법사 중 한 명이겠지. 나가서 물어봐야겠다는 생각에 망설임 없이 방을 나와 계단을 내려갔다. 그리고 1층 로비를 가로질러 바깥으로 향하는 문을 벌컥 열었을 때, 여태 발목에 스친 느낌으로 뭔가를 깨달았다.

나, 옷이 바뀌었는데?

그때 외침이 들렸다.

"안주인님!"

"돌아오셨군요!"

"응?"

목소리가 섞여서 확신은 안 서는데 비슷이 껴 있던 것 같았다. 그리고 고개를 돌리자마자 웬 몸이 내게 달려들었다.

"아가씨!"

"에슐라?"

엉겁결에 품으로 뛰어든 에슐라를 껴안고 눈을 들었다. 먼발치서 이쪽으로 가까워지는 사람이 몇몇 더 보였다. 그중에는 눈물이 그렁그렁한 알뤼미트도 있었다.

어…….

“돌아왔네?”

“흐엉, 아가씨! 이게 무슨 일이에요! 괜찮으셨어요? 무사하셨던 거죠?”

“응, 괜찮아. 별일 없었어.”

나는 에슐라의 등을 토닥거리면서 다른 사람보다도 알뤼미트를 바라보았다. 느낌이 묘했다. 한동안 거울로만 보던 몸을 이렇게 명백히 타인으로 마주하고 있으니 감회가 새로웠다.

알뤼미트는 쭈뼛거리면서 내게 다가왔다.

“어, 언니. 그, 나 때문에.”

복잡해 보이는 표정이었다. 몸이 돌아온 것에 안도하고 감격스러운 것 같으면서도, 와중에 주눅 들어 내 눈치를 살피는 것이 느껴졌다. 어쩌지 못하고 내 앞에서 저러고 있는 것을 보니 문득 알뤼미트의 나이가 실감이 났다. 열일곱이란 아무래도 한순간의 호기심이 만들어낸 예기치 못한 결과를 감당하기엔 아직 어린 나이일 것이다.

“아, 악마가 제일 나빴지만.”

“알뤼미트.”

카르댄밸이 그녀를 나무라듯 불렀다. 어째 조금 친해 보이는 건 기분 탓인가? 그렇게 불리자 찔끔한 알뤼미트가 이내 눈물을 뚝뚝 흘리면서 말했다.

“저도 잘못했어요. 죄송해요. 폐 끼쳐서…….”

“됐으니까 너도 이리 와.”

악마가 제일 나쁜 건 사실이지, 뭐. 얘는 그럴 수 있어. 근데 악마는 안 돼. 오래 산 주제에 그렇게 경솔하게 구는 거 아니다.

나는 남은 품으로 알뤼미트를 함께 껴안았다. 이걸 무슨 기분이라고 설명해야 할지 모르겠다. 실제로 만나는 건 처음인 알뤼미트가 이 순간 마치 친한 동생이라도 되는 것처럼 느껴졌다.

그러니까, 음, 친구의 여동생? ……아돌프?

'걔가 언제 내 친구가 됐을까.'

헛웃음이 배어 나왔다. 모르는 새 친밀감이 그만큼 쌓였었나 보다. 아무래도 스왈로우와 스릴 넘치는 추격전 찍을 때 도와줬던 게 컸지. 그게 좀 강렬했어.

그렇게 에슐라와 알뤼미트 두 사람을 끌어안고 토닥이고 있으려니 카르댄밸이 말했다.

"아무튼 무사히 돌아오셔서 다행입니다. 그런데 갑자기 몸이 되돌아온 이유가 뭘까요?"

"나 알 것 같은데."

"넘나레드, 뭐?"

"그 악마가 뒈진, 사망한 거 아냐?"

나를 비롯한 다른 사람이 신경 쓰였는지 넘나레드가 말을 순화했다. 나는 손을 멈췄다. 그러고 보니?

"그러네. 악마의 힘이니까 악마가 죽으면서 힘이 자연스럽게 풀린 거 아닐까?"

"일리 있다."

"그럼 그 악마는 마계로 넘어가자마자 거의 바로 죽었단 소리잖아?"

이후 약속이나 한 듯 침묵이 깔렸다. 이 자리의 대부분이 아윈이 악마에게 통로를 열게 하면서 살고 싶냐고 했던 것을 기억하고 있었다. 통로를 열고 기가 살은 악마가 네놈의 오만함을 후회하라고 당당하게 내뱉고 사라졌던 것 또한.

"살고…… 싶냐고 했지 살려준다고 한 건 아니니까."

"으응. 맞아."

"그리고 누구나 죽기 전에는 마지막으로 멋진 말을 남길 권리가 있는 법이지."

"그, 그래."

"유언치고 나쁘지 않네……."

"……."

다 함께 잠시 애도의 시간을 가졌다. 피신해 있었던 에슐라와 알뤼미트만이 상황을 몰라 의아해하며 품에서 고개를 들었을 뿐이었다.

한때 악마를 위해 묵념까지 해주었던 마법사들은 얼마 지나지 않아 연민을 잃고 죽은 자를 욕하기 시작했다. 폐허가 된 마탑 주변을 치우는 것이 고스란히 그들의 일로 남았기 때문이다.

그 탓에 몸도 되찾았겠다, 알뤼미트를 바로 돌려보내 주려던 계획에도 약간 차질이 생겼다. 인력이 모자라 당장 그녀를 모르소 왕궁까지 데려다줄 사람이 없었던 것이다.

정리도 끝내야 하고, 아그마임을 상대하느라 다치거나 지친 이들도 회복해야 했다. 대략 이틀이면 여유가 날 것 같다기에 알뤼미트는 그때까지 탑에서 기다리기로 했다. 어차피 무슨 수단으로 일찍 출발하든 기다렸다가 텔레포트로 가는 것보다 빠를 수는 없었다.

나는 그동안 심심한 알뤼미트에게 아돌프의 무용담을 들려주었다.

"진짜요? 아돌프가, 오빠가 정말 그랬어요?"

"응. 용맹하게 뛰어들어서 외쳤지. 내 여동생은 못 데려간다! 차라리 나를 끌고 가라!"

무용담답게 약간의 각색이 있었다.

"그, 그래서요?"

"안타깝게도 삼 대 일이라 이기지 못하고……."

"오빠가 예전부터 싸움을 못하기는 했어요."

"그래도 셋을 상대로 그 정도면 잘 싸운 거지."

"헤헤, 그런가?"

아돌프의 이야기로 공감대가 생겨서 그런지 알뤼미트는 짧은 시간에 나를 퍽 친근하게 여기게 된 것 같았다.

"돌아가면 오빠한테 잘해줄 거예요."

"꼭 그래. 선물 줄 테니까 그것도 가져가고."

"선물이요?"

"네 오빠가 나 때문에 다소간의 금전적 피해를 입었거든."

"금전적? 우리 오빠 돈 없는데."

"그 없는 돈을 내가……."

"아……."

나중에는 알뤼미트가 내게 이런 것을 물었다.

"언니, 언니는요. 자기가 마음에 안 든 적 없어요?"

"응?"

"저는 주근깨가 너무 싫어요. 콧잔등에 이거요."

알뤼미트가 손가락으로 콧등을 가리키며 코를 실룩거렸다.

흠, 그러고 보니 집에서도 항상 화장으로 가리고 다닌다고 했었나? 솔직히 내 눈에는 그냥 귀여운 수준으로 보였지만 본인의 눈에는 또 모를 일이었다.

"엄청 신경 쓰여서 막, 원망한 적도 있거든요? 그런데 언니는 별로…… 그런 게 없는 것 같아서."

알뤼미트는 눈치를 보며 주저주저 말했다. 코로 봐도 그녀의 시선이 내 머릿결로 향해 있다는 걸 알 수 있었다.

뭐, 그래. 내가 머리에 노란 빗자루를 얹고 다니는 건 사실이지. 속내를 그대로 말해주면 체념했다는 게 진실이지만 어쩐지 여기서 그렇게 말해서는 안 될 것 같았다. 왠지 인생의 선배다운 답변이 필요한 시점인 것 같았다. 나는 과거 아로브럭의 현자 같던 미소를 떠올려 그걸 흉내 내며 대답했다.

"내가 나를 완전히 사랑하지 않으면 누가 나를 그만큼 사랑해 주겠니? 내 부족함을 나무랄 시간에 그걸 흠잡는 남을 패자꾸나."

나름 조언답게 해준다고 했는데 어떻게 들렸는지는 모르겠다. 그런 생각을 하며 알뤼미트를 봤는데 어딘가 대단히 깨닫고 결심한 얼굴을 하고 있었다.

아니, 뭘 그렇게까지……?

그러고 있으려니 이틀은 생각보다 순식간에 지나갔다. 뒷정리가 대강 마무리되고, 알뤼미트를 데려다줄 적임자로 카르댄벨이 선정되었다. 카르댄벨은 출발하기 직전, 근심 가득한 얼굴로 물약을 여러 개 챙겼다. 듣기로는 마나 포션인가 뭔가 그렇다고 했다.

배웅하는 자리에서 그가 한숨처럼 말했다.

"텔레포트로 바다를 건너는 날이 다 오다니……."

"안 건너봤어요?"

"탑주님을 기준으로 막 생각하고 그러시면 곤란합니다."

투덜거린 카르댄벨은 이내 알뤼미트를 붙잡고 마법식을 외웠다. 그러는 동안 나는 아로브럭에게 부탁해 얻어낸 마도구와 아돌프의 텅 빈 주머니를 채워줄 금전을 알뤼미트의 품에 들려주었다.

알뤼미트는 텔레포트 마법이 발동해 자리에서 사라질 때까지 내게 열심히 손을 흔들었다. 편지하겠다고 했던 것 같은데, 그래, 근데 전서구 승인이 올해 안에 날지는 모르겠다.

그렇게 알뤼미트를 떠나보냈다. 그리고 몇 시간 후 갑자기 허공에 균열이 생기기 시작했다.

"……!"

파편이 마구 부스러지더니 다음 순간 커다란 공간이 생겨났다. 끝이 보이지 않는 새카만 어둠이 그 틈으로 보였다. 이내 어둠이 익숙한 얼굴을 토해냈다.

"아윈!"

"나 왔어."

일렁이는 암흑 속에서 튀어나온 것치고는 어울리지 않을 만큼 새하얗고 말끔한 모습으로 아윈이 귀환했다.

나는 주저할 것 없이 그를 끌어안았다. 막연하게 피 냄새나 그런 것이 날 거라고 생각했는데 그렇지도 않았다. 머리카락 한 올 흐트러지지 않은 모습이 마계가 아니라 어디 휴양지에 다녀온 것 같았다.

아윈의 품에 얼굴을 묻고 숨을 한껏 들이쉬었다. 그러고 있다가 말했다.

"악마 다 쓸어버리고 왔어?"

"물론."

"다친 데는?"

"있겠어?"

아윈이 미소하며 나를 단단히 안았다. 다음으로 내가 찾기도 전에 입술이 닿았다. 기다렸던 체온이 따뜻했다. 난 아윈의 목에 양팔을 두르고 한참이나 풀지 않았다.

악마와 마물이 공존하는 곳. 음울한 적색 하늘을 지닌 마계는 오랜 시간 평화로웠다.

그건 내부에서 불만이 생겼을 때 그걸 외부로 돌리는 떠넘기기식 정치를 펼친 마왕의 공이 컸다. 마왕은 휘하의 악마가 이따금씩 인간과 계약해서 영혼을 포식하고, 그 과정에서 인간을 가지고 놀거나 죽이는 것을 제지하지 않았다. 외려 적극 권장했다. 포악하고 호전적인 악마의 성질을 그런 방법으로 달랠 수 있다면 그로서는 이득이었기 때문이다. 그 덕분에 무려 300년이나 마계가 잠잠했다. 역대 마왕 중 가장 오래 평온을 유지한 셈이었다.

그러나 처참하게 그 평화가 깨지고 말았다.

"마왕님! 마왕님, 괜찮으십니까?"

마왕은 텅 빈 눈으로 성을 응시했다. 무슨 일이 일어난 건가? 믿을 수가 없었다. 시선이 닿는 모든 곳에 잔해만 굴러다녔다. 그가 있던 대전은 완전히 날아가 지금은 형체도 남아 있지 않았다.

"헉, 허억."

"마왕님!"

지난 장면을 떠올린 마왕이 경련하며 심장을 움켜쥐었다.

분명히 인간이었다. 마계의 허공을 찢고 웬 인간이 모습을 드러냈을 때, 모든 악마가 길 잃은 불쌍한 미물을 비웃었다. 안쓰러우니 며칠만 가지고 놀고 살려서 돌려보내자고 한 악마도 있었다. 그리고 그게 그 악마의 유언이었다.

인간이 마계에 떨어지자마자 한 손으로 아그마임을 붙잡아 찢어버렸을 때도 그렇게 심각하게 생각하지 않았다. 아그마임은 뭔가에 빠지면 자기 몸을 돌보지 않는 경향이 있었다. 아마 어떤 일로 대단히 쇠약해진 상태였으리라.

게다가 마계에는 아그마임보다 강한 악마가 몇이나 있었다. 인간치고는 놀라운 무력이었지만 상위 악마 여럿이 힘을 합치면 순식간에 걸레짝으로 만들 수 있을 것이다.

그렇게 믿었다. 마계의 혼탁한 공기 중에서도 청명하게 부서지던 인간의 은발이 악마의 피로 온통 물들어 가려지기 전까지.

악마는 인간을 당할 수 없었다. 머릿수를 모아 합공했으면 상대할 수 있었을지도 모르지만 문제는 인간이 그럴 틈을 주지 않았다는 것이다.

인간은 강했으며 교활했다. 그리고 무슨 일이 있어도 주춤하지 않았다. 마왕의 최측근 근위대장의 손톱에 왼팔이 날아갔을 때도 인간은 지체하지 않고 상대에게 파고들어 목을 뚫었다. 근위대장은 희열에 찬 웃음을 지은 상태 그대로 죽었다. 인간은 잘린 왼팔을 마법으로 붙였다. 그러곤 숨어서 몸을 회복한 뒤 다시 나타났다.

무언가가 잘못됐다는 걸 느꼈을 때는 그런 의견을 내놓을 만한 악마가 몰살당한 후였다. 성에 기거하던 모든 악마가 인간의 손에 목숨을 잃었다. 가까스로 도망쳐 명을 부지한 마왕과 병사 하나를 제외하고는 말이다.

아니, 실은 그도 생존한 것이 아니다. 인간이 살려주었던 것이다. 마계 곳곳에서 군락을 이루어 사는 보잘것없는 마물을 제외하면 악마 중에서 살아남은 것은 다리 한 쪽을 잃은 병사와 날개를 잃은 마왕뿐이었다. 그리고 그들은 목격자였다. 이 일을 오래도록 기억할, 그리고 훗날 이를 모르는 어리석은 이가 인간 세상으로 나가고자 할 때 막아줄.

마왕은 몸을 웅크렸다. 숨어 있던 위치가 발각되었음에도 인간이 저를 죽이지 않고 그냥 떠난 것이 제게 남기고 간 경고라는 사실을 모를 수가 없었다.

고작 마계의 태양이 두 번 떠오를 동안. 기껏 그 시간이 흐르는 사이에. 믿기지 않는 재앙이 현실을 덮쳤다. 그것이 물러갔을 때는 아무것도 남아 있지 않았다. 마왕은 이것이 악몽이라고 생각했다. 그러나 깨어날 수가 없었다.

잔해 더미에서 웅크린 악마가 몸서리쳤다.

알뤼미트에게서 편지가 도착했다.

나는 발신인을 확인하곤 고개를 갸웃했다. 벌써? 생각보다 빠른데?

날개를 퍼덕이며 날아든 전서구가 탑에 돌돌 말린 편지를 전해준 것은 알뤼미트가 탑을 떠난 지 정확히 열흘이 지났을 때였다.

설마하니 내가 올려뒀던 요청서 승인이 마침 떨어진 건가? 아니, 그렇다고 쳐도 대기자를 감안하면 너무 이르잖아. 설마 알뤼미트 애가 전서국에 인맥이 있었나.

나는 새로 구한 돌침대 위에 누워서 서간을 펼쳤다.

라헤 언니에게.

언니, 잘 지내요? 저는 잘 지내고 있어요. 집에 돌아왔더니 오빠가 엉엉 울면서 저를 맞아주더라고요. 내가 이상한 소리를 하고 모르는 남자와 함께 사라졌다고, 사이한 단체에라도 빠져서 영영 돌아오지 않는 줄 알았다고 눈물, 콧물을 다 빼던데…….

나 참, 열심히 설명해 주기는 했는데 도통 쉽게 납득하는 눈치는 아니에요. 아돌프 얘가 원래 악마나 그런 걸 미신으로 취급하고 잘 안 믿는 경향이 있거든요. 솔직히 마법도, 정령도 있는데 악마라고 없을 건 뭐예요?

앵무새처럼 내가 이상한 단체에 세뇌돼서 그랬던 거라고 되풀이하니 답답해 죽겠어요.

아, 그래도 엊저녁에는 언니에 대해 은근슬쩍 물어보더라고요. 자기가 믿는 건 아닌데, 절대 믿는 건 아니지만 그럼 그때 며칠간 내 몸에 있었던 건 대체 어디 사는 누구냐고요. 그래서 세상에서 가장 강한 사람의 아내이자 세상에서 가장 예쁜 사람이라고 말해줬어요. 저 잘했죠?

그리고 걱정했는데 부모님은 다행히 오빠만큼 마음을 태우진 않으셨던 것 같아요. 오빠가 핑계를 대서 잘 둘러댔다나 봐요.

전해주라던 돈은 오빠에게 잊지 않고 잘 전달해 줬어요.

참, 그리고 신기한 일이 있었어요! 왕자 저하가 저를 성으로 초청하시지 뭐예요? 언니는 잘 모르겠지만 왕자 저하는 저희 왕국민 모두에게 동경의 대상이거든요. 완벽한 분이라고 할까요? 사실 저도 어릴 때는 잠깐 왕자 저하와 이어지는 꿈을 꾸기도 했고요. 그렇지만 저하는 만인의 연인인 것 같아요. 예나 지금이나 정인을 만들지 않으시는 걸 보면요.

우리끼리 하는 말이지만 눈이 엄청 높은 게 아닐까 싶어요. 정말 세상에서 가장 예쁜 사람 정도가 아니면 마음에 차지 않는 게 아닐까요?

아무튼 초청을 받아서 성에서 왕자 저하와 오찬을 함께했어요. 그런데 기분 탓인지, 자꾸만 저를 관찰하는 것 같은 느낌이 들더라고요. 저를 뚫어져라 보다가 한숨을 쉬기도 했고요. 그 뒤로 별말은 없으셨지만 영문을 모르겠어요. 언니, 혹시 왕자 저하랑 무슨 일 있었던 건 아니죠? 왕자 전하께서 저를 도와주셨다던 일은 오빠에게 들었는데……

아, 그래. 맞다. 언니, 배럼 알죠? 탄생연 때 언니에게 못된 짓을 하려 했다던 그 나쁜 자식 말이에요. 왕자 저하 덕에 현행범으로 잡혀서 감옥에 들어갔잖아요.

그런데 그 자식이, 맙소사, 미쳤대요! 비유가 아니라 정말로요. 정신이 나가 버렸다나.

저도 들은 거지만 간수의 목격담에 의하면 완전히 실성해서는 허공을 보며 벌벌 떨고, 철창에 스스로 머리를 박거나 벽으로 달려들었다고 해요. 그리고 더 더러운 말도 들었는데…… 으…… 그건 굳이 옮겨 적지 않을게요. 아무튼 엄청 충격적인 몰골이 됐어요.

천벌이겠거니 생각하려고요. 안 그래도 사귈 때 무지 고압적으로 굴고 저를 소유물처럼 대해서 진짜 싫었거든요? 배경 때문에 괜히 부모님께 해가 될까 아무 말 못 했던 건데. 내심 속이 다 시원해요.

그리고 놀라운 소식이 하나 더 있어요!

세상에, 하루아침에 공주님의 연인이 현상수배범이 되고 말았어요. 스왈로우 데인저라고, 정말 공주님께 지극정성으로 잘하던 영식이 있었거든요. 그런데 그 인간이 알고 보니 금전을 노린 사기꾼에…… 더구나 갑자기 실종되었다네요? 말이 실종이지 도망간 게 아닐까 해서 왕국 곳곳에 수배 전단이 붙었어요. 그치만 땅으로 꺼졌는지 하늘로 솟았는지 아무도 행방을 모른대요. 어디로 갔을까요? 아무튼 충격이에요. 세상에 믿을 놈 하나 없다더니.

그럼 어두운 이야기를 했으니 이제 밝은 얘기로 넘어갈게요.

언니, 저 이제 집에서는 화장을 안 하고 다녀요. 헤헤. 전부 언니가 해준 말 덕분이에요.

아는 사람 중에 샤더 마우스라고 무례한 영식이 한 명 있거든요? 툭하면 제 주근깨를 흠잡아 놀리던 인간인데, 다음에 만나면 언니 말처럼 가만히 있지 않고 패주려고요. 걔는 정말이지 입을 좀 다물고 다닐 필요가 있어요. 후련하게 패주고 나면 다시 편지해서 보고할 테니 기대해 주세요.

낯간지럽지만 언니를 알게 돼서 다행이라고 생각해요. 언니한테는 폐를 너무 끼쳤지만…… 저는 그래도 좋은 경험이 된 것 같다고 하면 너무 철없는 발언인가요?

그렇다면 반성할게요. 봐주세요, 언니. 에헤헤.

어느새 이만큼이나 썼네요. 이만 줄일게요. 답장 잊으시면 안 돼요. 기다릴 테니 꼭이에요!

알뤼미트 보냄.

"흐음……."

다 읽은 편지를 도로 돌돌 말며 몸을 일으켰다. 애매한 침음이 새어 나왔다. 전서구를 빠르게 이용할 수 있었던 비결에 대한 내용은 없지만, 나름 다양한 이야기가 적혀 있었다. 나는 그중에서 배럼과 스왈로우의 근황에 주목했다.

배럼은…… 음…… 그래. 결국 그렇게 됐구나. 아원이 목숨만 붙여 주겠다고 했을 때부터 심상치 않았어. 예상은 했다.

스왈로우는 실종되었다는 부분이 왠지 불길했다. 도망친 거겠지? 그, 그렇겠지? 만약 자의적으로 모습을 감춘 게 아니라면…….

이내 고갯짓으로 생각을 털어냈다. 이러나저러나 어차피 달라지지 않을 두 범죄자의 최후 대신 다른 밝은 내용에 집중하기로 했다.

왕자는 돌아온 왕국민 알뤼미트가 반가운 건지 낯선 건지 여전히 속내를 모르겠고, 아돌프는 아직도 실상이 완전히는 안 믿기는 모양이다. 알뤼미트는 어쨌거나 잘 지내는 것 같으니 다행이고.

나는 돌침대에서 폴짝 뛰어내렸다. 답장을 기다린다니 보내줘야지. 아돌프 광대의 멍은 다 빠졌는지 물어봐야겠다.

종이와 펜을 찾아 마당에서 탑 안으로 발을 들였다. 그리고 1층에서 여럿이 모여 웬 가위바위보를 하고 있는 걸 봤다.

"다들 뭐 해요?"

"아, 안주인님. 오셨습니까?"

"저희끼리 누구를 좀 뽑아야 하는 일이 있어서……."

"뽑다뇨?"

궁금해하는 내게 메모리아가 자초지종을 설명해 주었다.

알고 보니 조금 전 모르소 왕국에서 왕자의 이름으로 서신이 왔었다. 지난번에 청구하라고 했던 배상을 정말 요청하겠다는 내용이었다. 그런데 왕자가 원한 배상은 금전적인 것이 아니었다. 그는 왕성에 마법사를 한 명 보내달라고 했다.

"본래 자기네 나라가 마법을 배척했는데, 이번에 자기가 왕을 설득해서 그 풍조를 깨고 마법을 다시 받아들이기로 했답니다. 그게 전부

탑주님께서 압도적인 무력을 보여주었던 덕분이라는데…… 대체 무슨 일이 있었던 겁니까?"

메모리아는 아윈이 무력을 선보였지만 왕국이 아직 지도에 멀쩡히 남아 있는 그 간극에 대해 묻고 싶은 것 같았다. 나는 침묵했다.

우누까털이 설마하니 그런 결과를 낳을 줄이야……. 세상일은 모른다더니. 제아무리 국력에 도움이 될 것 같았다지만 그러한 결정을 내린 왕자에게 박수를 보낸다. 역시 범부가 아니야.

"아무튼 그래서 마법사 양성을 위해 왕성에 머물면서 도움을 줄 인재가 필요하다네요. 정리하면 왕국으로 장기간 파견 나갈 사람을 정하는 중입니다."

그러더니 그들은 다시 가위바위보를 시작했다.

그런데 이 인간들이 열 명 가까이 모여서 한꺼번에 가위바위보를 하고 있었다. 저게 결판이 나나? 하다못해 둘로 나뉘기라도 하든가.

나는 그 모양새를 어처구니없게 쳐다보다가 이내 위층에서 펜과 종이를 가지고 내려왔다. 그러곤 종이에 사다리를 그렸다.

"자! 다들 그만하고 여길 봐요. 누가 왕국으로 가면 좋을지 쉽고 빠르게 결정해 줄게요."

"안주인님?"

"그건 뭡니까?"

시선이 모이자 난 종이를 팔락이면서 빙긋 웃었다. 당신들을 위해 준비했다. 이른바 운명의 사다리 타기!

"번호 하나씩 골라! 겹치기 없기!"

잠시 후 마탑 1층에 절규와 환호가 함께 울려 퍼졌다.

나는 그 가운데서 운명의 가혹함을 구경하며 와하하 웃었다. 가위

바위보가 뭐야? 이런 걸 정할 때는 사다리 타기가 제맛이지!

그러고 있는데 언제 나타났는지 문득 뒤에서 아윈이 나를 끌어안았다. 나는 패자를 비웃던 걸 멈추고 고개를 돌렸다.

"왔어?"

"응."

"오늘은 어때, 잘돼가?"

"나쁘지 않아."

허리를 감싼 아윈의 팔을 풀고 뒤돌아서 올려다보았다. 대답하는 아윈의 얼굴이나 목소리는 여상했지만 내심 의심스러워서 샅샅이 살폈다. 얘가 혹시 또 밤을 새운 건 아니겠지?

"쉬엄쉬엄해. 악마도 전부 묻어버리고 왔다며."

"그러는 중이야."

아윈은 요새 틈틈이 마탑 지하에 내려가 있곤 했다. 지하에 마련된 장소로 말할 것 같으면 탑이 세워지던 때부터 있었던 유서 깊은 마법 연구실이라는데, 주변의 증언에 따르면 마탑주가 된 이후로 내내 얼씬도 하지 않았던 곳을 아윈이 이제야 매일같이 찾는 중이란다.

무슨 연구를 하고 있는지는 모르겠지만…… 아니, 대략 짐작은 갔다. 전에 마법사 중 누가 지나가는 말로 영혼 어쩌고 했던 것 같거든.

아윈의 입으로 들은 게 아니니 자세히 묻지는 않았다. 연구가 끝나고 나면 어련히 내게 말해주겠지. 그리고 그때가 되면 난 어쩌면 대륙이 아니라 다른 차원에 떨어져도 금방 집으로 돌아올 수 있게 될지도 모르겠다.

나는 눈부신 과학의 발전으로도 따라오지 못할 최강 성능의 GPS를 상상해 보다가 불쑥 말했다.

"아윈, 만약에 말이야. 정말 만약에."

"말해."

"내가 만에 하나 널 떠나고 싶어지면 어떻게 해? 눈따따 반납하고 도망치면 놔줄 거야?"

나는 예전에 연인이나 부부끼리 서로 '만약 내가~ 하면 어떡할 거야?' 하고 되도 않는 질문을 만들어서 하는 걸 가장 이해하지 못했던 사람이다. 세월이 나를 바꾸는군. 그때 흉봤던 여러분께 정말 미안합니다.

아윈은 내 헛소리에 마치 언젠가 그런 걸 가정해 봤던 사람처럼 금방 대답했다.

"간단해."

"간단해?"

"나를 죽여."

"……세상이 죽어도 넌 안 죽는다며?"

"맞아."

아윈이 웃었다. 나는 잠깐 말문이 막혔다. 야, 간단하다면서. 절대 안 보내주겠다는 말을 참 거창하게도 하는구나.

"뭐, 그래. 알겠어. 널 떠나고 싶어지면 내가 세상을 쪼갠다. 못 쪼개면 안 떠나는 걸로."

그렇게 응수하면서 나는 속으로 내가 실제로 쪼갤 수 있는 게 뭐가 있을지 생각해 봤다. 세상 같은 터무니없는 거 말고, 현실적으로 할 수 있는 거.

내 힘으로…… 음…… 내가 이 손으로 직접…… 흐음……. 주방의 식빵?

그때 카르댄벨이 소리쳤다.

"왜! 왜 또 나야! 왜!"

비통한 절규를 들으며 고개를 절레절레 저었다. 사다리를 그려서 그를 좌절시키는 데 일조한 내가 할 말은 아니지만, 최근 얼마간 카르댄빌의 운은 어림잡아 신이 내린 노답 정도에 속하는 것 같았다.

일전에 그가 알뤼미트를 데려다주고 귀환하는 데 꼬박 사흘이 걸렸던 것이 떠올랐다. 텅 빈 물약 병과 함께 비척거리며 나타난 그는 지나친 다이어트를 경고하는 슬로건에 어울릴 만큼 초췌한 몰골이었다. 그때를 생각하니 약간 측은해지기도 했다.

하지만 그건 그거고. 그러게 누가 번호를 그걸로 고르래?

냉정하게 생각하다가 찰나 손가락을 튕겼다.

'아, 그래. 그럼 답신은 전서구 말고 카르댄벨 편으로 보낼까? 어차피 가야 하니까.'

괜찮은데? 안 그래도 카르댄벨은 알뤼미트와 나름 친해 보였으니 편지를 전해주며 겸사겸사 얼굴을 보는 것도 나쁘지 않을 것 같았다. 편지 심부름을 부탁하는 값으로 가는 길은 아윈에게 데려다줄 수 있냐고 물어봐야겠다.

결정하고선 내심 좋은 아이디어라고 뿌듯해하는데, 아윈이 내 주의를 도로 빼앗으려는 듯 나를 안아 들어 올리고선 목덜미에 고개를 묻었다. 부드러운 머리카락이 목덜미를 스치는 게 간지러워 잠시 웃고 말았다.

계절이 여러 번 지났다. 가을이 완연했다. 어느새 이렇게 됐나 싶을 정도로 색색으로 물든 경치가 시야를 풍부하게 채웠다.

나는 앞뜰이 가장 잘 보이는 접객실 창틀에 팔을 걸치고 밖을 내다보며 발을 작게 굴렀다. 날은 적당히 선선해서 이렇게 얼굴을 내놓고 있기에 나쁘지 않았다. 가끔 낙엽을 휘날릴 정도로 불어오는 바람은 어깨에 두른 숄이면 충분했다.

'아, 여기에 홍차가 있으면 딱 좋겠는데.'

지나가듯 그런 생각이 들었다. 다음에는 에슐라에게 부탁하거나 아니면 아예 티 세트를 가지고 와서 여기서 우려야겠다.

그렇게 다짐했을 때였다. 문득 뒤에서 내 옷자락을 잡아당기는 손길이 있었다. 돌아보았더니 아직 앙증맞은 머리통이 먼저 눈에 들어왔다.

"오드? 무슨 일이야?"

몸을 낮추면서 물었다. 태어나면서부터 내게 유전자의 신비를 알려준 조숙한 천재 오드는 이유 없이 엄마를 찾는 일을 만 세 살 때 졸업했다. 조숙해도 너무 조숙한 거 아니냐고? 나도 그렇게 생각하는데 아윈의 피는 그렇게 생각하지 않는 모양이다. 나랑 의견이 좀 달라.

오드는 올해 여섯 살이었다. 그 말은 나를 찾는 일이 특정한 용건이 있을 때로 한정된 지 오래라는 뜻이다. 질문하기 무섭게 오드가 입을 열었다.

"엄마."

"응?"

"나보고 마신의 아들이래."

"……마신?"

그게 뭔데?

"사신이 아니고?"

"아니야. 마신."

오드가 정확하고 또렷한 발음으로 말했다. 나는 그걸 들으면서 고개를 갸웃했다. 마신? 오늘날 여전한 무법자 아윈을 지칭하는 세간의 별칭은 당연하게도 나열하기 입 아플 정도로 많았지만, 그중에서도 마신이라는 건 처음 들어보는 생소한 표현이었다.

그런 게 있었나? 마법의 사신, 뭐 그걸 줄인 건가?

"누가 그래?"

"조금 전에 소환한 마물이."

"아, 그렇구나. 누군가 했더니 마물…… 이 아니라 웬 마물?!"

심지어 소환?

"더구나 조금 전?"

"심심해서 한 마리만 소환해 봤어."

"잠깐, 오드. 언제 심심하면 마물을 소환하는 여섯 살이 된 거니?"

나는 작년 이맘때를 상기했다. 그때는 느닷없이 정령을 소환해서 날 놀라게 하더니, 해가 지났다고 그새 단계가 올랐다. 정령도 마물도 나란히 동네북으로 만들어 버리는 오드의 천재성을 공평하다고 해야 할지 분간이 안 갔다.

'유전자의 신비…….'

나는 그걸 또 한 번 통감하며 오드의 순진무구한 얼굴을 바라보았다. 보석처럼 동그랗고 깨끗한 홍색 눈동자는 그저 맑았다. 여느 아이의 것과 다르지 않고 말간 눈을 물끄러미 들여다보다 이내 체념하듯 두 손을 들었다.

"그래, 그럴 수도 있지. 작은 마탑주인걸. 그래서 마물이 오드 네게 그렇게 말했다고?"

"응. 마신을 경배하니까 마신의 아들인 나도 경배하겠대."

"잠깐, 경배? 그럼 마물이 말한 마신이라는 게 설마……."

마물의 신?

"자기들의 신이라고 했어."

"맙소사."

정말이잖아. 당황스러워서 사고가 짧게 멈췄다.

아원에게 언제 그런…… 칭호가 생겼지? 대관절 무슨 연유로 걔네가 아원을 신으로 섬기고 있단 말이냐.

"혹시 왜…… 마신이라고 하는지도 얘기했어?"

"물어봤어."

"그랬더니?"

"자기네를 악마의 폭정에서 해방시켜 줬대."

그리고 오드의 대답은 찰나 오래된 기억을 떠올리게 했다.

'악마…….'

아아. 알겠다. 해묵은 과거였지만 당연히 잊지 않고 있었다. 그만큼 흐른 시간에 비해 또렷한 기억도 드물 거다.

악마의 폭정에서 해방시켜 줬다고? 악마가 마물보다 상위 종족이라더니, 전에는 한쪽이 착취당하며 살았었나 보다.

황당한 일이었다. 아원은 단지 지극히 개인적인 이유로 악마를 쓸어버렸던 것뿐인데, 그게 마물 입장에서는 그런 식으로 받아들여졌을 줄이야. 으음, 이걸 들으면 뭐라고 하려나?

그때 오드가 다시 내 옷자락을 당겼다.

"엄마."

"응, 오드?"

"마물이 한 말이 무슨 뜻이야? 아빠가 예전에 뭘 했어?"

오드는 호기심이 가득한 낯으로 그렇게 물었다. 엄마를 찾은 이유가 밝혀졌다. 그게 궁금했구나. 안 그래도 아윈은 마침 다른 일로 탑을 비운 상태라 물어볼 사람이 나밖에 없었을 것이다. 아빠의 일을 당연히 내가 알 것이라고 생각하는 모습이 어떻게 보면 약간 기특하기도 했다. ……이건 좀 확대 해석인가.

나는 잠시 갈등하다 이내 오드를 안아서 들어 올렸다. 이미 비행 마법을 자유자재로 구사할 줄 아는 오드였지만 이런 식으로 안아 들면 별말 없이 얌전히 있었다. 난 그 상태로 가까운 소파로 향했다.

창가에 서서 해주기에는 아무래도 긴 이야기였다.

이윽고 오드와 나란히 앉았다. 하는 김에 눈따따도 맞은편에 청자로 앉혀두었다. 그러고서 입을 열었다.

"우선 이 이야기의 교훈은……."

어쩐지 이런 말로 시작해야 할 것 같아서 방금 추출했다.

"중요한 일을 할 땐 신중하게 하자. 철저한 사전 조사도 잊지 말자."

오드는 어디에 갖다 붙여도 위화감이 없을 것 같은 범용적인 교훈에 가만히 눈을 깜박였다. 이어질 본론을 기다리는 듯 자세가 단정했다. 나는 그 바른 자세에 배어 나오는 웃음을 삼키며 천천히 과거의 어느 날을 입에 올렸다.

"약 7년 전에……."

외전 9 오드의 마법사

햇살이 강했다.

대여섯 살이나 되었을까. 그러잖아도 금을 녹여 바른 듯 순도 높은 아이의 금발이 한낮의 볕을 받아 한층 눈부시게 빛났다. 짧은 보폭으로 한 발 뒤에서 따라 걷던 또래의 아이가 그걸 멍하니 쳐다보다가 중얼거렸다.

"예쁘다."

그게 제 머리를 두고 하는 말인 줄은 어떻게 금방 알았는지, 금발 아이가 고개를 돌려 대꾸했다.

"줄까?"

"머리카락을?"

"응."

"어떻게?"

"잘라서."

아이가 자기 머리카락으로 손을 가져갔다. 금발의 아이는 맨손으로 물체를 자르는 재주가 있었기 때문에, 그러는 걸 보곤 또래의 아이가 기겁했다.

"하지 마!"

"왜?"

"예쁜 건 자르는 거 아니야."

아이는 꽤 단호한 어투로 말했다.

"예쁜 건 지키는 거야."

"……."

화사한 금발을 지닌 아이의 표정이 묘해졌다. 매사에 태도가 확고하다기보단 두루뭉술해서 여기저기 끌려다니는 게 특기인 주제에, 상대 아이는 이럴 때만 유독 완고하게 굴었다.

무슨 생각이 들었는지 콧잔등을 찡긋거리던 금발 아이가 말했다.

"너 말이야."

"응?"

"맨날 예쁜 건 지켜야 한다고 하는데. 예쁜 건 나라며?"

"맞아."

금발 아이는 그냥 예쁜 것도 아니고 많이 예뻤다. 갈색 머리에 머리띠를 한 아이가 진지하게 긍정했다. 금발 아이가 피식 웃었다.

"날 지켜줄 거야?"

"당연하지!"

"바보야. 이래서 네가 멍청이, 아니, 청멍이인 거야. 지켜주는 건 말야, 네가 아니라……."

"어? 저것 봐."

금발 아이의 말이 끊겼다. 불시에 갈색 머리 아이의 주의를 앗아 간 것은 바로 허공에 있었다.

"예쁘다."

파란 나비들이 공중에서 팔랑거렸다. 아이는 한참 고개를 들어 올렸다. 언제부터 따라왔는지 두 아이의 머리 위를 맴돌며 날갯짓하는 나비들의 색은 하나같이 신비롭고 선명했다.

갈색 머리 아이가 허공의 나비에게서 시선을 떼지 못했다. 금발 아이는 나비에게 눈길을 주지 않았다. 대신 나비에게 정신이 팔린 갈색 머리 아이를 응시했다. 이내 금발 아이의 입이 열렸다. 어쩐지 불만이 약간 섞인 목소리가 튀어나왔다.

"그렇게 예뻐?"

"반짝거려."

"얼마나?"

"많이."

아이는 아직 정도를 표현하는 말을 많이 외에는 배우지 못했다. 금발 아이가 잠깐 입을 다물었다가 이어서 물었다.

"나보다?"

갈색 머리 아이의 눈이 나비에게서 떨어졌다. 아이는 고개를 내리더니 다시금 금발 아이를 쳐다보았다. 갈색 머리 아이가 해맑게 웃었다.

"아니!"

꽤 오래전, 마탑은 두 해 연속 경사를 맞이했다.

첫 번째 경사는 바로 디아나의 탄생이었다. 디아나는 비숏과 에슐라의 딸이었다. 첫딸은 아빠를 닮는다는 속설이 무색하게도, 태어난 아기는 엄마인 에슐라의 얼굴을 쏙 빼닮아 있었다.

"하늘이시여, 감사합니다."

비숏은 신께 감사의 기도를 올렸다. 주변에서도 다들 다행이라는 말을 아끼지 않았다.

디아나는 갈색 머리에 주황색 눈동자를 지녔다. 하지만 밝은 주황색 눈동자는 햇빛 아래에서 보면 종종 금색으로도 보여서, 부부는 디아나를 곧잘 바깥에서 키웠다.

그리고 다음 해, 두 번째 경사가 있었다. 라테와 아윈의 아들인 오드가 세상에 태어났다. 오드는 엄마를 닮은 디아나와는 달리 아빠와 판박이였다.

아윈과 갓 태어난 오드가 얼마나 닮았느냐 하면, 마탑의 마법사 중 한 명이 언젠가 요람에 누운 갓난쟁이 오드를 보곤 그만 오금이 저려 주저앉은 적이 있다고 훗날 고백했을 정도였다. 심지어 그의 고백에 '나도', '실은 나도' 하고 동조하는 이마저 여럿 나왔으니 닮은 수준에 대해서는 더 말할 필요가 없다 하겠다.

짐작이 되겠지만 이목구비는 그저 아윈의 축소판, 머리카락은 채도 높은 금발에 눈동자는 붉은색을 타고났다. 그나마 금발이 엄마에게서 물려받았다고 볼 수 있는 유일한 부분이었는데, 그마저도 머릿결이 워낙 좋은 탓에 물려받은 느낌이 심하게 희석되었다.

"으음……."

덕분에 라테는 다소 심란한 기분으로 오드를 양육했다.

'잘 키우고 있는 것일까.'

어쩌면 세상이 감당 못 할 무법자를 하나 더 내놓는 것은 아닌가 하는 걱정도 종종 들었다.

어쨌든 여러 기대와 우려, 그리고 애정 속에서 디아나와 오드는 쑥쑥 자랐다. 둘은 자라면서 곧잘 어울렸다. 그럴 수밖에 없었다. 탑 내에 또래라고는 서로밖에 없었으니까.

처음에는 몇 사람의 걱정을 조금 자아내기도 했다. 오드는 걷기 시작할 때부터 한 살 누나인 디아나를 여기저기 끌고 다니는 데 거침이 없었다. 디아나는 그저 잘만 끌려다녔고 말이다.

그걸 두고 비숏은 한때 손수건을 깨물었다.

"여, 여보. 설마 저게 우리 디아나의 미래는 아니겠지? 싫어도 싫다고 말 못 하고 작은 탑주님에게 이리저리…… 착취를……."

참고로 마탑 내에서 오드의 공식 호칭은 세 살 때부터 '작은 탑주님'이었다.

에슐라는 비숏의 불안에 고개를 저으며 그를 도닥여 주었다.

"괜찮아. 안 그래도 디아나한테 물어봤어."

"뭐라고?"

"도련님, 그러니까 오드 따라다니는 거 싫지 않냐고."

"그, 그랬더니?"

"안 싫대."

에슐라가 얼마 전을 회상하는 아련한 눈으로 말을 이었다.

"예뻐서 좋대."

"……."

"원래 예쁜 애가 하자는 건 다 해야 하는 거래."

"뭐지……?"

어쨌든 자발적인 거니까 마음 놓으라는 결론으로 위로는 마무리 됐다.

미인에 살고 미인에 죽던 본인의 심각한 얼빠 시절을 결혼하면서 새까맣게 잊은 비숏은 자기 딸의 심상치 않은 사상에 제법 심란해졌다.

디아나가 비숏의 딸이라는 증거는 그것 외에도 머지않아 또 나타났다. 디아나가 열 살이 되던 해였다.

"여, 여보! 여보오오! 우리 디아나가아아아!"

디아나에게서 마법의 재능이 발견되었다. 아빠인 비숏이 뛰어난 마법사였으니 어쩌면 자연스러운 일이었다. 이때 비숏은 어린 딸에게서 발견한 남다른 재능이 못내 감격스러웠는지 마탑 곳곳을 뛰어다니며 자랑했다.

"이것 보세요, 우리 디아나가!"

"이야, 축하해."

"아로브럭 씨, 우리 딸이!"

"오, 축하합니다."

"안주인님, 우리 디아나가!"

"와! 역시 비숏 딸은 비숏 딸이었구나. 축하해!"

"탑주님, 우리 디아……."

"미쳤어? 누가 저것 좀 말려."

"어디까지 가는 거야?"

그렇게 마탑에는 미래의 인재 한 명이 추가되었다.

여기서 한 가지를 더 언급하고 넘어가자면, 오드는 한 살에 마나 친화력을 보이더니 두 살부터 간단한 마법을 쓸 수 있었다. 고위 마법에

도전한 건 네 살, 자유자재로 컨트롤할 수 있게 된 건 다섯 살. 디아나가 마법에 처음 재능이 발견되던 열 살 당시, 그때 아홉 살이던 오드는 이미 마법으로 탑 내에 적수가 거의 없었다.

하지만 의외로 이 충격적인 성장에 놀라워하는 사람은 그리 많지 않았다. 놀라기엔 오드가 아윈의 아들이었다.

“그럴 수도 있지. 탑주님의 아드님인데 뭐…….”

“작은 탑주님인데 뭐…….”

“미래의 탑주님인데 뭐…….”

“아윈 주니어인데 뭐…….”

“아니, 안주인님은 왜 여기 껴 계십니까?”

“앗, 자연스러웠는데.”

그렇게 마법에 새로 재능을 보이게 된 어린 디아나와 어려도 당연한 마법 천재 오드의 시간은 이후로 평탄하게 흘렀다.

갓 세상에 태어난 아기에서 아이가 되었다가, 아이에서 조금 더 자란 아이가 되었다가.

어느새 두 사람은 소년이 되었다.

마탑에 적을 둔 지 이십 년을 바라보는 비솟은 이제 어엿한 중견 마법사였다. 실력은 물론이거니와 경험도 농익었다. 세월을 증명하듯 눈가에 옅게 주름이 진 그에게선 더는 풋내기 때의 어리숙함 같은 건 찾아볼 수 없었다. 대신 풍기는 것이라고는 경험에서 나오는 여유, 관록. 대선배에게서만 느낄 수 있는 어딘지 근엄한 풍모마저도 풍겼다. 어느 평화로운 아침 식사 시간. 그의 딸 디아나가 입을 열었다.

"저, 아카데미에 입학하려고요."

여유로운 중견 마법사 비숏이 밥그릇을 놓쳤다.

"뭐?"

"여보, 주워."

"아, 아니, 잠깐만. 디아나, 그게 무슨 말이니?"

디아나는 올해 열여섯이었다. 마법을 배운 지는 이제 6년째에 접어들었고, 배움이 빨라 나이에 비해 성취가 상당했다. 대마법사라는 칭호를 받기엔 아직 부족하더라도 어디 가서 한 사람 몫을 해내기엔 충분한 실력이었다. 그러잖아도 마탑에서는 그런 디아나를 탐내고, 비숏은 쌍심지를 켜고 딸을 사수하는 치열한 공방이 불과 어제까지만 해도 이어지고 있었다.

그런데 갑자기 아카데미라니?

"말씀드린 그대로예요. 아카데미는 밴둘 왕국에 있는 왕립 마법 아카데미를 생각하고 있어요. 조금 멀긴 하지만……."

"조금이 아니야! 디아나, 밴둘 왕국이 얼마나 대륙 변두리에 있는지 알고는 그러는 거니?"

"알아요. 그렇지만 바다를 건너는 것도 아니잖아요?"

아예 다른 대륙에 있는 것보다는 낫지 않냐는 소리였다. 당돌한 대답에 비숏의 입이 떡 벌어졌다.

비숏의 턱을 아래에서 올려쳐 입을 다물게 한 에슐라가 대신 물었다.

"디아나. 엄마는 마법에 대해 잘은 몰라. 하지만 네가 또래보다 훨씬 실력이 좋다는 건 알지."

"……."

"그런 변두리 왕국 아카데미에서 배움이 필요한 수준은 아니라고 본다. 엄마가 틀렸니?"

"그건……."

맞는 말에 잠시 망설이는가 싶던 디아나가 이내 작은 한숨과 함께 포크를 놓았다. 그리고 좀 더 결연해진 얼굴로 말을 꺼냈다.

"솔직하게 말씀드릴게요. 저……."

"……."

"탑에서 좀 떠나 있고 싶어요. 그래서 멀리 있는 아카데미에 입학하려는 거예요. 기숙사에서 지내려고요."

"디, 디아나!"

비숏이 몸을 벌떡 일으켰다. 덕분에 불시에 부딪힌 탁자가 덜컹 흔들렸다. 떨어지는 식기와 요리를 디아나가 마법으로 잡았다. 에슐라는 딸이 보여주는 편리한 신기를 구경하다 이내 남편을 타박했다.

"뭐 하는 거예요? 여보, 앉아."

"그, 그치만. 당신은 놀랍지도 않아? 디아나가 집을 나가겠다는데!"

이들 식구는 마탑에서 지내고 있었으니 탑을 떠나겠다는 건 곧 집을 떠나겠다는 말이었다.

"여보, 우리 디아나가 몇 살이지?"

"열여섯……."

"그 나이엔 다 그래. 원래 그런 거야. 말없이 가출하는 것보단 낫지."

그러잖아도 옛 친구로부터 이번에 사춘기 아들이 야밤에 편지만 달랑 놔두고 가출했다는 소식을 접한 에슐라가 침착하게 디아나를 보았다.

"뜻은 알겠어, 디아나. 하지만 바로 허락해 주기엔 힘들 것 같구나.

우선 도련님의 이야기도 들어야 하고……."

"도련님이면 오드요? 오드는 왜요?"

"네가 가면 도련님도 당연히 같이 갈 것 아냐. 혹시 이미 준비가 다 된 거라면……."

"어? 아닌데요?"

"응?"

디아나가 눈을 깜박였다. 동그란 주황색 눈동자가 눈꺼풀에 짧게 감추어졌다 드러났다.

"오드랑 같이 안 가요. 아니, 같이 가면 안 되죠."

말이 이어졌다.

"애초 오드 때문에 나가려는 건데요. 오드랑 좀 떨어져 있고 싶어서요."

딸그랑.

그때까지 그나마 평정을 잃지 않고 차분함을 유지하고 있던 에슐라가 들고 있던 식기를 놓쳤다. 비숏은 선 채로 굳었다.

잠시 후 누가 먼저랄 것 없이 고함이 터져 나왔다.

"뭐?!"

디아나는 솔직하게 말했다. 아카데미는 기간제였으니 졸업하면 다시 돌아오긴 할 테지만, 어쨌든 집을 나가고 싶다고도 한 마당에 뭘 더 숨기겠나 싶었다.

디아나의 솔직한 고백이 이어지는 동안 식당에는 미묘한 공기가 흘렀다. 확실한 건 밝거나 가볍지는 않았다. 진솔한 이야기가 끝났을 때, 에슐라는 고개를 숙이고 한숨을 쉬었다. 비숏은 자기 얼굴을 감싸 쥐었다. 부부는 떨리는 목소리로 대답을 정했다.

"그간……."

"……."

"몰라줘서 미안하구나. 엄마와 아빠는 너를 존중한다, 디아나. 네가 어떤 선택을 하든 널 지지하고 사랑할 거야."

"엄마, 아빠……."

그렇게 훈훈한 광경을 연출하는 것으로 식당에서의 아침 식사는 마무리되었다.

방으로 돌아온 디아나가 침대에 털썩 걸터앉아 조금 전을 상상했다.

"엄마, 아빠도 참."

생각했더니 괜히 마음이 따뜻해졌다.

"그렇게 금방 허락해 주실 줄은 몰랐는데. 거기에 미안하긴 뭐가 미안하시다고."

디아나는 침대에 등을 대고 풀썩 드러누웠다. 그러고서 천장을 응시했다. 복잡한 기분이 들었다. 허락을 받았다. 집을 떠나 있어도 된다고. 그러면 마냥 속이 후련할 줄 알았는데, 막상 뜻대로 되니 생각 외로 또 그렇지만도 않았다.

"……얼마나 됐더라."

디아나는 문득 햇수를 꼽아보았다.

디아나가 첫돌을 맞이하기 조금 전, 개월로는 약 11개월 차를 두고 오드가 태어났다. 한 살 아래인 오드와 디아나는 아주 어릴 때부터 함께 자랐다. 먹고, 자고, 울던 것밖에 할 줄 모르던 시기부터 어울려서 그런지 디아나는 한때 오드가 자기 친동생인 줄 알았다. 조금 더 커서 아니라는 걸 알게 되었지만 말이다. 눈을 돌리면 시야가 닿는 곳에 언제나 오드가 있었다. 그때는 그게 그저 자연스러웠다. 손을 뻗으면 만질 수 있고, 이름을 부르면 바로 답이 돌아왔다. 그런 게 너무 당연해서 이상도 불편도 느끼지 못했다. 그렇게 성장했다.

"그땐 좋았지……."

디아나가 중얼거렸다.

간혹 어릴 때를 떠올려 보곤 한다. 순수하던 자신. 그보다 더 순수하던 오드. 이렇게 될 줄은 꿈에도 몰랐던 그 시절을.

'다 내 탓이지만.'

한숨이 흘러나왔다. 탑을 떠날 생각까지는 없었다. 그 정도까지는 하지 않아도 될 줄 알았다. 참을 수 있을 줄 알았으니까.

그런데 아니었다. 오판이었다. 머리가 어느 정도 크고 나서 알게 된 사실이지만, 디아나의 성미는 별달리 느긋한 편이 못 됐다. 오히려 급했다. 디아나는 자기가 이렇게 참을성이 부족한 줄 미처 모르고 컸다.

그래도, 그래. 그 부족한 참을성으로 이 정도면 많이 참았지.

정말 길게 참았다. 오랜, 아주 오랜 인내였다. 그녀가 얼마나 긴 시간을 인내하며 버텼는지 아무도 모른다. 아, 이젠 부모님이 알게 되셨지만.

"에잇, 모르겠다."

이미 저지른 것, 돌이킬 수도 없었다. 디아나는 침대에서 벌떡 일어섰다. 창문을 열어야겠다는 충동이 들어서 창가로 다가갔다. 올라오는 길에 얼핏 보았던 바깥 날씨는 그저 맑았다. 바람도 선선하게 불었다. 방 안의 공기를 환기하면 기분도 덩달아 좀 환기되지 않을까. 그렇게 생각하며 창으로 손을 뻗었다. 그때였다.

펄럭!

"……!"

미처 손이 닿기도 전에 창가의 커튼이 양쪽으로 휘날렸다. 휘날리는 커튼 사이로 건드리지도 않은 창문이 활짝 열려 있었다. 디아나는 눈을 약간 크게 떴다. 창밖의 눈부신 금발이 시선을 뺏었다.

"디아나."

허공을 밟고 선 소년이 그녀를 불렀다. 그러고 있는 게 지극히 당연하다는 듯 아무것도 없는 공중에 발을 디딘 소년은 마치 인형 같은 외모를 지니고 있었다.

금으로 실을 만들어 뽑아낸 것 같은 깨끗한 금발, 선명하고 깊은 붉은색 눈동자. 하얗고 투명한 피부에 얼굴을 이룬 선은 빼놓을 것 하나 없이 전부 고르고 섬세했다. 예쁘다는 말도, 아름답다는 말도 갖다 붙이는 대로 어울리는 소년은 부끄러운 줄도 모르고 보는 사람에게 천사나 요정 따위의 표현을 떠올리게 했다.

디아나는 익숙한 울림으로 소년의 이름을 입에 올렸다.

"오드."

디아나는 갑자기 나타난 상대를 가만 응시하다 이내 창틀에 손을 짚고 몸을 내밀었다. 그러곤 오드의 이마에 다른 손을 가져다 대더니 의사처럼 진단했다.

"열은 없는데…… 몸이 안 좋은 건 아니고."

"……."

"오드, 안색이 왜 그래?"

디아나는 대체로 무표정한 오드의 낯빛을 귀신같이 읽어낼 줄 알았다. 스스로가 생각하는 자기 강점 중 하나였다. 이마를 짚은 손을 그대로 내버려 둔 채 오드가 모양 좋은 입술을 움직였다.

"왕립 아카데미로 가겠다고."

"응?"

"정말이야?"

디아나는 이때 살짝 놀랐다.

어떻게 벌써 알았지?

'바로 오드한테 말씀하러 가셨던 건가?'

식당에서 헤어지고 디아나는 바로 방으로 올라왔다. 하지만 부모님은 그 길로 오드에게 가셨던 걸까.

'이유…… 는 말씀하지 않으셨겠지?'

어련히 비밀을 지켜주실 분들이라는 걸 알았다. 알지만 공연히 가슴이 두근거렸다. 디아나는 오드의 얼굴을 들여다보며 고개를 끄덕였다.

"응, 그러기로 했어."

오드는 답을 들은 후 침묵했다. 디아나는 정적이 흐르는 동안 방학에나 졸업하면 집에 올 거라는 말을 할까 하다가 그만두었다. 당연한 거였으니까.

잠시 후 오드의 입이 열렸다.

"알겠어."

"어?"

"걱정하지 않아도 돼, 디아나. 방해하는 일은 없을 테니까."

그런 걸 걱정하지는 않았다. 그보다…….

"오드, 너……."

"입학식에 맞추려면 준비하느라 바쁠 텐데 쉬어."

오드가 몸을 뒤로 물렸다. 거리가 벌어지면서 디아나의 손이 허공을 짚었다.

"오……."

다시 부르려고 했다. 그러나 그 전에 오드의 모습이 씻은 듯 사라졌다.

"……."

디아나는 창틀에 손을 짚은 그대로 가만히 섰다.

'왜 그런 얼굴을…….'

사라지기 직전에 보았던 표정이 눈앞에 아른거렸다. 아카데미에 왜 가느냐고 물으면 뭐라고 해야 할지 변명을 아직 생각해 두지 못했다. 그러니 이유를 묻지 않고 돌아가 준 것을 다행이라고 여겨야 할 텐데. 그런 감상은 지금 조금도 들지 않았다. 그보다는 언뜻 괴로워 보이던, 혹은 누구를 향한 건진 몰라도 화가 난 것처럼도 보이던 표정만이 마음을 어지럽혔다.

바람이 불었다. 디아나의 앞머리를 흩뜨린 바람은 뒤이어 커튼을 펄럭였다. 보기보다 세찬 바람에 방 안이 엉망이 되도록, 디아나는 창문을 닫지 못했다.

디아나가 가고자 하는 밴둘 왕국의 헤르이포티아 왕립 마법 아카데미는 명문이었다. 그러나 그 앞에는 '대륙 변두리 소왕국에 있는 것치고'라는 전제가 붙는다. 디아나가 아카데미 입학시험을 통과하지 못할 거라고 생각하는 사람은 아무도 없었다. 디아나 본인도 포함해서였다.

디아나는 입학시험이 있는 당일까지 짐을 꾸렸다. 이동 거리를 생각하면 너무 늦는 게 아닌가 싶지만, 텔레포트로 한 번에 갈 심산이었기에 늑장을 부려도 무리가 없었다. 디아나의 짐에 하나면 충분할 통신 영상구를 대여섯 개쯤 바리바리 싸준 비숏이 배웅을 나와 눈망울을 글썽였다.

"빼놓은 짐 없나 다시 확인하고, 가서 도착하자마자 바로 연락하고, 무슨 일 있으면 통신구로 언제든 이야기하고, 필요한 것 있으면 주저 말고 부탁하고, 특히 아카데미에 개새끼가 있거든 반드시 이 아빠한테……."

"그만해."

디아나의 손을 꼭 붙잡은 채 끝나지 않을 당부를 구구절절 늘어놓는 비숏의 손등을 에슐라가 찰싹 때렸다. 비숏이 훌쩍이며 마지못해 딸의 손을 놓았다.

"잘 다녀오렴."

"나중에 봐요. 엄마, 아빠. 사랑해요."

"나도 사랑한단다아아!"

기어이 오열하는 지경에 이른 비숏을 보며 마탑 식구들이 뒤에서 수군거렸다. 저러다 나중에 시집보낼 때 되면 마탑 꼭대기에서 투신하는 거 아니냐.

그렇게 우여곡절 가족과 인사가 끝나자 이어 허공에서 오드가 모습을 드러냈다.

"갈까?"

원래는 비숏이 디아나를 데려다주기로 했었지만, 오드가 자기가 하겠다고 자원하는 바람에 담당자가 바뀌었다. 효율 면에서 봐도 확실히 나은 일이기는 했다. 여기서 밴둘 왕국까지 텔레포트로 한 번에 이동할 수 있는 건 아윈을 제외하면 오드가 유일했으니까.

디아나는 지척에 나타난 오드를 올려다보았다. 오드는 작년 봄부터 디아나의 키를 추월하기 시작했다. 그러더니 일 년 새 더욱 자라버려 이젠 나란히 서서 얼굴을 보려면 고개를 들어야만 했다. 디아나는 오드의 얼굴을 한참 살피다 고개를 끄덕였다.

"응."

'그때 이후론 그런 표정을 짓는 일이 없네.'

벌써 며칠이나 지난 일이다. 하지만 디아나는 아직도 습관처럼 오드를 볼 때면 표정을 살폈다. 곧이어 디아나가 오드와 손을 맞잡았다.

다음 순간 풍경이 변했다. 디아나는 눈을 감았다 떴다. 새로 나타난 장소는 번화가 한복판이었다. 늘 보던 제국의 것과 비교하면 어딘지 협소한 느낌이 있는 거리였다.

디아나는 손을 놓고 재차 오드를 올려다보았다. 오드가 짤막하게 말했다.

"다녀와."

오드의 얼굴은 평상시와 다를 것이 없었다. 언뜻 무표정이지만, 무심하거나 차갑지는 않았다. 목소리는 차분하고 평온했다. 마음에 걸릴 것이 전혀 없었건만, 디아나는 이상하게 바로 뒤돌지 못하고 머뭇거렸다. ……계속 그때의 표정이 생각나기 때문일까.

곧 디아나가 고개를 흔들었다. 이만 잊자. 정 그러면 나중에 만났을 때 물어보든가. 어쨌든 지금은 가야 했다.

"여름 방학에 탑에 갈게. 그때 봐."

그렇게 말하는 순간 짐이 흘러내릴 뻔했다. 짐을 수습하느라 디아나는 슬쩍 스치듯 맺혔던 오드의 미소를 놓쳤다.

"그래."

이내 오드가 제자리에서 꺼지듯 사라졌다.

디아나는 잠시간 오드가 사라진 자리를 보다가 몸을 돌렸다. 알 수 없는 기분이 가슴에 가득 들어찼다. 마침내 오드와 떨어졌다. 이제 방학 전까지는 다시 만날 수 없을 것이다. 기다리고, 또 바라온 순간.

디아나가 결연하게 걸음을 내디뎠다.

그날 입학시험은 무사히 치렀다. 예상했던 대로 하품이 나올 만큼 쉬운 문제들이었다. 결과는 당연하게도 합격. 그것도 수석 입학생에게만 주어지는 전액 장학금의 명예를 안고, 디아나는 당당히 아카데미에 입학했다.

그리고 입학하자마자 교내에 오드 팬클럽을 만들었다.

디아나의 얼굴 밝힘 역사는 오래되었다. 최초는 아주 어린 시절로 거슬러 올라간다.

"헉! 봤어? 방금 봤어?"

한 살배기 아기를 앞에 두고 라테가 호들갑을 떨었다. 요람에 누워 칭얼거리거나 눈만 깜박거리던 갓난 디아나가 아윈을 보곤 갑자기 까르르 웃음을 터뜨렸기 때문이다.

마탑의 마법사들은 그걸 두고 이렇게 말했다.

"과연 비숏의 딸. 생존 본능이 뛰어나군."

"탑주님을 보자마자 살기 위해 저렇게 웃다니."

"……그런 거였어?"

그러나 그 웃음의 진짜 이유가 무엇이었는지는 디아나만이 알 일이었다.

그 일이 있고 나서 얼마 후, 오드가 태어났다. 그러자 이제 디아나는 오드만 보면 웃었다. 웃는다 뿐일까, 가끔은 좋아서 못 견디겠다는 듯 손뼉도 쳤다. 주위 어른들은 디아나가 오드에게 보이는 유난할 정도의 친밀감에 의아해하다, 곧 또래를 보니 좋은가 보다 하고 알아서 받아들였다.

그렇지만 아윈을 보고 웃었던 것도, 오드를 보고 웃는 것도, 주변의 해석은 매번 틀렸다. 디아나는 생존 본능으로 그랬던 것도, 단순히 또래가 반가워서 그런 것도 아니었다. 그냥 얼굴이었다. 얼굴이 좋아서 웃었다. 디아나는 예쁜 얼굴을 좋아했다. 타고난 성미였다. 성별도, 나이도 따지지 않고 예쁘게 생긴 사람을 보면 그저 뿌듯하고 좋았다.

그리고 오드는 그런 디아나가 아는 한 가장 예쁜 사람이었다.

"오드가 좋아?"

"좋아."

"왜 좋아?"

"예쁘니까."

"……예쁘면 좋아?"

"많이!"

오드가 예뻐도 너무 예뻤기 때문에 디아나는 한눈을 팔 틈이 없었다. 디아나의 하루는 툭하면 저를 이리저리 끌고 다니는 오드를 좋일 좋아하기에도 그저 바쁘기만 했다.

그러던 어느 날이었다.

'……뭔가 이상해.'

평소와 같은 날이었다. 그렇지만 평소와 달랐다.

여느 때처럼 오드를 보고, 오드와 같이 있고, 오드를 좋아하는데 뭔가가 부족했다. 부족할 수가 없는데 부족함이 느껴졌다. 디아나는 그 결핍의 원인을 찾지 못해 한동안 혼란 속에서 헤맸다. 그러다 시간이 흐르자 자연스럽게 답을 알 수 있었다.

'아, 나는…….'

깨달았다.

'오드를…….'

혜성 같은 깨달음이었다.

'찬양하고 싶구나!'

오드의 아름다움을 사방에 외치고 싶었다. 태양보다 찬란한 미모에 대하여 날이 새도록 논하고 전하고 설파하고 싶었다. 디아나는 본인의 욕망을 분명하고도 뚜렷하게 인식했다. 활화산처럼 뜨겁고 갈급한 욕구였다.

그러나 원하는 게 무엇인지 명백하게 알았지만, 바로 실천으로는 옮길 수 없었다. 문제가 되는 건 그녀를 둘러싼 환경적 제약이었다.

일단 첫 번째. 오드가 항상, 늘, 언제나 곁에 있었다. 오드의 앞에서 오드의 미모를 칭송한다고? 디아나가 남들보다는 비교적 뻔뻔한 성정을 타고났다지만 그건 무리였다.

'그러려면 라테 이모 정도는 되어야 해.'

안타깝게도 디아나는 그 정도로 수준 높은 철면피는 아니었다.

다음 두 번째. 주변에 디아나의 찬양 잔치에 어울려 줄 사람이 마땅히 없었다. 있는 사람이라고 해봐야 늘 탑에서 한 몸 갈아 일하는 마법사들뿐이었다. 아윈이나 그 닮은 얼굴을 보면 조건반사로 벌벌 떨기 바쁜 그중 과연 누가 디아나의 오드 미모 예찬에 함께해 줄 수 있을까?

'참자. 어차피 안 돼.'

디아나는 참았다. 계속 참았다. 참고, 또 참고, 다시 참고. 그러나 노력했음에도 불구하고 억지로 억눌린 욕망이 기어이 터지기 직전까지 차오르고 만 어느 날.

"디아나, 아까 낮에 잠꼬대를 하던데…… 무슨…… 팬클럽? 어떤 꿈을 꾼 거니? 아빠에게도 말해주렴."

'헉.'

위태한 지경에 이르러서야 디아나는 결단했다. 탑을 나가기로. 여기서 할 수 없는 거라면, 다른 곳으로 가서 하자. 떠나자!

디아나의 아카데미행은 그렇게 결정되었다.

"옳은 결정이었지."

창틀에 몸을 걸친 디아나가 바깥을 내다보며 중얼거렸다.

밴둘 왕국의 왕립 아카데미는 디아나가 그간 쌓아둔 욕망을 쏟아내기에 어디보다 좋은 장소였다. 우선 일부러 전하지 않는 한 소식이 닿지 않을 만큼 탑에서 멀었고, 그녀와 뜻을 함께해 줄 또래가 사방에 차고 넘쳤다. 그야말로 환상의 선정이었다.

아카데미에 입학한 지 어느덧 일주일. 디아나가 입학과 동시에 창단한 오드 팬클럽은 그새 회원 수 서른 돌파를 눈앞에 두고 있었다.

"흠흠."

기숙사 창밖으로 보이는 경치가 못내 아름다웠다. 물론 실제로 절경인 것은 아니다. 디아나는 단지 제 기분이 좋아서 그렇게 보일 뿐이라는 걸 알았다.

참고 참았던 욕구를 매일같이 표출하는 하루란 얼마나 행복한가?

"살맛 난다."

속마음을 내뱉은 디아나가 이어 혼잣말했다.

"이 수준이면 졸업할 때까지 있지 않아도 되겠는데?"

디아나가 재학한 헤르이포티아 왕립 마법 아카데미는 4년제였다. 디아나는 그중 3학년으로 편입했다. 신입생으로 입학해 졸업까지 다니기에는 너무 길고, 대략 2년 정도면 얼추 적당하지 않을까 싶었기 때문이다.

그렇지만 지금 추이를 보니 그 2년마저 길 것 같았다. 어쩌면 1년? 혹은 그 미만으로도 괜찮을지 몰랐다.

"확실히 오길 잘했어."

탑에 계속 남아 있었다면 인생 최대의 흑역사를 만들었을지도. 상상만으로도 등골이 쭈뼛해지는 일이었다.

'요새 걱정도 없고 고민도…… 아, 그때 본 오드의 표정이 아직도 마음에 걸리긴 하지만.'

문득 생각했다. 그날 목격했던 오드의 그 표정은 마치 가시 같았다. 눈에 보이지는 않지만 삼켰을 때 제대로 넘어가지 않아서 자꾸만 목

안쪽 여린 살을 긁어대는 작은 가시. 비록 그때 이후로는 한 번도 다시 보여준 적이 없는 얼굴이라지만, 그래도 좀체 잊을 수 없었다.

'왜 그런 얼굴을 했던 걸까.'

턱을 괬다. 디아나는 오드가 항상 행복하기만을 바랐다. 당연한 일이었다. 누가 좋아하는 사람의 고통을 원할까. 그건 제게도 불행인데.

'생각난 김에 연락해 볼까?'

오드의 목소리가 듣고 싶어졌다. 기왕이면 초상화가 아닌 살아 움직이는 실제 얼굴도 말이다. 생각과 행동이 동시였다. 디아나는 서랍에서 통신구를 꺼내 켰다. 그러곤 마탑 최상층, 오드의 방으로 좌표를 연결해서 마나를 주입했다.

참고로 입학 이후 디아나의 통신이 부모님에게 연결되었던 횟수는 두 번, 오드에겐 여섯 번이었다. 비숏이 알았다면 통곡을 금치 못했을 차이였다.

'……안 받네.'

이내 깜박거리는 통신구를 디아나가 아쉬운 눈길로 내려다보았다. 통신은 기다려도 연결되지 않았다. 대상이 지금 부재중이라는 소리였다. 자리를 비운 거라면 더 기다려 봐야 소용없겠지만, 디아나는 괜히 미련을 놓지 못하고 통신구를 계속 들여다봤다.

그때 누가 바깥에서 문을 두드렸다.

"디아나! 오늘 오후 첫 수업 후관인 거 알지? 지금 안 가면 늦어!"

카랑카랑 울리는 또래의 목소리는 디아나가 익히 아는 사람의 것이었다. 시계를 확인한 디아나가 아쉽게 통신구를 정리하곤 이어 문밖으로 나갔다.

"안녕, 클레스메. 고마워. 아니었으면 지각했겠다."

"칼탐 교수 수업에 지각하면 끝장인 거 알지? 마음껏 고마워해."

풍성한 황토색 머리를 허리까지 늘어뜨린 동급생의 이름은 클레스메 이트. 지방의 작은 남작가 첫째라는 그녀는 디아나를 어디 이름 모를 시골 마을에서 온 평민이라고 알면서도 허물없이 대하는 한 사람이었다. 디아나가 입학해서 처음 사귄 반 친구이자, 동시에 오드 팬클럽의 창단 회원이기도 했다.

"참, 디아나. 나 어제 숙소에서 오드 봉제 인형 만들었다."

"뭐? 나도 보여줘."

"이따가."

클레스메와 디아나가 시시덕거리며 복도를 걸었다.

여자 기숙사가 있는 정관에서 뒤쪽 건물인 후관까지는 거리가 제법 있었다. 클레스메는 부지런한 걸음만큼 바쁘게 조잘거렸다.

"참, 디아나. 너 우리 아카데미 도중 입학이 얼마나 어려운지 알지? 아, 편입생이라 모르려나?"

"도중 입학?"

"정규 입학 시기를 놓쳐서 학기 도중에 입학하는 거. 시험만 치러서 합격하면 언제든 가능하긴 한데, 문제는 그 시험이 엄~ 청 어렵다는 거야. 기존 시험이랑은 비교도 안 될 만큼. 거기에 합격 기준 점수도 높고."

"아아."

디아나가 고개를 끄덕였다. 복도 창밖에서 불어온 바람이 얼핏 그녀의 짧은 머리를 흐트러뜨렸다.

디아나는 클레스메가 갑자기 이 화제를 꺼낸 이유를 어렵지 않게 짐작할 수 있었다.

"우리 반에 도중 입학생이 들어오나 봐?"

"바로 그거야!"

클레스메가 손가락을 딱! 소리 나게 튕겼다. 사소하지만 그녀가 잘 하는 것 중 하나였다.

"아까 우연히 들었거든. 교수실 지나가다가. 수재니 천재니 하던데, 이름이 뭐라더라, 윙카리스?"

여자애 이름이지 않느냐고 덧붙인 클레스메가 이어 말했다.

"아무튼 도중 입학생은 되게 오래간만이야. 말했듯이 시험이 굉장히 어려우니까. 더구나 우리 반이라니."

이때 무슨 생각이 들었는지 클레스메가 씩 웃었다.

"긴장되지 않으시나요, 전체 수석님?"

"하지 마."

클레스메의 익살에 디아나가 픽 웃었다. 그녀는 입학시험에서 전 문제 중 고작 두 개를 틀려 학년 전체 수석을 차지했다. 여기서 웃지 못할 사실은, 저 두 개마저 디아나가 일부러 틀린 거였다는 거다. 만점을 받으면 너무 눈에 띌까 봐 그랬다. 그랬는데도 전체 1등이라니.

디아나는 마탑에서 사사한 제 실력이 어느 수준인지 새삼 실감했다.

"왜, 라이벌일 수도 있는데. 그렇잖아? 도중 입학만으로도 대단한 일인데 거기에 A반이라니, 정규 시험을 치렀으면 만점이었을지도 모른다?"

A반. 헤르이포티아 왕립 마법 아카데미에는 총 네 개의 학년, 그리고 각 학년마다 A부터 E까지의 다섯 개의 반이 있었다. 순서에서 감이 오겠지만 A반의 성적이 가장 우수하고, E반이 가장 점수가 낮았다. 디아나와 클레스메가 속한 A반은 말하자면 상위 학생들만 모아놓은 최우수 클래스였다.

디아나는 클레스메에게 어깨를 으쓱해 보였다.

"그럼 그냥 내주는 거지. 내 1등의 영광을. 앞으로는 2등 해야겠네."

"에이, 재미없게."

재미없다고 하면서도 클레스메는 킥킥거렸다.

그러는 사이 두 사람은 후관에 도착했다. 목적지인 실습실은 후관 1층 안쪽이었다. 자리를 찾아 앉자마자 앞문이 열리면서 응용 실습학 수업을 담당하는 칼탐 교수가 입장했다.

클레스메가 가슴을 쓸어내렸다.

"아슬아슬했다. 하여튼 오늘도 정각, 역시 칼 같네."

"반갑습니다, A반 학우 여러분."

이때 클레스메의 눈이 반짝 빛났다. 칼탐 교수가 혼자 들어오지 않았기 때문이다. 그의 뒤로 한 소년이 따라 들어왔다. 미성숙한 소년의 체구는 칼탐 교수에게 가려져 잘 보이지 않았다. 이내 교수가 그를 앞으로 보냈다.

"오늘은 수업에 앞서 먼저 소개할 사람이 있습니다. 앞으로 여러분과 같은 A반에서 함께 수학하게 될 새 급우입니다. 자, 인사하세요."

"윈 카니스입니다."

"어머."

클레스메의 입에서 작게 탄성이 흘러나왔다.

"남자애였네."

윙카리스가 아니었다. 윈 카니스라고 본인을 소개한 소년은 평범한 외양을 지니고 있었다. 평범한 혈색의 밀빛 피부에 평균 키, 평균 체격, 무난하게 잘라놓은 평범한 연갈색 머리카락과 같은 색 눈동자. 눈에 띄지 않는 외모였다. 동시에 딱히 거슬리지도 않는.

"실습실은 지정 자리가 없으니 편한 곳에 앉도록 하세요."

칼탐 교수의 말에 윈 카니스가 순순히 알아서 가까운 자리를 찾아 앉았다. 윈 카니스를 지켜보던 클레스메가 대뜸 한숨을 내쉬었다.

"저 애 큰일 났다."

"……."

그런데 호응을 해주어야 할 디아나에게서 답이 없었다. 클레스메가 옆을 돌아보았다.

"디아나?"

"어, 응?"

"어디 정신이 팔려 있는 거야?"

"아냐, 아무것도."

고개를 흔든 디아나가 웃었다. 어색한 미소였다. 의아하게 갸웃거린 클레스메가 이내 다시 말했다.

"어쨌든 저 애, 큰일 났어."

"저 애가? 왜?"

저 애라 함은 윈 카니스를 가리킬 거다. 방금 막 자기소개를 마치고 자리에 앉았을 뿐인 소년에게 어디에 그럴 겨를이 있었는지 모를 일이었다.

클레스메가 목소리를 낮췄다.

"너는 잘 모를 거야. 사실 윈 카니스라는 애한테는 딱히 문제가 없지. 그런데 저기, 저 앞에."

목소리가 한결 작아졌다.

"주제르. 쟤가 가만히 있지 않을걸."

주제르 모르드. 디아나는 어깨까지 기른 청발을 하나로 묶은 같은 반 소년에 대해 알고 있었다.

'둥신이잖아.'

등신이었다. 다만 그냥 등신은 아니고, 믿는 구석이 있는 등신이었다.

주제르의 가문인 모르드 후작가는 왕국에서 알아주는 세도가였다. 부친인 후작은 왕국 요직에 앉아 실권을 쥐고 있고, 대대로 쌓아 온 부와 인맥도 무시 못 할 수준이었다. 즉 명실상부한 금수저였다. 디아나는 학기 시작 일주일 만에 서열이 눈에 보이게 나뉘어 버린 반의 풍경을 떠올렸다.

실세는 누가 봐도 주제르. 교칙 때문에 반 아이들은 동급생인 그에게 말을 놓기는 했지만, 하는 행동을 보면 극존칭이 어울리는 절절매는 저자세였다.

디아나가 본 주제르는 전형적인 인간이었다. 부정적인 쪽으로 말이다. 당연하게 떠받들리는 걸 좋아하고, 인내 같은 건 못 한다기보다 하지 않는다. 평소 하는 꼴을 보니 다혈질에 주변인을 자기 아래로 대하는 데에 도가 튼 것 같았다.

"왜 쟤가 가만히 있지 않는데?"

디아나는 물으면서도 답을 알 것 같다고 생각했다. 아니나 다를까, 짐작한 것과 같은 답이 흘러나왔다.

"주제르는 전부터 그랬어. 누가 자기보다 주목받는 걸 절대 못 견뎌 해. 자존심이라도 상하나 봐."

한숨을 재차 쉬곤 클레스메가 침통한 얼굴로 덧붙였다.

"윈 카니스가 차라리 여자애였으면 좋았을걸. 그럼 괜찮았을 텐데. 여학생은 자기 라이벌이 아니라고 생각해선지 안 건드리거든."

전체 수석을 차지한 디아나에게 여태 작은 시비도 걸지 않았던 건 그래서였다. 줄곧 같은 반이었던 바람에 주제르에 대해 본의 아니게 잘 알고 있는 클레스메가 고개를 내저으며 설명을 마무리 지었다.

"아무튼, 앞으로 좀 고달플 거야. 외모는 평범하지만 도중 입학생에 그것도 A반으로 들어왔으니 오죽 눈에 띄어? 카니스라는 성은 처음 들어보니 나처럼 어디 지방에서 올라온 모양인데, 주제르한테 대항할 수도 없을 거고. 안됐지."

거기까지 말하고 이후 클레스메는 수업에 집중했다.

디아나는 공기 중을 둥둥 떠다니는 것 같은 칼탐 교수의 설명을 한 귀로 흘려보냈다. 잠시 후 가만히 있던 디아나가 노트 한쪽을 찢어 뭔가를 적기 시작했다. 그렇게 종잇조각 두 개를 만들어서는, 잘게 접어 손안에서 마구 뒤섞었다. 그러곤 그중 하나를 눈을 감고 무작위로 고르더니, 대단히 떨리는 손길로 조심스럽게 펼쳤다.

지켜준다.

종이엔 네 글자가 적혀 있었다. 디아나는 글자를 물끄러미 보다가 이내 책상에 이마를 박았다.

"……?"

모범생 클레스메가 그런 디아나를 흘긋 보았다가 다시 수업에 전념했다.

디아나는 한숨을 조용히 삼켰다.

그래, 이게 내 운명인가 보다.

이어 고개를 든 디아나의 시선이 먼 앞자리를 향했다. 밝은 갈색 머리카락으로 덮인 소년의 뒤통수는 예뻤다. 그것도 많이.

디아나는 뭔가를 체념하듯 눈을 감았다 떴다.

❖

남들보다 이르게 소식을 접했을 때부터 주제르의 기분은 엉망이었다.

'도중 입학이라고? A반에?'

주제르에 대해 빠삭한 듯 보이던 클레스메도 모르는 사실이 있었다.

주제르는 과거 아카데미 도중 입학시험을 치른 적이 있었다. 정규 입학 시기를 놓쳐 피치 못해 그랬던 것은 아니고, 단지 궁금해서였다. 다들 어렵다 어렵다 하니 대체 얼마나 어려울까 싶어서.

결론은 정말 어려웠다. 적어도 주제르에게는 그랬다. 당시 열네 살이었던 주제르는 1학년 입학을 목표로 했음에도 합격 점수 근처에도 가지 못하고 떨어졌다.

결과적으로 그해 아카데미에 입학하기는 했지만, 그건 그의 실력이 아니라 가문의 힘이었다. 그때의 일은 그렇게 주제르에게 첫 실패이자 오점으로 남았다.

'그랬는데 말이지.'

헛웃음이 흘렀다.

'어디서 굴러먹던지도 모를 게 갑자기…….'

칼탐 교수와 함께 나타났던 소년을 떠올린 주제르가 형편없이 인상을 구겼다. 윈 카니스라고? 듣도 보도 못한 이름으로 자길 소개한 소년은 그만큼이나 희미한 인상을 지니고 있었다. 다른 데서 만났으면 분명 저런 게 있는지도 모르고 지나쳤을 거다.

그런데 저런 게 저도 실패했던 도중 입학으로 가장 상위 클래스에 들어와?

"주제르, 저기, 괜찮아?"
"뭐가."
"그게……."
"내가 괜찮지 않아야 할 이유가 있으면 이야기해 봐."
"아, 아니야."
"말해보라니까?"
주제르의 굴욕적인 과거를 알고 있는 동급생 한 명이 괜히 말을 붙였다가 본전도 못 건질 처지가 됐다. 사색이 된 소년이 이내 자기가 실수했다고, 잘못했다고 저자세로 삭삭 빌었다.
주제르는 무심하게 상대를 내려다보다가 눈을 돌렸다.
'어떻게 할까.'
사실 어떻게 하더라도 이 괘씸함이 풀릴 일은 없을 것이다. 윈 카니스는 이미 존재만으로도 그의 지난 흉터를 건드렸다.
'우선 태도를 좀 보고 결정할까.'
내쫓을 생각이었다. 그건 확고했다. 하지만 어디까지 밟아놓고 언제쯤, 어떤 식으로 내보낼지는 천천히 정해도 좋을 거였다.
이내 주제르가 A반 교실 안으로 들어섰다. 다소 어수선하던 분위기가 한순간에 부자연스럽게 가라앉았다. 주제르는 입장하자마자 윈 카니스를 찾았다.
'저기 있군.'
실습실에서는 교수의 눈 때문에 건드리지 못했다. 생각도 정리해야 했고. 주제르가 아무리 막 나간다지만 그래도 교수 앞에서는 최소한을 지켰다. 물론 지금은 전혀 행동을 사리지 않아도 됐다. 주제르가 거침없이 대상에게 접근했다.

"윈 카니스?"

막 안내받은 자기 자리에 짐을 내려놓고 있던 소년이 고개를 돌렸다. 상대와 주제르는 눈높이가 거의 비슷했다. 그는 구태여 턱을 치켜들고 상대방을 내려다봤다.

"내가 누군지는 알겠지?"

모르드 후작가의 특징으로 여겨지는 깨끗한 청발은 왕국에서 제법 유명했다. 귀족이라면 모를 리가 없었다.

윈 카니스는 조금 머뭇거리는 것 같더니 입을 열었다.

"혹시, 반장?"

"……뭐?"

"아니지. 반장은 좀 전에 자리를 안내해 줬으니까. 그럼 부반장?"

천진한 목소리였다. 주제르는 찰나 말문이 막혔다. 이 자식이 장난을 치는 건가 싶었다.

그러나 특색이라곤 없이 평범한 연갈색 눈동자 안에 공포나 긴장 따위가 전혀 비치지 않는다는 걸 알았을 때, 주제르는 인상을 구기고 손을 뻗었다.

"너 이……."

콰앙!

"꺅!"

"뭐, 뭐야?"

상대의 멱살을 틀어쥐려던 주제르의 손이 직전에 멈췄다. 주제르는 뒤를 돌아보았다. 뭐에 직격당했는지 처참하게 우그러진 교탁이 먼저 시야에 들어왔다.

막 앞문으로 들어선 것 같은 디아나가 어색하게 웃었다.

"아, 이런. 실수로 마법을 써버렸네."

"그게 무슨 말이야, 디아나!"

클레스메가 옆에서 기겁했다. 주위의 반응도 별반 다를 것 없었다.

"방금 뭘 한 거야?"

"세상에, 저 정도 마법을 쓸 수 있다고? 역시 학년 수석……."

"전체 수석일걸?"

"중요한 거야?"

"어쨌든 왜 저런 건데?"

디아나의 주장대로 그녀가 실수로 그랬다고 믿는 사람은 아무도 없었다. 디아나 본인을 포함해서였다. 당연히 실수가 아니다.

'어쩐다.'

머릿속이 복잡했다. 저질렀다. 어쩔 수 없었다. 클레스메가 실습실에 뭘 두고 왔다길래 되돌아갔다 오느라 교실에 좀 늦게 도착했는데, 오자마자 보인 장면이 어디 보통 장면이었어야지.

가만 놔뒀으면 주제르가 윈 카니스를 한 대 쳤을 거다. 인지하는 순간 마법이 먼저 나갔다. 생각할 겨를은 없었다. 이제 생각하는 중이었다.

"디아나, 제정신이야?"

"아닐걸."

"뭐?"

"아냐, 진짜 실수였어. 내가 가끔 마나 컨트롤이 안 되거든. 아무래도 내 오른팔에 흑염룡이 사나 봐……."

"무슨 헛소리야! 교수님 오시기 전에 변명이나 생각해 놔, 얼른!"

진정한 친구 클레스메가 디아나를 붙들고 짤짤 흔들었다. 주제르는 그 기막히고 부산스러운 광경을 응시하다 맥이라도 풀렸는지 윈 카니스를 힐끗 돌아보곤 자기 자리로 이동했다. 운 좋은 줄 알라는 눈빛이었다.

윈 카니스가 영문을 모르겠다는 듯 목 뒤를 긁적였다.

잠시 후 교실에 다음 수업 교수가 등장했다. 그녀는 조금 빨리 입장했다. 멀리서 오는 길에 큰 소리를 들었기 때문이다.

"……."

"내가…… 지금 보고 있는 게 대체 뭘까요, A반 학우 여러분?"

수업이 제대로 시작되지 못한 건 당연한 일이었다. 디아나는 본보기가 되어야 한다는 이유로 교실에서 벌섰다. 벌쓰던 와중 디아나의 눈길이 언뜻 윈 카니스에게 향했다. 그녀를 보고 있던 소년은 직전에 시선을 돌렸다.

주제르는 눈치가 빠르지 않았다. 그렇다고 아예 바보는 아니었다. 어쨌든 머리가 있고 생각을 할 줄 알았으니까. 같은 상황이 여러 번 방식만 바꿔서 반복되었을 때, 주제르 모르드는 마침내 알아챘다.

"디아나."

그가 디아나의 책상에 손을 얹고 씹어뱉듯 말했다.

"지금 방해하는 거냐? 내가 윈 카니스를 건드리지 못하게?"

디아나는 놀란 표정을 지었다.

"드디어 들켰군!"

어제 오후 두 번째 수업 시작 전부터, 오늘 오전 수업이 모두 끝날 때까지. 주제르가 윈 카니스에게 뭔가를 하려고 할 때마다 디아나가 여지없이 사고를 벌였다. 소란을 일으켜 근처를 지나던 교수를 불러오거나, 혹은 실수인 양 주제르의 소지품을 건드려 그의 주의를 묶었다. 그게 전부 한 가지 목적을 지닌 고의라는 걸 주제르가 깨닫기까지 총 네 번의 방해가 있었다. 정말이지 빠른 깨달음이 아닐 수 없었다.

"솔직히 지금에서야 들킬 줄은……."

"디. 아. 나."

주제르가 인상을 와락 구겼다. 클레스메가 곁에서 어쩔 줄 몰라 하며 디아나에게 속삭였다.

"디아나, 너 왜 그래."

"잠깐만. 주제르 모르드, 알아차렸다니 정식으로 제안할게. 윈 카니스에게 해코지하지 마."

"뭐?"

기가 막힌다는 듯 주제르가 눈썹을 꿈틀거렸다. 교실 안 곳곳에서 수군거렸다.

"어쩌려고 저러지?"

"몰라, 용감하네."

"평민 아니었나? 평민이라서 오히려 주제르를 잘 모르는 건가……."

지금껏 이 교실 안에서, 아니, 아카데미 안에서 주제르에게 정면으로 맞선 사람은 없었다. 주제르도 지금 이 상황이 아주 새로운 경험인 듯했다. 그는 연달아 어처구니없다는 심경을 담은 헛웃음을 뱉어냈다.

"내가 윈 카니스에게 뭘 어떻게 하든 네가 무슨 상관이지? 정의의 사자 놀이라도 해보겠다?"

"마음대로 생각해. 어쨌든 건드리지 마. 내 의사는 밝혔어."

디아나는 실기 시험을 포함해서 전체 수석이었다. 만약 무력으로 막겠다고 나서면 주제르로서도 어쩔 도리가 없었다. 사실 디아나는 그걸 이미 보여줬다. 교탁을 때렸던 불구덩이가 만약 주제르를 향해 날아갔으면 어떻게 됐을까?

표정을 엉망으로 구긴 주제르가 이내 허리를 세웠다. 그러고는 짜증이 가득 서린 눈으로 디아나를 내려다보며 말을 뱉었다.

"재밌네. 그 말 후회하지 않길 바라지, 디아나."

그것뿐이었다. 주제르는 이어 몸을 돌려 교실을 나가 버렸다. 그게 디아나가 여자이기 때문인지, 혹은 당장 힘을 쓴다고 해도 당해낼 수 없기 때문인지는 알 수 없었다.

주제르가 퇴장하고 나자 교실이 소란스럽게 웅성거렸다. 몇몇 충성스러운 똘마니가 급히 주제르를 따라 나갔다.

클레스메가 디아나의 등판을 미친 듯이 때렸다.

"왜 그랬어! 왜!"

"아, 아야. 왜 그랬기는. 불의를 보고 어떻게 그냥 넘겨?"

물론 보통은 이렇게 요란하게 나서지 않는다. 디아나는 그 말은 굳이 하지 않았다. 클레스메는 뭐라고 더 말하고 싶은 듯 입을 뻐끔거리다가 이내 한숨을 길게 뱉어냈다.

"내가 미쳐……."

"같이 하자고 안 해, 클레스메. 걱정하지 마. 너한테 피해 안 가게 할게."

"그렇게 말하면 내가 뭐가 되니?"

그렇지만 클레스메는 끝내 아니라거나, 괜찮으니 나도 너와 함께하겠다거나 하는 말은 하지 않았다.

이해할 수 있었다. 사실 디아나는 이 왕국 태생이 아니니 여차하면 주제르를 패버리고 여한 없이 떠나도 된다. 하지만 다른 이들은 아니었다. 오히려 제게 가담한다고 하면 그게 더 불편했을지 몰랐다.

곧이어 지금까지 상황을 구경하느라 교실에 머물렀던 반 아이들이 하나둘 흩어졌다. 오전 수업이 끝났으니 점심시간이었다. 클레스메가 됐으니 일단 밥이나 먹으러 가자고 디아나를 잡아끌었을 때, 윈 카니스가 다가와 말을 걸었다.

"저기, 고마워."

"……."

"잘은 모르겠지만 날 도와준 거지? 디아나라고 부르면 될까?"

말을 거는 소년의 태도는 조심스러웠다. 디아나는 눈높이가 저와 크게 차이 나지 않는 윈 카니스를 응시하다 이내 빙긋 웃었다.

"그럼. 난 윈이라고 불러도 되지?"

"응, 얼마든지."

"같이 나가자. 식당 안내해 줄게."

디아나가 앞장섰다. 윈 카니스는 잠시 머뭇거리는 것 같더니 이내 순순히 뒤를 따랐다.

클레스메가 한숨을 푹푹 쉬다가 결국 두 사람을 따라서 걸음을 옮겼다.

바람이 불었다. 상공을 떠도는 바람은 지면에서 맞는 것보다는 세기가 강했다.

오드는 남들의 눈에는 보이지 않을 아카데미 꼭대기에 앉아 아래를 내려다보았다. 그런데 오드의 모습에 이상한 점이 있었다. 햇빛을 반사하던 눈부신 금발은 어디 가고 웬 푸석푸석한 연갈색 머리에, 눈동자도 붉은색이 아닌 연갈색이었다.

키는 줄어들고, 눈은 가로세로 폭이 골고루 좁아지고, 코는 낮아졌으며 턱도 뭉툭해졌다. 피부는 어두웠다. 이목구비 배치도 전보다 엉망진창이었다. 키는 작아졌으면서 얼굴 면적은 또 커졌다.

그건 윈 카니스의 모습이었다. 아빠-아윈-의 이름과 엄마 친구-케니스-의 이름을 멋대로 조합해서 대충 만들어낸 가명으로 아카데미에 입학한 오드가 얼마 전을 떠올렸다.

"……그렇게 되었어요. 디아나의 뜻이니 모쪼록 존중해 줬으면 해요."

갑작스러운 일이었다.

비숏과 에슐라 부부가 별안간 오드를 찾았다. 그러더니 디아나가 탑을 떠나 아카데미에 입학하기로 했다는 당황스러운 말을 전했다. 이어진 말은 더 터무니없었다. 심지어 그러는 목적이 저와 당분간 떨어져 있기 위해서라고.

처음에는 잘못 들은 줄 알았다. 귀에 이상이 생겼나 했다. 이어서 그게 환청도 뭣도 아니라는 걸 깨달은 이후에는 가까스로 이유를 물었다.

왜? 대체 왜 디아나가 갑자기 저랑 떨어져 있기를 원한다는 건지.

그러나 부부는 이유를 아는 기색이었으나 이야기해 주지 않았다. 아윈 닮은 얼굴에 반사적으로 약한 비숏이 눈치를 살피다 슬그머니 입을 열려고 했지만, 에슐라가 막았다.

그녀는 단호했다.

"미안하지만 이건 디아나에게 직접 듣지 않는 이상에는……."

끝은 어딘지 안타깝게 흐려졌다.

대체 뭐길래. 부부의 표정은 심각하게 굳어 있었다. 오드의 가슴이 불길하게 뛰었다. 혼란스러웠다. 오드가 살아오면서 단 한 번도 가정해 보지 않은 일이 있다. 바로 디아나와의 이별이었다.

물론 아카데미를 졸업하면 디아나는 다시 돌아올 테니 영영 떠나는 건 아니었다. 그렇지만 중요한 건 그 기간이 어쨌든 디아나가 저와 떨어지고 싶어 한다는 점이었다.

'왜?'

아무리 생각해 봐도 알 수 없었다. 뭔가 불만이 있었을까? 제게 어떤 문제가 있는 걸까. 잘못을 했다면 대체 뭘 잘못했는지 알고 싶었다.

그러나 들은 것을 확인할 겸 찾아갔던 디아나는 평소와 똑같았다. 조금도 피하지 않고 평상시처럼 저를 대했다. 떠나기로 했다면서도 그 변함없는 태도를 보며 문득 깨달았다. 이건, 숨기겠다는 거구나. 물어도 알려주지 않을 것이다. 혹은 둘러대겠지.

화가 났다. 대상은 오롯이 자기 자신이었다. 문제를 만들었으면서도 그 문제가 뭔지도 모르는 스스로에게 환멸이 일었다.

"알겠어."

"어?"

"걱정하지 않아도 돼, 디아나. 방해하는 일은 없을 테니까."

그래, 그렇다면.

"여름방학에 탑에 갈게. 그때 봐."

알아내야지. 듣지 않고.

디아나를 데려다주던 날, 오드는 그녀의 말을 듣고 스치듯 보이지 않게 웃었다.

원래는 바로 따라가려고 했다. 정체를 숨기고 디아나와 함께 아카데미에 입학해서, 평범한 동급생인 척 곁에서 지켜볼 생각이었다.

그런데 이때 예기치 않게 약간 문제가 생겼다. 사람 자체를 바꿔놓는 변용 마법이 생각보다 간단하지 않았던 것이다. 단순히 생김새만 바꾸는 것이라면 어렵지 않다. 하지만 사람이 타고난 특유의 분위기, 기운, 그런 것까지 건드리려니 영 녹록한 일이 아니었다.

결국 이것 때문에 오드는 아윈의 도움을 받기까지 했다. 태어난 이래 오드가 아빠에게 뭔가를 부탁하며 아쉬운 소리를 한 건 이때가 처음이었다.

라테는 무지하게 놀랐다.

"오드, 너도 이럴 때가 있구나."

기념일로 남길까 고민하는 눈치를 보이기도 했다.

그렇게 아빠 아윈에게 필요한 마법을 배우고 익히는 데 꼬박 일주일이 걸렸다. 라테는 그쯤 오드가 왜 이러고 있는지 전말을 알고는 즉각 걱정의 빛을 숨기지 않았다.

"정체를 감추고 아카데미에 입학한다니. 힘들 거야, 오드. 정말."

염려의 이유는 다음과 같았다.

"넌 아빠를 닮아서 태생적으로 인내심이 별로 없거든."

네 정체를 모르는 동급생들이 옆에서 까불면 죽이지 않을 자신 있니? 아카데미 자체를 날리지 않을 자신은?

그러나 오드는 어머니가 모르는 사실이 있다는 걸 알았다.

틈만 나면 인내 따위 저세상에 던지고 온 무법자라고 표현되는 아버지는 사실 무엇이든 충분히 인내할 수 있는 사람이다. 오직 어머니와 관련된 일에서만.

오드는 이런 점에서도 아빠를 닮았다. 그도 마찬가지였다. 윈 카니스라는 평범한 껍데기와 신분을 뒤집어쓰고 적당한 연기를 하는 것쯤, 힘들지도 않았다. 디아나를 곁에서 지켜볼 수만 있다면. 그래서 왜 그런 선택을 한 건지 이유를 알 수만 있다면 말이다.

"……."

바람이 앞머리를 건드렸다. 연갈색 머리카락이 평평해진 이마를 간지럽혔다. 높은 위치에서 아래를 응시하자 아카데미 부지가 한눈에 보였다. 이내 그 한구석에서 눈에 익은 청색 머리카락이 시야에 잡혔다.

오드가 얼핏 생각했다.

'죽일까?'

여기서 손가락 하나만 까딱하면 몸과 머리를 분리시켜 놓을 수 있다. 어렵지 않은 일이었다.

주제르 모르드. 이름과 신분은 나중에 들어서 알았다. 오드는 상대가 초면에 다짜고짜 제 멱살을 틀어쥐려고 했을 때도 별생각이 없었다. 그냥 좀 귀찮았을 뿐이었다. 왜 이러는지는 몰라도 때리면 대충 맞아주려고도 했다. 그럼 만족하겠거니.

당황스러워진 것은 디아나가 끼어든 이후였다. 디아나는 주제르와 대립하는 것을 피하지 않고 나서서 윈 카니스를 감쌌다. 이때 오드의 기분은 좀 복잡했다.

일단 디아나를 보니 좋았다. 그간 통신구로 몇 번 연락했다지만 실물을 직접 보는 건 일주일도 더 넘어서였다. 반가웠다. 동시에 디아나가 불이익을 무릅쓰고 윈 카니스를 도왔다는 사실에는 짜증이 솟았다.

"왜 이런 걸 돕는 거야, 디아나?"

이런 거. 아무리 가장한 신분이라지만 스스로를 언급하는 것치고 신랄하게도 오드가 중얼거렸다.

디아나는 자기 배경을 숨기고 아카데미에 입학했다. 그건 주변 반응만 봐도 알았다. 조용히 지내길 원해서 그랬겠지. 그런 상황에서 알량한 권력이나마 이곳에선 실세로 취급받는 주제르와 반목해 봐야 도움이 될 게 없었다. 외려 원했던 조용한 아카데미 생활을 제 손으로 포기하는 격이었다.

그렇게까지 해서 도울 가치가 있었을까? '이거'한테?

우스운 질투심이라는 걸 오드 본인도 알았다. 그런데 알아도 뭐 어쩌겠나. 짜증이 나는 건 나는 거였다.

오드는 꼭대기에서 주제르를 잠시간 더 내려다보았다.

'지켜보다가…….'

디아나를 건드리려거든 그때 아카데미 바깥으로 끌고 가서 묻을까. 나쁘지 않았다. 소란은 되도록 적은 편이 좋았으니 말이다. 이제 저거한테선 눈을 떼지 말아야겠군. 그렇게 생각했을 때 마침 점심시간의 끝을 알리는 종이 쳤다.

오드의 신형이 자리에서 꺼지듯 사라졌다가 이내 교실 근처에서 다시 나타났다. 잠깐 기숙사 방에나 다녀온 것처럼 오드가 아무렇지 않게 교실 안으로 들어섰다.

그때였다.

"윈 카니스!"

그를 부르는 목소리가 있었다. 귀에 설 가짜 이름에도 오드는 자연스럽게 고개를 돌렸다.

"클레스메, 이트?"

기억을 더듬어 이름을 생각해 냈다. 상대는 눈에 익었다. 디아나 곁에 항시 붙어 다니는 인물이었으니까. 아까 식당으로 함께 가던 길에는 오드에게 주제르에 대해 간략하게 설명해 주기도 했다.

그녀는 마치 뭔가를 결심한 듯한 얼굴로 척척 가까워졌다. 곧 클레스메가 입을 열었다.

"윈 카니스 너, 지오사에 가입하지 않을래?"

착각일까? 이때 디아나의 자리에서 문득 한숨 소리가 흘러나온 것 같았다.

"지오사?"

오드는 고개를 기울였다. 대뜸 튀어나온 제안을 바로 알아듣기에는 무리가 있었다.

오드의 되물음에 클레스메의 입이 재차 열렸다.

"지상의 천사 오드를 사랑하는 사람들의 모임."

……뭐?

이번에 들려온 탄식은 착각이 아니었다. 밀려드는 여러 가지 의문을 인식할 새도 없이 클레스메의 바쁜 설명이 이어졌다.

"줄여서 지오사. 너 마탑은 알지? 그 마탑의 다음 대 후계자 이름이 오드거든. 그 오드를 좋아하고 찬양하는 사람들이 모인 모임이야. 간단하게 말하면 오드 팬클럽이지."

"……."

설마 했더니 그 오드가 이 오드였다. 오드는 아주 간만에 황당함으로 말문이 막히는 경험을 했다.

지상의…… 뭐라고?

'왜 여기에 그딴 게.'

속내가 표정으로 드러나지 않은 건 오드도 몰랐던 타고난 연기의 재능 덕분이었다. 참 여러 면에서 재능이 있었다. 오드는 윈 카니스의 가면을 쓴 채 내심과 달리 태연한 척 물었다.

"아, 그렇구나. 어, 그런데 왜 나한테 가입을 권하는 거야?"

"솔직히 말하면 디아나 때문에. 알잖아, 너도. 디아나가 널 감싸느라 주제르한테 맞서게 된 거."

클레스메의 눈이 흘끔 교실 한쪽을 살폈다. 주제르는 늦는 건지 아예 수업에 빠지는 건지, 아직 교실에 나타나지 않았다. 당사자가 없다지만 그래도 다른 눈과 귀가 걸리는지 클레스메가 목소리를 바짝 낮춰 다음 말을 꺼냈다.

"지오사 회원 수가 아카데미 통틀어 스물아홉이야. 네가 서른 번째 회원이 되면 다들 의리를 봐서라도 네 상황을 그냥 외면하지는 않을 테니까. 솔직히 돕는 시늉만 해줘도 디아나한테는 도움이 될 거 아냐.

최소한 혼자 주제르랑 대립하는 것보다는 낫겠지. 일단은 나도 지오사 회원이고……."

저놈의 지오사라는 이름은 몇 번을 듣고 있어도 적응이 안 됐다. 오드가 그런 생각을 하는 사이 짤막한 한숨과 함께 말이 이어졌다.

"정말, 아주 솔직하고 결론적으로 이야기하자면 나 혼자 디아나를 도울 용기는 안 나니까 부담을 나눌 방법을 생각해 본 거야. 딴에는 이게 최선이었고. 어때, 가입할래?"

클레스메에게선 디아나를 생각하는 마음이 꽤 느껴졌다. 친구라고 해봐야 입학해서 사귀었을 테니 이제 고작 일주일이 좀 지났을 텐데, 어울린 기간을 고려하면 생각 외로 깊은 정이었다.

그건 그거고. 어쨌든 오드는 거절하려고 했다. 당연한 일이었다. 의도가 뭐든 자기 자신을 찬양하는 팬클럽에 가입하는 정신 나간 짓은 별로 하고 싶지 않았다. 마음은 고맙지만 다수에게 폐를 끼칠 수는 없다며 대강 둘러대는 말로 고개를 저었을 거다.

순간 머릿속을 스친 생각만 아니었다면.

"……클레스메."

"왜?"

"혹시 디아나도 회원이야?"

클레스메가 그에게 팬클럽-오드는 차마 지오사라는 이름을 스스로 언급하고 싶지 않았다-가입을 제안할 때 디아나의 자리에서 탄식이 들렸다.

왜 그랬을까 했는데 이렇게 보면 말이 된다. 일단 두 사람은 단짝인 것 같으니 뭔가 활동을 하더라도 같이하지 않았을까 싶기도 하고.

아니나 다를까 클레스메가 고개를 끄덕였다. 그리고 예상 이상의 말이 나왔다.

"정확히는 회장. 디아나가 만든 거거든, 지오사. 입학하자마자 그것부터 만들었어. 지금 생각하면 지오사를 창단하려고 아카데미에 들어왔나 싶을 정도로 열정적이게……."

그때, 대답하던 클레스메가 교실 밖을 얼핏 내다보는가 싶더니 다급해진 얼굴을 했다.

"교수님 온다. 어쩔래? 가입할 거야? 할 거지?"

답을 듣고 나면 금방이라도 자리로 뛰어갈 자세였다.

그녀의 재촉에 오드가 빙긋 웃으며 대답했다.

"가입할게."

오드는 수업을 듣는 양 자리에 앉아 앞을 응시했다. 물론 머릿속에 들어오는 교수의 말 같은 건 한 음절도 없었다.

'그런 거였어?'

윈 카니스인 체를 해야 하는데 표정 관리가 잘 되질 않았다. 입학 이후 최대 난관이었다. 웃음이 터질 것 같아서 오드는 자연스럽게 생각에 잠긴 척 입가를 가렸다.

'그러려고……'

기어이 손안에서 웃음이 흘러나왔다. 디아나가 제 팬클럽 회장이라고. 심지어 아카데미에 입학하자마자 그것부터 만들었다고. 디아나가 왜 탑을 떠나서 이곳까지 왔는지, 그리고 왜 저를 떼어놓아야 했는지 목적이 투명해지던 순간이었다.

망치로 머리를 얻어맞은 것 같았다. 그리고 충격과는 별개로 납득이 안 되지는 않았다. 그래, 확실히 그렇다. 그런 걸 만들고 싶었으면 분명 탑 안에서는 힘들었겠지. 만든다고 누가 가입하겠냐고. 제가 바로 곁에 있는 것도 당연히 곤란했을 테고 말이다. 아귀가 착착 맞아떨어졌다. 정말이지 상상도 못 했던 이유인데, 그 와중에 수긍은 된다는 게 웃음을 견디기 힘들게 하는 원인이었다.

'하아.'

또 한편으로는 맥이 풀렸다. 마음이 놓였다. 여기까지 오는 동안 갖은 부정적인 추측은 다 했다. 그중 제일 최악은 디아나가 실은 그간 저와 억지로 어울렸다는 가정이었다. 그래서 그러는 데 신물이 나고 한계가 와서 곁을 떠나고 싶었다고.

그건 생각하는 것만으로도 속이 뒤틀려 다시 떠올리고 싶지도 않았다.

오느는 앞을 보는 척 시선을 약간 틀었다. 어릴 때와 변함없이 목덜미가 드러나도록 갈색 머리를 짧게 다른 디아나의 뒷모습이 시야에 들어왔다.

"……."

문득 까마득한 과거의 일이 떠올랐다.

디아나는 아주 어릴 때부터 오드에게 세상의 일부였다. 오드가 언젠가 태어나 처음으로 세상을 인식하던 순간, 그 세상 안에 디아나가 있었다.

이제 갓 말을 배웠을 것 같은 작은 아이였다. 물론 그때 오드는 더 작았지만, 어쨌든 꼬물꼬물 작았다. 아이는 요람으로 얼굴을 들이밀고 구슬 같은 밝은 주황색 눈동자를 깜박이더니 감탄하듯 말했다.

"예쁘다."

최초의 기억이었다.

이후로는 퍽 당연한 것처럼 어울렸다. 디아나라는 이름을 가진 또래의 아이가 곁에 있는 것은 자랄수록 자연스러운 일이 되었다.

언제더라, 저보다 나이는 한 살 많지만 그럼에도 한참 작게만 느껴지는 디아나가 당찬 얼굴로 저를 지켜준다고 했을 때는, 어린 무렵에도 웃음이 터졌다. 그렇게 디아나는 한동안 오드의 세상을 이루는 한 조각이었다.

그러다 어느 순간, 세상 그 자체가 되어버리고 말았던 날이 있었다. 그때를 떠올린 오드의 눈이 고요하게 가라앉았다.

'난 디아나에게 어떤 의미지?'

머리를 채운 생각이 가슴까지 어지럽혔다. 오드에게 디아나는 세상이다. 다른 말로 표현하면 전부였다. 디아나가 없는 미래 같은 건 생각해 보지도 않았다. 세상 없이 살아갈 수는 없었으니까.

하지만 디아나는?

솔직한 심정으로는, 모르겠다.

디아나가 예쁜 것을 좋아한다는 것은 알고 있었다. 저를 볼 때마다 예쁘다는 표현을 아끼지 않는다는 것도. 그렇지만 단지 그것뿐이면? '예쁜' 제 얼굴을 선호하고 좋아한다. 그게 전부라면?

지금 같은 상황에 놓이니 더 헷갈렸다. 디아나가 제가 싫어서 떨어지려고 했다는 게 아니라는 건 다행이었지만, 그렇다고 이런 데서 팬클럽 같은 걸 만든 속내는 짐작할 수가 없었다.

모임에 가입하겠다고 대답한 건 그래서였다. 그걸 구실로 윈 카니스와 디아나와의 거리를 좁히고 나면 혹시 디아나의 마음을 알아볼 수 있지 않을까 싶어서.

구차한 짓이다. 알고 있다. 하지만 다르게 말하면 그만큼 절실했다. 표정을 숨기려 얼굴을 가렸던 손으로 오드가 입매를 쓸었다.

그때였다. 갑자기 교실 뒷문이 요란한 소리를 내며 열렸다.

"……."

찰나 찬물이라도 끼얹은 듯 교실에 짤막한 정적이 돌았다.

나타난 것은 주제르였다. 어디서 뭘 하다 들어왔는지 수업에 늦어도 한참 늦은 주제르는 그러고도 눈치 보는 기색이라곤 없이 뻔뻔하고 느긋한 걸음으로 자기 자리로 향했다.

젊은 교수는 헛기침을 뱉었을 뿐 제지하지 않았다.

주제르의 지정 자리는 교실 맨 안쪽 창가였다. 가는 길에 오드의 자리를 지날 수 있었다. 오드의 뒤를 지나칠 때 부러 걸음을 확 늦춘 주제르가 상대에게만 들리도록 낮게 지껄였다.

"계집애 뒤에 숨는다고 내가 이대로 널 가만히 둘 거라 생각하면 오산이야."

오드는 대답하지 않았다. 대신 윈 카니스답게 놀란 듯 흠칫하며 어깨를 움츠렸다. 주제르의 위치에서 보이지 않는 표정은 차가웠다.

'계집애라.'

그리고 그날 수업이 끝난 후, 주제르는 4층 계단에서 굴렀다.

"설마 일이 이렇게 잘될 줄은!"

방과 후 교실에서 클레스메가 박수를 쳤다.

계단에서 발을 헛디뎌 구르면서 전신 골절상을 입은 주제르가 한동안 아카데미를 쉬게 됐다. 주제르의 가문에서 마법을 비롯해 회복에 갖은 수단을 동원할 테니 그리 오래 쉬지는 않겠지만, 어쨌든 당분간은 주제르의 패악을 걱정할 필요가 없어진 셈이었다.

그리고 여기서 끝이 아니었다. 실은 저건 일시적인 도피일 뿐이고, 그보다 훨씬 지속적이고 근본이 되는 해결책이 생겨났다.

결론부터 말하자면 오드-윈 카니스-를 지오사의 회원으로 가입시킨다는 클레스메의 발상이 놀랄 만큼 주효한 성과를 냈다. 오드는 지오사의 서른 번째 회원이자 첫 번째 남자 회원이었다. 최초, 유일, 청일점.

'완전 마음에 들어!'

그런 오드의 영입을 한 학년 위 어느 선배 회원이 득달같이 찾아와선 달가워했다. 이유는 다음과 같았다.

"남자가 봐도 아름다운 얼굴이라는 거잖아! 우리 오드 님이 말이야. 이전보다 한결 인정받는 것 같아서 뿌듯하고 기쁘네. 좋아, 좋아. 앞으로 지오사 활동 열심히만 해. 주제르는 내가 막아줄 테니까. 우리 소중한 남자 회원을 탄압하게 둘 수는 없지! 그나저나 주제르 걔, 떨떨하게 계단에서 굴렀다며? 어쩜, 잘 좀 보고 다니지. 쯧쯧."

그랬다. 그녀의 이름은 마더가 다이아. 다이아 백작가의 귀한 무남독녀였다. 가문만 놓고 보면 그녀는 백작가요, 주제르는 후작가니 밀리는 게 아닌가 싶을 수 있다. 하지만 그녀가 지닌 배경의 진짜 힘은 바로 외가에 있었다.

백작 부인인 모친의 가문이 왕국 유일 공작가였던 것이다. 아무리 주제르라도 그녀가 적극적으로 나서는 이상에는 함부로 행동할 수 없다.

그렇게 주제르가 주던 위협은 사실상 간단하고도 말끔하게 해결되었다.

"역시 마더가 언니야! 언니가 그렇게 나와줄 줄 알았으면 진작 마음 놓을 걸 그랬어. 그렇지, 디아나?"

"응, 그러게."

고양된 기분을 참지 못한 클레스메가 디아나의 등을 마구 두들겼다. 맞은 등이 아파서일까. 충분히 기쁜 소식에도 디아나의 표정은 어딘지 어색했다.

오드는 두 사람이 그러는 동안 마더가라는 선배 회원이 주고 간 지오사 공식 굿즈, 본인 초상화를 펼쳐서 구경하고 있었다.

'……내가 이렇게 생겼나.'

솜씨 좋은 화가가 혼신의 힘을 다한 것으로 추정되는 초상화는 그림임에도 불구하고 반짝이며 생동감이 넘쳤다. 새로운 느낌이었다. 그간 자기 얼굴에 대해서는 아빠를 닮은 생김새라는 것 외엔 별다른 생각이 없었는데.

'이런 건 또 언제 만들었을지.'

디아나가 지오사를 창단하자마자 초기 가입 회원에게 한 장씩 나누어주었던 거라고 했다. 마더가는 그걸 복사해서 더 가지고 있었고 말이다.

이내 자기 얼굴 감상을 마친 오드가 초상화를 도로 둘둘 말았다.

그러곤 윈 카니스의 얼굴로 쑥스럽다는 듯 웃었다.

"저기, 다들 고마워. 말은 못 했지만…… 실은 나도 무서웠거든. 주제르라는 애."

"그럴 만하지. 솔직히 운이 좋기도 했어. 마더가 언니가 아니었으면……. 참, 그나저나 언니는 윈 네가 적극적으로 지오사 활동을 해줬으면 하는 것 같던데. 명목만 회원으로 두는 게 아니라."

그러잖아도 그녀가 좀 전에 초상화를 선물이랍시고 주면서 결코 활동 소홀히 말라는 당부를 단단히 남기고 가긴 했다. 사실 고마운 일이었다. 오드에게는 말이다.

마침 그 이야기가 나오길 기다렸다는 듯 오드가 디아나를 보며 입을 열었다.

"응, 그래서 그것 때문에 말인데…… 디아나한테 도움을 받고 싶어. 괜찮을까?"

"디아나한테? 도움?"

"난 이런 모임에 가입하는 게 처음이라 활동이라고 해도 잘 모르니까. 회장인 디아나가 곁에서 많이 알려준다면…… 마음이 놓일 것 같아."

"아, 그래."

클레스메가 듣더니 그러는 편이 좋겠다고 맞장구를 쳤다. 어차피 굳이 제안이 아니어도 이런 일은 디아나가 적임자이기는 했다. 신규 회원 교육 및 세뇌(?)만큼 회장이 하기 좋은 게 또 어디 있단 말인가.

그렇지만 디아나는 어째 복잡해 보이는 표정을 했다. 그 기색을 읽은 클레스메가 가까이 바짝 붙어서 속삭였다.

"왜 그래? 이런 데서 미적거릴 사람이 아닌데, 우리 디아나. 설마 낯가리니? 남자애라서 그래?"

"그런 거 아냐."

"도와주겠다고 주제르한테도 당당히 맞섰던 게 조금 전이면서 뭘. 이김에 둘이 친해지면 되겠네. 친해져, 친해져."

클레스메가 디아나의 등을 퍽퍽 떠밀었다.

결국 미약하게 한숨을 삼키는 것 같던 디아나가 이내 오드를 향해 손을 내밀었다.

"좋아. 앞으로 가까이서 이것저것 도와줄게. 잘 부탁해, 윈."

"나야말로 잘 부탁해, 디아나."

두 사람이 손을 맞잡았다. 어수룩한 낯을 한 소년이 수줍게 웃었다. 이것 참 훈훈한 광경이라고 클레스메가 다 들리게 평했다.

떠밀려서 마지못해 수락하는 양상을 보였던 것치고 디아나는 꽤 살뜰하게 오드를 챙겼다. 이것저것 도와주겠다던 건 팬클럽 활동뿐만 아니라 전반적인 아카데미 생활을 포함해서였던 모양이다. 가령, 지금도.

"이번 시간에는 상대와 접촉해서 그 사람의 마나 속성을 알아보는 실습을 해볼 겁니다. 자, 두 사람씩 짝을 지으세요."

"윈, 이리 와."

당연하다는 듯 디아나가 오드에게 손짓했다. 클레스메는 다른 동성 친구를 찾아 짝을 이루고 있었다.

"내가 아닌 타인의 마나 속성을 알아내기 위해선 신체 접촉이 있어야 합니다. 반드시 그래야만 하는 건 아니지만, 여러분의 수준에선 필수죠. 그럼 서로 손을 잡아볼까요?"

설명할 것도 없이 오드는 지금 이 자리에 있는 모두의 마나 속성을 손가락 하나 대지 않고 훤히 꿰뚫어 볼 수 있었지만, 모른 체하며 순진한 척 디아나가 내미는 손을 잡았다.

이전에도 느꼈지만 참 복잡한 기분이었다. 디아나와 손을 잡은 건 좋고, 그런데 윈 카니스가 잡았다는 건 싫고. 뭐 어쩌라는 건지.

"바람 속성이네, 윈."

이어지는 교수의 설명을 듣고 그대로 따라 하나 싶던 디아나가 이내 손을 잡은 채로 말했다.

마나 속성이란 쉽게 말하면 마법에 한정된 사람의 체질을 뜻했다. 주 마법 계열을 미리 알아볼 수 있는, 각자의 타고난 자질. 속성은 크게 총 바람, 물, 불, 빛, 어둠 다섯 개로 나뉘는데, 일반적으로 자기 속성에 맞는 마법을 보다 수월하게 익힐 수 있었다.

다만 여기서 오드는 예외다. 오드에겐 딱히 속성이랄 게 없었다. 계열에 전혀 구애받지 않고 모든 속성 마법을 쉽게 익힐 수 있기 때문일까. 굳이 분류하자면 만능 속성쯤 될 것이다. 디아나가 읽어낸 건 오드가 아니라 윈 카니스의 속성이었다.

놀란 척 눈을 동그랗게 뜬 오드가 가증스레 말했다.

"우연이야, 디아나. 너도 바람 속성인걸."

물론 전혀 우연이 아니다. 디아나가 그에 웃으며 대꾸했다.

"그러게. 통했네, 우리."

의도한 반응을 끌어냈는데 왜 기분이 더러운지. 모를 일이었다. 말도 안 되는 생각이지만 오드는 얼핏 윈 카니스를 죽여 버릴까도 잠깐 고민했다.

이어진 수업은 원래 예정에는 없던 자율 시간이었다. 담당 교수의 사정으로 자유가 주어졌다.

"도서관에 갈래?"

교실에만 있어야 하는 건 아닌 데다 마침 다른 수업 때문에 찾아야 하는 책이 있었다. 오드는 고민 없이 고개를 끄덕이곤 디아나를 따라 나섰다.

다른 클레스는 수업 중이라 복도가 조용했다. 날이 적당히 선선해서 그런지 창문은 전부 반쯤 열려 있었다. 열린 틈으로 바람이 불어왔다.

길이가 남들보다 확연히 짧기 때문일까, 디아나는 바람에 머리카락이 흐트러지든 말든 별반 신경 쓰는 기미가 없었다. 어깨를 넘겨 아래로 떨어지는 긴 머리였다면 엉키는 걸 걱정해 손으로 빗는 시늉이라도 했을 텐데.

오드가 문득 입을 열었다.

"디아나."

"응?"

"왜 머리를 짧게 자른 거야?"

무례한 질문일 수 있었다. 성별을 떠나 머리 길이에 꼭 이유가 필요한 건 아니었으니까. 그리고 사실 오드는 이 답을 알고 있었다.

몇 걸음 앞서 걷던 디아나가 가벼운 어조로 대답했다.

"누가 예쁘다고 해줬거든."

그래. 어릴 때의 일이었다. 다섯 살이었나, 여섯 살이었나.

디아나는 그 무렵에도 지금처럼 머리를 짧게 자르고 다녔다. 반면 오드는 어깨까지 기른 머리를 종종 리본으로 묶곤 했다. 서로에겐 그냥 그게 자연스러웠다.

문제라고 할 만한 게 생겼던 건 불시의 어느 날이었다. 부모님을 따라 어느 모임에 다녀온다던 디아나가 무슨 일이 있었는지 기가 잔뜩 죽어서 귀환했다.

"나, 이상해?"

"뭐?"

"머리 짧아서. 이상해? 남자애 같아? 못났어?"

어디서 무슨 소리를 듣고 온 건지 짐작이 갔다. 한 사람에게만 들은 게 아닌 듯 어린 디아나는 제법 의기소침해 있었다. 듣기로 범인들은 이미 비숏의 손에 따끔한 맴매(?)를 흠씬 맞은 모양이었지만, 오드 외에 처음 어울린 또래에게 받은 상처란 생각보다 깊었던 모양이다. 풀이 죽은 디아나는 쉽게 회복되지 않았다.

그러자 그다음 날, 오드는 대뜸 자기 머리를 디아나와 엇비슷하게 싹둑 자르고 나타났다. 그러곤 놀라 눈을 휘둥그레 뜬 디아나를 앞에 두고 말했다.

"나 머리 어때."

"……짧아."

"예뻐, 안 예뻐."

"예뻐!"

그건 정해진 답이었다. 디아나가 열렬히 대답하자 오드가 웃었다. 햇살 아래서였다.

"그래. 너도 예뻐, 디아나."

한낮이라 따갑게 햇살이 쏟아졌다. 숙였던 고개를 들고 저를 말갛게 응시하던 디아나의 눈동자가 햇빛 탓인지 주황색이 아니라 투명한 금색처럼 보였다. 그때도, 또 어느 날에도. 마치 지금처럼.

디아나가 걸음을 멈추고 오드를 돌아보았다. 바람이 스며든 창 너머로 오후의 햇빛이 환하게 비쳤다. 햇빛 아래 선 디아나가 금색 눈동자를 깜박거렸다.

"왜?"

'디아나.'

그녀는 몇 보 뒤처진 오드를 기다려 주는 것처럼 보였다. 오드가 느려졌던 걸음을 재촉했다.

'난 네가 좋아.'

옆에 나란히 서자 디아나도 다시 걸음을 옮기기 시작했다. 조용한 복도를 울리는 발소리가 엇박자를 이루다가 차츰 비슷해졌다.

'정말 좋아해.'

문이 닫힌 교실 안쪽에서 얼핏 들려오는 수업 소리나, 창밖의 새소리 따위가 물밑의 소음처럼 희미하게 귓전을 울렸다.

'너는 어때?'

목적하던 도서관에 도착할 때까지, 겉으로 꺼내지 못한 질문은 오드의 입안에서만 맴돌았다.

주제르는 어처구니가 없었다.

분명 누군가가 저를 계단에서 밀었다. 발목을 걷어차듯 뒤에서 때리는 느낌이 똑똑히 났다. 그런데 목격자들은 하나같이 주제르가 혼자 발을 헛디뎌 넘어졌다고만 증언했다. 깨어나 보니 저는 4층 계단에서 저 혼자 굴러떨어져 사지가 부러진 띨띨이가 되어 있었다.

'빌어먹을.'

기가 막힌 노릇이었다. 그럼 그게 착각이었다고? 그렇게나 선명하던 감각이? 그렇지만 목격담은 물론이고 보안을 목적으로 설치해 둔 아카데미 내 영상구를 살펴봐도 잡히는 건 아무것도 없었다.

'제기랄.'

결국 띨띨이가 맞았다는 결론만 섰다.

부러졌던 팔다리가 도로 말끔히 붙는 데는 정확히 일주일이 걸렸다. 갖은 치유 마법에 신관을 불러다 신성력까지 쏟아부은 결과물이었다. 뼈는 붙었어도 잠시간은 안정을 취하는 게 좋겠다는 주치의의 소견에 주제르는 대략 열흘쯤 지나 침상을 벗어났다. 거기에 오가는 시간을 더하자, 주제르가 아카데미 부지를 다시 밟게 된 건 계단을 구르고서 약 2주 정도 후였다.

'칫.'

주제르는 다소 더러운 기분으로 아카데미에 복귀했다.

부러졌다 다시 붙은 팔다리는 외려 전보다 가뿐했지만, 한심하게 계단에서 구른 자식을 싸늘한 눈으로 내려다보던 아버지의 얼굴이 떠오르자 절로 걸음이 무거워졌다.

'젠장, 젠장.'

그렇게 돌아온 아카데미. 그리고 오자마자 안 그래도 더러운 기분을 더 더럽게 만들어주는 소식이 준비되어 있었다.

"뭐?!"

또래의 소년이 주제르의 고함에 움찔 목을 움츠렸다. 윈 남작자의 차남 도마니 윈. 주제르의 곁에서 오랜 똘마니 생활을 해온 소년이 눈치를 살피며 했던 말을 조심조심 다시 꺼냈다.

"다이아 가문의 마더가가 나섰어…… 윈 카니스를 비롯해 자기네 회원을 건드리면 가만히 있지 않겠대."

"허."

이게 무슨 얼어 죽을 소리인가 싶었다. 헛웃음을 뱉은 주제르가 가까운 아카데미 기물을 걷어찼다.

쾅!

요란한 소리가 울리고 도마니가 재차 자라목이 되었다.

"장난쳐? 그게 대체 왜 끼어드느냐고!"

"그, 그러게…… 미안."

잘못한 건 없었지만 도마니가 반사적으로 사과했다. 주제르는 형편없이 구겨진 얼굴로 연신 발에 닿는 기물을 걷어찼다.

"망할 계집애가! 빌어먹을! 제길!"

마더가 다이아. 학생 중에서는 주제르가 거의 유일하다시피 눈치를 봐야 하는 상대가 학기 시작 이후 팬클럽이니 뭐니, 교내에서 웃기지도 않은 소꿉장난을 하고 있다는 건 알고 있었다. 그런데 설마 그게 이딴 식으로 제 앞을 가로막게 될 줄이야.

"아악!"

주변을 닥치는 대로 부숴대면서도 주제르는 분에 못 이겨 악을 썼다.

마더가의 배경은 주제르로서도 어쩔 수가 없다. 그녀의 외가가 지닌 힘은 막강했다. 물론 작정하고 붙는다면 아예 못 해볼 상대는 아니다. 하지만 문제는 아버지가 저를 위해 그렇게까지 나서줄 리 없다는 거였다. 그것도 고작 마음에 들지 않는 또래 하나를 밟아야 한다는 이유로는.

"헉, 헉."

지금 주제르가 있는 곳은 본관 건물 뒤쪽 후미진 공간이었다. 인적이 드물어서 이만한 소란에도 무슨 일인가 들여다보는 사람이 없었다. 실컷 날뛰다가 힘이 다한 주제르가 숨을 골랐다.

'윈 카니스…….'

왜 그런 자식 따위를 제 뜻대로 하지 못해야 하나. 자존심이 상했다. 그래, 자존심. 그것 때문에 견딜 수가 없다.

주제르가 통증을 느끼도록 입술을 깨물었다. 그때 자리에 있던 또래 중 한 명이 슬그머니 손을 들었다.

"저, 주제르."

"뭐야?"

"윈 카니스 말이야. 아카데미 내에서 건드리기가 곤란하게 된 거라면, 퇴학시키는 건 어때?"

"뭐?"

주제르가 미간을 실룩였다. 대뜸 퇴학?

그러나 말을 꺼낸 상대는 무리 중 가장 머리가 잘 돌아간다는 미어리 자작가의 장남 젠 미어리였다. 실제로 이 중에서 저 혼자 안경을 쓰고 있었다. 주제르가 잠시 침묵하다 발언권을 주자 젠이 이어서 말했다.

"마더가가 윈 카니스를 감싸는 건 지오사인지 뭔지 하는 교내 모임 때문이라며? 그 모임 회원이라서. 그럼 퇴학시킨 후 아카데미 바깥에서 밟는 것까진 참견하지 않겠지. 퇴학과 동시에 교내 모임 따위야 자동으로 탈퇴하게 되는 거니까."

"그래서 어떻게 퇴학시킬 건데?"

아카데미 측에 압박을 넣을 수도 없다. 그런 행위 또한 엄연히 윈 카니스를 '건드리는' 거였으니까.

젠은 바로 대답했다.

"간단해. 녀석이 부정을 저지른 걸로 꾸미는 거야."

"부정?"

"그 사유면 적발 즉시 이유 불문하고 바로 퇴학이니까. 우리 일주일 뒤면 1차 시험이잖아? 지금쯤이면 슬슬 시험지가 나왔을 테고."

그들이 다니는 헤르이포티아 마법 아카데미는 한 학기에 시험을 총 세 번 치렀다. 1차 필기, 2차 실기, 3차 종합. 그중 1차 시험인 필기는 말 그대로 문제지를 통해 서면으로만 치는 시험이었다.

젠이 하려는 말을 알아들은 주제르가 표정을 바꿨다.

"그 시험지를 빼돌려다 윈 카니스를 범인으로 몰자?"

"맞아. 교실 책상 따위에 넣어두는 건 모함이라는 변론이 먹힐 수 있으니 그런 곳보다는…… 그래. 그놈 기숙사 개인 방 서랍 안에 숨겨두면 다른 변명도 못 하겠지."

윈 카니스는 갑자기 들어온 도중 입학생이라 룸메이트 없이 혼자 방을 쓰고 있었다. 열쇠도 개인 소유였다.

"동기도 얼마든지 있어. 녀석은 그 어렵다는 도중 입학시험을 통과한 수재잖아? 실제로는 어떨지 몰라도 그렇게 인식이 박혔지. 다가오는 1차 시험에 그 인식을 무너뜨리고 싶지 않다는 부담과 압박감을 느껴 고민하다 한순간의 잘못된 선택으로 그만…… 어때?"

"괜찮네."

마음에 들었다. 잔뜩 일그러져 있던 주제르의 인상이 차츰 풀어졌다.

젠이 안경을 추어올리며 말을 이었다.

"그럼 실행하려면 우선 열쇠가 필요해. 시험지가 있을 교수실 열쇠도, 남자 기숙사 통합 상비 열쇠도. 뭐, 이것들은……."

젠의 시선이 도마니에게 향했다.

"얘가 훔쳐다 주겠고. 그렇지?"

"나, 나?"

"네가 적임이야. 넌 작고, 빠르고, 날쌔잖아. 밤눈도 밝고. 밤중에 몰래 열쇠실에 숨어들기엔 너만 한 인물이 없어."

그리고 동시에 가장 만만했다. 만에 하나 도중에 걸렸을 때 모든 책임을 뒤집어씌우기에 제일 뒤탈이 없을 만큼.

젠이 빙그레 웃으며 도마니의 어깨를 두드렸다.

"할 수 있지?"

못 한다고 해도 어차피 해야만 하는 일이었다. 그건 매서운 주제르의 눈초리만 보더라도 알 수 있었다. 이내 도마니의 머리통이 위아래로 움직였다.

'꿀꺽.'

마른침을 삼키며 도마니가 한밤중 열쇠실 안을 더듬었다. 행여 들킬까 봐 불도 켜지 못했다. 그저 어둠에 최대한 적응한 밤눈에 의존할 뿐이었다. 낮에 열쇠실 정리를 돕겠다고 하곤 몰래 남아서 가장 눈에 띄지 않는 안쪽 창문의 잠금을 풀어놨다. 그리고 밤중에 바깥에서 그 창문을 통해 잠입했다.

'씨이, 늘 이런 건 나만 시키고.'

본인이 똘마니임을 알고 있는 도마니가 분을 삼키고 살금살금 발을 내디뎠다.

'여기였지.'

도마니가 밤눈이 밝다는 젠의 말이 없는 소리는 아니었다. 캄캄한 어둠 속에서도 도마니의 눈은 사물을 제법 잘 분간했다. 이내 도마니가 왼쪽 끝에서부터 필요한 열쇠함을 골라 열었다.

'3학년 A반 교수실이랑, 기숙사…….'

여자 기숙사 열쇠 앞에서 손이 추잡하게 멈칫했다가 다시 지나쳐 갔다. 헛기침을 뱉은 도마니가 빠르게 목표물인 열쇠들을 챙겼다.

'응?'

그러다 그의 눈길이 어느 지점에서 멈췄다.

저게 뭐지? 못 보던 열쇠가 있었다. 어둠 속에서도 얼핏 낡았다는 게 느껴지는 열쇠는 모양도 모양이거니와 크기부터가 다른 것들과는 뚜렷하게 달랐다.

"……."

호기심 많은 열여섯 살 도마니가 짧게 망설이다 그것까지 품에 넣은 뒤 열쇠함을 닫았다.

'어떡해! 실수했다, 실수했어.'

올해 갓 아카데미 교육자 타이틀을 딴 초임 교수, 피약이 주변을 의식해 최대한 뛰지 않고 부지런히 걸었다. 그렇지만 마음 같아선 뛰는 게 뭐냐, 마법을 써서 날아가기라도 하고 싶었다.

'내가 미쳤지. 어떻게 그걸 거기 걸어두고 와?'

아카데미 교수진이 한 명씩 돌아가며 당번제로 보관을 맡아온 열쇠가 있었다. 그런 식으로 보관하는 이유는 그게 그만큼 중요한 것이었기 때문이다. 어디 한정된 장소에 숨겨두었다가 만에 하나 도둑맞기라도 하면 큰일이라, 차라리 믿을 만한 개인이 번갈아 소지하자는 의견이 일찌감치 교수들 사이에서 나왔던 것이다.

그리고 영광스럽게도 피약 교수가 그 '믿을 만한' 개인에 선정된 지 고작 이틀. 실수를 해도 치명적인 실수를 했다. 그는 울상을 지은 채 열쇠실 문을 열어젖혔다.

처음 맡는 시험에 너무 긴장해서 그 전날 잠도 자지 않고 문제 출제에 몰두했던 게 화근이었다. 밤을 꼬박 새운 여파는 다음 날 그를 덮쳤다. 종일 비몽사몽하다 퇴근 무렵 피로가 절정에 이른 피약 교수는 그만 무심결에 교수실 열쇠와 품에 있던 열쇠를 함께 열쇠함 안에 넣어버리고 말았다. 자기가 저지른 미친 짓을 자각한 건 숙소로 돌아와 쓰러지듯 잠들었다 깨어난 오늘 아침이었다.

'으흑, 역시 난 햇병아리야.'

선배 교수들에게 신물 나게 들은 말을 자학하듯 되뇌며 피약 교수가 열쇠실로 들어가 문제의 열쇠함을 열었다. 손이 달달 떨렸지만, 그래도 한편으론 설마 문제가 생겼겠냐는 마음도 있었다. 고작해야 하룻밤 이곳에 두었을 뿐이다. 열쇠실 문도 잘 잠겨 있었다. 일반적으로 생각하면 놀라 가슴이 잠깐 철렁하기는 했어도 아무 일도 없어야 보통이었다.

그래, 그렇다. 그게 보통일 텐데…….

"아, 안 돼. 열쇠! 으아아!"

잠시 후 사색이 된 피약 교수가 주변의 시선이고 나발이고 교장실로 곧장 날았다.

클레스메는 본인에게 중매인 기질이 있었음을 깨달았다. 근래 부쩍 가까워진 디아나와 윈 카니스를 보는 것이 어쩐지 뿌듯하고 기꺼웠기 때문이다.

"저 정도면 단짝인데?"

말마따나 오드와 디아나는 지난 2주간 눈에 보이게 붙어 다녔다. 실습수업이 있을 적마다 둘이 짝을 이루는 건 물론이고, 식사 때면 밥도 같이 먹고, 과제나 다른 볼일 때문에 도서관 등에 방문해야 할 때도 어김없이 함께 갔다.

클레스메도 종종 같이 어울리긴 했지만, 왜인지 항상 붙여놓고 알아서 관전자를 자처하게 되곤 했다.

디아나는 원래 클레스메와 단짝이었다. 질투가 날 법도 한데, 이상하게 그런 기분보다는 다른 감상이 마음을 채웠다.

'아니, 이게 뭐라고 내가 보람차담.'

클레스메가 코끝을 훔쳤다. 알 수 없는 노릇이었다. 디아나와 윈 카니스는 가끔 의아할 만큼 함께 있는 모습이 자연스럽고 잘 어울릴 때가 있었다. 둘을 떼어놓는 것은 대역죄일 거라는 생각이 드는 때도 있었다. 참 요상했다. 이제 만난 지 보름밖에 되지 않은 두 사람이 왜 오랜 연인이나 친구, 또는 가족처럼 느껴지는지.

'하는 대화만 보면 처음 만난 사이는 맞는 것 같은데.'

알고 보니 어릴 때 헤어진 각별한 소꿉친구라는 가정도 세워보았지만 두 사람이 나누는 대단히 초면다운 대화를 들어보면 또 그렇지도 않았다.

'모르겠다. 음, 운명인가 봐.'

청춘에 걸맞게 낭만적인 생각으로 결론지은 클레스메가 아침부터 흐뭇하게 웃었다.

"오늘도 반갑습니다, A반 여러분. 좋은 아침이에요."

오전 첫 수업을 맡은 담당 교수가 또각또각 교실에 입장했다.

1차 시험이 일주일도 채 남지 않은 시점이라 A반은 현재 그에 맞춰 학구 분위기가 돌고 있었다. 이른 시간부터 대다수가 소란 없이 얌전하고 성실하게 책을 뒤적였다. 과연 최우수 클래스. 내심 혼잣말한 교수가 이내 뿌듯하게 책을 펼치려다 멈칫했다.

"빈자리가 있네요?"

눈에 들어오는 교실 안의 빈자리는 하나도 아니고 여럿이었다. 교수는 곧 그중 한 자리의 주인이 누구인지 알아차렸다.

"주제르 학우가 없군요."

이맛살이 찌푸려지려는 걸 참았다.

'어제 아카데미로 돌아왔다고 들었는데. 하여간.'

주제르가 자기 배경을 믿고 아카데미를 제집 거실처럼 돌아다니는 게 하루 이틀 일은 아니라지만, 그래도 기분이 언짢은 것은 어쩔 수 없었다. 한숨이 나왔다.

"나머지 빈자리 주인은 누구죠?"

"어, 도마니랑……."

"젠이요. 젠 미어리."

"조르다구도 없어요."

교수는 기어이 미간을 찌푸렸다. 들리는 이름이 전부 평소 주제르를 따라다니는 무리였기 때문이다.

"쯧."

혀가 채였다. 방탕한 학생들에게 훈계 몇 마디 마음껏 해주지 못하는 처지가 마음에 들지 않았다.

'망할 귀족들.'

그는 평민 출신임에도 실력 하나로 교수 자리까지 오른 사람이었다. 일그러진 미간을 손가락으로 꾹 누르며 그가 책을 펼쳤다.

아니, 펼치려고 했다. 그때 갑자기 앞문이 요란한 소리를 내며 열리지만 않았어도.

"누구…… 절머 교수?"

"긴급 회의입니다. 얼른, 얼른요."

뛰어왔는지 날아왔는지 젊은 남자 교수는 머리가 엉망이었다. 그는 다급하게 교수에게 손짓하다 이내 교실 안을 돌아보았다. 그가 당부했다.

"너희, 교실 밖으로 나오지 마라. 안내가 있을 때까진 무조건 나오지 마. 절대. 알겠어?"

그렇게 신신당부한 남자 교수가 이어 교실에 있던 교수와 함께 사라졌다. 교실이 술렁거렸다.

"뭐지?"

"무슨 일 있나?"

A반 학생들이 저마다 서로를 돌아보며 수군거렸다. 어수선해진 틈에 디아나와 오드, 클레스메가 자리를 옮겨 가까이 붙어 앉았다.

"전에도 이런 적 있었어, 클레스메?"

셋 중에선 클레스메가 아카데미를 가장 오래 다녔다. 지금 학년으로 바로 편입한 두 사람과는 달리 1학년으로 입학해 차근차근 진학했으니까. 그렇지만 그런 클레스메도 잘 모르겠다는 듯 고개를 기울였다.

"긴급 회의는 전에도 몇 번 열리는 걸 보긴 했는데…… 이렇게까지 급한 느낌은 아니었어."

의아한 점은 더 있었다. 누군가가 그걸 짚어 중얼거렸다.

"왜 나가지 말라는 거지?"

교실 밖으로 나가지 말라고 당부하던 남자 교수의 표정과 목소리는 심각하고 단호했다. 그게 단순히 면학 분위기를 해치지 말라는 의미가 아니었다는 것은 기본적인 눈치만 있어도 알 수 있었다. 아무래도 무슨 일이 있었다. 그게 뭔지는 알 수 없었지만.

"주제르 걔들이 사고 친 거 아냐?"

누구 한 명이 가정했다. 다른 목소리가 바로 뒤따랐다.

"주제르?"

"걔들 무리 어제 오후 수업 때부터 안 보였잖아. 수업에 안 들어오고 아카데미 돌아다니면서 무슨 짓을 했을지 알 게 뭐야?"

"그래서 지금 이렇게 교수들이 긴급 회의를 열고, 우리더러 교실을 나가지 말라고 하는 거라고?"

"그래. 아니면 말고."

의혹을 제기했던 학생이 어깨를 으쓱했다. 가볍게 나온 말이었지만 몇 명은 그에 동조하는 듯 고개를 끄덕였다.

"어휴, 여하튼 주제르."

클레스메도 그런 쪽이었다. 하여간 자리에 없어도 도움이 안 된다며 그녀가 작은 소리로 불만스럽게 중얼거렸다.

그때였다. 교실 한쪽에서 가느다란 목소리가 흘러나왔다.

"있잖아……."

왠인지 조금 전부터 창백하게 질려 있던 여학생이었다. 그녀가 하얀 얼굴로 말을 이었다.

"실은 어제, 룸메이트가 방에 안 들어왔거든."

"뭐?"

"나 기숙사 넓은 방 쓰잖아. 그래서 같이 방을 쓰는 애들이 여럿인데, 그중에 두 명이 어제 밤늦게까지 공부하다가 머리 아프다고, 잠깐 바람 쐬고 오겠다고 나갔었거든."

다음 말은 주저주저 이어졌다.

"그런데 그러고서 안 들어왔어."

"자는 사이에 들어왔다가 아침에 먼저 등교했나 보지."

"책이 그대로 있었단 말이야. 다른 짐도 전부. 자리도 그대로였고."

말하면서 그러잖아도 하얀 얼굴에 한층 핏기가 가셨다. 그녀가 초조하게 말을 덧붙였다.

"혹시…… 실종된 거 아닐까? 주제르 걔들도, 내 룸메이트도."

"실종?"

"그럴 리가. 말도 안 돼."

"좀 전에 교수님이 했던 말 다 들었지? 태도가 어땠는지 생각해 봐. 솔직히 우리한테 절대 나가지 말라고 그렇게나 신신당부할 이유가 뭐야? 나가면 위험하니까 그런 거 아냐? 실종, 될 수 있으니까…….”

“설마.”

“억측이야.”

“비약 같은데?”

주변의 대꾸는 부정적이었다. 하지만 교실 전체의 소란은 눈에 띄게 크기를 키웠다. 불길한 술렁임이 산불처럼 번져갔다.

“만약 실종이라면, 왜 실종되는데?”

“아카데미 안에 괴한이라도 침입한 거 아니야?”

“맙소사.”

겁이 많은 몇 명은 이미 불길한 가정을 기정사실화한 듯 저마다 어깨를 감싸거나 양손을 맞잡고 있었다.

‘뭐야, 이건.’

오드도 미간을 모았다. 이게 대뜸 무슨 심상찮은 소란인가 싶었다. 사실 오늘은 오드가 내심 선정했던 결전의 날이었다.

윈 카니스로 디아나와 친해질 만큼 친해졌다고 생각했다. 자기 자신-윈 카니스-을 향한 유치한 살인 충동을 억누르느라 구질구질하게 고통스러웠던 나날이었다. 그 고생의 대가로 최근에는 둘이 단짝 같다는 말도 들었다. 그러니 이제 슬슬 원하던 화제를 꺼내봐도 되지 않을까 싶었다. 오드, 저에 대한 것을.

둘만 있는 자리에서 대화 도중 자연스럽게 디아나의 속을 떠보려고 장소도 진작 봐놨는데. 그런데 돌아가는 상황을 보니 잘못하면 교실에 종일 묶여 있거나 어딜 가더라도 단체 행동을 해야 하게 생겼다. 정말이지 공교롭게 사람 방해하는 흐름이었다.

“……진짜 실종일까?”

클레스메의 목소리가 미약하게 떨렸다. 겁을 먹은 쪽에 편승한 모양이다. 한숨을 삼킨 오드가 동조했다.

"설마. 그렇지만…… 사실이면 어떡하지?"

겁에 질린 사람 흉내는 쉬운 축에 속하는 연기였다. 마탑에서 틈나면 보던 게 그런 거였으니까. 오드는 내친김에 겁먹은 눈망울을 하고 디아나를 물끄러미 응시했다.

"나 무서워, 디아나."

"괜찮아."

연기 중인 오드를 포함해 이 중에서 가장 침착한 건 디아나였다. 그녀가 달래듯 오드의 손을 잡아주며 말했다.

"별일 없을 거야. 무슨 일 생기면 내가 지켜줄게."

"……."

"날 지켜줄 거야?"

"당연하지!"

"원래……."

그렇게 아무한테나 지켜준다고 말해?

"응?"

"디아나, 나도. 나도 지켜줘!"

클레스메가 매달리듯 끼어들었다. 덕분에 살았다. 그게 아니었다면 오드는 찰나 윈 카니스의 가면을 유지하지 못한 얼굴을 들키고 말았을 테니까. 오드는 고개를 숙여 표정을 감췄다. 제 속을 그득 채운 구차한 질투와 이기적인 독점욕에 실소가 나왔다.

"위……."

디아나가 입을 열었다. 그때였다. 뒷문이 갑작스럽게 쾅 열렸다. 실종 의견에 쫄아서 슬쩍 뒷문을 잠그러 다가가던 학생 하나가 그 자리에서 엉덩방아를 찧을 정도로 놀랐다.

"젠?"

문을 연 것은 젠 미어리였다. 교실 빈자리의 주인공 중 한 명.

"뭐야, 실종이 아니……."

안심한 듯 말하던 누가 곧 입을 다물었다. 젠은 성한 몰골이 아니었다. 어딜 크게 다친건 아니었지만, 잔뜩 흐트러진 차림에 무어보다 핏기가 전혀 없는 얼굴을 하고 있었다. 파랗게 질린 입술이 달달 떨렸다.

"……젠?"

"왜 그래?"

"……야 해."

"뭐?"

"도망쳐야 해! 얼른! 빨리! 도마니 이 미친 자식……!"

앞뒤 설명 없는 젠의 외침을 알아들을 수 있는 사람은 교실에 없었다. 하지만 태도가 워낙 다급해서 몇몇이 저도 모르게 자리에서 일어섰다.

"어디로 도망치는데?"

"아니, 무슨 일이길래 그래?"

"자세히 말할 시간은 없어. 일단 어디든 아카데미 밖으로……."

젠은 말을 끝맺지 못했다. 그러기 전에 새된 비명이 그의 말을 가렸기 때문이다.

"꺄아악!"

"저, 저, 저게 뭐야?"

"이런…… 씨."

젠이 천천히 뒤돌았다. A반 학생들이 저마다 경악해서 숨을 들이켜거나 자기 입을 가렸다.

"찾, 았다."

스산한 목소리가 모두의 귓가를 울렸다.

"열쇠가 사라지다니! 그게 어떤 열쇠인데!"

백발이 성성한 헤르이포티아 아카데미 교장이 팔걸이가 부서지도록 내려쳤다. 죄인 피약 교수가 연신 허리를 굽혔다.

"죄송합니다, 죄송합니다."

"그러게 누가 저런 햇병아리한테 열쇠를 맡기래요?"

"교수면 다 같은 교수지, 차별이 없어야 한다고 했던 건 어디의 누구시더라."

"지금 나보고 하는 말인가요?"

"다툴 때가 아닙니다."

절머 교수가 나섰다. 그는 나이는 비교적 어려도 한때 아카데미 제일가는 기재 소리를 들었다. 이목이 쏠리자 그가 한숨을 내쉬었다.

"피약 교수는 분명 열쇠함에 열쇠를 걸어두고 나왔다고 했습니다. 그런데 그게 사라졌다는 건 누가 고의로 훔쳤다는 거죠."

"누가 그걸 훔쳐 간단 말이에요?"

"당장은 알 수 없지요. 문제는 열쇠를 훔친 범인의 목적이 놈을 풀어주는 것일 때입니다. 최악의 경우 이미 풀려났을지도 모릅니다."
"그럼 이럴 게 아니라 어서 그곳부터 확인해 봐야죠!"
중년 교수가 벌떡 몸을 일으켰다. 젊은 교수의 고개가 끄덕거렸다.
"그러잖아도 그럴 생각입니다. 여기 모인 건 인원을 나누기 위해서입니다. 우선 저와 교장 선생님이 따로 문으로 내려가 보겠습니다. 그러는 동안 다른 분들께선 함께 아카데미 내부를 순찰해 주시고, 피약 교수와 히멉스 교수는 각 반을 돌며 학생들을……."
"잠깐."
교장이 그의 말을 끊었다. 그러곤 심각한 얼굴로 손을 들어 올렸다. 이내 그의 입이 무겁게 열렸다.
"……비명."
교장의 표정이 변했다.
"4층 A반 근처. 이런, 제기랄!"
단말마 욕을 뱉은 교장이 곧이어 텔레포트 수식을 외워 자리에서 사라졌다. 4층 A반. 이어서 남은 교수도 다급해진 얼굴로 저마다 각종 마법으로 몸을 날렸다. 경험이든 실력이든 한참 부족한 피약 교수와 히멉스 교수만이 회의실에 남아 서로를 꽉 붙잡고 오들오들 떨 뿐이었다.

사람은 아니다. 보는 순간 다수가 같은 생각을 했다. 천장에 머리가 닿을 정도로 큰 키. 바닥에 끌릴 만큼 긴 팔과 마찬가지로 비정상적으로 긴 다리. 밤하늘처럼 새카만 피부와 같은 색의 머리카락을 치렁치

렁 늘어뜨린 무언가는 자기 다리 길이를 감당하지 못한 듯 무릎으로 걷고 있었다. 그런데 그게 우스꽝스럽기는커녕 소름 끼치게 기괴했다.

"이, 히히. 찾았, 다. 많, 다. 히히."

"으, 으익……."

정체 모를 무언가는 자기 생김새만큼이나 기괴한 목소리로 목을 꺾어가며 웃었다. 질린 얼굴로 아이들이 뒷걸음질 쳤다.

"제, 젠장. 젠장."

젠이 몸을 구르듯 날려 교실 안쪽으로 도망쳤다.

"창문! 창문 열어! 플라이 마법으로 뛰어내려!"

"젠! 저게 도대체 뭐야?"

"나도 몰라!"

어젯밤이었다. 시킨 대로 도마니가 열쇠실에서 필요한 열쇠를 훔쳐왔다. 그런데 도마니가 꺼내놓은 열쇠 중에는 가져오라고 시키지 않았던 것도 포함되어 있었다.

"이게 뭐야?"

처음 보는 열쇠의 정체를 물었더니 도마니가 고개를 저었다. 저도 모른다는 거다. 다만 모양이나 크기가 신기해서 챙겼다고 했다.

"보통 열쇠는 아닌 것 같은데."

"창고 열쇠인가? 보물 창고 같은 거?"

"가만, 나 짐작 가는 곳 있어."

기억력이 좋은 한 명이 손가락을 튕겼다. 입학한 지 얼마 안 됐을 무렵, 아카데미 부지를 헤매다 어디 지하실까지 내려가게 되었는데 거기서 웬 굳게 닫힌 커다란 쇠문을 보았었다는 것이다.

"도중에 교수랑 마주쳤는데, 다신 그쪽으로 가지 말라고 무섭게 으름장을 놓더라."

"그게 뭐길래?"

"모르지."

"이게 거기 열쇠라고? 재밌겠는데?"

호기심은 전염된다. 특히 그 무리가 십 대 소년으로만 이루어져 있다면 더욱 수월하게 말이다.

"가보자."

그리고 젠이 그 결정을 말리지 않았던 걸 후회하는 데는 그리 오랜 시간이 걸리지 않았다.

"이, 이게 뭐야?"

"무슨 괴물…… 으아악!"

"주제르!"

"아악!"

"도망쳐! 빨리 도망쳐!"

깊은 밤중, 달빛에 의존해서 찾아간 어느 지하실 깊숙한 곳의 문을 열자마자 악몽이 그들을 덮쳤다. 문 안쪽에 있던 알 수 없는 무언가는 일행을 하나씩 삼켰다. 말 그대로, 삼켰다.

"맛, 있다."

그러더니 밥이라도 처먹은 양 감상까지 뱉었다. 젠은 자기가 어떻게 그곳에서 달아났는지 기억도 나지 않았다. 아카데미 건물 한구석에서 정신을 잃었다가 깨어 나니 아침이었다. 젠은 허겁지겁 일단 A반 교실로 돌아왔다. 그러고 나서 지금이었다.

"저 괴물이 대체 뭔지는 나도 몰라! 확실한 건 도망쳐야 한다는 거야! 가까이 가면……."

"꺄아아악!"

"엘리!"

마침 무언가가 예의 '식사'를 선보였다. 긴 팔을 뻗어 학생 하나를 잡아채더니 갑자기 커다랗게 변한 입안으로 넣어 꿀떡꿀떡 삼켰다.

"오…… 미친……."

역겨운 광경이었다. 사색이 된 몇이 자리에 주저앉았다. 나이가 특히 어리거나 심약한 경우에는 그 상태로 울음을 터뜨리기도 했다.

"으흑."

"더, 먹을, 래."

"차, 창문! 빨리!"

굳어 있던 학생들이 다급하게 움직여 창문을 열기 시작했다. 더러는 마음이 급해선지 아예 의자 따위를 던져서 깼다.

교실이 엉망이 되는 와중 오드가 눈가를 좁혔다.

'마물이잖아.'

아니, 혹은 지금은 아버지의 손에 맥이 거의 끊겼다는 악마인가? 어쨌든 그쪽 계열이다. 대상에게서 스멀스멀 배어 나오는 음침하고도 어두운 기운이 생소하지 않았다.

'예전에 소환한 놈이랑은 수준이 꽤 다른 것 같은데.'

오드는 이미 여섯 살 때 장난 삼아 마물을 소환해 본 적이 있었다. 그때 느꼈던 기운이 지금 풍기는 것과 상당히 비슷했다. 다만 정도에서 차이가 났다.

오드는 힐끗 옆을 보았다. 디아나와 클레스메도 진작 자리에서 일어나 긴장한 얼굴로 상황을 지켜보고 있었다.

'몰래 죽일 수 있을까.'

윈 카니스로서 천재성을 보이는 데는 한계가 있었다. 뛰어나다고 해봐야 고작 아카데미에 입학한 학생. 저런 걸 드러내 놓고 쉽게 처리하면 곤란해질 수 있었다. 무엇보다 디아나의 의심을 사는 게 제일 큰 문제였다.

"이익! 괴물, 죽어라!"

그때 교실의 누군가가 마법 수식을 외워 상대에게 불구덩이를 날렸다. 과연 우수생들을 모아놓은 반이라고 해야 할지, 나이와 학생이라는 점을 고려할 때 제법 깔끔한 공격 마법이었다.

"헉……."

그러나 공격은 상대에게 통하지 않았다. 무언가는 불구덩이를 피하지도 않고 그대로 맞았다. 마치 피할 가치도 없다는 것처럼. 그리고 그게 사실이었음을 보여주듯 어디 그을린 기미조차 없이 멀쩡했다.

마법을 날렸던 학생이 뒤로 주춤 물러났다.

"다, 다 같이 공격하면……."

"그만둬! 당장 물러나라! 몸을 피해!"

순간 노성이 터졌다. 다음으로 조금 전 학생이 날렸던 것과는 비교도 안 될 만큼 커다란 불구덩이가 무언가에게 적중했다.

쾅!

"교, 교장 선생님!"

텔레포트로 근처에 도착해 소란을 쫓아 한달음에 달려온 교장이었다. 그가 숨을 몰아쉬며 다시 외쳤다.

"이건 마물이다! 너희가 감당할 수 없어! 나와 다른 교수가 막는 동안 어서 도망치거라!"

"마, 마물이라고?"

"그게 뭐야?"

"하아, 후. 오래간만에 봐도 여전히 끔찍하네."

뒤이어 간발의 차로 나타난 젊은 교수가 마찬가지로 숨을 헐떡였다. 그가 만들어낸 빛의 화살이 무언가의 머리통을 정확히 맞혔다.

퍽!

"……방, 해하지, 마."

그러나 연달아 강력한 마법을 두 번이나 맞고도 무언가는 별달리 상처를 입은 모습이 아니었다. 교장의 눈이 침중하게 가라앉았다.

'내 죄다. 이런 날이 오기 전에 진작 도움을 요청할 것을.'

마물은 십여 년 전 아카데미에 나타났다. 문제의 화근이 된 것은 천재이자 괴짜라고 불리던 어느 신참 교수의 호기심이었다. 그리고 나쁘다 못해 끔찍했던 운이었다.

"으아악!"

"교수!"

신참 교수는 쓰러져 가는 낡은 도서관에서 우연히 발견했다던 고대 마법진 도식을 재미 삼아 아카데미에 가지고 왔다.

그러지 말았어야 했는데. 단지 흥미와 궁금증으로 소환된 마물은 불운하게도 감당할 수 없을 정도로 포악하고 강했다. 심지어 사람을 흡수할수록 한층 강해졌다. 소환자인 교수를 삼킨 마물이 더 많은 포식을 위해 날뛰었다.

아카데미 교수진 전체가 한 새벽에 마물 하나를 잡기 위해 달라붙었다. 몇 명의 부상자를 낳은 끝에 그들은 간신히 마물에게 피해를 입혀 제압할 수 있었다. 그런데 당혹스럽게도 죽일 수는 없었다.

"이 새끼 이거 불사 아닙니까?"

마물은 아무리 극심한 상처를 입어도 시간이 지나면 스스로 회복했다. 사지가 날아가거나, 무려 머리가 깨지더라도 재생할 수 있었다. 결국 그들은 마물을 완전히 죽이는 데 실패하고, 그저 치명적인 부상을 입혀 아카데미 지하 깊은 곳에 가둬두었다.

"마탑에 도움을 요청하는 것이 어떻습니까?"

마물을 가두고 나서 곧장 그런 의견이 나왔다. 마땅했다. 그들은 할 수 없어도 마탑은 가능할 것이다. 그런 단체니까.

그러나 당시 아카데미 교장은 젊은 시절 재능의 한계를 느끼고 도망치듯 벗어났던 마탑에 대한 열등감이 있었다. 머리로는 미련한 짓이라는 걸 알면서도 마탑에 뭔가를 부탁하며 이쪽의 무능을 드러내고 싶지 않았다.

"……가둬두었으니 괜찮을 거네. 열쇠 없이는 결코 열 수 없는 문이야. 앞으로 우리끼리 마물을 죽일 방법을 연구해 보지."

하지만 당연하게도 연구에 성과는 없었고, 십수 년이 흐르면서 긴장이 느슨해진 사이 이와 같은 사고가 터지고 말았다.

'이를 어쩌면 좋단 말인가.'

마물과 대치한 상태로 교장이 탄식했다. 이제라도 마탑에 도움을 청해야 하나? 그러나 마탑과 이곳은 물리적 거리가 멀었다. 지금 당장 요청을 보내고 마탑이 바로 응해준다고 하더라도 최소한의 시일이 걸렸다.

'최악이구나.'

갇혀 있는 동안 부상을 말끔하게 회복한 마물은 그사이 이미 몇 사람을 흡수한 듯 과거보다 훨씬 강해져 있었다. 지난번처럼 제압할 수 있을 거라는 확신이 쉽사리 들지 않았다.

'학생들, 학생들만은 반드시 구해야 한다. 필요하다면 이 한목숨을 바쳐서라도…….'

교장이 그렇게 생각하며 결연하게 각오를 다지고 있을 때였다.

오드의 머릿속도 나름 복잡했다.

'저걸 어떻게 잡는다.'

상황이 약간 골치 아파졌다. 조금 전 교장과 교수의 마법을 견디는 것을 보고 알았다. 마물은 오드가 대강 상정했던 것보다 월등하게 강했다. 물론 그렇다고 당해내지 못할 정도는 아니었다. 마음만 먹으면 한번에 깔끔하게 소멸시킬 자신이 있었다.

다만 그러려면 그 순간에는 변용 마법을 유지하기가 힘들었다. 아윈의 도움을 받아 사실상 새롭게 창조된 변용 마법은 오드의 기운을 완전히 감추느라 사용자의 힘까지 억제했다. 그러니 오드가 자기 힘을 완전히 자유롭게 쓰기 위해서는 잠깐이라도 변용을 풀 수밖에 없었다.

'가만 놔둘 수도 없고.'

어쨌든 저놈을 잡긴 잡아야 했다. 그냥 놔둬서 저게 아카데미 전체를 집어삼키기라도 했다간 디아나가 슬퍼할 테니까.

'일단 디아나와 클레스메를 붙여서 바깥으로 내보내고……'

되도록 인적이 없고 구석진 곳으로 마물을 유인해서 거기서 잡아야겠다. 그렇게 생각하는 순간 디아나가 윈 카니스를 지켜주겠다고 했던 말이 마음에 걸렸다. 곁에서 떨어지지 못하게 하는 건 아니겠지? 몰래 움직여야 하나.

오드의 사고가 그에 쏠렸을 때였다. 가까이서 비명이 터졌다.

"꺄악!"

클레스메였다. 디아나를 붙들고 창가로 이동하려다 그만 발이 꼬여 넘어졌다. 비명에 반응하기라도 한 것일까. 마물이 재빠르게 그리로 긴 팔을 날렸다.

"……!"

순식간이라 마물과 대치하고 있던 교장과 절머 교수도 뭘 어쩔 틈이 없었다. 클레스메를 향해 날아든 팔을 오드가 걷어찼다. 발이 닿는 거리라 무심결에 일단 그렇게 했다. 하지만 그러느라 동시에 저를 노리고 뻗어온 마물의 다른 쪽 팔은 미처 보지 못했다.

디아나가 벼락같이 외쳤다.

"오드!"

뭐?

찰나 들린 환청 같은 말에 오드의 고개가 느릿하게 움직였다. 디아나가 몸을 날려 오드를 감쌌다. 다음 순간 건물 전체가 흔들릴 만한 굉음이 터졌다.

콰아앙!

"꺄악!"

"으악!"

"……."

저도 모르게 클레스메가 눈을 질끈 감았다. 그랬다가 잠시 후 다급하게 도로 시야를 열었다. 이내 눈이 휘둥그레 뜨였다.

"무, 무슨……."

눈을 부릅뜨거나 입을 다물지 못하고 있는 건 다른 사람들도 마찬가지였다. 재를 쌓아놓은 것 같은 형상이 된 마물이 머리에서부터 서서히 무너져 내렸다.

놀라운 광경은 거기서 끝이 아니었다. 실내의 빛만으로도 찬란하게 부서지는 금발. 보석 같은 붉은 눈동자. 꿈에서 본 것 같은 이목구비.

윈 카니스는 사라지고 그 자리에 웬 사람 같지 않은 소년이 서 있었다.

"오, 오드?"

초상화를 통해 지겹도록 봤던 얼굴이 대뜸 실물로 나타났다. 클레스메가 저도 몰래 중얼거렸다.

"이게 어떻게 된……."

젊머 교수가 혼란스럽게 입을 열었다. 그때 누가 외쳤다.

"어, 저기!"

잿더미로 변한 마물의 사체 틈에서 얼핏 사람의 형상이 보였다. 하나도 아니고 여럿이었다. 마물이 지금까지 통째로 삼켰던 이들인 것 같았다.

"사, 살아 있나 봐요!"

잿더미 바깥으로 드러난 손이 미약하게 꿈틀거렸다. 한발 늦게 교실에 나타났던 교수들이 시선을 교환하곤 즉시 몸을 날렸다. 그들이 잿더미를 헤집어 숨이 붙은 사람들을 끌어냈다.

'아.'

주제르를 비롯해 사라졌던 학생들이 의식을 잃은 채 구출되는 것을 보던 클레스메가 문득 오드와 디아나를 향해 다시 시선을 되돌렸다.

그러나 그사이 두 사람은 이미 사라지고 없었다.

아카데미 뒤편에는 볼 것도 없는 주제에 워낙 가팔라 찾는 사람이 드문 언덕이 하나 있었다. 그 언덕 중턱, 잎이 풍성한 나무 아래. 오드와 디아나가 마주 앉았다. 나무 그늘이 두 사람의 얼굴 위로 나뭇잎 모양의 음영을 만들었다.

오드는 잠시 주저했다. 하고 싶은 말은 많은데 머리가 혼란스러워서 뭐부터 말해야 좋을지 알 수 없었다. 잠시 후 입이 열렸다. 가장 기본적인 것부터.

"……언제부터 알았어?"

디아나가 제 이름을 부르던 순간. 짤막하게 생각이 멈추는 것 같았다. 아마 진짜 멈췄을 것이다. 오드는 자기가 어떤 마법으로 마물을 죽였는지 잘 기억도 나지 않았다. 디아나는 어쩐지 멋쩍어 보이는 얼굴로 밝은 주황색 눈동자를 한 바퀴 굴렸다. 그러고서 실토했다.

"처음부터."

"어떻게?"

오드가 바로 물었다. 그럴 수밖에 없었다. 본인 입으로 평가하긴 뭣해도 오드의 변용 마법은 완벽했다.

생김새는 물론이고 키, 체형, 체향, 은연중에 풍기는 기운 및 사람을 이루는 모든 것을 바꿨다. 라테조차 변용 마법을 쓴 오드를 보고 이게 정말 자기 아들 오드가 맞냐고 몇 번이나 확인했을 정도였다.

그런데 처음부터라니, 대체 어떻게?

디아나는 여전히 민망한 기색으로 약간 머뭇거리더니 대답했다.

"걸음걸이……."

"걸음, 걸이?"

"걸음걸이가 예뻐서 알았어."

"……."

헛기침을 뱉은 디아나가 얼마 전을 회상했다.

아슬아슬하게 늦지 않고 도착했던 실습실. 시간에 맞춰 칼같이 입장한 칼탐 교수의 뒤로 따라 들어오는 웬 소년을 보고 디아나는 처음에 눈을 의심했다.

'오드잖아.'

오드였다. 분명했다. 먼 자리에서도 한눈에 확신할 수 있었다. 그야 저렇게 걷는 모습마저 예쁜 사람은 오드밖에 없었으니까.

"디아나, 너……."

오드는 말문이 막혔다. 디아나가 어색하게 웃었다.

그때 디아나는 자기 자리에서 장렬한 고뇌에 들어갔다.

'어쩌지?'

오드가 왜 윈 카니스라는 가명과 가짜 모습을 빌려 아카데미에 왔는지는 알 수가 없었다. 중요한 건 이곳에 나타난 이상 오드에게 팬클럽의 존재를 들키는 건 시간문제라는 거였다. 갈등이 됐다.

'도망칠까?'

얌전히 있다가 면전에서 팬클럽을 들키고 회장인 걸 시인하느니 일단 도망쳤다가 나중에 은근슬쩍 인정하는 편이 덜 부끄러울지 몰랐다.

도망칠까, 남을까. 갈등하다 디아나는 선택을 하늘에 맡기기로 했다. 각 선택지를 적은 쪽지를 두 개 만들고, 마구 섞은 다음 눈을 감고 무작위로 골랐다.

결과는 '지켜준다'였다. 윈 카니스 행세를 하는 오드를 곁에서 지켜준다. 즉 아카데미에 남는다. 이걸 골라 버렸으니 어쩔 수 없었다. 디아나는 자기 운명에 순응하기로 했다.

그러나 지금 생각해 보면 그게 정말 하늘에 맡긴 선택이었는지는 의문인 일이었다. 고작 두 개 중 하나를 선택하는 거였다. 눈을 감고 골랐다지만 내심 어느 쪽지에 어떤 내용이 적혀 있는지 알았을 것이다. 결국, 하늘의 선택이 아니라 디아나의 선택이었다.

"그럼 윈 카니스를 도왔던 건……."

"너인 걸 알았으니까. 오드 너, 가만뒀으면 윈 카니스인 척하느라 시비에 그냥 당해줬을 거잖아. 그걸 어떻게 그냥 보고 있어?"

디아나는 주제르가 오드의 머리카락 한 올 건드리는 것도 용납할 수 없었다. 당연했다. 무슨 모습을 하고 있든 오드는 오드였다. 주제도 모르게 생긴 게 어딜 감히?

디아나의 회상이 시간대를 약간 옮겼다.

"그러고 나서 클레스메가 널 대뜸 지, 크흠, 사에 영입하겠다고 했을 때는…… 그때는 참 당황스럽긴 했지만…… 이미 엎질러진 물이려니 했지."

클레스메가 오드에게 오드 팬클럽 가입을 권유하는 순간, 디아나는 자기 자리에서 탄식을 내뱉었다. 안 그럴 수가 없었다. 뒤이어 오드가 가입하겠다고 대답했을 때는 양손으로 얼굴을 가려 버리고 말았다. 그 뒤로는 체념하고 그냥 흘러가는 대로 맞췄지만 말이다.

"그랬었어."

디아나가 설명을 끝냈다. 오드는 묵묵히 침묵을 지키고 있다가 다른 것을 물었다.

"왜 그랬어?"

"응?"

"왜 나를 감쌌어? 나인 걸 알았으면서."

조금 전에 있었던 일을 말하는 거다. 마물이 윈 카니스의 모습을 한 오드를 노렸을 때. 그때 디아나는 자기 몸을 날려 오드를 감쌌다. 한순간에 벌어진 일이었다.

"알았을 거 아냐. 내가 그런 마물한테 당할 리 없다는 거."

"그건 그런데……."

디아나는 부정하지는 않았다. 탑에서 지내는 사람 중 오드의 천재성을 모르는 이는 없었다. 디아나도 마찬가지였다. 외려 가까이서 붙어 자란 만큼 오드의 성취가 얼마나 뛰어난지 어지간한 사람들보다 더 잘 알고 있었다.

"그래도 어쩔 수 없었어. 생각하고 행동한 게 아니라서."

"……."

"몸이 먼저 나갔단 말이야. 정신을 차리니까 이미 널 감싸고 있더라."

디아나는 솔직하게 털어놨다. 본심 그대로였다. 머리로 생각하기 전에 일단 몸이 움직였다. 그게 다였다.

오드는 그런 디아나를 가만히 바라보았다. 나무 그늘에 가려 얼핏 색이 어둡게도 보이는 주황색 눈동자가 긴 속눈썹에 깜박 가려졌다가 다시 드러났다.

이내 오드가 웃음을 흘렸다. 어딘지 허탈해하는 것 같기도, 혹은 이기지 못한 뭔가에 항복하는 것 같기도 했다. 그렇게 가볍게 웃은 오드가 천천히 입을 열었다.

"그래, 디아나. 맞아."

"……."

"넌 늘 그랬어. 그때도."

목소리가 조용하고 부드럽게 흘러나왔다.

"나를 지켜줬잖아."

기억 속에 또렷하게 남아 있는 순간이 있었다.

해가 뜨거운 여름이었다. 쨍한 햇볕 아래 일곱 살이던 오드와 여덟 살 된 디아나가 함께 연못 다리를 건넜다. 비숏을 비롯해 마법사들이 합심해서 만들어준 연못은 직경이 짧고 수심도 얕았지만, 더운 날이면 아이 둘이 발을 담그거나 다리를 건너며 놀기에 충분했다.

그날도 연못을 보러 나와 다리를 건너고 있었다. 오드가 앞장서고, 디아나가 오드의 옷자락을 잡고 졸졸 따라 걸었다.

"앗."

그러다 찰나 디아나의 발이 미끄러졌다. 그리고 그때 그 장면을 오드는 마치 머릿속에 그림으로 남긴 것처럼 여전히 선명하게 기억했다. 디아나는 오드의 옷을 붙잡고 있던 손을 놓았다.

첨벙!

오드는 꼼짝없이 굳어 있다가 마법으로 얼른 디아나를 연못 안에서 건져냈다. 물에 쫄딱 젖은 디아나는 마른 땅으로 올라오자마자 푸하, 숨을 내쉬고는 말했다.

"미끄러졌어."

그건 눈만 달려 있어도 알았다. 그보다 그때 오드가 이해할 수 없었던 건 디아나가 물에 빠지던 순간 자기 옷자락을 놓았다는 거다.

보통은 그런 상황이면 본능적으로 뭐라고 잡으려고 들 텐데. 도리어 붙잡고 있었던 걸 놓았다. 찰나였으니 무의식중에 그렇게 했다는 말이었다.

"왜……."

이해하지 못한 오드가 왜 그랬던 건지 물었다. 그러자 디아나는 고개를 기울였다. 당연한 걸 왜 묻는지 의아한 눈치였다.

"네가 연못에 빠지면 지켜주는 게 아니잖아!"

그래서 그처럼 반사적으로 손을 놓고 혼자 풍덩 빠졌노라고. 머리부터 발끝까지 생쥐처럼 젖은 여덟 살 아이는 뜨거운 여름 해 아래에서 말간 금색 눈동자로 그렇게 말했다.

오드는 날 때부터 천재였다. 세 살에 마법을 쓸 수 있었고, 다섯 살에 정령을 소환했다. 그러니 아주 어릴 때부터 이미 누구의 도움도 필요하지 않았다. 본인뿐 아니라 주변의 인식 또한 그랬다. 자기가 누굴 지켜주면 지켜줬지, 남이 저를 지켜준다는 말이 의미 있게 와 닿은 적은 한 번도 없었다.

그날. 오로지 그 순간을 제외하고는.

그때 이후 디아나는 오드에게 세상이 되었다. 쫄딱 젖은 꼴을 하고서 오드가 물에 빠지지 않았다는 것에 안도하듯 해맑게 웃었을 때부터.

오드는 디아나가 없는 자기 세계는 단 한 번도 상상해 본 적이 없었다.

"디아나."

눈을 마주친 채로 오드가 말했다.

"좋아해."

바람이 불었다. 잎사귀를 건드려 음영이 흔들렸다.

"좋아해. 아주 많이."

디아나는 오드의 갑작스러운 고백에 눈을 동그랗게 떴다가 이내 반달로 접었다.

"나도."

디아나가 오드를 좋아한 건 어제오늘 일이 아니다. 워낙 당연한 일이다 보니 대답도 그만큼 자연스럽게 나갔다. 오드는 망설임 없는 답을 듣고 무슨 생각이 들었는지 잠시 침묵하더니, 다음 순간 디아나를 끌어당겼다.

"……?"

디아나가 순순히 끌려왔다. 얼굴이 가까워졌다.

"……."

불어온 바람에 잎사귀뿐 아니라 두 사람의 머리카락도 함께 흐트러졌다. 바람은 언덕 전체를 가볍게 쓸고는 이어 차츰 약해지다 멎었다.

맞닿았던 입술이 떨어졌다.

오드가 말했다.

"내가 좋아한다는 건 이런 거야."

"……."

"괜찮아?"

디아나는 혼란스럽게 눈을 깜박였다.

괜찮으냐고? 아니, 그거야.

"……어차피 결혼하면 이것보다 더한 것도 다 하는 거 아냐?"

그러니까 결혼할 생각이었다는 소리였다.

오드는 잠깐 멍한 얼굴이 되었다가 이어서 고개를 숙여 웃음을 터뜨렸다.

"왜 웃어?"

"아니, 그동안 불안해했던 내가 머저리 같아서."

"불안?"

"이런 생각을 했었거든."

오드가 나무 기둥에 몸을 기댔다. 등을 댄 채로 비스듬히 디아나를 응시하며 말을 이었다.

"네가 나한테 질렸으면 어쩌나."

"응?"

"내가 예쁘게 생겨서 좋은 거라면, 나보다 더 예쁜 사람이 나타났을 때 나를 버리면 어쩌나."

"으응?"

디아나의 표정이 심각해졌다. 아주 해괴한 소리를 들은 것처럼. 이내 단호한 목소리가 나갔다.

"무슨 말도 안 되는 소리야? 그리고 너보다 예쁜 사람? 그런 건 이 세상에 없어!"

"없어?"

"절대 없어."

"어떻게 확신해?"

"그건……."

논리정연하게 근거를 대라고 하면 무슨 말을 어떻게 꺼내야 하나 싶어 잠시 말문이 막히기는 했다. 그렇지만 디아나는 확신할 수 있었다. 오드보다 예쁜 사람 같은 건 이제까지도, 앞으로도 없다. 분명했다.

얼굴? 그래, 백 보 양보해서 얼굴만 봤을 때 비슷하게 예쁜 사람은 저기 어딘가에 하나쯤 존재할 수도 있겠지. 하지만 지금 이렇게 웃는 것도, 말하는 것도, 나무 기둥에 기대고 앉은 것도, 그늘이 진 것도, 눈을 깜박이고 걷는 것과 숨 쉬는 것까지 모조리 예쁜 사람은 결단코 세상에 둘일 수가 없었다. 적어도 디아나의 세상에는.

"그냥 없어. 알겠어? 무조건 없어."

"알았어."

오드가 웃으면서 순순히 수긍했다. 사실 있어도 별로 상관없었다. 어쨌든 디아나가 저를 같은 마음으로 좋아한다고 했다.

그거면 된 거지. 마음을 확인했으니 앞으로 절대 놓아주지 않을 거고. 만일 디아나를 흔들 것 같은 예쁜 대상이 나타난다면 그게 디아나의 눈에 띄기 전에 몰래 치워 버리면 그만이다.

살벌한 속내를 숨긴 오드가 세상 무해하게 웃었다. 아침이 지나지 않은 시간대에 언덕을 감싼 공기는 선선했다. 문득 오드는 아주 어렸을 때의 어느 날을 떠올렸다.

"아빠도 무서운 게 있어?"

오드의 나이 다섯 살. 이미 귀신도 사람도 괴물도 무섭지 않았다.

아빠는 나보다 더 많은 걸 쉽게 할 수 있으니 당연히 무서운 것 따위 없겠지. 그렇게 생각하고 던진 질문이었다. 그러나 아윈은 고개를 끄덕였다.

"있지."

"뭔데?"

아윈은 아들과 아내를 차별하는 나쁜 아빠였지만, 그래도 다른 나머지를 대할 때보다는 오드에게 훨씬 신경 써주는 편이었다. 가령 귀찮거나, 시답잖거나, 답이 정해진 당연한 질문이더라도 무시하지 않고 대답해 줬다.

"영혼을 잃는 거."

그때 오드는 그게 무슨 뜻인지 몰랐다. 영혼이 없으면 사람은 죽는다. 그래서 그냥 죽는 게 무섭다는 말인가보다 하고 알아서 해석했다.

죽는 게 무섭다니, 흔해 빠졌군. 아무리 아빠라도 어쩔 수 없구나. 사람이란 결국 나약한 존재야. 다섯 살 주제에 이런 황당한 생각을 하기도 했다.

"……디아나."

하지만 지금은 알았다.

"응?"

아버지가 무섭다고 했던 게 뭐였는지. 단신으로 마계에 쳐들어가 악마의 씨를 말려놓기까지 했다던 아버지가 유일하게 무섭다고 말할 수 있었던 것이 뭔지.

"나도 이제 무서운 게 생겼어."

"뭐?"

"날 지켜줘야 해."

디아나는 오드에게 갑자기 그게 무슨 말이냐고 더 묻지 않았다. 의미를 알아도, 몰라도 어차피 답은 같을 테니까. 디아나가 과거 언젠가

처럼 대답했다.

"당연하지!"

"그런데 내가 지상의 천사야?"

산책 삼아 언덕을 걸어서 내려가는 길. 어떻게 들어도 놀리려는 의도가 다분한 말이 오드의 입을 타고 나왔다.

지오사, 지상의 천사 오드를 사랑하는 사람들의 모임. 오드 팬클럽 이름-당연하게도 손수 지은-을 떠올린 디아나가 잠시 멈칫했다. 그러나 당황하거나 민망해하는 반응을 보일 거라는 일반적인 예상과 달리 이어진 대꾸는 당당했다.

"몰랐어?"

"……."

"말 나온 김에 걱정되니까 날개 떼어놓은 거 있으면 나한테 맡겨줄래? 네가 다시 천상으로 올라가 버리면 큰일이니까."

"……없던 말로 해줘."

들킨 김에 당당해진 디아나는 이제 누구도 당할 수 없었다.

오드와 디아나는 언덕을 내려와 아카데미 바로 앞에서 잠시 멈춰 섰다. 디아나가 먼저 물었다.

"더 있을 거야, 아카데미?"

"아니."

오드는 고개를 저었다. 디아나가 정체를 안 이상 구태여 더 윈 카니스 행세를 할 이유가 없고, 그렇다고 본모습으로 아카데미를 다니는 것도 의미가 없는 짓이었다.

"종종 보러 올게. 데리러도 오고."

"알았어."

디아나는 기왕 입학한 것 졸업할 때까지 아카데미에 더 다니기로 했다. 디아나에게도 딱히 졸업장이 별 의미가 있는 건 아니었지만, 정을 붙인 클레스메나 다른 이들과 이대로 바로 헤어지기는 미련이 남아서 내린 결정이었다. 그리고 무엇보다도.

'아까워.'

지오사가 아까웠다. 그걸 어떻게 만들었는데. 창단 삼 주 만에 해산할 수는 없었다.

오드는 디아나의 선택을 존중했다. 이제 더는 불안할 것도, 초조할 것도 없었으니까.

"그래도 졸업 너무 늦지 마."

"응."

그러잖아도 2년은 긴 것 같아서 조기 졸업을 생각 중이었다.

오드는 잠시 디아나를 내려다보다 이내 고개를 숙여 입술을 짧게 훔쳤다.

"……!"

토끼 눈이 된 디아나를 두고 오드가 만족스럽게 웃다가 문득 뭔가 생각했다는 듯 말했다.

"아, 윈 카니스였으면 고개를 숙이지 않아도 됐을 텐데."

오드와 디아나는 키 차이가 제법 났지만 윈 카니스와는 그렇지 않았다. 일부러 평균에 맞춰 키를 줄였더니 그 나이 여자 평균보다 약간 큰 디아나와 엇비슷했다.

물론 이렇게 농담처럼 말은 꺼냈지만 그렇다고 정말 윈 카니스의 모습을 하고 디아나에게 키스하는 일은 없을 것이다. 있지도 않은 놈을 어떻게든 죽이고 싶어질 테니까.

“이따 봐. 디아나.”

이윽고 디아나의 뺨에도 가볍게 입맞춤을 남긴 오드가 자리에서 사라졌다. 디아나는 오드가 없어진 빈자리를 잠자코 보고 있다가 뺨과 입술을 매만졌다.

‘내가 까치발을 최대한 들면 오드도 고개를 안 숙이고 어떻게 될 것 같은데.’

다음에 해볼까.

그런 생각을 하며 디아나가 붉어진 귓가로 아카데미 안으로 이동했다.

A반 교실은 어수선했다. 그렇지만 디아나와 오드가 사라진 사이 어느 정도 정리가 된 듯 잿더미가 된 마물의 시체나 깨진 유리 파편 같은 건 거의 보이지 않았다.

디아나는 교실에 들어가자마자 클레스메부터 찾았다. 클레스메는 마물의 공격에 날아간 자기 자리 대신 가까운 멀쩡한 자리에 앉아 있었다. 찾는 것이 어렵지 않았다.

‘다쳤구나.’

아까 넘어지면서 까졌는지 무릎에는 그새 작은 반창고도 붙이고 있었다. 디아나가 치유 마법을 써줄까 생각하는 사이, 클레스메가 마침 디아나를 발견하곤 벌떡 몸을 일으켰다.

“디아나!”

"클레스메."

"너!"

"음, 우선 사과부터 할게. 미안해. 그동안 말 안 한……."

말이 끝나기도 전에 클레스메가 척척 다가와 디아나를 와락 끌어안았다. 그러더니 놀랄 새도 없이 안았던 것을 풀고는 어깨를 붙들고 짤짤 흔들었다. 디아나는 기시감을 느끼며 마구 흔들렸다.

"무사한 거지? 일단 무사하면 됐어! 내가 아까 얼마나 놀랐는지 알아? 네가 윈 카니스를 그렇게 감싸고……."

클레스메가 말하다가 어디에 생각이 미쳤는지 목소리가 잦아들었다. 이내 약간 조심스러워진 목소리가 흘러나왔다.

"……없는 사람인 거지? 윈 카니스."

"응."

"진짜 정체는…… 그, 오드인 거고?"

"맞아."

"너희 원래 아는 사이였니?"

"……응."

이어 클레스메가 길게 한숨을 내쉬었다. 디아나가 내심 긴장했다. 하지만 뒤이어 클레스메가 보인 행동은 책망도, 원망도 분노도 아닌 완전히 다른 거였다.

"내 감!"

"응?"

"너희 그냥 아는 사이가 아니라 적어도 오래된 소꿉친구 같은 거 맞지? 각별한?"

"어, 응."

"맙소사! 나 점쟁이 체질 아냐?"

클레스메가 자기 이마를 탁 때렸다.

"나도 모르는 새 모든 걸 알고 있었다니…… 무서운 나……."

"으응?"

"디아나."

알 수 없는 자찬에 빠져 있던 클레스메의 눈빛이 돌연 진지해졌다. 디아나가 이번에야말로 다시 각오했다. 클레스메의 입이 열렸다.

"둘이 정말 잘 어울려."

"어?"

"나중에 결혼할 거니? 청첩장 나한테도 보내줘."

"저기, 잠깐만."

혼란스러워진 디아나가 손을 뻗었다. 그 상태로 생각을 잠시 정리한 다음 손을 내리고 말문을 열었다.

"화 안 나?"

"화?"

"널 속인 거잖아. 윈 카니스가 오드라는 걸 알면서도 말 안 했고, 또 오드와 내가 아는 사이라는 것도 숨겼고……."

"지금 말했잖아."

"그건 그렇지만."

"뭐, 됐어. 솔직히 얘기하면 지금은 미스터리가 풀린 기분에 후련하기만 한걸. 내 감이 맞았다는 게 뿌듯하고. 어쩐지 너희 둘만 보면 그런 기분이 들더라니."

클레스메가 씩 웃었다.

"화내길 바랐어?"

"바란 건 아닌데."

"괜찮아. 사정이 있었겠지. 그건 이제부터 천천히 들으면 되고. 그리고 뭐, 사정을 떠나서……."

헛기침을 한 클레스메가 이어 말했다.

"너와 오드 사이를 알아서 기만당했다고 생각하기엔, 내가 오드를 그런 의미로 좋아하고 팬클럽 활동을 한 게 아니니까. 그렇잖아. 그냥 우상일 뿐이었고, 또 그런 행위 자체가 재미있었던 거야. 너랑 해서 더 그랬고."

"……클레스메."

"그리고 결과적으로 너희 덕분에 마물도 해치우고 나도, 다른 애들도 다들 살았고…… 또, 나는 그래, 솔직히 우리가 그렇게 오래 알고 지낸 사이도 아닌데, 그냥 무시해도 되는 일을 네가 이렇게 일부러 와서 이야기해 주고 마음 써주는 게 더 고마워."

"클레스메!"

"디아나!"

두 사람이 감동적인 광경을 연출했다. 둘의 주위로 훈훈하게 우정의 바람이 불어닥쳤다. 누군가가 끼어든 것은 그때였다.

"디아나 학생."

"교장 선생님?"

A반의 상황을 살필 겸 교실에 다시 들른 교장이었다.

"마침 찾았는데 잘됐네. 잠깐 이야기 좀 나눌 수 있겠는가?"

"……."

그렇게 디아나는 교실에서 잠시 자리를 옮겼다. 단둘이 앉은 한적한 교장실에서 교장이 운을 뗐다.

"우선, 고맙네."

"아니에요, 제가 뭘요."

"늙으면서 는 것이라곤 눈치뿐이야. 자네가 아니었다면 그 소년이 그렇게 나서지도 않았을 테지. 어쩌면 애초 아카데미에 없었을지도 모르고. 그렇지 않은가?"

디아나가 부정하지 못하는 사이 교장이 말을 이었다.

"추궁하려고 부른 것이 아니니 구태여 묻지는 않겠네."

사실 듣지 않아도 어느 정도는 짐작이 갔다. 마물이 그렇게 죽고, 디아나와 오드가 교실에서 사라지고 난 뒤 교장은 윈 카니스라는 학생에 대해 알아보았다.

왜 진작 몰랐을까 싶게 전부 가짜였다. 이름도, 신분도. 그리고 찰나 드러났던 진짜 모습.

교장은 소년의 정체를 알아보았다. 그래도 마법사로서 지낸 세월이 몇인데 마탑의 소식에 대해 남들보다 둔할 수는 없었다.

결국 도움을 받은 것이다. 못난 열등감에 미처 손을 뻗지 못했던 천재 집단에.

"감사하다고 전해주게나. 그분에게도."

디아나가 고개를 끄덕였다. 교장이 주름진 눈매로 빙그레 웃었다.

"그럼 본론을 꺼내야겠지. 실은 답례를 하고 싶어 이야길 나누자고 했네."

"답례요? 아뇨, 괜찮아요."

"사양하지 말게나. 늙은이 체면이 걸린 일이라고 생각해 줬으면 좋겠네. 참 부끄러운 일이 아닌가? 교장으로서 학생들을 구하는 일에 도움만 받아놓고는, 답례조차 하지 못하는 건."

"음……."

그렇게까지 말하면 또 거절하기도 뭐했다. 디아나가 고민하듯 눈을 굴렸다. 그러다가 어느 순간 손가락을 튕겼다.

"그럼 나중에요. 음, 한 몇 년 후쯤?"

"……?"

"제가 이곳에 사는 친구에게 마탑으로 부르는 초대장을 보낼 거거든요. 그때 함께 와주실 수 있을까요? 객이 많으면 좋을 것 같아서요. 활기차고."

"그런 것이면 되겠는가?"

"충분히요."

이내 교장이 알겠다고 대답하며, 만약 필요하면 후일 그렇게 하겠다는 각서도 써주겠다고 덧붙였다. 디아나는 물론 그럴 것까진 없다고 고개를 저었다.

"참, 마물이 삼켰던 사람들은요? 괜찮아요?"

"다들 무사하다네. 생명력을 빨리는 바람에 요양은 다소 필요하지만, 목숨에는 지장이 없다고 하니. 시간만 있으면 금방 회복할 거네."

"다행이네요."

"누구 덕분이지."

"에이."

화기애애한 분위기로 담화가 마무리되었다.

그러고서 디아나는 교실로 돌아왔다. 그런데 기분 탓인지, 어째 교실의 분위기가 그새 좀 달라진 것 같았다.

"설명 다 들었지? 이제 우릴 구해주고 바람처럼 사라진 오드가 어떤 사람인지 다들 알았을 거야."

기분 탓이 아니었다.

"마음속에 어떤 감동이 벅차오르진 않니? 자, 그럼 여기서 지오사 회원 대모집! 그저 진실한 마음만 있으면 가입 가능! 지금 가입하면 오드 초상화도 무료 증정!"

"클레스메……."

"아, 디아나. 왔어?"

클레스메가 의욕에 반짝거리는 눈으로 디아나를 돌아보았다. 말문이 막혔다. 설마하니 이 와중에 영업을 시도할 줄은.

디아나의 표정이 변했다. 아무래도 조기 졸업할 저의 뒤를 이를 차기 회장을 지금 결정해 두는 것도 좋지 않을까. 그때 누군가가 손을 들어 올렸다.

"저기, 나 가입할게."

놀랍게도 젠 미어리였다.

'젠장, 하필이면.'

사실 그는 살고 싶어서 이러고 있었다.

'윈 카니스의 정체가 마탑 후계자였을 줄은…….'

젠은 시험지를 훔쳐 그 혐의를 윈 카니스에게 뒤집어씌워 아카데미에서 쫓아내자는 의견을 냈던 장본인이었다. 마른침이 넘어갔다. 마물이 단숨에 재로 변하던 모습이 아른거렸다. 정말 살고 싶었다.

"받아만 주시면 열과 성을 다해 활동하겠습니다."

"좋아, 합격!"

젠은 내심 한숨을 내쉬었다.

'잘하자.'

그래도 저는 살길이 있었다. 암, 그렇고말고. 일단 모함하자는 의견은 냈다지만 실패했고, 무엇보다 뒤에서 몰래 저지른 일이었다. 앞에서 윈 카니스에게 대놓고 시비를 거는 미친 짓은 저지르지 않았다. 그건 주제르가 했지.

'안녕, 주제르. 그동안 즐거웠다.'

젠은 미리 작별 인사를 건넸다. 그간 그런대로 잘 어울렸던 주제르를 마음속에서 먼저 보내 버렸다. 얄팍한 우정이었다.

아카데미는 한동안 떠들썩했다. 그럴 수밖에 없었다. 제아무리 오드 덕에 마물도 금방 해치우고 잡아먹혔던 사람들도 다들 무사하다지만, 사고 자체가 주는 인상이 워낙 강렬했다. 더구나 직접 마물을 목격한 사람도 수십이나 됐다. 그들의 입을 전부 막을 수는 없었다. 마물 소동은 소문이 되어 일파만파 퍼져 나갔다.

"그게 정말이야? 헛소문 아니고?"

"그렇대. 우리 언니가 A반인데 그 자리에 있었다고 했어. 전부 봤대."

"마물을 죽인 게 누구라고?"

"우리 또래라는데, 마탑 후계자라고……."

자연히 오드의 위상이 높아졌고.

"팬클럽도 있다던데?"

"가입할까?"

"재밌겠다. 이름이 뭐야, 지, 무슨 사?"

지오사의 위세도 그와 함께 성장했다.

교장은 왕궁으로 불려가 왕에게 된통 깨졌다. 마물 사태로 인해 아카데미 내 안전이 제대로 지켜지고 있는 게 맞냐고 각종 가문에서 항의가 쇄도했기 때문이다. 하마터면 아들을 잃을 뻔했던 주제르네 가문에선 아예 앞장서 불같이 들고 일어났다.

그러나 그들은 곧 다시 얌전히 몸을 낮출 수밖에 없었다. 마물 사태에 직접적인 원인을 제공한 주범이 바로 주제르라는 것이 밝혀지고 말았으니까.

"주제르가 시켰어요."

"주제르의 의견이었습니다."

"예, 다 주제르가."

사태의 원흉 4인방 중 주제르를 제외한 세 명이 합심했다. 마탑이 얽힌 일이었다. 주제르보다 그쪽이 더 무서웠다.

같은 반 학생을 모함하려고 열쇠를 훔치다 일을 그렇게 만들었다. 더구나 모함하려던 학생이 마물을 죽여 아카데미를 구해준 영웅이자 은인이며, (가장 중요한) 마탑의 후계였다. 주제르는 고개를 들고 다닐 수가 없었다. 무서울 것 없어 보였던 가문도 마탑이라는 이름 앞에서 가만히 숨을 죽였다.

"히익! 자, 잘못했습니다! 잘못했어요!"

후일, 약자에게 강하고 강자에게 한없이 약한 주제르가 디아나를 보러 아카데미에 들른 오드와 마주치곤 기겁하며 바닥에 머리를 박는 소소한 해프닝이 발생했다.

"이거 어떻게 할까?"

"음…… 라테 이모가 이런 일로 사람 죽이는 거 아니라고 했으니까. 살려줘."

"그래."

그리고 디아나 덕분에 목숨을 건진 주제르는 졸업할 때까지 죽은 듯이 아카데미를 다녔다는 후문이다. 덧붙여 젠과 도마니, 조르다구는 누구보다 지오사의 열혈 회원으로 활동하면서 잘못을 어느 정도 참작받았다. 셋 다 가슴을 쓸어내린 일이었다.

3년 후, 마탑.

"얘, 오른쪽 기둥 장식 아직이니?"

"코르사주 누구한테 있어요?"

"축포 개수 다시 확인 좀 해주세요!"

이날을 위해 임시로 고용한 고용인들이 이리저리 분주하게 뛰어다니는 걸 보다 라테가 턱을 매만졌다.

"나 때도 저랬었나? 그랬어, 에슐라?"

"그랬어요."

이른 아침부터 탑은 어떤 준비로 한창이었다.

라테는 에슐라가 준비해 준 차를 함께 앉아 마시며 부산한 광경을 구경했다. 옆자리에는 눈따따가 있었다. 보존 마법의 힘은 놀라웠다. 어언 눈따따 생후(?) 근 20년. 그럼에도 아직 머리카락 한 올 상하지 않은 상태였다.

"그랬구나. 그러고 보면 난 그때 탑 안에서 다른 준비를 하느라 정신이 없었네."

"맞아요. 제가 또 실력 발휘를 했었잖아요?"

"그랬지. 음, 맞아. 그때 하객 중 몇 명이 날 보고 눈을 비비는 걸 봤었어."

라테와 에슐라가 나란히 지난 추억에 젖어들었다. 그때 뒤에서 그런 두 사람을 부르는 목소리가 있었다.

"안주인님, 어머님. 신부님 준비가 끝났는데 미리 보시겠어요?"

"어떡해. 볼까?"

"음, 봐요!"

이내 둘이 기대감 어린 얼굴로 사용인의 뒤를 졸졸 따라갔다. 잠시 후, 탄성이 터졌다.

"디아나!"

"엄마, 라테 이모. 오셨어요?"

"너무 예쁘구나."

"세상에……."

순백의 드레스를 입은 디아나가 의자에 앉아 두 사람을 맞이했다. 라테는 양손으로 입을 가리더니 이어 말했다.

"오드한테 입혀도 어울리지 않을까?"

"아가씨?"

"아니, 너무 예쁘다 보니 나도 모르게 그런 생각이."

"좋아요. 제가 나중에 기회를 봐서 꼭 입혀볼게요."

"오, 정말?"

"디아나."

라테와 디아나의 대화에 에슐라가 고개를 저었다. 디아나가 맑게 웃음을 터뜨렸다. 에슐라가 다가와 그녀의 손을 잡았다.

"그나저나 네가 언제 이렇게 커버렸니."

"그러게요, 엄마."

"네 아빠는 어젯밤부터 우느라 방에서 나오지도 않는다."

식장에 들어설 땐 대체 어쩌려고 그러는지.

"설마요."

에슐라는 굳이 과장 하나 없는 사실이라고 덧붙이지는 않았다.

"아무튼 고마워요, 엄마. 지금은 자리에 없지만 아빠도."

"얘는, 갑자기."

"그냥 오늘 이렇게 앉아 있으니까 문득 그런 생각이 드네요. 얼굴만 봐도 고맙고, 사랑한다는 말이 자꾸 나와요."

"나 원."

에슐라가 부드럽게 웃으며 디아나를 끌어안았다. 그 와중에 치장이 망가질라 조심스러운 손길이었다. 라테는 그 훈훈한 광경을 한발 떨어져 흐뭇하게 보고 있다가 입을 열었다.

"에슐라, 할머니가 될 날도 머지않았네."

"그건 아가씨도 마찬가지이신걸요."

"응? ……그렇네!"

깨달은 라테가 눈을 부릅떴다. 이내 목소리가 미약하게 떨렸다.

"할머니…… 할머니라니…… 나는 아직 마음의 준비가."

"저랑 같이해요, 아가씨."

두 여인이 그렇게 앞서가느라 바쁜 사이 식 준비는 차근차근 진행되었다. 마침내 화려하고 성대하게 꾸며진 마탑 앞뜰에서 마법으로 만든 축포가 터졌다.

결혼식. 신부 디아나와 신랑 오드가 만인을 증인으로 세운 맹세 아래 하나로 맺어지는 날, 그날이 바로 오늘이었다.

신랑이 먼저 입장하고, 신부가 뒤이어 비숏의 손을 붙잡고 등장했다. 디아나는 이때 엄마의 말이 과장이 아니었다는 걸 알았다. 아빠 비숏은 정말 폭포처럼 줄줄 울고 있었으니까.

"눈물을 막는…… 마법은 없더구나……."

비숏이 울먹거리며 말했다. 디아나는 이걸 웃어야 하는지 같이 울어야 하는지 몰라 일단 터지려는 웃음을 입안을 깨물어 참았다. 웃음이 나려는 와중에도 가슴이 뭉클해졌다.

이내 비숏이 물러나고 도중부터 신랑과 신부가 나란히 함께 걸었다. 빼곡히 자리를 채운 하객들이 박수를 쳤다. 특히 클레스메와 그 옆의 교장이 누구보다 열렬하게 손뼉을 맞부딪혔다.

"이젠…… 천사를 보낼 때야……."

그 옆으로는 같이 따라온 지오사 회원들이 그렁거리는 눈망울로 손수건을 물었다.

라테는 아윈과 함께 하객석에서 식을 지켜보았다. 뭐라고 말할 수 없는 기분이었다. 그 예전, 제 결혼식 때 부모님이 이런 기분이었을까. 그런 상상을 얼핏 해볼 뿐이었다. 라테가 감상에 젖어 있다가 언뜻 중얼거렸다.

"보기 좋네."

"우리도 또 할까?"

"응? 결혼식을?"

"응."

"언제?"

"다음 생에."

아윈이 태연한 얼굴로 속삭였다. 세월이 흘러도 통 변하는 게 없는 건 남편의 얼굴뿐만이 아니었다. 십 년 전이 꼭 어제 같은 태도에 가만 듣던 라테가 웃으면서 한술 더 떴다.

"다다음 생에는?"

"물론 그때도."

자식을 결혼시키는 날에 연애 20주년 된 부부가 로맨스를 찍고 있을 때였다. 지루한 과정을 대폭 생략해 간소하게 바꾼 터라 금방 부케 던지기를 할 순서가 되었다. 이곳에는 본래 없는 풍습이지만 라테가 처음 선보이면서 이상하게 유행이 되고 말았다나 어쨌다나.

"던져요!"

디아나가 부케를 높이 날렸다. 받게 해주고 싶은 상대가 있으면 오드가 그렇게 되도록 마법으로 조종해 주겠다고 했지만, 디아나는 고개를 저었다.

누가 잡을지 몰라야 던지는 맛이 있지. 부케는 그렇게 날고 날아…….

"헐."

하객 중 케니스가 있는 방향으로 떨어졌다. 과거 언젠가의 농락 아닌 농락을 떠올린 케니스의 표정이 굳었다. 나이가 들어도 여전히 수려하고, 딱딱한 얼굴이었다. 그때처럼 피하려는지 케니스가 슬쩍 몸을 움직이려 했다. 그러나 그러기 전에 케니스의 쌍둥이 딸 중 큰 아이가 바로 앞에서 부케를 받아냈다.

"우왓."

십 대 후반쯤 되어 보이는 소녀가 부케를 받아놓고 자기도 받을 줄 몰랐다는 얼굴로 눈을 깜박였다.

"어, 잡았네."

케니스가 어딘지 복잡한 눈으로 라테를 돌아보았다. 라테는 그 눈길에 잠시 할 말을 고민하다 입을 열었다.

"각하, 우리도 참 끈……."

'끈끈한 인연이네요'라고 하려고 했다. 그러나 그 순간 어쩐지 아윈의 시선이 따갑게 꽂힌 것 같았다. 빠르게 바꿨다.

"끈질긴 악연이네요. 먼저 끊으실 생각은?"

"내가 할 말이군."

그들을 뒤로하고 다시 축포가 터졌다. 자리에서 벌떡 일어나 박수갈채를 보내는 사람들 사이로 오드와 디아나가 서로를 마주 보며 웃었다. 소란 속에서도 들리도록 오드가 디아나의 귓가에 대고 속삭였다.

"디아나."

"응?"

"내가 좋아한다고 했잖아."

"응."

"사랑한다고도 했었나?"

"글쎄, 안 했던 것 같지만……."

디아나가 발뒤꿈치를 들었다. 한껏 들었더니 그새 키가 더 커진 오드의 입술을 겨우 훔칠 수 있었다.

"그래도 매일 들렸어."

이어 두 사람이 누가 먼저랄 것 없이 웃었다. 이때 그렇게나 우렁찬 박수갈채와 환호를 뚫고 비숏의 구슬픈 울음소리가 귀곡성처럼 들렸던 것은 덤이었다.

두 아이가 손을 잡고 걸었다. 앞서 걷던 금발 아이가 걸으면서 눈가를 살짝 좁혔다가, 이내 뒤를 돌아보며 불만이 어린 어조로 말했다.

"내가 더 예쁘다며?"

"응?"

그에 갈색 머리 아이가 허공에 두었던 시선을 되돌렸다. 파란 나비들은 팔랑거리며 계속 두 아이를 쫓았다. 그러는 바람에 걷는 도중 갈색 머리 아이가 자꾸만 시선을 빼앗기는 중이었다.

"나비보다 내가 예쁘다고 했잖아."

"응. 맞아."

"그런데 왜 자꾸 봐?"

"어……."

갈색 머리 아이가 눈을 깜박였다. 이내 물었다.

"나비 보지 마?"

"보지 마."

"왜?"

금발 아이가 다문 입을 오물거렸다. 그냥 속에서 이유 모를 심통이 나는 걸 뭐라고 표현하면 좋을지, 속 시원히 정리해서 말하기엔 아이도 아직 어렸다.

"내가 더 예쁘니까."

"……."

"더 반짝거리는 걸 봐야지. 그게, 음, 더 좋으니까."

결국 나간 말이라고는 앞서 했던 이야기의 반복이었다. 그런데 어떻게 들었는지 그 말에 갈색 머리가 아이가 순간 깨달은 얼굴을 했다. 아이가 이내 진지해진 낯으로 고개를 끄덕였다.

"맞아."

"……."

"네가 더 좋아."

"응?"

"그러니까 너만 볼게."

어쩐지 의미 전달이 약간 잘못된 것 같긴 했지만, 어쨌든 좋은 게 좋은 거였으니까.

"……그래."

잘 생각했어.

금발 아이가 갈색 머리 아이의 손을 더욱 꼭 쥐었다. 금발 아이의 귓가가 붉었다. 햇살이 참 따사로웠다.

후일담

1 : 고생하는 들러리양

알뤼미트, 아돌프

"알뤼미트, 뭐 해?"

빗자루질하던 알뤼미트가 손을 멈췄다. 아돌프가 의아하게 그녀를 응시했다.

두 사람은 저택 꼭대기에 있는 다락방을 청소하는 중이었다. 어린 시절의 추억이 많이 담긴 곳이라 하인이나 하녀에게 맡기지 않고 직접 정돈하겠다고 나선 것이다.

알뤼미트는 쥐고 있던 빗자루를 내려다보았다.

"노란색이네……."

"뭐?"

갑자기 빗자루를 들고 서서는 당연한 말을 하는 여동생을 아돌프는 괴이쩍은 표정으로 쳐다보았다. 그럼 빗자루가 노란색이지, 파란색일까?

"잔말 말고 하던 청소나 마저-"

"인사할래?"

대뜸 알뤼미트가 몸을 돌리곤 아돌프를 향해 빗자루를 내밀었다. 아돌프의 눈썹이 쑥 올라갔다.

"무슨 소리야?"

"오빠, 기억나? 일전에 내가 이 주 정도 몸이 바뀌었던 적이 있잖아."

"그게 왜?"

"그때 내 몸을 차지했던 사람 말이야. 오빠가 어떤 사람이냐고 궁금해했었잖아."

"그건 그냥…… 그래서 그게 지금 이거랑 무슨 상관인데?"

"아주 많은 상관이 있지."

빗자루를 아돌프의 눈높이에 맞춰 들어 올린 알뤼미트가 재차 말을 이었다.

"이 노란 빗자루는 바로 그 사람의 분신이거든. 어때, 친근감 느껴져? 마음껏 인사해도 돼."

이때 아돌프의 미간이 구겨진 것은 말할 필요도 없는 일이었다.

"청소하기 싫냐? 그래서 헛소리하는 거지?"

"헛소리 아닌데. 오빠, 내가 오빠한테 거짓말 잘 안 하는 거 알지."

그러더니 알뤼미트가 주변을 한 바퀴 둘러보았다. 오누이가 유년시절에 툭하면 함께 시간을 보내곤 했던 다락방의 오래되고 정겨운 풍경이 시야를 채웠다.

"특히 여기서는."

아돌프가 눈을 깜박였다.

사실이었다. 그의 여동생은 실상 그의 앞에서는 꽤 솔직했다. 특히나 이곳처럼 둘만의 추억이 담긴 곳에서는 더 숨기는 것이 없어졌다. 아돌프는 동생의 순수하고 맑은 눈동자와 노란색 빗자루를 번갈아 쳐다보다 이내 주저주저 입을 열었다.

"빗자루가 어떻게 사람 분신이야?"

"그건……."

"……마녀야?"

알뤼미트가 순간 세게 기침했다. 아돌프가 한쪽 눈썹을 찡그렸다. 알뤼미트는 아닌 체하더니 동심을 간직한 오빠를 보는 미묘한 시선을 겨우 감추곤 둘러댔다.

"아이고, 다락방에 먼지가 많네. 크흠."

"마녀 맞아?"

"으음. 아니, 뭐…… 아무튼 일단 인사해! 오빠 그 사람 보고 싶어 했잖아."

"내가 언제!"

"언제는? 티를 그렇게 내놓고선."

"아니거든? 어? 아니라고."

"그래서 인사할 거야, 말 거야? 안 할 거면 분신 치운다?"

알뤼미트는 바닥을 발로 슥슥 문질렀다. 빗자루로 바닥 먼지를 쓰는 일은 거의 다 끝났다. 이제 밀대를 가져와 닦을 차례였다. 알뤼미트가 금방이라도 빗자루를 도로 창고에 가져다 놓을 것처럼 굴자 아돌프가 저도 모르게 입을 열었다.

"하, 한다고! 기다려. 짧게 할 테니까."

알뤼미트가 입술 안쪽을 깨물어 필사적으로 웃음을 참았다. 여동생의 속내를 모르는 아돌프는 어째서인지 긴장한 얼굴로 말을 이었다. 시선은 노란 빗자루에 고정하고 있었다.

"음, 그러니까…… 자, 잘 지내나요? 누군지는 모르겠지만 잘 지내면 좋겠습니다. 아니, 잘 지내면 좋겠어. 잠깐이었지만 지금 생각하면 꼭 친구처럼 죽이 잘 맞았던 것 같아. 짧은 시간이지만 만나서 즐거웠고…… 아, 그리고 알뤼미트 편으로 보내준 돈은 잘 받았어. 네가 털었던 방을 다시 채우고도 조금 남더라. 조금이니까 굳이 돌려보내진 않을게. 어, 또……."

짧게 한다더니 거참 구구절절 길기도 했다. 알뤼미트는 결국 간신히 참고 있던 웃음을 시원하게 터뜨렸다.

"와하하학!"

"……?"

"하란다고 진짜 하네! 아하하!"

곧 상황을 파악한 아돌프의 얼굴이 시뻘겋게 달아올랐다. 그는 토마토와 한 수 겨뤄도 될 것처럼 변한 얼굴을 하고선 버럭 소리쳤다.

"야! 알뤼미트!"

"미치겠다. 배 아파. 아, 죽겠네."

"거, 거, 거짓말 안 한다면서!"

"거짓말은 아니야. 정말 분신 맞는데? 아니, 근데 아무리 그렇다고 진짜 빗자루한테 인사를 하냐. 내 오빠지만 참."

"너!"

"참, 오빠. 걱정하지 마. 오빠가 방금 했던 말은 토씨 하나 안 빼놓고 그 사람한테 편지로 전해줄게. 좋지?"

"너 거기 안 서?!"

다락방을 정리하다 말고 다 큰 남매가 우당탕 소리를 내며 뛰어 내려왔다. 유모가 그런 둘을 발견하곤 잠시 잔소리를 늘어놓았지만, 그것도 그때뿐이었다. 미들 남작가는 오늘도 사이좋은 남매 때문에 떠들썩했다.

카르댄벨, 넘나레드

넘나레드는 꽉 쥔 주먹을 부르르 떨었다.

'이럴 순 없어.'

얼마 전 제비뽑기-사다리 타기-에 실패해 모르소 왕국으로 떠난 카르댄벨로부터 그야말로 믿기지 않는 소식이 도착했다.

'그 자식…… 그 자식이…….'

여자를 소개받는다니!

"그것도 끝내주는 미인으로! 말도 안 돼!"

지도 끄트머리에 붙은 작은 왕국. 그것도 바다를 건너야 하는 다른 대륙 왕국으로 가야 한다기에 처음에 얼마나 비웃었는지 모른다. 다들 카르댄벨의 불운을 한마음으로 애도했다. 물론 넘나레드는 그 와중에 축배를 들었고.

그런데 그러고 나서 얼마 후 마탑으로 편지가 날아들었다. 보낸 이는 카르댄벨. 내용은 알뤼미트에게 세 살 차이 나는 아돌프라는 오빠가 있는데, 어쩌다 보니 친해져서 그 아돌프로부터 대단한 미녀를 소개받게 되었다는 것. 한마디로 자랑 편지였다. 마탑에 있는 많은 솔로가 부러움과 분노에 눈물을 훔쳤다. 당장 이 대역 죄인을 척살하러 왕국으로 떠나자고 의견을 낸 사람도 있었다.

그러나 그들은 진담 반, 농담 반이었을 뿐 진심으로 카르댄벨을 조지러 떠나고 싶어진 것은 오직 넘나레드 한 명이었다.

'날 두고 엄청난 미녀를 만나겠다니! 어딜 감히! 절대 그러게 둘 순 없다.'

(왕년의) 비모르 작가 라테가 들었다면 어딘지 묘한 표정을 지었을 생각을 하며 넘나레드는 오밤중에 마탑을 빠져나와 모르소 왕국으로 향했다. 무슨 일이 있어도 카르댄벨의 소개팅 성사를 방해하겠다는 그의 의지는 텔레포트로 바다를 건너는 지옥의 고행길을 자처할 정도로 뜨겁고 깊었다.

"헉, 헉."

그렇게 개고생 끝에 도착한 모르소 왕국. 넘나레드는 그 과정에서 마치 피죽도 못 먹은 사람처럼 핼쑥해졌으나, 활화산처럼 불타는 의지만은 여전했다.

내 이대로 죽는 한이 있어도 카르댄벨의 연애만큼은 훼방 놓고 뒈지리.

'그런데 어떻게 방해하지? 흠, 역시 도와주는 척하면서 뒤통수를 치는 게 제일인가.'

넘나레드는 후들거리는 다리로도 열의를 잃지 않고 최선을 다해 카르댄벨을 찾아 헤맸다. 만약 마법을 저 정도 열정으로 연구하고 연마했다면 넘나레드는 지금쯤 마탑의 2인자가 되었을지도 모른다.

어쨌든 잠시 후, 노력에 보답받듯 넘나레드는 카르댄벨과 마주쳤다. 이때 넘나레드는 과연 어떻게 하면 이 한 몸 다 바쳐 네놈의 연애를 끝장내겠다는 음습한 본심을 감추고 이 만남을 선의인 척 포장할 수 있을까 두뇌를 풀 개방하여 고민했으나, 곧 그럴 필요가 없다는 것을 깨달았다. 왜냐면 카르댄벨이 이미 '차인' 얼굴을 하고 있었으니까.

"푸하하!"

방해할 필요도 없었군! 넘나레드는 승리감에 차서 카르댄벨을 보자마자 박장대소를 터뜨렸다.

카르댄벨이 오만상을 썼다. 저 망할 놈이 왜 여기에 있는지는 궁금하지도 않았다. 안 들어도 어차피 뻔했으니까.

"야, 카르댄벨. 나한텐 한 가지 소원이 있다. 뭔지 아냐?"

"뭐."

"바로 네 연애를 망쳐놓는 거. 그런데 죽기 전엔 이룰 수 없는 소원인 것 같다. 내가 망치기 전에 어차피 네 연애는 항상 망해 있으니까! 아하하!"

"이 새끼가! 너는 뭐 아닐 줄 알아? 지도 똑같은 게!"

"으응? 뭐라고? 방금 차인 패배자의 말이라서 안 들리는데?"

"……!"

다음 날. 모르소 왕국은 어제 수도 저잣거리 골목에서 난데없이 일어난 폭발 사건의 용의자를 수소문했으나 찾지 못했다. 다만 파손된 벽이나 그 외 다른 흔적을 보며 대체 얼마나 큰 폭발이 있었던 건가 하고 혀를 내둘렀을 뿐이었다.

왕자

모르소 왕국의 왕자에게 혼담이 들어왔다. 왕자는 그것을 덤덤하게 받아들였다. 어차피 왕족의 혼사에 개인의 감정이 개입되는 경우는 극히 드물었다. 정해진 일이었고, 당연한 의무였다.

"안녕하세요."

상대는 옆 나라 비스타다 왕국의 공녀였다. 국력이 서로 비슷한 왕국은 혼인으로써 굳건한 동맹을 맺길 원했다. 왕자는 먼 길 오느라 피로했을 공녀를 정중하게 맞이했다.

그리하여 결혼식을 목전에 두게 된 어느 날. 왕자는 예비 신부인 공녀와 왕성 후원에서 간단하게 오찬을 함께하다가 자기가 들이켠 것이 물이 아닌 술이었다는 사실을 깨달았다. 어처구니없는 사용인의 실수였다.

더 어처구니없는 것은 아무리 잘못 내왔다지만 그걸 모르고 그냥 마셔 버린 자신이었지만 말이다.

'요새 제정신이 아니었나.'

왕자는 쓴웃음을 삼켰다. 얼마 전 그의 인생에 처음으로 실연이라고 할 만한 것이 있었다. 사실 실연이라는 거창한 단어를 쓰기에는 워낙 짧은 인연이었던 데다, 심지어 상대에 대해 제대로 아는 것조차 없었지만, 어쩌면 그래서 더 후유증처럼 남아 그를 괴롭히고 있는 것일지도 몰랐다.

공녀는 물 대신 술이 든 투명한 잔을 내려놓았다. 그녀는 차분한 표정으로 머잖아 제 남편이 될 왕자를 응시했다.

"연인이 있으신가요?"

"예?"

"괜찮아요. 숨기지 않으셔도. 왕자님이나 저나 이 결혼이 사랑의 결실이 아니라는 것 정도는 피차 알고 있잖아요."

왕자는 공녀의 담담한 눈에 순간 당황했다가 이내 입을 열었다.

"아닙니다. 연인이라니요. 어떤 배경으로 성사된 것이든 혼인을 앞둔 이로서 그 정도로 예의를 모르지는 않습니다."

"그런가요?"

"그렇습니다."

"그렇군요. 실례했어요. 생각이 많아 보이셔서."

이때 그냥 아무 말도 하지 않거나, 혹은 자연스럽게 다른 화제를 꺼내 넘어가도 되었을 것이다.

그러나 실수로 마셔 버린 술 탓이었을까. 왕자는 그만 저도 몰래 묻지도 않은 말을 꺼내놓고 말았다.

"……끝난 일입니다."

"……?"

"그런 말도 있지 않습니까. 첫사랑은 이루어지지 않는다고. 단지 그 생각을 하고 있었을 뿐입니다."

괜한 소리를 했다는 후회는 항상 뱉은 후에야 찾아오는 법이다. 왕자는 갈 곳 잃은 어색한 손으로 가까이 놔둔 잔을 들었다. 남은 술을 벌컥벌컥 들이켜는 왕자를 보며 공녀가 눈을 깜박거렸다. 그녀가 놀랐다는 듯 흰 레이스 장갑을 낀 손을 입으로 가져갔다.

"첫사랑을 그 나이에 했다고요?"

"풉!"

"어머, 미안해요."

공녀는 미안하다고 말했지만 정말로 미안한 기색은 아니었다. 잔을 내려놓은 왕자가 콜록거리면서 당황스럽게 상대를 응시했다. 공녀는 빙그레 웃었다.

"귀여운 면이 있으시네요, 왕자님."

"……."

"그럼 만약 절 사랑하게 되신다면, 그건 삶을 통틀어 두 번째 사랑이겠네요?"

"……."

"잘 부탁드려요."

한 달 후, 모르소 왕국에서 국혼이 치러졌다. 첫눈에 마음에 들었던 한 살 연하의 잘생긴 남편을 평생 휘어잡고 살 왕자비, 훗날 왕비의 탄생이었다.

배럼 피우므, 스왈로우 데인저

죽은 자는 말이 없다.

라테, 아윈

숟가락을 내려놓았다. 얼마 전부터 속이 좋지 않았다. 입맛은 변덕스러웠다. 기분도 오락가락하고, 무엇보다 결정적으로 조금 전 헛구역질을 했다. 이건…….

'이건, 그거다.'

명석한 두뇌와 누구보다 번쩍이는 눈치로 추리해 보았을 때 틀림없었다. 이건 필시 그것이다. 그것이 분명했다. 나는 확신을 가지고서 마탑 주치의 다고치어를 찾아갔다.

"이건……."

다고치어는 나를 진찰하더니 곧 놀란 표정을 감추지 못했다. 나를 쳐다보는 그의 눈빛에 나는 잠자코 고개를 끄덕이며 입을 열었다. 그와 내가 동시에 말을 뱉었다.

"축하드립니다!"

"소화불량!"

"……."

"……엥?"

뭔 축하? 왜 축하하는데? 나는 미묘한 표정을 숨기지 못하고 다고치어를 쳐다보았다.

"소화불량을 축하한다니…… 환자의 고통이 곧 기쁨인가요? 다고치어 그런 사람이었어요? 그럴 줄 몰랐는데, 술렁술렁."

"아, 아니, 안주인님. 다 안다는 눈빛으로 찾아오시고선!"

"내가 아무리 영민하고 눈치가 좋아도 다고치어의 어긋난 인성까지 미리 알 수는 없었어요."

"그게 아니라요!"

다고치어가 서둘러 말을 이었다.

"소화불량이 아니라 임신입니다!"

"응?"

"아이가 생기셨다고요. 크흠, 축하드립니다."

"……?"

나는 앉은 채로 멍하니 눈을 깜박거렸다. 다고치어의 말이 제대로 머릿속에 입력된 것은 그로부터 몇 초가 지난 이후였다.

"에, 에슐라! 에슐라, 에슐라!"

허둥지둥 에슐라를 찾았다. 마음은 뛰고 싶었지만 어쩐지 몸가짐을 조심히 해야 할 것 같은 느낌적인 느낌에 그러지도 못했다. 나는 다급한 말투와는 정반대인 몹시 조신한 걸음걸이로 에슐라가 있는 방에 침입했다.

"아가씨?"

몇 개월 전 임신 소식을 알렸던 에슐라-비슷은 그날 어째서인지 사람들에게 몇 대 맞았다-는 그새 배가 제법 부풀어 이제 만삭에 가까워져 있었다. 그래서 얼마 전부터 나를 비롯한 주변인의 강력한 권고하에 하던 일을 그만두고 거처에서 안정을 취하는 중이었다.

나는 에슐라가 몸을 일으키려는 것을 손을 저어 말리곤 그녀가 앉아 있는 흔들의자 옆에 아무 의자나 끌어다 바짝 붙어 앉았다.

"무슨 일이세요?"

"그게……."

에슐라는 내 심각한 표정에서 심상치 않은 기색을 느낀 것 같았다. 그리고 급해 죽겠다는 얼굴을 한 주제에 사뿐사뿐, 살금살금, 조심조심 들어오던 것에서 두 배로 범상치 않은 느낌을 받았겠지. 나는 심호흡을 한 후 말을 꺼냈다.

"한 가지 궁금한 게 있는데."

"말씀하세요."

"그…… 임신 사실을 처음 알았을 때 말이야. 비숏한테 뭐라고 알렸어?"

에슐라는 내 물음에 잠시 말이 없었다. 그러더니 자리에서 또 벌떡 일어나려는 것을 내가 재차 말렸다. 에슐라의 눈이 휘둥그레졌다.

"세상에, 아가씨!"

"음, 그래. 맞아. 과연 눈치가 빠르구나."

"맙소사, 축하드려요! 어머, 어머."

"고마워."

좋아, 이제 이 소식을 다른 사람들에게 따로 알릴 필요는 없겠지. 에슐라가 알게 되었으니 말이다. 내일이면 마탑 내에 소식을 모르는 사람이 없게 될 거다. 에슐라는 안정을 취하느라 방에서 거의 나가지 않으면서도 그럴 능력이 있었다. 원리는 모른다. 그리고 그렇게 되기 전에 내가 이 사실을 직접 전해야 할 사람이 단 한 명 있었다. 나는 에슐라를 재촉했다.

"그래서 어떤 식으로 알렸다고?"

"음, 그러니까…… 일단 의사한테 이야기를 듣고, 그날 밤 처소에서 남편을 불러다 앉혔어요."

"그리고?"

"그런 다음 얘기했죠. 여보, 앞으로는 지금까지 벌던 돈의 두 배를 벌어 와야 해."

"……."

"그러고 나서 '우욱' 한 번 해줬더니 바로 알아듣던데요?"

"그, 그래?"

비숏 같은 둔치한테 그 정도면 충분했단 말이야? 나는 순간 깜짝 놀란 것을 숨기지 못했다가 이내 평정을 되찾았다. 아니지, 비숏이 연애 방면에서만 눈치가 생물 미만인 거지 저런 면에선 또 달랐을지도 모른다.

어쨌거나 내가 에슐라의 경험담을 벤치마킹할 수 있을까 고민해 봤다. 결론은 금방 났다.

'안 돼…….'

돈을 두 배로 벌어 오라는 대목이 아무래도 위험했다. 아윈이라면 말하자마자 당연히 실천하려고 하겠지. 그럼 마탑의 재산을 하루아침에 두 배로 불리기 위한 이 사람, 저 사람의 희생이…….

나는 마지막 유언조차 제대로 남기지 못하고 원망스럽게 눈을 감는 마탑 재정 담당 조들리어의 비참한 최후를 상상하다가 고개를 붕붕 저었다. 역시 이건 아니다. 다른 방식이 필요했다. 그리고 그건 어쩌면 지금부터 내게 주어진 과제인 것 같았다.

비숏은 에슐라가 30분 전에 먹고 싶다고 했던 딸기를 사서 돌아왔다. 나는 부부를 위해 자리를 비켜주었다. 어차피 이제부턴 혼자 고민해야 할 시간이고.

마탑 앞마당에 있는 돌침대에 걸터앉아 바람을 맞았다. 찬바람이면 몸을 사리려고 했지만 다행히 아직까진 적당히 선선한 수준이었다.

나는 그러고 앉아서 잠시간 멍하니 있다가 문득 아랫배를 만져보았다. 납작했다. 살이 좀 느껴지긴 하지만 이건 원래 있던 살이다. 다 팝콘 때문에 찐 거지.

"……."

기분이 묘했다.

'대체 언제…… 아마 그때겠지?'

악마 때문에 알뤼미트와 몸이 바뀌는 일이 있고 나서 얼마 후 결혼 1주년 기념 여행을 다녀왔다. 시기가 시기여서 그랬는지 몰라도 꽤 뜨거운, 크흠, 여행이었던 것으로 기억한다.

'그래서…….'

뜨거움의 결실을 얻어 돌아왔구나. 와, 정말이지. 맙소사.

사실 생각보다 현실감은 잘 들지 않았다. 이 납작한 배 안에 생명이 있다는 게, 그리고 아직은 별로 눈에 띄지 않는 이 생명이 점차 자라서 머잖아 나를 엄마로 만들어줄 거라는 사실이 지금은 그저 낯설고 생소하기만 했다.

'아윈한테 알려야 하는데.'

뭐라고 하면서 알려야 할까. 별거 아닌 것 같으면서도 묘하게 머릿속이 복잡했다.

다들 이런 고민을 했을까? 만약 인터넷 검색엔진에 검색했다면 '남편에게 임신 사실 알리는 법' 관련한 글이 주르륵 떴을까? '남편에게 임'까지만 쳐도 나머지는 자동 완성되고?

나는 그런 생각을 하다가 이내 모르겠다는 듯 고개를 숙여 손바닥에 얼굴을 묻었다.

하늘도 신기하지. 마침 타이밍도 이렇게 잘 맞았다. 시도 때도 없이 내 옆에 붙어 있던 아원이 다른 일 때문에 잠깐 자리를 비운 게 바로 오늘이었으니까.

"으으……."

앓는 소리를 한 번 내준 후 고개를 들어 올렸다. 그리고 눈앞에 아원이 있었다.

"헉!"

"나 왔어, 고객님."

나는 난데없이 시야를 채운 잘생긴 얼굴에 화들짝 놀랐다가 뒤이어 떠오른 어떤 생각에 얼른 입을 열었다.

"앞으로는 그거 하지 마."

"어떤 거?"

"갑자기 나타나는 거."

"왜?"

아원이 옆으로 슬쩍 고개를 기울였다. 귀엽기도 하지. 아, 아니. 정신 차려. 이건 아주 중요한 주제다. 나는 진지하게 말을 이었다.

"나는 이제부터 놀라면 안 되니까. 그래, 난 놀라면 안 되는 몸이야!"

"왜 안 되는데?"

"그냥, 그, 그런 게 있어!"

그런 게 있긴 뭐가 있어! 한시라도 빨리 알려야 하는데 이놈의 입이 제멋대로 굴고 난리였다. 나는 기회를 놓친 입을 찰싹 때리려다가 참았다. 음, 아마 지금이 내가 태어나서 내 몸을 가장 금이야 옥이야 다루고 있는 순간이 아닐까.

아원은 그런 나를 보며 재차 고개를 기울였다. 영문을 모르겠다는 얼굴이었지만 어쨌든 장단을 맞춰주자는 쪽으로 결론이 난 것 같았다. 아윈이 입을 열었다.

“좋아. 5초 뒤에 고객님 들어서 안을 거야. 놀라지 마.”

“어?”

아윈이 착실하게 예고한 5초 뒤 내 몸이 바위에서 허공으로 두둥실 떠올랐다. 이내 아윈이 나를 공중에서 끌어당겨 안았다.

“안 놀랐지?”

“……”

나는 아윈의 품에 안긴 채로 눈을 깜박거렸다. 어, 그러니까, 이 기분을 뭐라고 표현하면 좋을까. 이 간질거리는 느낌을 대체 무슨 말로 설명하면. 나는 우물쭈물하다 결국 아주 조그맣게 말을 뱉었다. 정말로 조그맣게.

“아윈.”

“응.”

“나 아이 가졌대.”

너무 작아서 뒤늦게 ‘과연 제대로 들렸을까’ 하는 생각이 들었다. 못 들었으면 어쩌지? 다, 다시 말해야 하나? 하지만 어쩐지 못 하겠다. 이것도 나름대로 최선을 다한 거란 말이야.

심장이 마구 두근거렸다. 그때였다. 아윈이 안고 있던 것을 풀고 나를 도로 땅에 내려놓았다. 나는 단단한 바닥을 딛고 서서 약간 의아한 눈길로 아윈을 올려다보았다. 아윈이 눈앞에서 갑자기 사라진 건 바로 그 순간이었다.

“……?!”

뭐, 뭐야? 뭔데?

‘아내의 임신 소식을 듣고 사라져 버린 남자?’

혼란스러움에 그대로 석상처럼 굳었을 때였다. 사라졌던 아윈이 금방 다시 나타났다. 그런데 아윈은 혼자가 아니었다. 아윈에게 끌려온 것은 웬 흰 가운을 차려입은 중년 남자였다. 그는 왠지 어떤 분야에 굉장히 전문적일 것처럼 보였다. 남자를 던지듯 바닥에 놓은 아윈이 입을 열었다.

"읊어."

"헉, 네! 이, 일단 임신 초기에 주의해야 할 것으로는 여러 가지가 있는데 우선 외부의 충격이나 스트레스를 경계하셔야 하고, 티타임 때는 홍차와 초콜릿은 가급적 삼가는 것이 좋으며, 바깥 활동을 자제하고 운동은 가벼운 산책 정도로…… 태교는 이러쿵저러쿵…… 어쩌고저쩌고, 블라블라, 미주알고주알."

남자는 제대로 안 하면 죽여 버린다는 협박이라도 받은 것처럼 혼신을 다해 자신이 아는 지식을 풀어놓았다.

나는 지식인 고수라도 한 수 접어줘야 할 것 같은 상세한 설명의 향연에 넋을 빼고 남자를 응시했다. 남자는 열변을 토하느라 숨까지 헐떡였다.

"다, 다 했습니다."

말을 끝내기 무섭게 남자의 모습이 자리에서 사라졌다. 아윈이 텔레포트로 어디론가-부디 그의 집이길 바랄 뿐-보내 버린 것 같았다. 나타나자마자 자기 역할을 다하고 바람처럼 사라져 버린 남자를 어떻게 신경 쓸 틈도 없이 아윈이 내게 다가왔다.

"들었지."

"……."

"스트레스의 원인이 되는 놈 있어? 아직 아니지만 될 것 같은 놈은?

바라는 산책로 풍경 있어? 먹고 싶은 건?"

나는 말없이 눈만 끔벅였다. 어, 음, 그러니까 지금 이 상황은…….

'내가 한 말을 제대로 들은 거지?'

아무래도 정확히 들었던 것 같다. 나는 어쩐지 귓불까지 열이 올라서, 말이라곤 없이 얼굴만 붉히고 있었다.

아원은 이것저것 묻다가 조용한 나를 보더니 잠시 질문을 멈췄다. 그러곤 나를 가만 응시하다 손을 뻗었다. 아랫배에 손길이 닿았다. 살짝만 잘못 건드려도 날아갈 민들레 홀씨라도 다루듯 상냥하고 조심스럽게.

시선을 맞췄다. 아원이 천천히 말했다.

"신기해."

"……."

"신기한 기분이야."

그리고 아원이 보여준 미소는 눈부셨다. 얼마나 눈부셨냐면, 문득 아원을 처음 만났을 때가 떠올랐을 정도였다. 일 년 넘게 매일 얼굴을 마주 대고 살면서 나름 익숙해졌다고 생각했는데, 순간 그것을 비웃듯 가슴이 철렁 내려앉았다가 빠르게 뛰었다. 머릿속이 오랜만에 해악 경보를 울리며 시끄럽게 굴었다.

"……그 신기함이 어디서 오는지 알아?"

"어디서 오는데?"

"행복. 행복해서 신기한 거야."

아원이 고개를 숙이더니 내 입술을 훔쳤다. 그러더니 나직하게 속삭였다.

"맞아."

왠지 모르게 눈물이 날 것 같았다. 이것도 행복해서 그런 거겠지. 낯간지러워서 차마 두 번은 내 입으로 말 못 하겠다. 나는 대신 아윈을 끌어당겨 좀 더 깊게 키스했다.

그리고 이때부터 약 칠 개월 뒤, 나는 산통 때문에 아윈의 머리채를 잡았다. 이날 보았던 미소와 더불어 그때 본 아윈의 표정을 난 아마 평생 잊지 못할 거다.

2 : 오드의 마법사

얼굴도 모르는 부모님은 예브게네에게 집도 재산도 물려주지 않았다. 이름도 주지 않았다. 예브게네는 그녀가 머리가 좀 컸을 때 스스로 직접 붙인 이름이었다. 뜻은 없었다. 애초 다섯 살이 넘도록 '뜻' 있는 단어를 몇 개 알지도 못했다. 이름은 그냥 그녀가 자주 듣던 말에서 따온 것이었다.

"넌 크면 참 예쁘겠네."

예브게네의 부모님은 그녀에게 돈도 이름도 주지 않았지만, 단 한 가지, 예쁜 얼굴만은 물려주었다. 갓난쟁이 때부터 이목구비가 묘하게 남들과는 달랐던 예브게네는 자랄수록 예뻐졌다. 해마다 부모에게 버림받은 아이가 득시글거리는 골목에서 예브게네는 틀림없이 가장 예쁜 아이였다.

그리고 그 예쁜 얼굴 덕분이었는지 예브게네에게는 일곱 살이 되던

해, 어떤 정체 모를 단체에 거두어져 키워졌다. 각종 범죄에 연루되었다고 소문만 도는 단체였다. 그것이 과연 행운인지 불행인지 그 당시에는 알 수 없었으나, 어쨌든 예브게네는 그 단체 아래에서 배우고, 먹고, 자랐다.

그로부터 십 년 후. 꼬질꼬질하지만 골목에서 가장 예쁘던 아이에서 이젠 누구보다 아름다운 여인으로 자라난 예브게네는 어느 날 그녀를 키워준 단체의 수장에게 불려갔다. 수장은 청년과 중년의 사이에 있는 남자였다. 그리고 다행인지 뭔지 게이였다.

'그래서 날 안 건드린 걸까.'

예브게네는 자라면서 권력도 뭣도 없는 예쁜 여자가 얼마나 비참한 꼴을 당할 수 있는지 알게 되었다. 역겨운 세상이었다. 그녀는 말하자면 운이 좋은 편이었다. 생각에 잠긴 예브게네를 향해 수장이 말했다.

"드디어 네 쓸모를 보일 때가 왔다."

"예?"

"마탑으로 가라."

갑작스러운 말이었다. 예브게네는 풍성하고 긴 속눈썹을 나비의 날갯짓처럼 깜박거렸다.

"마탑이라면…… 헤일론 제국의?"

"그래. 마탑주가 이번에 새파란 애송이로 바뀐 것을 알고 있느냐? 팔자 좋은 전대 마탑주는 아들에게 탑을 물려주고 아내와 여행을 떠났다더군. 덕분에 우리에게 이런 기회가 돌아온 거지."

수장이 탁한 눈빛을 번뜩였다. 예브게네는 저게 바로 야망에 번들거리는 눈일까 하고 생각했다.

"마탑으로 가서 마탑주를 유혹해라. 그 얼굴이면 어려운 일은 아닐 테지? 수단과 방법을 가리지 말고 스무 살짜리 풋내기 사내놈을 네 치마폭에 휘감는 거다. 그리고 그를 통해 마탑을 무너뜨려라. 조금씩, 서서히. 그러다 종내에는 완전히 흔적조차 남지 않을 정도로."

"……."

"여행에서 돌아온 전대 마탑주에게 참 좋은 선물이 되겠지."

내일 당장 출발해. 수장은 그 말을 끝으로 이야기를 마무리 지었다. 예브게네는 돈을 처발라 자기 것만 있어 보이게 꾸민 수장의 집무실에서 나오면서 생각했다. 어차피 자신이 '이런 용도'로 거두어졌다는 것은 진작 예상했다. 그래서 그냥 때가 되었구나 싶었을 뿐 놀라지는 않았다.

다만 그녀가 궁금한 것은 대체 수장이 마탑에 어떤 원한을 가지고 있냐는 거였다. 처음 수장의 입에서 마탑이 언급되었을 때는 저를 이용해 마탑의 세력을 흡수하려는 그의 야심인가 했다. 그런데 듣다 보니 아니었다. 수장은 단지 마탑의 몰락을 보고 싶은 것 같았다. 그것이 도대체 그에게 어떤 이득이 되는 건지는 의문이었지만.

그때 예브게네는 복도 한쪽에서 몇 사람이 수군거리는 것을 들었다. 단체의 일원들이었다.

"들었어? 예브게네를 마탑으로 보낸다더라."

"설마설마했는데 결국……."

"정말 그러려고 데려온 거였어? 수장도 참 징하다."

"그런데 수장은 왜 그렇게 마탑을 못 무너뜨려서 안달인 거야? 마탑이 우리한테 뭘 어쨌다고."

"너 몰라?"

마침 예브게네가 궁금하던 주제였다. 그녀는 모습이 드러나지 않게 기둥 뒤에 숨어서 귀를 쫑긋 세웠다. 수다가 이어졌다.

"수장 예전에 마탑주한테 고백했다가 차였잖아. 지금은 전대 마탑 주인가?"

"뭐……?"

"근 이십 년은 된 일이지. 그때 수장이 열아홉이었나, 여덟이었나."

"도대체 수장이 지금 어떻게 살아 있는 건데?"

"그때 마침 전대 마탑주가 한창 신혼이었을걸? 혹은 연애 중이었거나. 어쨌든 그러느라 마음이 너그러워져서 죽일 가치도 없는 인간 하나는 그냥 살려줬던 거지."

"저런…… 두 배로 비참해졌네."

"따지자면."

"그래서 지금 저렇게 마탑 몰락에 집착하는 거라고? 이십 년이나 지났는데? 와, 우리 수장이지만 정말…… 으응…… 좀 그렇다……."

"누가 아니래. 그나저나 예브게네가 성공할까? 솔직히 난 처음에는 진짜 정신 나간 계획이라고 생각했는데, 예브게네가 자란 걸 보니까 어쩌면 될 수도 있겠다 싶더라. 저렇게나 예뻐질 줄 누가 알았겠냐고."

"하긴. 빼어난 미인은 나라를 기울게도 한다는데 마탑 무너뜨리는 게 정말 가능할 수도 있겠지. 허, 그럼 수장은 장장 이십 년에 걸친 원한을 드디어 청산하는 건가? 하여간 나는 여자의 한만 무서운 줄 알았더니 이제 보니 남자의 한도 만만치 않네."

"……."

예브게네는 갑자기 자신의 역할에 대단한 회의감이 들었다. 생각할수록 회의감을 넘어 자괴감이 들 지경이었지만 어쨌든 맡은 임무는 해내야 했다. 그러라고 거둬진 것이고, 그를 위해 키워진 것이었으니까. 예브게네는 그간 먹고 자고, 입은 값은 해야겠다고 마음먹었다. 그러나 그 결심은 마탑에 도착하는 순간 빠르게 흔들리기 시작했다.

"갈 곳이 없으니 부디 허드렛일이라도 하게 해달라고 찾아온 사람입니다, 탑주님."

예브게네는 눈을 의심했다.

'뭐가…… 이렇게…….'

당황스러웠다.

'뭐가 이렇게 예뻐?'

미인계를 쓰려고 왔다. 그런데 정작 그 미인계를 써야 할 대상이 너무 미인이었다. 실내의 빛을 마치 태양광처럼 반사하는 눈부신 금발과 보석 같은 붉은색 눈동자에 예브게네는 순간 넋을 잃었다가 겨우 되찾았다.

매일같이 거울을 보면서 예쁜 얼굴에 제법 익숙해졌다고 생각했다. 한데 여기 와보니 예상을 뛰어넘는 충격적인 예쁜 얼굴이 있었다. 예쁘다는 단어 하나로 표현하는 것이 외려 모욕처럼 느껴질 정도였다.

예브게네는 문득 눈앞의 마탑주와 전대 마탑주가 부자지간이라는 것을 떠올렸다. 아들은 아빠를 닮는다. 간혹 예외인 경우도 있긴 했지만 일반적으로 그랬다.

'이 미모가 물려받은 거라면…….'

왜 고백했었는지 알겠다. 예브게네는 내심 이십 년 전의 수장을 이해했다.

"허드렛일?"

눈이 마주쳤다. 예브게네는 퍼뜩 정신을 차렸다. 그녀는 긴장한 것을 들키지 않으려 노력하며 최대한 태연한 척 상대를 보았다. 죄지었거나 조만간 죄지을 예정인 사람이 보통 그렇듯 가슴이 두근거렸다. 과연 미인계가 제대로 통할까 의심스러운 상대였으나 그렇다고 시도조차 안 하고 돌아갈 순 없었다. 그랬다간 수장이 저를 가만히 두지 않을 것이다. 예브게네는 '쓸모없어진' 자신이 어떻게 될지 대략 짐작하고 있었다.

"필요 없는데. 딱히."

"탑주님, 사정이 딱한 듯한데 한 번 더 생각해 보심이……."

벌써 예브게네의 미모에 넘어간 것 같은 웬 젊은 마법사가 열심히 오늘 처음 만난 그녀의 역성을 들었다. 그러나 막상 중요한 마탑주는 그저 심드렁하기만 했다. 예브게네는 상대가 저를 보면서 그 어떤 미세한 동요도 보이지 않는다는 사실을 조금 뒤늦게 깨달았다.

이건 안 된다. 상대의 미모를 떠나 처음부터 불가능한 일이었다. 예브게네는 부모도 없이 허름한 골목에서 눈칫밥을 먹으며 유년 시절을 보냈기 때문인지 나름 사람을 보는 눈이 있었다. 그런 그녀가 판단하기에 지금 이 사람을 상대로 미인계라는 수를 생각해 낸 수장은 멍청하거나 등신이거나 둘 중 하나였다. 또는 상대에 대해 전혀 알아보지 않은 거겠지.

예브게네는 덜컥 겁을 집어먹었다. 치맛자락을 너무 세게 쥐어서 손이 하얗게 변했지만 자각하지 못했다. 어쩌면 좋을까. 이대로 돌아가면 자신은 어떻게 되는 걸까. 예브게네는 미인계를 포기하고 상대의 온정에 호소할까 고민했다. 그러나 그건 그것대로 조금도 가망이 없어 보였다. 그녀는 눈치가 꽤 빠른 편이었다.

"됐으니까 디아나 눈에 띄기 전에 다시 데리고 꺼……."

"뭐 해?"

"늦었네."

마탑주가 작게 중얼거렸다. 예브게네는 인형처럼 무표정하던 그의 얼굴에 낭패한 기색이 어리는 것을 눈을 깜박이며 응시했다. 그때 그녀의 얼굴이 휙 돌아갔다. 붙잡고 돌린 사람은 웬 여인이었다.

"세상에……."

여인의 호박색 눈동자가 순간 금색처럼 반짝 빛났다. 예브게네는 영문도 모른 채 저보다 서너 살쯤 많아 보이는 귀엽고 차분한 외모의 여인을 쳐다보았다. 여인은 예브게네를 그윽하게 마주 보며 말했다.

"마탑에는 어쩐 일이에요? 견학 왔나? 혼자 왔어요?"

"……?"

"들어올 때는 마음대로지만 나갈 때는 아닌 거 알죠?"

"네, 네?"

기분 탓일까. 예브게네는 이때 언뜻 마탑주의 침음을 들은 것 같았다. 짧은 갈색 머리에 호박색 눈동자의 여인은 예브게네를 보며 환하게 웃고 있었다. 어쩐지 시선을 뗄 수 없게 만드는 오묘한 매력이 있는 미소였다.

예브게네는 시간이 조금 흘러서야 자기가 첫 만남에 꼬신(?) 사람이 다름 아닌 마탑주의 아내였다는 사실을 알 수 있었다. 예브게네는 그녀의 도움으로 마탑에 일자리를 얻어 취직했다. 대체 뭐가 어떻게 된 것인지 예브게네 본인도 잘 모를 일이었다.

그리고 한 달 후, 그녀는 자신을 마탑으로 보낸 수장이 연하의 애인에게 찔려 죽었다는 소식을 접했다.

'안 돌아가도 되겠다.'

예브게네는 애도는커녕 그 생각부터 했다. 안 그래도 새 직장이 나름대로 마음에 들던 참이었다. 역겨운 세상이지만 역시 그녀는 운이 좋은 편이었다. 다행이다. 그녀는 콧노래를 흥얼거리며 빗자루질에 열중했다.

〈외전 완결〉

작가 후기

쓰고 싶은 이야기가 떠오를 때마다 하나둘 추가하다 보니 어느새 이렇게 외전으로만 이루어진 새 책이 나오게 되었습니다.

이 책에 수록된 첫 외전을 쓸 때는 이만큼 길어질 줄 몰랐는데, 쓰고 나니 이런 결과가 나왔네요. 본편이 두 권인데, 외전이 한 권…… 흠흠.

즐겁게 쓴 이야기입니다. 외전을 써야 한다는 생각으로 이야기를 짜낸 것이 아니라, 어느 날 문득 쓰고 싶은 이야기가 떠올라서 외전을 썼습니다. 특히 마지막 외전인 오드의 마법사는 2세의 이야기인데, 본래는 굳이 주인공이 바뀌는 2세 이야기를 길게 다룰 생각이 없었습니다. 그런데 어느 겨울(겨울이었나…… 봄이었나…… 가물가물) 버스를 타고 약속 장소로 가던 도중, 하차 벨을 누르고 버스 뒷문에 서 있는데 갑자기 머릿속에 오드와 디아나의 이야기가 떠올랐습니다. 아직도 그 순간이 꽤 생생해요. 이야기의 핵심 주제와 골조를 떠올리곤 혼자 실실 웃다가 아, 이건 써야겠다 싶었습니다. 그렇게 이 책을 완성하게 되었네요.

제 첫 출간작인 〈구경하는 들러리양〉은 '처음'이라는 의의를 떠나서도 제게 꽤 묘한 작품입니다. 분명 오래전에 완결을 낸 이야기인데, 몇 달이 지나 문득 쓰고 싶은 내용이 추가로 떠오르고, 또 떠오르고 하니까요.

이렇게 말하고 나니 끝이면서도 끝이 아닌 느낌이네요. 부디 이번 이야기도 즐거우셨으면 더 바랄 게 없겠습니다. 어쩌면 언젠가 다시 인사드리는 날이 올 때까지 늘 행복하시고, 건강하시기만 바랍니다.

엘리아냥 드림.